HALAGOS PARA ISABEL ALLENDE Y *Retrato en Sepia*

“Allende es una de las escritoras más importantes de América Latina en la última década.”

—*Boston Globe*

“El encantador universo histórico de Isabel Allende sigue expandiéndose, y *Retrato en Sepia* es su nuevo tesoro.”

—*Chicago Tribune*

“Rico y complejo, Allende ejerce sus increíbles habilidades de cuentista. . . . Una importante contribución a un impresionante repertorio.”

—*Publishers Weekly*

“Complejo, intrigante, ambicioso. . . . Es el increíble don de Allende para crear personajes el que hace que le da vida a todo el libro.”

—*Kirkus Reviews*

“Una vez más, Isabel Allende ha creado una apasionante saga. . . . *Retrato en Sepia* está lleno de color, de emoción y de intrigantes personajes. Con esta novela prueba que como cuentista, sigue siendo la mejor.”

—*San Francisco Chronicle*

“Una historia refinada . . . encantadora.”

—*Library Journal*

“Una cuentista llena de astucia y entusiasmo. *Retrato en Sepia* es una novela evocadora, sensual, turbulenta, intensamente atmosférica y llena de secretos reveladores. . . . Conmovedora, fascinante, encantadora.”

—*Miami Herald*

“Una novela dinár [illegible] te.”

—*Boston Globe*

“Una imagen qu [illegible] . Las elocuentes descripciones de [illegible] personajes.”

—*People*

Retrato en Sepia

TAMBIEN POR ISABEL ALLENDE

Hija de la fortuna
El plan infinito
Eva Luna
De amor y de sombra
La casa de los espíritus
Cuentos de Eva Luna
Paula
Afrodita

ISABEL ALLENDE

Retrato en Sepia

NOVELA

Una rama de HarperCollins*Publishers*

Este libro fue publicado originalmente en España por Plaza & Janés Editores, S.A., en 2000.

Una edición de pasta dura de este libro fue publicada en 2001 por Rayo, una rama de HarperCollins Publishers.

Libros de HarperCollins pueden ser adquiridos para uso educacional, comercial, o promocional. Para recibir más información, diríjase a: Special Markets Department, HarperCollins Publishers Inc., 10 East 53rd Street, New York, NY 10022.

La primera edición en pasta blanda de este libro fué publicada por Rayo en 2002.

La biblioteca del congreso ha catalogado la edición inglesa en pasta dura de la manera siguiente:

Allende, Isabel.
[Retrato en sepia. English]
Portrait in sepia / by Isabel Allende ;
translated from the Spanish by Margaret Sayers Peden.— 1st ed.
p. cm.
ISBN 0-06-621161-1 (English)
ISBN 0-06-621160-3 (Spanish)
I. Peden, Margaret Sayers. II. Title.
PQ8098.1.L54 R4813 2001
863'.64—dc21 00-054127

ISBN 0-06-093635-5 (edición en pasta blanda)

04 05 06 ❖/RRD 10 9 8 7

Para Carmen Balcells y Ramón Huidobro,
dos leones nacidos el mismo día y vivos
para siempre.

ÍNDICE

Por eso tengo que volver
a tantos sitios venideros
para encontrarme conmigo
y examinarme sin cesar,
sin más testigo que la luna
y luego silbar de alegría
pisando piedras y terrones,
sin más tarea que existir,
sin más familia que el camino.

PABLO NERUDA
Fin de mundo (El viento)

PRIMERA PARTE

1862-1880

Vine al mundo un martes de otoño de 1880, bajo el techo de mis abuelos maternos, en San Francisco. Mientras dentro de esa laberíntica casa de madera jadeaba mi madre montaña arriba con el corazón valiente y los huesos desesperados para abrirme una salida, en la calle bullía la vida salvaje del barrio chino con su aroma indeleble a cocinería exótica, su torrente estrepitoso de dialectos vociferados, su muchedumbre inagotable de abejas humanas yendo y viniendo deprisa. Nací de madrugada, pero en Chinatown los relojes no obedecen reglas y a esa hora empieza el mercado, el tráfico de carretones y los ladridos tristes de los perros en sus jaulas esperando el cuchillo del cocinero. He venido a saber los detalles de mi nacimiento bastante tarde en la vida, pero peor sería no haberlos descubierto nunca; podrían haberse extraviado para siempre en los vericuetos del olvido. Hay tantos secretos en mi familia, que tal vez no me alcance el tiempo para despejarlos todos: la verdad es fugaz, lavada por torrentes de lluvia. Mis abuelos maternos me recibieron conmovidos –a pesar de que según varios testigos fui un bebé horroroso– y me pusieron sobre el pecho de mi madre, donde permanecí acurrucada por unos minutos, los únicos que alcancé a estar con ella. Después mi tío Lucky me echó su aliento en la cara para traspasarme su buena suerte. La intención fue generosa y el método infalible, pues al menos durante estos primeros treinta años de mi existencia, me ha ido bien. Pero, cuidado, no debo adelantarme. Esta historia es larga y comienza mucho antes de mi nacimiento; se requiere paciencia para contarla y más paciencia aún para escucharla. Si por el camino se pierde el hilo, no hay que desesperar, porque con toda seguridad se recupera unas páginas más adelante. Como en alguna fecha debemos comenzar, hagámoslo en 1862 y digamos, al azar, que la historia empieza con un mueble de proporciones inverosímiles.

La cama de Paulina del Valle fue encargada a Florencia, un año después de la coronación de Víctor Emanuel, cuando en el nuevo Reino de Italia aún vibraba el eco de las balas de Garibaldi; cruzó el mar desarmada en un transatlántico genovés, desembarcó en Nueva York en medio de una huelga sangrienta y fue trasladada a uno de los vapores de la compañía naviera de mis abuelos paternos, los Rodríguez de Santa Cruz, chilenos residentes en los Estados Unidos. Al capitán John Sommers le tocó recibir los cajones marcados en italiano con una sola palabra: *náyades*. Ese robusto marino inglés, del cual sólo queda un desteñido retrato y un baúl de cuero muy gastado por infinitas travesías marítimas y lleno de curiosos manuscritos, era mi bisabuelo, como averigüé hace poco, cuando mi pasado comenzó por fin a aclararse, después de muchos años de misterio. No conocí al capitán John Sommers, padre de Eliza Sommers, mi abuela materna, pero de él heredé cierta vocación de vagabunda. Sobre ese hombre de mar, puro horizonte y sal, cayó la tarea de conducir la cama florentina en la cala de su buque hasta el otro lado del continente americano. Debió sortear el bloqueo yanqui y los ataques de los confederados, alcanzar los límites australes del Atlántico, cruzar las aguas traicioneras del estrecho de Magallanes, entrar al océano Pacífico y después de detenerse brevemente en varios puertos sudamericanos, dirigir la proa hacia el norte de California, la antigua tierra del oro. Tenía órdenes precisas de abrir las cajas en el muelle de San Francisco, supervisar al carpintero de a bordo mientras éste ensamblaba las partes como un rompecabezas, cuidando de no mellar los tallados, colocar encima el colchón y el cobertor de brocado color rubí, montar el armatoste en una carreta y mandarlo a paso lento al centro de la ciudad. El cochero debía dar dos vueltas a la Plaza de la Unión y otras dos tocando una campanilla frente al balcón de la concubina de mi abuelo, antes de dejarlo en su destino final, la casa de Paulina del Valle. Debía realizar esta hazaña en plena Guerra Civil, cuando los ejércitos yanquis y los confederados se masacraban en el sur del país y nadie estaba en ánimo de bromas ni de campanitas. John Sommers impartió las instrucciones maldiciendo, porque en los meses de navegación esa cama llegó a simbolizar lo que más detestaba de su trabajo: los caprichos de su patrona, Paulina del Valle. Al ver la cama sobre la carreta dio un suspiro y decidió que sería lo último que haría por ella; llevaba doce años a sus órdenes y había alcanzado el límite de su paciencia. El mueble aún existe intacto, es un pesado dinosaurio de madera policromada; a la cabecera preside el dios Neptuno rodeado de olas espumantes y criaturas submarinas en bajo relieve, mientras a los pies juegan delfines y sirenas. En pocas horas media ciudad de San Francisco pudo apreciar aquel lecho olímpico; pero la querida de mi abuelo, a quien el espectáculo estaba dedicado, se escondió mientras la carreta pasaba y volvía a pasar con su campanilleo.

—El triunfo no me duró mucho —me confesó Paulina muchos años más tarde, cuando yo insistía en fotografiar la cama y conocer los detalles—. La broma se me dio vuelta. Creí que se burlarían de Feliciano, pero se burlaron de mí. Juzgué mal a la gente. ¿Quién iba a imaginar tanta mojigatería? En esos tiempos San Francisco era un avispero de políticos corruptos, bandidos y mujeres de mala vida.

–No les gustó el desafío –sugerí.

–No. Se espera que las mujeres cuidemos la reputación del marido, por vil que sea.

–Su marido no era vil –la rebatí.

–No, pero hacía tonterías. En todo caso, no me arrepiento de la famosa cama, he dormido en ella durante cuarenta años.

–¿Qué hizo su marido al verse descubierto?

–Dijo que mientras el país se desangraba en la Guerra Civil, yo compraba muebles de Calígula. Y negó todo, por supuesto. Nadie con dos dedos de frente admite una infidelidad, aunque lo pillen entre las sábanas.

–¿Lo dice por experiencia propia?

–¡Ojalá fuera así, Aurora! –replicó Paulina del Valle sin vacilar.

En la primera fotografía que le tomé, cuando yo tenía trece años, Paulina aparece en su cama mitológica, apoyada en almohadas de satén bordado, con una camisa de encaje y medio kilo de joyas encima. Así la vi muchas veces y así hubiera querido velarla cuando se murió, pero ella deseaba irse a la tumba con el hábito triste de las carmelitas y que se ofrecieran misas cantadas durante varios años por el reposo de su alma. «Ya he escandalizado mucho, es hora de agachar el moño», fue su explicación cuando se sumió en la invernal melancolía de los últimos tiempos. Al verse cerca del fin se atemorizó. Hizo desterrar la cama al sótano y colocar en su lugar una tarima de madera con un colchón de crin de caballo, para morir sin lujos, después de tanto derroche, a ver si san Pedro hacía borrón y cuenta nueva en el libro de los pecados, como dijo. El susto, sin embargo, no le alcanzó para desprenderse de otros bienes materiales y hasta el útimo suspiro tuvo entre las manos las riendas de su imperio financiero, para entonces muy reducido. De la bravura de su juventud, poco quedaba al final, hasta la ironía se le fue acabando, pero mi abuela creó su propia leyenda y ningún colchón de crin ni hábito de carmelita podría perturbarla. La cama florentina, que se dio el gusto de pasear por las calles más principales para hostigar a su marido, fue uno de sus momentos gloriosos. En esa época la familia vivía en San Francisco bajo un apellido cambiado –Cross– porque ningún norteamericano podía pronunciar el sonoro Rodríguez de Santa Cruz y del Valle, lo cual es una lástima, porque el auténtico tiene resonancias antiguas de Inquisición. Acababan de trasladarse al barrio de Nob Hill, donde se construyeron una disparatada mansión, una de las más opulentas de la ciudad, que resultó un delirio de varios arquitectos rivales contratados y despedidos cada dos por tres. La familia no hizo su fortuna en la fiebre del oro de 1849, como pretendía Feliciano, sino gracias al magnífico instinto empresarial de su mujer, a quien se le ocurrió transportar productos frescos desde Chile hasta California sentados en un lecho de hielo antártico. En aquella tumultuosa época un durazno valía una onza de oro y ella supo aprovechar esas circunstancias. La iniciativa prosperó y llegaron a tener una flotilla de barcos navegando entre Valparaíso y San Francisco, que el primer año regresaban vacíos, pero luego lo hacían cargados de harina californiana; así arruinaron a varios agricultores chilenos, incluso al padre de Paulina, el temible Agustín del Valle, a quien se le agusanó el trigo en las bodegas porque no pudo competir con la blanquísima harina de los yanquis. De la rabia, también se le agusanó el hígado. Al término de la fiebre del oro miles y miles de aventureros regresaron a sus lugares de origen más pobres de lo que salieron, después de perder la salud y el alma en persecución de un sueño; pero Paulina y Feliciano hicieron fortuna. Se colocaron en la cumbre de la sociedad de San Francisco, a pesar del obstáculo casi insalvable de su acento hispano. «En California son todos nuevos ricos y mal nacidos, en cambio nuestro árbol genealógico se remonta a las Cruzadas», mascullaba Paulina entonces, antes de darse por vencida y regresar a Chile. Sin embargo, no fueron títulos de nobleza ni cuentas en los bancos lo único que les abrió las puertas, sino la simpatía de Feliciano, quien hizo amigos entre los hombres más poderosos de la ciudad. Resultaba, en cambio, bastante difícil tragar a su mujer, ostentosa, mal hablada, irreverente y atropelladora. Hay que decirlo: Paulina inspiraba al principio la mezcla de fascinación y pavor que se siente ante una iguana; sólo al conocerla mejor se descubría su vena sentimental. En 1862 lanzó a su marido en la empresa comercial ligada al ferrocarril transcontinental que los hizo definitivamente ricos. No me explico de dónde sacó esa señora su olfato para los negocios. Provenía de una familia de hacendados chilenos estrechos de criterio y pobres de espíritu; fue criada entre las paredes de la casa paterna en Valparaíso, rezando el rosario y bordando, porque su padre creía que la ignorancia garantiza la sumisión de las mujeres y de los pobres. Escasamente dominaba los rudimentos de la escritura y la aritmética, no leyó un libro en su vida y sumaba con los dedos –nunca restaba– pero todo lo que tocaban sus manos se convertía en fortuna. De no haber sido por sus hijos y parientes botarates, habría muerto con el esplendor de una emperatriz. En esos años se construía el ferrocarril para unir el este y el oeste de los Estados Unidos. Mientras todo el mundo invertía en acciones de las dos compañías y apostaba a cuál colocaba los rieles más rápido, ella, indiferente a esa carrera frívola, tendió un mapa sobre la mesa del comedor y estudió con paciencia de topógrafo el futuro recorrido del tren y los lugares donde había agua en abundancia. Mucho antes de que los humildes peones chinos pusieran el último clavo uniendo las vías del tren en Promotory, Utah, y que la primera locomotora cruzara el continente con su estrépito de hierros, su humareda volcánica y su bramido de naufragio, convenció a su marido de que comprara tierras en los sitios marcados en su mapa con cruces de tinta roja.

–Allí fundarán los pueblos, porque hay agua, y en cada uno nosotros tendremos un almacén –explicó.

–Es mucha plata –exclamó Feliciano espantado.

–Consíguela prestada, para eso son los bancos. ¿Por qué vamos a arriesgar el dinero propio si podemos disponer del ajeno? –replicó Paulina, como siempre alegaba en estos casos.

En eso estaban, negociando con los bancos y comprando terrenos a través de medio país, cuando estalló el asunto de la concubina. Se trataba de una actriz llamada Amanda Lowell, una escocesa comestible, de carnes lechosas, ojos de espinaca y sabor de durazno, según aseguraban quienes la habían probado. Cantaba y bailaba mal, pero con brío, actuaba en comedias de poca monta y animaba fiestas de magnates. Poseía una culebra de origen panameño, larga, gorda y mansa, pero de espeluznante aspecto, que se enrollaba en su cuerpo durante sus danzas exóticas y que nunca dio muestras de mal carácter hasta una noche desventurada en que ella se presentó con una diadema de plumas en el peinado y el animal, confundiendo el tocado con un loro distraído, estuvo a punto de estrangular a su ama en el empeño de tragárselo. La bella Lowell estaba lejos de ser una más de las miles de «palomas mancilladas» de la vida galante de California; era una cortesana altiva cuyos favores no se conseguían sólo con dinero sino también con buenos modales y encanto. Mediante la generosidad de sus protectores vivía bien y le sobraban medios para ayudar a una caterva de artistas sin talento; estaba condenada a morir pobre, porque gastaba como un país y regalaba el sobrante. En la flor de su juventud perturbaba el tráfico en la calle con la gracia de su porte y su roja cabellera de león, pero su gusto por el escándalo había malogrado su suerte: en un arrebato podía desbaratar un buen nombre y una familia. A Feliciano el riesgo le pareció un incentivo más; tenía alma de corsario y la idea de jugar con fuego lo sedujo tanto como las soberbias nalgas de la Lowell. La instaló en un apartamento en pleno centro, pero jamás se presentaba en público con ella, porque conocía de sobra el carácter de su esposa, quien en un ataque de celos había tijereteado piernas y mangas de todos sus trajes y se los había tirado en la puerta de su oficina. Para un hombre tan elegante como él, que encargaba su ropa al sastre del príncipe Alberto en Londres, aquello fue un golpe mortal.

En San Francisco, ciudad masculina, la esposa era siempre la última en enterarse de una infidelidad conyugal, pero en este caso fue la propia Lowell quien la divulgó. Apenas su protector daba vuelta la espalda, marcaba con rayas los pilares de su lecho, una por cada amante recibido. Era una coleccionista, no le interesaban los hombres por sus méritos particulares, sino el número de rayas; pretendía superar el mito de la fascinante Lola Montez, la cortesana irlandesa que había pasado por San Francisco como una exhalación en los tiempos de la fiebre del oro. El chisme de las rayas de la Lowell corría de boca en boca y los caballeros se disputaban por visitarla, tanto por los encantos de la bella, a quien muchos de ellos ya conocían en el sentido bíblico, como por la gracia de acostarse con la mantenida de uno de los próceres de la ciudad. La noticia alcanzó a Paulina del Valle cuando ya había dado la vuelta completa por California.

–¡Lo más humillante es que esa chusca te pone cuernos y todo el mundo anda comentando que estoy casada con un gallo capón! –increpó Paulina a su marido en el lenguaje de sarraceno que solía emplear en esas ocasiones.

Feliciano Rodríguez de Santa Cruz nada sabía de aquellas actividades de la coleccionista y el disgusto casi lo mata. Jamás imaginó que amigos, conocidos y otros que le debían inmensos favores, se burlaran así de él. En cambio, no culpó a su querida, porque aceptaba resignado las veleidades del sexo opuesto, criaturas deliciosas pero sin estructura moral, siempre listas para ceder a la tentación. Mientras ellas pertenecían a la tierra, el humus, la sangre y las funciones orgánicas, ellos estaban destinados al heroísmo, las grandes ideas y, aunque no era su caso, a la santidad. Confrontado por su esposa se defendió como pudo y en una tregua aprovechó para echarle en cara el pestillo con que trancaba la puerta de su pieza. ¿Pretendía que un hombre como él viviera en la abstinencia? Todo era su culpa por haberlo rechazado, alegó. Lo del pestillo era cierto, Paulina había renunciado a los desenfrenos carnales, no por falta de ganas, como me confesó cuarenta años más tarde, sino por pudor. Le repugnaba mirarse en el espejo y dedujo que cualquier hombre sentiría lo mismo al verla desnuda. Recordaba exactamente el momento cuando tomó consciencia de que su cuerpo se estaba convirtiendo en su enemigo. Unos años antes, al regresar Feliciano de un largo viaje de negocios a Chile, la cogió por la cintura y con el mismo rotundo buen humor de siempre quiso levantarla del suelo para llevarla a la cama, pero no pudo moverla.

—¡Carajo, Paulina! ¿Tienes piedras en los calzones? —se rió.

—Es grasa —suspiró ella tristemente.

—¡Quiero verla!

—De ninguna manera. De ahora en adelante sólo podrás venir a mi pieza de noche y con la lámpara apagada.

Durante un tiempo esos dos, que se habían amado sin pudicia, hicieron el amor a oscuras. Paulina se mantuvo impermeable a las súplicas y rabietas de su marido, quien no se conformó nunca con encontrarla debajo de un cerro de trapos en la negrura del cuarto, ni con abrazarla con prisa de misionero mientras ella le sujetaba las manos para que no le palpara las carnes. El tira y afloja los dejaba extenuados y con los nervios al rojo vivo. Por fin, con el pretexto del traslado a la nueva mansión de Nob Hill, Paulina instaló a su marido en el otro extremo de la casa y trancó la puerta de su habitación. El disgusto por su propio cuerpo superaba el deseo que sentía por su marido. Su cuello desaparecía tras la doble papada, los senos y la barriga eran un solo promontorio de monseñor, sus pies no la sostenían más de unos minutos, no podía vestirse sola o abrocharse los zapatos; pero con sus vestidos de seda y sus espléndidas joyas, como se presentaba casi siempre, resultaba un espectáculo prodigioso. Su mayor preocupación era el sudor entre sus rollos y solía preguntarme en susurros si olía mal, pero jamás percibí en ella otro aroma que el de agua de gardenias y talco. Contraria a la creencia tan difundida entonces de que el agua y el jabón arruinan los bronquios, ella pasaba horas flotando en su bañera de hierro esmaltado, donde volvía a sentirse liviana como en su juventud. Se había enamorado de Feliciano cuando éste era un joven guapo y ambicioso, dueño de unas minas de plata en el norte de Chile. Por ese amor desafió la ira de su padre, Agustín del Valle, quien figura en los textos de historia de Chile como el fundador de un minúsculo y cicatero partido político ultraconservador, desaparecido hace más de dos décadas, pero que cada tanto vuelve a resucitar como una desplumada y patética ave fénix. El mismo amor por ese hombre la sostuvo cuando decidió prohibirle la entrada a su alcoba a una edad en que su naturaleza clamaba más que nunca por un abrazo. A diferencia de ella, Feliciano maduraba con gracia. El cabello se le había vuelto gris, pero seguía siendo el mismo hombronazo alegre, apasionado y botarate. A Paulina le gustaba su vena vulgar, la idea de que ese caballero de retumbantes apellidos provenía de judíos sefarditas y bajo sus camisas de seda con iniciales bordadas lucía un tatuaje de perdulario adquirido en el puerto durante una borrachera. Ansiaba oír de nuevo las porquerías que él le susurraba en los tiempos cuando todavía chapaleaban en la cama con las lámparas encendidas y habría dado cualquier cosa por dormir una vez más con la cabeza apoyada sobre el dragón azul grabado con tinta indeleble en el hombro de su marido. Nunca creyó que él deseaba lo mismo. Para Feliciano ella fue siempre la novia atrevida con quien se fugó en la juventud, la única mujer que admiraba y temía. Se me ocurre que esa pareja no dejó de amarse, a pesar de la fuerza ciclónica de sus peleas, que dejaban a todos en la casa temblando. Los abrazos que antes los hicieran tan felices se trocaron en combates que culminaban en treguas a largo plazo y venganzas memorables, como la cama florentina, pero ningún agravio destruyó su relación y hasta el final, cuando él cayó herido de muerte por una apoplejía, estuvieron unidos por una envidiable complicidad de truhanes.

Una vez que el capitán John Sommers se aseguró de que el mueble mítico estaba sobre la carreta y el cochero entendía sus instrucciones, partió a pie en dirección a Chinatown, como hacía en cada una de sus visitas a San Francisco. Esta vez, sin embargo, los bríos no le alcanzaron y a las dos cuadras debió llamar un coche de alquiler. Se montó con esfuerzo, indicó la dirección al conductor y se recostó en el asiento, jadeando. Hacía un año que habían empezado los síntomas, pero en las últimas semanas se habían agudizado; las piernas apenas lo sostenían y la cabeza se le llenaba de bruma, debía luchar sin reposo contra la tentación de abandonarse a la algodonosa indiferencia que iba invadiendo su alma. Su hermana Rose había sido la primera en advertir que algo andaba mal, cuando él todavía no sentía dolor. Pensaba en ella con una sonrisa: era la persona más cercana y querida, el norte de su existencia trashumante, más real en su afecto que su hija Eliza o cualquiera de las mujeres que abrazó en su largo peregrinaje de puerto en puerto.

Rose Sommers había pasado su juventud en Chile, junto a su hermano mayor, Jeremy; pero a la muerte de éste regresó a Inglaterra para envejecer en tierra propia. Residía en Londres, en una casita a pocas cuadras de los teatros y de la ópera, un barrio algo venido a menos, donde podía vivir a su regalado antojo. Ya no era la pulcra ama de llaves de su hermano Jeremy, ahora podía dar rienda suelta a su vena excéntrica. Solía vestirse de actriz en desgracia para tomar té en el Savoy o de condesa rusa para pasear su perro, era amiga de mendigos y músicos callejeros, gastaba su dinero en baratijas y caridades. «Nada hay tan liberador como la edad», decía contando sus arrugas, feliz. «No es la edad, hermana, sino la situación económica que te has labrado con tu pluma», replicaba John Sommers. Esa venerable solterona de pelo blanco había hecho una pequeña fortuna escribiendo pornografía. Lo más irónico, pensaba el capitán, era que justamente ahora que Rose no tenía necesidad de ocultarse, como cuando vivía a la sombra de su hermano Jeremy, había dejado de escribir cuentos eróticos y se dedicaba a producir novelas románticas a un ritmo agobiador y con un éxito inusitado. No había mujer cuya lengua madre fuera el inglés, incluyendo la reina Victoria, que no hubiera leído al menos uno de los romances de la *Dama* Rose Sommers. El título distinguido no hizo más que legalizar una situación que Rose había tomado por asalto desde hacía años. Si la Reina Victoria hubiera sospechado que su autora preferida, a quien otorgó personalmente la condición de Dama, era responsable de una vasta colección de literatura indecente firmada por *Una Dama Anónima,* habría sufrido un soponcio. El capitán opinaba que la pornografía era deliciosa, pero esas novelas de amor eran basura. Se encargó durante años de publicar y distribuir los cuentos prohibidos que Rose producía bajo las narices de su hermano mayor, quien murió convencido de que ella era una virtuosa señorita sin otra misión que hacerle la vida agradable. «Cuídate, John, mira que no puedes dejarme sola en este mundo. Estás adelgazando y tienes un color raro», le había repetido Rose a diario cuando el capitán la visitó en Londres. Desde entonces una implacable metamorfosis estaba transformándolo en un lagarto.

Tao Chi'en terminaba de quitar sus agujas de acupuntura de las orejas y brazos de un paciente, cuando su ayudante le avisó que su suegro acababa de llegar. El *zhong-yi* colocó cuidadosamente las agujas de oro en alcohol puro, se lavó las manos en una palangana, se puso su chaqueta y salió a recibir al visitante, extrañado de que Eliza no le hubiera advertido que su padre llegaba ese día. Cada visita del capitán Sommers provocaba una conmoción. La familia lo esperaba ansiosa, sobre todo los niños, que no se cansaban de admirar los regalos exóticos y de oír los cuentos de monstruos marinos y piratas malayos de aquel abuelo colosal. Alto, macizo, con la piel curtida por la sal de todos los mares, barba montaraz, vozarrón de trueno e inocentes ojos azules de bebé, el capitán resultaba una figura imponente en su uniforme azul, pero el hombre que Tao Chi'en vio sentado en un sillón de su clínica estaba tan disminuido, que tuvo dificultad en reconocerlo. Lo saludó con respeto, no había logrado superar el hábito de inclinarse ante él a la usanza china. Había conocido a John Sommers en su juventud, cuando trabajaba de cocinero en su barco. «A mí me tratas de señor, ¿entendido, chino?», le había ordenado éste la primera vez que le habló. Entonces ambos teníamos el pelo negro, pensó Tao Chi'en con una punzada de congoja ante el anuncio de la muerte. El inglés se puso de pie trabajosamente, le dio la mano y luego lo estrechó en un breve abrazo. El *zhong-yi* comprobó que ahora él era el más alto y pesado de los dos.

–¿Sabe Eliza que usted venía hoy, señor? –preguntó.

–No. Usted y yo debemos hablar a solas, Tao. Me estoy muriendo.

El *zhong-yi* así lo había comprendido apenas lo vio. Sin decir palabra lo guió hasta el consultorio, donde lo ayudó a desvestirse y tenderse en una camilla. Su suegro desnudo tenía un aspecto patético: la piel gruesa, seca, de un color cobrizo, las uñas amarillas, los ojos inyectados en sangre, el vientre hinchado. Empezó por auscultarlo y luego le tomó el pulso en las muñecas, el cuello y los tobillos para cerciorarse de lo que ya sabía.

–Tiene el hígado destrozado, señor. ¿Sigue bebiendo?

–No puede pedirme que abandone un hábito de toda la vida, Tao. ¿Cree que alguien puede aguantar el oficio de marinero sin un trago de vez en cuando?

Tao Chi'en sonrió. El inglés bebía media botella de ginebra en los días normales y una entera si había algo que lamentar o celebrar, sin que pareciera afectarlo en lo más mínimo; ni siquiera olía a licor, porque el fuerte tabaco de mala clase impregnaba su ropa y su aliento.

–Además, ya es tarde para arrepentirme, ¿verdad? –agregó John Sommers.

–Puede vivir un poco más y en mejores condiciones si deja de beber. ¿Por qué no toma un descanso? Venga a vivir con nosotros por un tiempo, Eliza y yo lo cuidaremos hasta que se reponga –propuso el *zhong-yi* sin mirarlo, para que el otro no percibiera su emoción. Como tantas veces le ocurría en su oficio de médico, debía luchar contra la sensación de terrible impotencia que solía abrumarlo al confirmar cuán escasos eran los recursos de su ciencia y cuán inmenso el padecer ajeno.

–¡Cómo se le ocurre que voy a ponerme voluntariamente en manos de Eliza para que me condene a la abstinencia! ¿Cuánto tiempo me queda, Tao? –preguntó John Sommers.

–No puedo decirlo con certeza. Debería consultar otra opinión.

–La suya es la única opinión que me merece respeto. Desde que usted me sacó una muela sin dolor a medio camino entre Indonesia y la costa del África, ningún otro médico ha puesto sus malditas manos sobre mí. ¿Cuánto hace de eso?

–Unos quince años. Agradezco su confianza, señor.

–¿Sólo quince años? ¿Por qué me parece que nos hemos conocido toda la vida?

–Tal vez nos conocimos en otra existencia.

–La reencarnación me da terror, Tao. Imagínese que en mi próxima vida me toque ser musulmán. ¿Sabía que esa pobre gente no bebe alcohol?

–Ése es seguramente su karma. En cada reencarnación debemos resolver lo que dejamos inconcluso en la anterior –se burló Tao.

–Prefiero el infierno cristiano, es menos cruel. Bueno, nada de esto le diremos a Eliza –concluyó John Sommers mientras se ponía la ropa, luchando con los botones que escapaban de sus dedos temblorosos–. Como ésta puede ser mi última visita, es justo que ella y mis nietos me recuerden alegre y sano. Me voy tranquilo, Tao, porque nadie podría cuidar a mi hija Eliza mejor que usted.

–Nadie podría amarla más que yo, señor.

–Cuando yo no esté, alguien deberá ocuparse de mi hermana. Usted sabe que Rose fue como una madre para Eliza...

–No se preocupe, Eliza y yo estaremos siempre pendientes de ella –le aseguró su yerno.

–La muerte... quiero decir... ¿será con rapidez y dignidad? ¿Cómo sabré cuándo llega el fin?

–Cuando vomite sangre, señor –dijo Tao Chi'en tristemente.

Ocurrió tres semanas más tarde, en medio del Pacífico, en la privacidad del camarote del capitán. Apenas pudo ponerse de pie, el viejo navegante limpió los rastros del vómito, se enjuagó la boca, se cambió la camisa ensangrentada, encendió su pipa y se fue a la proa del barco, donde se instaló a mirar por última vez las estrellas titilando en un cielo de terciopelo negro. Varios marineros lo vieron y esperaron a la distancia, con las gorras en la mano. Cuando se le terminó el tabaco, el capitán John Sommers pasó las piernas por encima de la borda y se dejó caer sin ruido al mar.

Severo del Valle conoció a Lynn Sommers durante un viaje que hizo con su padre de Chile a California en 1872, para visitar a sus tíos Paulina y Feliciano, quienes protagonizaban los mejores chismes de la familia. Severo había visto un par de veces a su tía Paulina durante sus esporádicas apariciones en Valparaíso, pero hasta que no la conoció en su ambiente norteamericano, no comprendió los suspiros de cristiana intolerancia de su familia. Lejos del medio religioso y conservador de Chile, del abuelo Agustín clavado en su sillón de paralítico, de la abuela Emilia con sus encajes lúgubres y sus lavativas de linaza, del resto de sus parientes envidiosos y timoratos, Paulina alcanzaba sus verdaderas proporciones de amazona. En el primer viaje, Severo del Valle era demasiado joven para medir el poder o la fortuna de esa pareja de tíos célebres, pero no se le escaparon las diferencias entre ellos y el resto de la tribu Del Valle. Fue al regresar años más tarde, cuando comprendió que se contaban entre las familias más ricas de San Francisco, junto a los magnates de la plata, el ferrocarril, los bancos y el transporte. En ese primer viaje, a los quince años, sentado a los pies de la cama policromada de su tía Paulina, mientras ella planeaba la estrategia de sus guerras mercantiles, Severo decidió su propio futuro.

–Debieras hacerte abogado, para que me ayudes a demoler a mis enemigos con todas las de la ley –le aconsejó ese día Paulina, entre dos mordiscos de pastel de hojaldre con dulce de leche.

–Sí, tía. Dice el abuelo Agustín que en toda familia respetable se necesita un abogado, un médico y un obispo –replicó el sobrino.

–También se necesita un cerebro para los negocios.

–El abuelo considera que el comercio no es oficio de hidalgos.

–Dile que la hidalguía no sirve para comer, que se la meta por el culo.

El joven sólo había escuchado esa palabreja en boca del cochero de su casa, un madrileño escapado de una prisión en Tenerife, quien por razones incomprensibles también se cagaba en Dios y en la leche.

–¡Déjate de melindres, chiquillo, mira qué culo tenemos todos! –exclamó Paulina muerta de risa al ver la expresión de su sobrino.

Esa misma tarde lo llevó a la pastelería de Eliza Sommers. San Francisco había deslumbrado a Severo al atisbarlo desde el barco: una ciudad luminosa instalada en un verde paisaje de colinas sembradas de árboles que descendían ondulantes hasta el borde de una bahía de aguas calmas. De lejos parecía severa, con su trazado español de calles paralelas y transversales, pero de cerca tenía el encanto de lo inesperado. Acostumbrado al aspecto somnoliento del puerto de Valparaíso, donde se había criado, el muchacho quedó aturdido ante la demencia de casas y edificios en variados estilos, lujo y pobreza, todo revuelto, como si hubiera sido levantado deprisa. Vio un caballo muerto y cubierto de moscas frente a la puerta de una elegante tienda que ofrecía violines y pianos de cola. Entre el tráfico ruidoso de animales y coches se abría paso una muchedumbre cosmopolita: americanos, hispanos, franceses, irlandeses, italianos, alemanes, algunos indios y antiguos esclavos negros, ahora libres, pero siempre rechazados y pobres. Dieron una vuelta por Chinatown y en un abrir y cerrar de ojos se encontraron en un país poblado de *celestiales*, como llamaban a los chinos, que el cochero apartaba con chasquidos de su fusta mientras conducía el fiacre a la Plaza de la

Unión. Se detuvo ante una casa de estilo victoriano, sencilla en comparación a los desvaríos de molduras, relieves y rosetones que solían verse por esos lados.

–Éste es el salón de té de la señora Sommers, el único por estos lados –aclaró Paulina–. Puedes tomar café donde quieras, pero para una taza de té debes venir aquí. Los yanquis abominan de este noble brebaje desde la Guerra de Independencia, que empezó cuando los rebeldes quemaron el té de los ingleses en Boston.

–Pero ¿no hace como un siglo de eso?

–Ya ves, Severo, lo estúpido que puede ser el patriotismo.

No era el té la causa de las frecuentes visitas de Paulina a ese salón, sino la famosa pastelería de Eliza Sommers, que impregnaba el interior con una fragancia deliciosa de azúcar y vainilla. La casa, de las muchas importadas de Inglaterra en los primeros tiempos de San Francisco, con un manual de instrucciones para armarla como un juguete, tenía dos pisos coronados por una torre, que le daba un aire de iglesia campestre. En el primer piso habían juntado dos habitaciones para ampliar el comedor, había varios sillones de patas torcidas y cinco mesitas redondas con manteles blancos. En el segundo piso se vendían cajas de bombones hechos a mano con el mejor chocolate belga, mazapán de almendra y varias clases de dulces criollos de Chile, los favoritos de Paulina del Valle. Servían dos empleadas mexicanas de largas trenzas, albos delantales y cofias almidonadas, dirigidas telepáticamente por la pequeña señora Sommers, quien daba la impresión de existir apenas, en contraste con la impetuosa presencia de Paulina. La moda acinturada y con espumosos pollerines favorecía a la primera, en cambio multiplicaba el volumen de la segunda; además Paulina del Valle no ahorraba en telas, flecos, pompones y plisados. Ese día iba ataviada de abeja reina, en amarillo y negro de la cabeza a los pies, con un sombrero terminado en plumas y un corpiño a rayas. Muchas rayas. Invadía el salón, se tragaba todo el aire y con cada desplazamiento suyo las tazas tintineaban y las frágiles paredes de madera gemían. Al verla entrar, las criadas corrieron a cambiar una de las delicadas sillas enjuncadas por un sillón más sólido, donde la dama se acomodó con gracia. Se movía con cuidado, pues consideraba que nada afea tanto como la prisa; también evitaba los ruidos de vieja, jamás dejaba escapar en público jadeos, toses, crujidos o suspiros de cansancio, aunque los pies estuvieran matándola. «No quiero tener voz de gorda», decía, y hacía gárgaras diarias de jugo de limón con miel para mantener la voz delgada. Eliza Sommers, menuda y derecha como un sable, vestida con una falda azul oscuro y una blusa color melón abotonada en los puños y el cuello, con un discreto collar de perlas como único adorno, parecía notablemente joven. Hablaba un español oxidado por falta de uso y el inglés con acento británico, saltando de una lengua a otra en la misma frase, tal como hacía Paulina. La fortuna de la señora Del Valle y su sangre de aristócrata la colocaban muy por encima del nivel social de la otra. Una mujer que trabajaba por gusto sólo podía ser un marimacho, pero Paulina sabía que Eliza ya no pertenecía al medio en que se había criado en Chile y no trabajaba por gusto, sino por necesidad. Había oído también que vivía con un chino, pero su demoledora indiscreción nunca le alcanzó para preguntárselo directamente.

–La señora Eliza Sommers y yo nos conocimos en Chile en 1840; entonces ella tenía ocho años y yo dieciséis, pero ahora somos de la misma edad –explicó Paulina a su sobrino.

Mientras las empleadas servían té, Eliza Sommers escuchaba divertida el parloteo incesante de Paulina, interrumpido apenas para zamparse otro bocado. Severo se olvidó de ellas al descubrir en otra mesa a una preciosa niña pegando estampas en un álbum a la luz de las lámparas a gas y la suave claridad de los vitrales de la ventana, que la alumbraban con destellos dorados. Era Lynn Sommers, hija de Eliza, criatura de tan rara belleza que ya entonces, a los doce años, varios fotógrafos de la ciudad la usaban como modelo; su rostro ilustraba postales, afiches y calendarios de ángeles tocando la lira y ninfas traviesas en bosques de cartón piedra. Severo todavía estaba en la edad en que las niñas son un misterio más bien repelente para los muchachos, pero él se rindió a la fascinación; de pie a su lado la contempló boquiabierto sin comprender por qué le dolía el pecho y sentía deseos de llorar. Eliza Sommers lo sacó del trance llamándolos a tomar chocolate. La chiquilla cerró el álbum sin prestarle atención, como si no lo viera, y se levantó liviana, flotando. Se instaló frente a su taza de chocolate sin decir palabra ni alzar la vista, resignada a las miradas impertinentes del joven, plenamente consciente de que su aspecto la separaba del resto de los mortales. Sobrellevaba su belleza como una deformidad, con la secreta esperanza de que se le pasaría con el tiempo.

Unas semanas más tarde Severo se embarcó de vuelta a Chile con su padre, llevándose en la memoria la vastedad de California y la visión de Lynn Sommers plantada firmemente en el corazón.

Severo del Valle no volvió a ver a Lynn hasta varios años más tarde. Regresó a California a finales de 1876 a vivir con su tía Paulina, pero no inició su relación con Lynn hasta un miércoles de invierno en 1879 y entonces ya era demasiado tarde para los dos. En su segunda visita a San Francisco, el joven había alcanzado su altura definitiva, pero todavía era huesudo, pálido, desgarbado y andaba incómodo en su piel, como si le sobraran codos y rodillas. Tres años depués, cuando se plantó sin voz delante de Lynn, ya era un hombre hecho y derecho, con las nobles facciones de sus antepasados españoles, la contextura flexible de un torero andaluz y el aire ascético de un seminarista. Mucho había cambiado en su vida desde la primera vez que viera a Lynn. La imagen de esa niña silenciosa con languidez de gato en reposo, lo acompañó durante los años difíciles de la adolescencia y en el dolor del duelo. Su padre, a quien había adorado, murió prematuramente en Chile y su madre, desconcertada ante ese hijo aún imberbe, pero demasiado lúcido e irreverente, lo envió a terminar sus estudios en un colegio católico de Santiago. Pronto, sin embargo, lo devolvieron a su casa con una carta explicando en secos términos que una manzana podrida en el barril corrompe a las demás, o algo por el estilo. Entonces la abnegada madre hizo una peregrinación de rodillas a una gruta milagrosa, donde la Virgen, siempre ingeniosa, le sopló la solución: mandarlo al servicio militar para que un sargento se hiciera cargo del problema. Durante un año Severo marchó con la tropa, soportó el rigor y la estupidez del regimiento y salió con rango de oficial de reserva, decidido a no acercarse a un cuartel nunca más en su vida. No bien puso los pies en la calle volvió a sus antiguas amistades y a sus erráticos raptos de humor. Esta vez sus tíos tomaron cartas en el asunto. Se reunieron en consejo en el austero comedor de la casa del abuelo Agustín, en ausencia del joven y su madre, quienes carecían de voto en la mesa patriarcal. En esa misma habitación, treinta y cinco años antes Paulina del Valle, con la cabeza afeitada y una tiara de diamantes, había desafiado a los hombres de su familia para casarse con Feliciano Rodríguez de Santa Cruz, el hombre escogido por ella. Allí se presentaban ahora ante el abuelo las pruebas contra Severo: se negaba a confesarse y comulgar, salía con bohemios, se habían descubierto en su poder libros de la lista negra; en pocas palabras, sospechaban que había sido reclutado por la masonería o, peor aún, por los liberales. Chile pasaba por un período de luchas ideológicas irreconciliables y en la medida en que los liberales ganaban puestos en el gobierno, crecía la ira de los ultraconservadores imbuidos de fervor mesiánico, como los Del Valle, que pretendían implantar sus ideas a punta de anatemas y balas, aplastar a masones y anticlericales, y acabar de una vez por todas con los liberales. Los del Valle no estaban dispuestos a tolerar un disidente de su propia sangre en el seno mismo de la familia. La idea de enviarlo a Estados Unidos fue del abuelo Agustín: «los yanquis le curarán las ganas de andar metiendo bulla», pronosticó. Lo embarcaron rumbo a California sin pedir su opinión, vestido de luto, con el reloj de oro de su difunto padre en el bolsillo del chaleco, un escueto equipaje, que incluía un gran Cristo coronado de espinas, y una carta sellada para sus tíos Feliciano y Paulina.

Las protestas de Severo fueron meramente formales, porque ese viaje calzaba con sus propios planes. Sólo le pesaba separarse de Nívea, la muchacha a la cual todo el mundo esperaba que desposara algún día, de acuerdo a la vieja costumbre de la oligarquía chilena de casarse entre primos. Se ahogaba en Chile. Había crecido preso en una maraña de dogmas y prejuicios, pero el contacto con otros estudiantes en el colegio de Santiago le abrió la imaginación y despertó en él un fulgor patriótico. Hasta entonces creía que había sólo dos clases sociales, la suya y la de los pobres, separadas por una imprecisa zona gris de funcionarios y otros «chilenitos del montón», como los llamaba su abuelo Agustín. En el cuartel se dio cuenta de que los de su clase, con piel blanca y poder económico, eran apenas un puñado; la vasta mayoría era mestiza y pobre; pero en Santiago descubrió que existía también una pujante clase media numerosa, educada y con ambiciones políticas, que era en realidad la columna vertebral del país, donde se contaban inmigrantes escapados de guerras o miserias, científicos, educadores, filósofos, libreros, gente con ideas avanzadas. Quedó pasmado con la oratoria de sus nuevos amigos, como quien se enamora por primera vez. Deseaba cambiar a Chile, darle vuelta por completo, purificarlo. Se convenció de que los conservadores –salvo los de su propia familia, que a sus ojos no actuaban por maldad sino por error– pertenecían a las huestes de Satanás, en el caso hipotético de que Satanás fuera algo más que una pintoresca invención, y se dispuso a participar en política apenas pudiera adquirir independencia. Comprendía que faltaban algunos años para eso, por lo mismo consideró el viaje a los Estados Unidos como un soplo de aire fresco; podría observar la envidiable democracia de los norteamericanos y aprender de ella, leer lo que le diera la gana sin preocuparse de la censura católica y enterarse de los avances de la modernidad. Mientras en el resto del mundo se destronaban monarquías, nacían nuevos estados, se colonizaban continentes y se inventaban maravillas, en Chile el parlamento discutía sobre el derecho de los adúlteros a ser enterrados en cementerios consagrados. Delante de su abuelo no se permitía mencionar la teoría de Darwin, que estaba revolucionando el conocimiento humano, en cambio se podía perder una tarde discutiendo improbables milagros de santos y mártires. El otro incentivo para el viaje era el recuerdo de la pequeña Lynn Sommers, que se atravesaba con abrumadora perseverancia en su afecto por Nívea, aunque él no lo admitiera ni en lo más secreto de su alma.

Severo del Valle no supo cuándo ni cómo surgió la idea de casarse con Nívea, tal vez no lo decidieron ellos, sino la familia, pero ninguno de los dos se rebeló contra ese destino porque se conocían y se amaban desde la infancia. Nívea pertenecía a una rama de la familia que había sido adinerada cuando el padre vivía, pero a su muerte la viuda empobreció. Un tío de fortuna, que habría de ser figura prominente en tiempos de la guerra, don Francisco José Vergara, ayudó a educar a esos sobrinos. «No hay peor pobreza que la de la gente venida a menos, porque se debe aparentar lo que no se tiene», había confesado Nívea a su primo Severo en uno de esos momentos de súbita lucidez que la caracterizaban. Era cuatro años menor, pero mucho más madura; fue ella quien marcó el tono de ese cariño de niños, conduciéndolo con mano firme a la relación romántica que compartían cuando Severo partió a los Estados Unidos. En los caserones enormes donde transcurrían sus vidas sobraban rincones perfectos para amarse. Tanteando en las sombras, los primos descubrieron con torpeza de cachorros los secretos de sus cuerpos. Se acariciaban con curiosidad, averiguando las diferencias, sin saber por qué él tenía esto y ella aquello, aturdidos por el pudor y la culpa, siempre callados, porque lo que no formulaban en palabras era como si no hubiera sucedido y fuera menos pecado. Se exploraban de prisa y asustados, conscientes de que no podían admitir esos juegos de primos ni en el confesionario, aunque por ello se condenaran al infierno. Había mil ojos espiándolos. Las viejas criadas que los vieran nacer protegían esos inocentes amores, pero las tías solteras velaban como cuervos; nada escapaba a esos ojos secos cuya única función era registrar cada instante de la vida familiar, a esas lenguas crepusculares que divulgaban los secretos y aguzaban las querellas, aunque siempre en el seno del clan. Nada salía de las paredes de esas casas. El primer deber de todos era preservar el honor y buen nombre de la familia. Nívea se había desarrollado tarde y a los quince años todavía tenía cuerpo de niña y un rostro inocente, nada en su aspecto revelaba la fuerza de su carácter: de corta estatura, regordeta, con grandes ojos oscuros como único rasgo memorable, parecía insignificante hasta que abría la boca. Mientras sus hermanas se ganaban el cielo leyendo libros píos, ella leía a escondidas los artículos y libros que su primo Severo le pasaba bajo la mesa y los clásicos que le prestaba su tío José Francisco Vergara. Cuando casi nadie hablaba de eso en su medio social, ella sacó de la manga la idea del sufragio femenino. La primera vez que lo mencionó en un almuerzo de familia, en casa de don Agustín del Valle, se produjo una deflagración de espanto. «¿Cuándo van a votar las mujeres y los pobres en este país?», preguntó Nívea de sopetón, sin acordarse de que los niños no abrían la boca en presencia de los adultos. El viejo patriarca Del Valle dio un puñetazo sobre la mesa que hizo volar las copas y le ordenó ir de inmediato a confesarse. Nívea cumplió calladamente la penitencia impuesta por el sacerdote y anotó en su diario, con su pasión habitual, que no pensaba descansar hasta conseguir derechos elementales para las mujeres, aunque la expulsaran de su familia. Había tenido la suerte de contar con una maestra excepcional, sor María Escapulario, una monja con un corazón de leona escondido bajo el hábito, quien había notado la inteligencia de Nívea. Ante esa muchacha que todo lo absorbía con avidez, que cuestionaba lo que ni ella misma se había preguntado nunca, que la desafiaba con un razonamiento inesperado para sus años, y que parecía a punto de estallar de vitalidad y salud dentro de su horrendo uniforme, la monja se sentía recompensada como maestra. Nívea valía por sí sola el esfuerzo de haber enseñado por años a una multitud de niñas ricas con mente pobre. Por cariño hacia ella, sor María Escapulario violaba sistemáticamente el reglamento del colegio, creado con el propósito específico de convertir a las alumnas en criaturas dóciles. Mantenía con ella conversaciones que hubieran espantado a la madre superiora y al director espiritual del colegio.

–Cuando yo tenía tu edad había sólo dos alternativas: casarse o entrar al convento –dijo sor María Escapulario.

–¿Por qué eligió lo segundo, madre?

–Porque me daba más libertad. Cristo es un esposo tolerante...

–Las mujeres estamos fritas, madre. Tener hijos y obedecer, nada más –suspiró Nívea.

—No tiene que ser así. Tú puedes cambiar las cosas —replicó la monja

—¿Yo sola?

—Sola no, hay otras chicas como tú, con dos dedos de frente. Leí en un periódico que ahora hay algunas mujeres que son médicos, imagínate.

—¿Dónde?

—En Inglaterra.

—Eso está muy lejos.

—Cierto, pero si ellas pueden hacerlo allá, algún día se podrá hacer en Chile. No te desanimes, Nívea.

—Mi confesor dice que pienso mucho y rezo poco, madre.

—Dios te dio cerebro para usarlo; pero te advierto que el camino de la rebelión está sembrado de peligros y dolores, se requiere mucho valor para recorrerlo. No está de más pedir a la Divina Providencia que te ayude un poco... —la aconsejó sor María Escapulario.

Tan firme llegó a ser la determinación de Nívea, que escribió en su diario que renunciaría al matrimonio para dedicarse por completo a la lucha por el sufragio femenino. Ignoraba que tal sacrificio no sería necesario, pues se casaría por amor con un hombre que la secundaría en sus propósitos políticos.

Severo subió al barco con aire agraviado para que sus parientes no sospecharan lo contento que estaba de irse de Chile —no fueran a cambiar de idea— y se dispuso a sacar el mayor provecho posible a esa aventura. Se despidió de su prima Nívea con un beso robado, después de jurarle que le enviaría libros interesantes por medio de un amigo, para eludir la censura de la familia, y que le escribiría cada semana. Ella se había resignado a una separación de un año, sin sospechar que él había hecho planes para quedarse en los Estados Unidos el mayor tiempo posible. Severo no quiso amargar más la despedida anunciando esos propósitos, ya se lo explicaría a Nívea por carta, decidió. De todos modos ambos estaban demasiado jóvenes para casarse. La vio de pie en el muelle de Valparaíso, rodeada por el resto de la familia, con su vestido y su bonete color aceituna, haciéndole adiós con la mano y sonriendo a duras penas. «No llora y no se queja, por eso la amo y la amaré siempre», dijo Severo en voz alta contra el viento, dispuesto a vencer las veleidades de su corazón y las tentaciones del mundo a punta de tenacidad. «Virgen Santísima, devuélvemelo sano y salvo», suplicó Nívea, mordiéndose los labios, vencida por el amor, sin acordarse para nada que había jurado permanecer célibe hasta cumplir su deber de sufragista.

El joven Del Valle manoseó la carta de su abuelo Agustín desde Valparaíso hasta Panamá, desesperado por abrirla, pero sin atreverse a hacerlo, porque le habían inculcado a sangre y fuego que ningún caballero pone ojo en carta ni mano en plata. Finalmente la curiosidad pudo más que el pundonor –se trataba de su destino, razonó– y con la navaja de afeitar rompió cuidadosamente el sello, luego expuso el sobre al vapor de una tetera y lo abrió con mil precauciones. Así descubrió que los planes del abuelo incluían mandarlo a una escuela militar norteamericana. Era una lástima, agregaba el abuelo, que Chile no estuviera en guerra con algún país vecino, para que su nieto se hiciera hombre con las armas en la mano, como era debido. Severo tiró la carta al mar y escribió otra en sus propios términos, la colocó dentro del mismo sobre y vertió laca derretida sobre el sello roto. En San Francisco su tía Paulina lo esperaba en el muelle acompañada por dos lacayos y Williams, su pomposo mayordomo. Iba ataviada con un sombrero de disparate y una profusión de velos volando al viento, que de no haber sido ella tan pesada la habrían elevado por los aires. Se echó a reír a gritos cuando vio al sobrino descender por la plancha con el Cristo en brazos, luego lo estrechó contra su pecho de soprano, ahogándolo en la montaña de sus senos y en su perfume de gardenias.

–Lo primero será deshacernos de esa monstruosidad –dijo señalando al Cristo–. También habrá que comprarte ropa, nadie anda en esa facha por estos lados –agregó.

–Este traje era de mi papá –aclaró Severo, humillado.

–Se nota, pareces un enterrador –comentó Paulina y apenas lo hubo dicho recordó que no hacía mucho que el muchacho había perdido a su padre–. Perdóname, Severo, no quise ofenderte. Tu padre era mi hermano preferido, el único en la familia con el cual se podía hablar.

–Me ajustaron algunos de sus trajes, para no perderlos –explicó Severo con la voz quebrada.

–Empezamos mal. ¿Puedes perdonarme?

–Está bien, tía.

A la primera oportunidad que se presentó, el joven le pasó la falsa carta del abuelo Agustín. Ella le echó una mirada más bien distraída.

–¿Qué decía la otra? –preguntó.

Con las orejas coloradas, Severo intentó negar lo que había hecho, pero ella no le dio tiempo de enredarse en mentiras.

–Yo habría hecho lo mismo, sobrino. Quiero saber qué decía la carta de mi padre para contestarle, no para hacerle caso.

–Que me mande a una escuela militar o a la guerra, si es que hay una por estos lados.

–Llegas tarde, ya la hubo. Pero ahora están masacrando a los indios, en caso que te interese. No se defienden mal los indios; fíjate que acaban de matar al general Custer y a más de doscientos soldados del Séptimo de Caballería en Wyoming. No se habla de otra cosa. Dicen que un indio llamado *Lluvia en la Cara,* mira qué nombre tan poético, había jurado vengarse del hermano del general Custer y que en esa batalla le arrancó el corazón y se lo devoró. ¿Todavía tienes ganas de ser soldado? –se rió entre dientes Paulina del Valle.

–Nunca he querido ser militar, ésas son ideas del abuelo Agustín.

–En la carta que falsificaste dice que quieres ser abogado, veo que el consejo que te di años atrás no cayó en el vacío. Así me gusta, niño. Las leyes americanas no son como las chilenas, pero eso es lo de menos. Serás abogado. Entrarás de aprendiz al mejor bufete de California, para algo han de servir mis influencias –aseguró Paulina.

–Estaré en deuda con usted por el resto de mi vida, tía –dijo Severo, impresionado.

–Cierto. Espero que no se te olvide, mira que la vida es larga y nunca se sabe cuándo tendré necesidad de pedirte un favor.

–Cuente conmigo, tía.

Al otro día Paulina del Valle se presentó con Severo en la oficina de sus abogados, los mismos que la habían servido por más de veinticinco años ganando enormes comisiones, y les anunció sin preámbulos que esperaba ver a su sobrino trabajando con ellos a partir del lunes próximo para aprender el oficio. No pudieron negarse. La tía instaló al joven en su casa, en una asoleada habitación del segundo piso, le compró un buen caballo, le asignó una mesada, le puso un profesor de inglés y procedió a presentarlo en sociedad, porque según ella no había mejor capital que las conexiones.

–Dos cosas espero de ti, fidelidad y buen humor.

–¿No espera también que estudie?

–Ése es tu problema, muchacho. Lo que hagas con tu vida no me incumbe para nada.

Sin embargo, en los meses siguientes Severo comprobó que Paulina seguía de cerca sus progresos en la firma de abogados, llevaba la cuenta de sus amistades, contabilizaba sus gastos y conocía sus pasos incluso antes que él los diera. Cómo hacía para saber tanto, era un misterio, a menos que Williams, el impenetrable mayordomo, hubiera organizado una red de vigilancia. El hombre dirigía un ejército de criados, que hacían sus tareas como silenciosas sombras, vivían en un edificio separado al fondo del parque de la casa y tenían prohibido dirigir la palabra a los señores de la familia, salvo que fueran llamados. Tampoco podían hablar con el mayordomo sin pasar antes por el ama de llaves. A Severo le costó entender esas jerarquías, porque las cosas en Chile eran mucho más simples. Los patrones, aun los más déspotas como su abuelo, trataban a sus empleados con dureza, pero atendían sus necesidades y los consideraban parte de la familia. Nunca vio que despidieran a una criada; esas mujeres entraban a trabajar en la casa en la pubertad y se quedaban hasta la muerte. El palacete en Nob Hill era muy distinto a los caserones conventuales en los cuales había transcurrido su infancia, de gruesos muros de adobe y lúgubres puertas aherrojadas, con escasos muebles atracados a las paredes desnudas. En casa de su tía Paulina habría sido tarea imposible llevar un inventario de su contenido, desde los picaportes y llaves de los baños de plata maciza, hasta las colecciones de figurillas de porcelana, cajas rusas lacadas, marfiles chinos, y cuanto objeto de arte o de codicia estaba de moda. Feliciano Rodríguez de Santa Cruz compraba para impresionar a las visitas, pero no era un bárbaro, como otros magnates amigos suyos que adquirían libros por peso y cuadros por color para combinarlos con los sillones. Por su lado Paulina no sentía apego alguno por aquellos tesoros; el único mueble que había encargado en su vida era su cama y lo había hecho por razones que nada tenían que ver con la estética o el boato. Lo que le interesaba era el dinero, simple y llanamente; su desafío consistía en ganarlo con astucia, acumularlo con tenacidad e invertirlo sabiamente. No se fijaba en las cosas que adquiría su marido ni dónde las colocaba y el resultado era una casona ostentosa, donde sus habitantes se sentían extranjeros. Las pinturas eran enormes, macizos los marcos, esforzados los temas –*Alejandro Magno a la conquista de Persia*– pero también había cientos de cuadros menores organizados por temas, que daban nombre a las habitaciones: el salón de caza, el de las marinas, el de las acuarelas. Las cortinas eran de pesado terciopelo con abrumadores flecos y los espejos venecianos reflejaban hasta el infinito las columnas de mármol, los altos jarrones de Sèvres, las estatuas de bronce, las urnas rebosantes de flores y frutas. Existían dos salones de música con finos instrumentos italianos, aunque en esa familia nadie sabía usarlos y a Paulina la música le daba dolor de cabeza, y una biblioteca de dos pisos. En cada rincón había escupideras de plata con iniciales de oro, porque en esa ciudad fronteriza era perfectamente aceptable lanzar escupitajos en público. Feliciano tenía sus habitaciones en el ala oriental y su mujer las suyas en el mismo piso, pero en el otro extremo de la mansión. Entre ambas, unidas por un ancho pasillo, se alineaban los aposentos de los hijos y los huéspedes, todos vacíos menos el de Severo y otro que ocupaba Matías, el hijo mayor, el único que aún vivía en la casa. Severo del Valle, acostumbrado a la incomodidad y al frío, que en Chile se consideraban buenos para la salud, demoró varias semanas en habituarse al abrazo oprimente del colchón y las almohadas de plumas, al verano eterno de las estufas y la sorpresa cotidiana de abrir la llave del baño y encontrarse con un chorro de agua caliente. En la casa de su abuelo los retretes eran casuchas malolientes al fondo del patio y en las madrugadas de invierno el agua para lavarse amanecía escarchada en las palanganas.

La hora de la siesta solía sorprender al joven sobrino y a la incomparable tía en la cama mitológica, ella entre las sábanas, con sus libracos de contabilidad a un lado y sus pasteles al otro, y él sentado a los pies entre la náyade y el delfín, comentando asuntos familiares y negocios. Sólo con Severo se permitía Paulina tal grado de intimidad, muy pocos tenían acceso a sus habitaciones privadas, pero con él se sentía totalmente a gusto en camisa de dormir. Ese sobrino le daba satisfacciones que nunca le dieron sus hijos. Los dos menores hacían vida de herederos, gozando de empleos simbólicos en la dirección de las empresas del clan, uno en Londres y el otro en Boston. Matías, el primogénito, estaba destinado a encabezar la estirpe de los Rodríguez de Santa Cruz y del Valle, pero no tenía la menor vocación para ello; lejos de seguir los pasos de sus esforzados padres, de interesarse en sus empresas o echar hijos varones al mundo para prolongar el apellido, había hecho del hedonismo y el celibato una forma de arte. «No es más que un tonto bien vestido», lo definió Paulina una vez ante Severo, pero al comprobar lo bien que se llevaban su hijo y su sobrino, trató con ahínco de facilitar esa naciente amistad. «Mi madre no da puntada sin hilo, debe estar planeando que me salves de la disipación», se burlaba Matías. Severo no pretendía echarse encima la tarea de cambiar a su primo, por el contrario, le hubiera gustado parecerse a él; en comparación se sentía tieso y fúnebre. Todo en Matías lo asombraba, su estilo impecable, su ironía glacial, la ligereza con que gastaba dinero sin reparo.

–Deseo que te familiarices con mis negocios. Ésta es una sociedad materialista y vulgar, con muy poco respeto por las mujeres. Aquí sólo valen fortuna y contactos, para eso te necesito: serás mis ojos y orejas –anunció Paulina a su sobrino, a los pocos meses de su llegada.

–No entiendo nada de negocios.

–Pero yo sí. No te pido que pienses, eso me toca a mí. Tú callas, observas, escuchas y me cuentas. Luego haces lo que yo te diga sin hacer muchas preguntas, ¿estamos claros?

–No me pida que haga trampas, tía –replicó dignamente Severo.

–Veo que has oído algunos chismes sobre mí... Mira, hijo, las leyes fueron inventadas por los fuertes para dominar a los débiles, que son muchos más. Yo no tengo obligación de respetarlas. Necesito un abogado de total confianza para hacer lo que me dé la gana sin meterme en líos.

–En forma honorable, espero... –le advirtió Severo.

–¡Ay, niño! Así no vamos a llegar a ninguna parte. Tu honor estará a salvo, siempre que no exageres –replicó Paulina.

Así sellaron un pacto tan fuerte como los lazos de sangre que los unían. Paulina, quien lo había acogido sin grandes expectativas, convencida de que era un tunante, única razón para que se lo enviaran desde Chile, se llevó una favorable sorpresa con ese sobrino listo y de nobles sentimientos. En pocos años Severo aprendió a hablar inglés con una facilidad que nadie más había demostrado en su familia, llegó a conocer las empresas de su tía como la palma de su mano, cruzó dos veces los Estados Unidos en tren –una de ellas amenizada por un ataque de bandoleros mexicanos– y hasta le alcanzó el tiempo para convertirse en abogado. Con su prima Nívea mantenía una correspondencia semanal, que con los años fue definiéndose como intelectual, más que romántica. Ella le contaba de la familia y de la política chilena; él le compraba libros y recortaba artículos sobre los avances de las sufragistas en Europa y los Estados Unidos. La noticia de que se había presentado al Congreso norteamericano una enmienda para autorizar el voto femenino fue celebrada por ambos en la distancia, aunque estuvieron de acuerdo que imaginar algo semejante en Chile equivalía a la demencia. «¿Qué gano con estudiar y leer tanto, primo, si no hay lugar para la acción en la vida de una mujer? Dice mi madre que será imposible casarme porque ahuyento a los hombres, que me arregle bonita y cierre la boca si deseo un marido. Mi familia aplaude la menor muestra de conocimiento en mis hermanos –y digo menor porque ya sabes cuán brutos son– pero lo mismo en mí se considera jactancia. El único que me tolera es mi tío José Francisco, porque le doy ocasión de hablarme de ciencia, astronomía y política, temas sobre los cuales le gusta perorar, aunque mis opiniones nada le importan. No imaginas cómo envidio a los hombres como tú, que tienen el mundo por escenario», escribía la joven. El amor no ocupaba más que un par de líneas en las cartas de Nívea y un par de palabras en las de Severo, como si tuvieran el tácito acuerdo de olvidar las intensas y apresuradas caricias en los rincones. Dos veces al año Nívea le enviaba una fotografía suya, para que viera cómo iba convirtiéndose en mujer, pero él prometía hacerlo y siempre lo olvidaba, tal como olvidaba decirle que tampoco esa Navidad regresaría a casa. Otra más apurada por casarse que Nívea habría afinado las antenas para ubicar un novio menos escurridizo, pero ella jamás dudó de que Severo del Valle sería su marido. Tal era su certeza, que esa separación arrastrada por años no la preocupaba demasiado; estaba dispuesta a esperar hasta el fin de los tiempos. Por su parte Severo guardaba el recuerdo de su prima como símbolo de todo lo bueno, noble y puro.

El aspecto de Matías podía justificar la opinión de su madre de que era sólo un tonto bien vestido, pero de tonto nada tenía. Había visitado todos los museos importantes de Europa, sabía de arte, podía recitar cuanto poeta clásico existía y era el único que usaba la biblioteca de la casa. Cultivaba su propio estilo, mezcla de bohemio y de dandy; del primero tenía el hábito de la vida nocturna y del segundo la manía por los detalles del vestir. Era considerado el mejor partido de San Francisco, pero se profesaba resueltamente soltero; prefería una conversación trivial con el peor de sus enemigos, a una cita con la más atrayente de sus enamoradas. Con las mujeres lo único que había en común era la procreación, un propósito de por sí absurdo, decía. Ante los apremios de la naturaleza prefería una profesional, de las muchas que existían a mano. No se concebía velada entre caballeros que no concluyese con un brandy en el bar y una visita a un burdel; había más de un cuarto de millón de prostitutas en el país y un buen porcentaje de ellas se ganaba la vida en San Francisco, desde las míseras *sing-song girls* de Chinatown, hasta finas señoritas de los estados del sur, lanzadas por la Guerra Civil a la vida galante. El joven heredero, tan poco permisivo con las debilidades femeninas, hacía gala de paciencia con la grosería de sus amigos bohemios; era otra de sus singularidades, como su afición a los delgados cigarrillos negros, que encargaba a Egipto, y a los crímenes literarios y reales. Vivía en el palacete paterno de Nob Hill y disponía de un lujoso piso en pleno centro, coronado por una buhardilla espaciosa, que llamaba la *garçonnière,* donde pintaba de vez en cuando y hacía fiestas con frecuencia. Se mezclaba con el mundillo bohemio, unos pobres diablos que sobrevivían sumidos en una escasez estoica e irremediable, poetas, periodistas, fotógrafos, aspirantes a escritores y artistas, hombres sin familia que pasaban la existencia medio enfermos, tosiendo y conversando, vivían a crédito y no usaban reloj, porque el tiempo no se había inventado para ellos. A espaldas del aristócrata chileno se burlaban de sus ropas y modales, pero lo toleraban porque siempre podían acudir a él para unos cuantos dólares, un trago de whisky o un lugar en la buhardilla donde pasar una noche de neblina.

–¿Has notado que Matías tiene modales de marica? –comentó Paulina a su marido.

–¡Cómo se te ocurre decir una barbaridad tan grande de tu propio hijo! ¡Jamás ha habido uno de ésos en mi familia o en la tuya! –replicó Feliciano.

–¿Conoces algún hombre normal que combine el color de la bufanda con el papel de las paredes? –bufó Paulina.

–¡Bueno, carajo! ¡Eres su madre y a ti te toca buscarle novia! Este muchacho ya tiene treinta años y sigue soltero. Más vale que consigas una pronto, antes que se nos vuelva alcohólico, tuberculoso o algo peor –advirtió Feliciano, sin saber que ya era tarde para tibios recursos de salvación.

En una de esas noches de ventisca helada propias del verano en San Francisco, Williams, el mayordomo de chaqueta con colas, golpeó a la puerta de la habitación de Severo del Valle.

–Disculpe la molestia, señor –murmuró con un discreto carraspeo, entrando con un candelabro de tres velas en su mano enguantada.

–¿Qué pasa, Williams? –preguntó Severo alarmado, porque era la primera vez que alguien interrumpía su sueño en esa casa.

–Me temo que hay un pequeño inconveniente. Se trata de don Matías –dijo Williams con esa pomposa deferencia británica, desconocida en California, que siempre sonaba más irónica que respetuosa.

Explicó que a esa hora tardía había llegado a la casa un mensaje enviado por una dama de dudosa reputación, una tal Amanda Lowell, a quien el señorito solía frecuentar, gente de «otro ambiente», como dijo. Severo leyó la nota a la luz de las velas: sólo tres líneas pidiendo ayuda de inmediato para Matías.

–Debemos avisar a mis tíos, Matías puede haber sufrido un accidente –se alarmó Severo del Valle.

–Fíjese en la dirección, señor, es en pleno Chinatown. Me parece preferible que los señores no se enteren de esto –opinó el mayordomo.

–¡Vaya! Pensé que usted no tenía secretos con mi tía Paulina.

–Procuro evitarle molestias, señor.

–¿Qué sugiere que hagamos?

–Si no es mucho pedir, que se vista, coja sus armas y me acompañe.

Williams había despertado a un mozo de cuadra para que alistara uno de los coches, pero deseaba mantener el asunto lo más callado posible y él mismo tomó las riendas y se dirigió sin vacilar por calles oscuras y vacías rumbo al barrio chino, guiado por el instinto de los caballos, porque el viento apagaba a cada rato los faroles del vehículo. Severo tuvo la impresión de que no era la primera vez que el hombre andaba por esas callejuelas. Pronto dejaron el coche y se internaron a pie por un pasaje que desembocaba en un patio en sombras, donde imperaba un extraño y dulce olor, como a nueces tostadas. No se veía ni un alma, no había más sonido que el viento y la única luz se filtraba entre las rendijas de un par de ventanucos a nivel de la calle. Williams encendió una cerilla, leyó una vez más la dirección en el papel y luego empujó sin ceremonias una de las puertas que daba al patio. Severo, con la mano en el arma, lo siguió. Entraron a una habitación pequeña, sin ventilación, pero limpia y ordenada, donde apenas se podía respirar por el aroma denso del opio. Alrededor de una mesa central había compartimientos de madera, alineados contra las paredes, uno encima de otro como las literas de un barco, cubiertos por una esterilla y con un pedazo de madera ahuecado a modo de almohada. Estaban ocupados por chinos, a veces dos por cubículo, recostados de lado frente a pequeñas bandejas que contenían una caja con una pasta negra y una lamparita ardiendo. La noche estaba muy avanzada y ya la droga había surtido su efecto en la mayoría; los hombres yacían aletargados, deambulando en sus sueños, sólo dos o tres aún tenían fuerzas para untar una varilla metálica en el opio, calentarlo en la lámpara, cargar el minúsculo dedal de la pipa y aspirar a través de un tubo de bambú.

–¡Dios mío! –murmuró Severo, quien había oído hablar de eso, pero no lo había visto de cerca.

–Es mejor que el alcohol, si me permite decirlo –replicó Williams–. No induce a la violencia y no hace daño a otros, sólo al que fuma. Fíjese cuánto más tranquilo y limpio es esto que cualquier bar.

Un chino viejo vestido con túnica y anchos pantalones de algodón les salió al encuentro cojeando. Los ojillos rojos apenas asomaban entre las arrugas profundas de la cara, tenía un bigote mustio y gris, como la trenza flaca que le colgaba a la espalda, todas las uñas, menos la del pulgar y el índice, eran tan largas que se enrollaban sobre sí mismas, como colas de algún antiguo molusco, la boca parecía un hueco negro y los pocos dientes que le quedaban estaban teñidos por el tabaco y el opio. Aquel bisabuelo patuleco se dirigió a los recién llegados en chino y ante la sorpresa de Severo, el mayordomo inglés le contestó con un par de ladridos en la misma lengua. Hubo una pausa larguísima en la que nadie se movió. El chino mantuvo la mirada de Williams, como si estuviera estudiándolo y finalmente estiró la mano, donde el otro depositó varios dólares, que el viejo se guardó en el pecho bajo la túnica, luego cogió un cabo de vela y les hizo señas de seguirlo. Pasaron a una segunda sala y enseguida a una tercera y una cuarta, todas similares a la primera, caminaron a lo largo de un retorcido corredor, bajaron por una breve escalera y se encontraron en otro pasillo. Su guía les hizo señas de esperar y desapareció por algunos minutos, que parecieron interminables. Severo, sudando, mantenía el dedo en el gatillo del arma amartillada, alerta y sin atreverse a decir ni media palabra. Por fin volvió el bisabuelo y los condujo por un laberinto hasta que se hallaron frente a una puerta cerrada, que se quedó contemplando con absurda atención, como quien descifra un mapa, hasta que Williams le pasó un par de dólares más, entonces la abrió. Entraron a una pieza más pequeña aún que las otras, más oscura, más llena de humo y más oprimente, porque estaba bajo el nivel de la calle y carecía de ventilación, pero en lo demás idéntica a las anteriores. En las literas de madera había cinco americanos blancos, cuatro hombres y una mujer madura, pero aún espléndida, con una cascada de pelo rojo desparramado a su alrededor como un escandaloso manto. A juzgar por sus finas ropas, eran personas solventes. Todos estaban en el mismo estado de feliz estupor, menos uno que yacía de espaldas respirando apenas, con la camisa desgarrada, los brazos abiertos en cruz, la piel color de tiza y los ojos volteados hacia arriba. Era Matías Rodríguez de Santa Cruz.

–Vamos, señor, ayúdeme –ordenó Williams a Severo del Valle.

Entre los dos lo levantaron con esfuerzo, cada uno pasó un brazo del hombre inconsciente sobre su cuello y así lo llevaron, como un crucificado, la cabeza colgando, el cuerpo lacio, los pies arrastrando por el piso de tierra apisonada. Rehicieron el largo camino de vuelta por los estrechos pasillos y atravesaron uno a uno los sofocantes cuartos, hasta que se hallaron de pronto al aire libre, en la pureza inaudita de la noche, donde pudieron respirar a fondo, ansiosos, aturdidos. Acomodaron a Matías como pudieron en el coche y Williams los condujo a la *garçonnière* cuya existencia Severo suponía que el empleado de su tía ignoraba. Mayor fue su sorpresa cuando Williams sacó una llave, abrió la puerta principal del edificio y luego sacó otra para abrir la del ático.

–Ésta no es la primera vez que usted rescata a mi primo, ¿verdad, Williams?

–Digamos que no será la última –respondió.

Colocaron a Matías sobre la cama que había en un rincón, detrás de un biombo japonés, y Severo procedió a empaparlo con paños mojados y sacudirlo para que regresara del cielo donde estaba instalado, mientras Williams partía en busca del médico de la familia, después de advertir que tampoco sería conveniente informar a los tíos de lo que había ocurrido.

—¡Mi primo se puede morir! —exclamó Severo, todavía tembloroso.

—En ese caso habrá que decírselo a los señores —concedió Williams cortésmente.

Matías estuvo cinco días debatiéndose en espasmos de agonía, envenenado hasta el tuétano. Williams llevó un enfermero al ático para que lo cuidara y se las arregló para que su ausencia no fuera motivo de escándalo en la casa. Este incidente creó un extraño vínculo entre Severo y Williams, una tácita complicidad que jamás se traducía en gestos o palabras. Con otro individuo menos hermético que el mayordomo, Severo habría pensado que compartían cierta amistad o al menos se tenían simpatía, pero en torno al inglés se alzaba una muralla impenetrable de reserva. Comenzó a observarlo. Trataba a los empleados bajo sus órdenes con la misma fría e impecable cortesía con que se dirigía a sus patrones y así lograba atemorizarlos. Nada escapaba a su vigilancia, ni el brillo de los cubiertos de plata labrada ni los secretos de cada habitante de esa inmensa casa. Resultaba imposible calcular su edad o sus orígenes, parecía detenido eternamente en la cuarentena de su vida y salvo el acento británico, no había indicios de su pasado. Se cambiaba los guantes blancos treinta veces al día, su traje de paño negro lucía siempre recién planchado, su alba camisa del mejor lino holandés estaba almidonada como cartulina y los zapatos relucían como espejos. Chupaba pastillas de menta para el aliento y usaba agua de colonia, pero lo hacía con tanta discreción, que la única vez que Severo percibió el olor de menta y lavanda fue cuando se rozaron al levantar a Matías inconsciente en el fumadero de opio. En esa ocasión también notó sus músculos duros como madera bajo la chaqueta, los tendones tensos en el cuello, su fuerza y flexibilidad, nada de lo cual calzaba con la actitud de lord inglés venido a menos de ese hombre.

Los primos Severo y Matías sólo tenían en común las facciones patricias y el gusto por los deportes y la literatura, en lo demás no parecían de la misma sangre; tan hidalgo, arrojado e ingenuo era el primero, como cínico, indolente y libertino el segundo, pero a pesar de sus temperamentos opuestos y los años que los separaban, hicieron amistad. Matías se esmeró en enseñar esgrima a Severo, quien carecía de la elegancia y velocidad indispensables para ese arte, e iniciarlo en los placeres de San Francisco, pero el joven resultó mal compañero para la juerga porque se dormía de pie; pasaba catorce horas al día trabajando en el bufete de abogados y en el tiempo sobrante leía y estudiaba. Solían nadar desnudos en la piscina de la casa y desafiarse en torneos de lucha cuerpo a cuerpo. Danzaban uno en torno al otro, expectantes, aprontándose para el salto y finalmente se agredían, brincando enlazados, rodando, hasta que uno conseguía someter al otro, aplastándolo contra el suelo. Quedaban mojados de sudor, jadeando, excitados. Severo se apartaba de un empujón, desconcertado, como si el pugilato hubiera sido un inadmisible abrazo. Hablaban de libros y comentaban los clásicos. Matías amaba la poesía y cuando estaban solos recitaba de memoria, tan conmovido por la belleza de los versos que corrían lágrimas por sus mejillas. También en esas ocasiones Severo se turbaba, porque la intensa emoción del otro le parecía una forma de intimidad prohibida entre hombres. Vivía pendiente de los adelantos científicos y los viajes exploratorios, que comentaba con Matías en un vano intento de interesarlo, pero las únicas noticias que lograban mellar la armadura de indiferencia de su primo eran los crímenes locales. Matías mantenía una curiosa relación, basada en litros de whisky, con Jacob Freemont, un viejo e inescrupuloso periodista, siempre corto de dinero, con quien compartía la misma mórbida fascinación por el delito. Freemont todavía conseguía publicar reportajes policiales en los periódicos, pero había perdido definitivamente su reputación hacía muchos años, cuando inventó la historia de Joaquín Murieta, un supuesto bandido mexicano en los tiempos de la fiebre del oro. Sus artículos crearon un personaje mítico, que exaltó el odio de la población blanca contra los hispanos. Para aplacar los ánimos, las autoridades ofrecieron recompensa a un tal capitán Harry Love para dar caza a Murieta. Después de tres meses recorriendo California en su búsqueda, el capitán optó por una solución expedita: mató a siete mexicanos en una emboscada y volvió con una cabeza y una mano. Nadie pudo identificar los despojos, pero la hazaña de Love tranquilizó a los blancos. Los macabros trofeos aún estaban expuestos en un museo, aunque había consenso en que Joaquín Murieta fue una monstruosa creación de la prensa en general y de Jacob Freemont en particular. Ese y otros episodios en que la pluma falaz del periodista embrolló la realidad, acabaron por darle bien ganada fama de embustero y cerrarle las puertas. Gracias a su extraña conexión con Freemont, reportero de crímenes, Matías lograba ver las víctimas asesinadas antes de que fueran levantadas del sitio y presenciar las autopsias en la morgue, espectáculos que repugnaban su sensibilidad tanto como la excitaban. De esas aventuras al submundo del crimen salía borracho de horror, se iba directamente al baño turco, donde pasaba horas sudando el olor de la muerte pegado a su piel, y después se encerraba en su *garçonnière* a pintar desastrosas escenas de gente despedazada a cuchillazos.

—¿Qué significa todo esto? —preguntó Severo la primera vez que vio los dantescos cuadros.

–¿No te fascina la idea de la muerte? El homicidio es una tremenda aventura y el suicidio es una solución práctica. Juego con la idea de ambos. Hay algunas personas que merecen ser asesinadas, ¿no te parece? Y en cuanto a mí, bueno, primo, no pienso morir decrépito, prefiero poner fin a mis días con el mismo cuidado con que escojo mis trajes, por eso estudio los crímenes, para entrenarme.

–Estás demente y además no tienes talento –concluyó Severo.

–No se requiere talento para ser artista, sólo audacia. ¿Has oído hablar de los impresionistas?

–No, pero si esto es lo que pintan esos pobres diablos, no van a llegar lejos. ¿No podrías buscar un tema más agradable? ¿Una chica bonita, por ejemplo?

Matías se echó a reír y le anunció que el miércoles habría una chica verdaderamente bonita en su *garçonnière,* la más bella de San Francisco, según aclamación popular, agregó. Era una modelo que sus amigos se peleaban por inmortalizar en arcilla, lienzos y placas fotográficas, con la esperanza adicional de hacerle el amor. Se cruzaban apuestas a ver quién sería el primero, pero por el momento nadie había logrado ni tocarle una mano.

–Sufre de un defecto detestable: la virtud. Es la única virgen que queda en California, aunque eso es de cura fácil. ¿Te gustaría conocerla?

Así fue como Severo del Valle volvió a ver a Lynn Sommers. Hasta ese día se había limitado a comprar en secreto postales con su imagen en las tiendas para turistas y esconderlas entre las páginas de sus libros de leyes, como un vergonzoso tesoro. Rondó muchas veces la calle del salón de té en la Plaza de la Unión para verla de lejos y llevó a cabo discretas indagaciones a través del cochero, quien a diario buscaba los dulces para su tía Paulina, pero nunca se atrevió a presentarse honradamente ante Eliza Sommers a pedirle permiso para visitar a su hija. Cualquier acción directa le parecía una irreparable traición a Nívea, su dulce novia de toda la vida; pero otra cosa sería encontrarse con Lynn por casualidad, decidió, puesto que en ese caso sería una jugarreta de la fatalidad y nadie podría hacerle reproches. No se le pasó por la mente que la vería en el estudio de su primo Matías en tan raras circunstancias.

Lynn Sommers resultó el producto afortunado de razas mezcladas. Debió llamarse Lin Chi'en, pero sus padres decidieron anglicanizar los nombres de sus hijos y darles el apellido de la madre, Sommers, para facilitarles la existencia en los Estados Unidos, donde los chinos eran tratados como perros. Al mayor lo llamaron Ebanizer, en honor de un antiguo amigo del padre, pero le decían Lucky –afortunado– porque era el chiquillo con más suerte que se había visto en Chinatown. A la hija menor, nacida seis años más tarde, la llamaron Lin como homenaje a la primera mujer de su padre, enterrada en Hong Kong muchos años atrás, pero al inscribirla le dieron ortografía inglesa: Lynn. La primera esposa de Tao Chi'en, que legó su nombre a la niña, fue una frágil criatura de minúsculos pies vendados, adorada por su marido y muy joven derrotada por la consunción. Eliza Sommers aprendió a convivir con el recuerdo pertinaz de Lin y acabó por considerarla un miembro más de la familia, una especie de invisible protectora que velaba por el bienestar de su hogar. Veinte años antes, cuando descubrió que estaba encinta una vez más, rogó a Lin que la ayudara a llevar el embarazo a término, porque ya había sufrido varias pérdidas y no cabían muchas esperanzas de que su naturaleza agotada retuviera a la criatura. Así se lo explicó Tao Chi'en, quien en cada ocasión había puesto al servicio de su mujer sus recursos de *zhong-yi*, además de llevarla a los mejores especialistas en medicina occidental de California.

–Esta vez nacerá una niña sana –le aseguró Eliza.

–¿Cómo sabes? –preguntó su marido.

–Porque se lo pedí a Lin.

Eliza siempre creyó que la primera esposa la sostuvo durante el embarazo, le dio fuerzas para dar a luz a su hija y luego, como un hada, se inclinó sobre la cuna para ofrecer al bebé el don de la hermosura. «Se llamará Lin», anunció la agotada madre cuando tuvo por fin a su hija en los brazos; pero Tao Chi'en se asustó: no era buena idea darle el nombre de una mujer muerta tan joven. Finalmente transaron en cambiar la ortografía para no tentar a la mala suerte. «Se pronuncia igual, es lo único que importa», concluyó Eliza.

Por el lado de su madre, Lynn Sommers tenía sangre inglesa y chilena, por el de su padre llevaba genes de los chinos altos del norte. El abuelo de Tao Chi'en, un humilde curandero, había legado a sus descendientes varones su conocimiento de plantas medicinales y conjuros mágicos contra diversos males del cuerpo y de la mente. Tao Chi'en, el último en esa estirpe, enriqueció la herencia paterna entrenándose como *zhong-yi* junto a un sabio de Cantón, y mediante una vida de estudio, no sólo de la medicina china tradicional, sino de todo lo que caía en sus manos sobre la ciencia médica de Occidente. Se había labrado un sólido prestigio en San Francisco, lo consultaban doctores americanos y tenía una clientela de varias razas, pero no le permitían trabajar en los hospitales y su práctica estaba limitada al barrio chino, donde compró una casa grande que servía de clínica en el primer piso y residencia en el segundo. Su reputación lo protegía: nadie interfería en su actividad con las *sing-song girls*, como llamaban en Chinatown a las patéticas esclavas del tráfico sexual, todas niñas de cortos años. Tao Chi'en se había echado al hombro la misión de rescatar a cuantas pudiera de los burdeles. Los *tongs* –bandas que controlaban, vigilaban y vendían protección en la comunidad china–

sabían que él compraba a las pequeñas prostitutas para darles una nueva oportunidad lejos de California. Lo habían amenazado un par de veces, pero no tomaron medidas más drásticas porque tarde o temprano cualquiera de ellos podía necesitar los servicios del célebre *zhong-yi*. Mientras Tao Chi'en no acudiera a las autoridades americanas, actuara sin bulla y salvara a las chicas una a una, en una paciente labor de hormiga, podían tolerarlo, porque no hacía mella en los enormes beneficios del negocio. La única persona que trataba a Tao Chi'en como un peligro público era Ah Toy, la alcahueta de más éxito en San Francisco, dueña de varios salones especializados en adolescentes asiáticas. Ella sola importaba centenares de criaturas al año, ante los ojos impasibles de los funcionarios yanquis debidamente sobornados. Ah Toy odiaba a Tao Chi'en y, tal como había dicho muchas veces, prefería morir antes que volver a consultarlo. Lo había hecho una sola vez, vencida por la tos, pero en esa oportunidad los dos comprendieron, sin necesidad de formularlo en palabras, que serían enemigos mortales para siempre. Cada *sing-song girl* rescatada por Tao Chi'en era una espina clavada bajo las uñas de Ah Toy, aunque la chica no le perteneciera. Para ella, tanto como para él, ésa era una cuestión de principios.

Tao Chi'en se levantaba antes del amanecer y salía al jardín, donde realizaba sus ejercicios marciales para mantener el cuerpo en forma y la mente despejada. Enseguida meditaba durante media hora y luego encendía el fuego para la tetera. Despertaba a Eliza con un beso y una taza de té verde, que ella sorbía lentamente en la cama. Ese momento era sagrado para los dos: la taza de té que bebían juntos sellaba la noche que habían compartido en estrecho abrazo. Lo que sucedía entre ellos tras la puerta cerrada de su pieza compensaba todos los esfuerzos del día. El amor de ambos comenzó como una suave amistad tejida sutilmente en medio de una maraña de obstáculos, desde la necesidad de entenderse en inglés y saltar por encima de los prejuicios de cultura y raza, hasta los años de diferencia en edad. Vivieron y trabajaron juntos bajo el mismo techo durante más de tres años antes de atreverse a traspasar la frontera invisible que los separaba. Fue necesario que Eliza anduviera en círculos miles de millas en un viaje interminable persiguiendo a un amante hipotético que se le escapaba entre los dedos como una sombra, que por el camino dejara en jirones su pasado y su inocencia, y que enfrentara sus obsesiones ante la cabeza decapitada y macerada en ginebra del legendario bandido Joaquín Murieta, para comprender que su destino estaba junto a Tao Chi'en. El *zhong-yi*, en cambio, lo supo mucho antes y la esperó con la callada tenacidad de un amor maduro.

La noche en que por fin Eliza se atrevió a recorrer los ocho metros de pasillo que separaban su habitación de la de Tao Chi'en, sus vidas cambiaron por completo, como si un hachazo hubiera cortado de raíz el pasado. A partir de esa noche ardiente no hubo la menor posibilidad ni tentación de vuelta atrás, sólo el desafío de labrarse un espacio en un mundo que no toleraba la mezcla de razas. Eliza llegó descalza, en camisa de dormir, tanteando en la sombra, empujó la puerta de Tao Chi'en segura de hallarla sin llave, porque adivinaba que él la deseaba tanto como ella a él, pero a pesar de esa certeza iba asustada ante la irreparable finalidad de su decisión. Había dudado mucho en dar aquel paso, porque el *zhong-yi* era su protector, su padre, su hermano, su mejor amigo, su única familia en esa tierra extraña. Temía perderlo todo al convertirse en su amante; pero ya estaba ante el umbral y la ansiedad por tocarlo pudo más que las argucias de la razón. Entró en la habitación y a la luz de una vela, que había sobre la mesa, lo vio sentado con las piernas cruzadas sobre la cama, vestido con túnica y pantalón de algodón blanco, esperándola. Eliza no alcanzó a preguntarse cuántas noches habría pasado él así, atento al ruido de sus pasos en el pasillo, porque estaba aturdida por su propia audacia, temblando de timidez y anticipación. Tao Chi'en no le dio tiempo de retroceder. Le salió al encuentro, le abrió los brazos y ella avanzó a ciegas hasta estrellarse contra su pecho, donde hundió la cara aspirando el olor tan conocido de ese hombre, un aroma salino de agua de mar, aferrada a dos manos a su túnica porque se le doblaban las rodillas, mientras un río de explicaciones le brotaba incontenible de los labios y se mezclaba con las palabras de amor en chino que murmuraba él. Sintió los brazos que la levantaban del suelo y la colocaban con suavidad sobre la cama, sintió el aliento tibio en su cuello y las manos que la sujetaban, entonces una irreprimible zozobra se apoderó de ella y empezó a tiritar, arrepentida y asustada.

Desde que muriera su esposa en Hong Kong, Tao Chi'en se había consolado de vez en cuando con abrazos precipitados de mujeres pagadas. No había hecho el amor amando desde hacía más de seis años, pero no permitió que la prisa lo encabritara. Tantas veces había recorrido el cuerpo de Eliza con el pensamiento y tan bien la conocía, que fue como andar por sus suaves hondonadas y pequeñas colinas con un mapa. Ella creía haber conocido el amor en brazos de su primer amante, pero la intimidad con Tao Chi'en puso en evidencia el tamaño de su ignorancia. La pasión que la trastornara a los dieciséis años, por la cual atravesó medio mundo y arriesgó varias veces la vida, había sido un espejismo que ahora le parecía absurdo; entonces se había enamorado del amor, conformándose con las migajas que le daba un hombre más interesado en irse que en quedarse con ella. Lo buscó durante cuatro años, convencida de que el joven idealista que conociera en Chile se había transformado en

California en un bandido fantástico de nombre Joaquín Murieta. Durante ese tiempo Tao Chi'en la esperó con su proverbial sosiego, seguro de que tarde o temprano ella cruzaría el umbral que los separaba. A él le tocó acompañarla cuando exhibieron la cabeza de Joaquín Murieta para diversión de americanos y escarmiento de latinos. Creyó que Eliza no resistiría la vista de aquel repulsivo trofeo, pero ella se plantó ante el frasco donde reposaba el supuesto criminal y lo miró impasible, como si se tratara de un repollo en escabeche, hasta que estuvo bien segura de que no era el hombre a quien ella había perseguido durante años. En verdad daba igual su identidad, porque en el largo viaje siguiendo la pista de un romance imposible, Eliza había adquirido algo tan precioso como el amor: libertad. «Ya soy libre», fue todo lo que dijo ante la cabeza. Tao Chi'en entendió que por fin ella se había desembarazado del antiguo amante, que le daba lo mismo si vivía o había muerto buscando oro en los faldeos de la Sierra Nevada; en cualquier caso ya no lo buscaría más y si el hombre apareciera algún día, ella sería capaz de verlo en su verdadera dimensión. Tao Chi'en le tomó la mano y salieron de la siniestra exposición. Afuera respiraron el aire fresco y echaron a andar en paz, dispuestos a empezar otra etapa de sus vidas.

La noche en que Eliza entró a la habitación de Tao Chi'en fue muy diferente a los abrazos clandestinos y precipitados con su primer amante en Chile. Esa noche descubrió algunas de las múltiples posibilidades del placer y se inició en la profundidad de un amor que habría de ser el único para el resto de su vida. Con toda calma Tao Chi'en fue despojándola de capas de temores acumulados y recuerdos inútiles, la fue acariciando con infatigable perseverancia hasta que dejó de temblar y abrió los ojos, hasta que se relajó bajo sus dedos sabios, hasta que la sintió ondular, abrirse, iluminarse; la oyó gemir, llamarlo, rogarle; la vio rendida y húmeda, dispuesta a entregarse y a recibirlo a plenitud; hasta que ninguno de los dos supo ya dónde se encontraban, ni quiénes eran, ni dónde terminaba él y comenzaba ella. Tao Chi'en la condujo más allá del orgasmo, a una dimensión misteriosa donde el amor y la muerte son similares. Sintieron que sus espíritus se expandían, que los deseos y la memoria desaparecían, que se abandonaban en una sola inmensa claridad. Se abrazaron en ese extraordinario espacio reconociéndose, porque tal vez habían estado allí juntos en vidas anteriores y lo estarían muchas veces más en vidas futuras, como sugirió Tao Chi'en. Eran amantes eternos, buscarse y encontrarse una y otra vez era su karma, dijo emocionado; pero Eliza replicó riendo que no era nada tan solemne como el karma, sino simples ganas de fornicar, que en honor a la verdad hacía unos cuantos años que se moría de ganas de hacerlo con él y esperaba que de ahora en adelante a Tao no le fallara el entusiasmo, porque ésa sería su prioridad en la vida. Retozaron esa noche y buena parte del día siguiente, hasta que el hambre y la sed los obligaron a salir de la habitación trastabillando, ebrios y felices, sin soltarse las manos por miedo a despertar de pronto y descubrir que habían andado perdidos en una alucinación.

La pasión que los unía desde aquella noche y que alimentaban con extraordinario cuidado, los sostuvo y protegió en los momentos inevitables de adversidad. Con el tiempo esa pasión fue acomodándose en la ternura y la risa, dejaron de explorar las doscientas veintidós maneras de hacer el amor porque con tres o cuatro tenían suficiente y ya no era necesario sorprenderse mutuamente. Mientras más se conocían, mayor simpatía compartían. Desde esa primera noche de amor durmieron en apretado nudo, respirando el mismo aliento y soñando los mismos sueños; pero sus vidas no eran fáciles, habían estado juntos durante casi treinta años en un mundo donde no había cabida para una pareja como ellos. En el transcurso de los años esa pequeña mujer blanca y aquel chino alto llegaron a ser una visión familiar en Chinatown, pero nunca fueron totalmente aceptados. Aprendieron a no tocarse en público, a sentarse separados en el teatro y a caminar en la calle con varios pasos de distancia. En ciertos restaurantes y hoteles no podían entrar juntos y cuando fueron a Inglaterra, ella a visitar a su madre adoptiva, Rose Sommers, y él a dictar conferencias sobre acupuntura en la clínica Hobbs, no pudieron hacerlo en la primera clase del buque ni compartir el camarote, aunque por las noches ella se escabullía sigilosa para dormir con él. Se casaron discretamente por el rito budista, pero su unión carecía de valor legal. Lucky y Lynn aparecían registrados como hijos ilegítimos reconocidos por el padre. Tao Chi'en había conseguido convertirse en ciudadano después de infinitos trámites y sobornos, era uno de los pocos que lograron sacar la vuelta al Acta de Exclusión de los Chinos, otra de las leyes discriminatorias de California. Su admiración y lealtad por la patria adoptiva eran incondicionales, tal como lo demostró en la Guerra Civil, cuando cruzó el continente para presentarse de voluntario en el frente y trabajar de ayudante de los médicos yanquis durante los cuatro años del conflicto, pero se sentía profundamente extranjero y deseaba que, aunque toda su vida transcurriera en América, su cuerpo fuera enterrado en Hong Kong.

La familia de Eliza Sommers y Tao Chi'en residía en una casa espaciosa y confortable, más sólida y de mejor factura que las demás de Chinatown. A su alrededor se hablaba principalmente cantonés y todo, desde la comida hasta los periódicos era chino. A varias cuadras de distancia estaba La Misión, el barrio hispano, donde Eliza Sommers solía deambular por el placer de hablar castellano, pero su día transcurría entre americanos en las inmediaciones de la Plaza de la

Unión, donde estaba su elegante salón de té. Con sus pasteles ella había contribuido desde el principio a mantener a la familia, porque buena parte de los ingresos de Tao Chi'en terminaban en manos ajenas: lo que no se iba en ayudar a los pobres peones chinos en tiempos de enfermedad o desgracia, podía terminar en los remates clandestinos de niñas esclavas. Salvar a esas criaturas de una vida de ignominia había pasado a ser la misión sagrada de Tao Chi'en, así lo entendió Eliza Sommers desde el comienzo y lo aceptó como otra característica de su marido, otra de las muchas razones por las cuales lo amaba. Montó su negocio de pasteles para no atormentarlo con peticiones de dinero; necesitaba independencia para dar a sus hijos la mejor educación americana, pues deseaba que se integraran por completo en los Estados Unidos y vivieran sin las limitaciones impuestas a los chinos o a los hispanos. Con Lynn lo consiguió, pero con Lucky sus planes fracasaron, porque el muchacho estaba ogulloso de su origen y no pretendía salir de Chinatown.

Lynn adoraba a su padre –imposible no amar a ese hombre suave y generoso– pero se avergonzaba de su raza. Se dio cuenta muy joven de que el único lugar para los chinos era su barrio, en el resto de la ciudad eran detestados. El deporte favorito de los muchachos blancos era apedrear *celestiales* o cortarles la trenza después de molerlos a palos. Como su madre, Lynn vivía con un pie en China y el otro en los Estados Unidos, las dos hablaban sólo inglés y se peinaban y vestían a la moda americana, aunque dentro de la casa solían usar túnica y pantalón de seda. Poco tenía Lynn de su padre, salvo los huesos largos y los ojos orientales, y menos aún de su madre; nadie sabía de dónde surgía su rara belleza. Nunca le permitieron jugar en la calle, como hacía su hermano Lucky, porque en Chinatown las mujeres y niñas de familias pudientes vivían totalmente recluidas. En las escasas ocasiones en que andaba por el barrio, iba de la mano de su padre y con la vista clavada en el suelo, para no provocar a la muchedumbre casi enteramente masculina. Ambos llamaban la atención, ella por su hermosura y él porque se vestía como yanqui. Tao Chi'en había renunciado hacía años a la típica coleta de los suyos y andaba con el pelo corto engominado hacia atrás, de impecable traje negro, camisa de cuello laminado y sombrero de copa. Fuera de Chinatown, sin embargo, Lynn circulaba plenamente libre, como cualquier muchacha blanca. Se educó en una escuela presbiteriana, donde aprendió los rudimentos del cristianismo, que sumados a las prácticas budistas de su padre, acabaron por convencerla de que Cristo era la reencarnación de Buda. Iba sola de compras, a sus clases de piano y a visitar a sus amigas del colegio, por las tardes se instalaba en el salón de té de su madre, donde hacía sus tareas escolares y se entretenía releyendo las novelas románticas que compraba por diez centavos o que le enviaba su tía abuela Rose de Londres. Fueron inútiles los esfuerzos de Eliza Sommers por interesarla en la cocina o en cualquier otra actividad doméstica: su hija no parecía hecha para los trabajos cotidianos.

Al madurar Lynn mantuvo su rostro de ángel forastero y el cuerpo se le llenó de curvas perturbadoras. Habían circulado por años fotografías suyas sin mayores consecuencias, pero todo cambió cuando a los quince años aparecieron sus formas definitivas y adquirió consciencia de la atracción devastadora que ejercía sobre los hombres. Su madre, aterrada ante las consecuencias de ese tremendo poder, intentó dominar el impulso de seducción de su hija, machacándole normas de modestia y enseñándole a caminar como soldado, sin mover los hombros ni las caderas, pero todo resultó inútil: los varones de cualquier edad, raza y condición se volteaban para admirarla. Al comprender las ventajas de su hermosura, Lynn dejó de maldecirla, como había hecho de pequeña y decidió que sería modelo de artistas por un corto tiempo, hasta que llegara un príncipe sobre su caballo alado para conducirla a la dicha matrimonial. Sus padres habían tolerado durante su infancia las fotos de hadas y columpios como un capricho inocente, pero consideraron un riesgo inmenso que luciera ante las cámaras su nuevo porte de mujer. «Esto de posar no es un oficio decente, sino pura perdición», determinó Eliza Sommers tristemente, porque se dio cuenta de que no lograría disuadir a su hija de sus fantasías ni protegerla de la trampa de la belleza. Planteó sus inquietudes a Tao Chi'en, en uno de esos momentos perfectos en que reposaban después de hacer el amor, y él le explicó que cada cual tiene su karma, no es posible dirigir las vidas ajenas, sólo enmendar a veces el rumbo de la propia; pero Eliza no estaba dispuesta a permitir que la desgracia la pillara distraída. Siempre había acompañado a Lynn cuando posaba para los fotógrafos, cuidando la decencia –nada de pantorrillas desnudas con pretextos artísticos– y ahora que la chica tenía diecinueve años, estaba dispuesta a duplicar su celo.

–Hay un pintor que anda detrás de Lynn. Pretende que pose para un cuadro de Salomé –anunció un día a su marido.

–¿De quién? –preguntó Tao Chi'en levantando apenas la vista de la Enciclopedia de Medicina.

–Salomé, la de los siete velos, Tao. Lee la Biblia.

–Si es de la Biblia debe estar bien, supongo –murmuró él distraído.

–¿Sabes cómo era la moda en tiempos de san Juan Bautista? ¡Si me descuido pintarán a tu hija con los senos al aire!

–No te descuides entonces –sonrió Tao abrazando a su mujer por la cintura, sentándola sobre el libraco que tenía en las rodillas y advirtiéndole que no se dejara amedrentar por los trucos de la imaginación.

–¡Ay Tao! ¿Qué vamos a hacer con Lynn?

–Nada, Eliza, ya se casará y nos dará nietos.

—¡Es una niña todavía!

—En China ya estaría pasada para conseguir novio.

—Estamos en América y no se casará con un chino —determinó ella.

—¿Por qué? ¿No te gustan los chinos? —se burló el *zhong-yi*.

—No hay otro hombre como tú en este mundo, Tao, pero creo que Lynn se casará con un blanco.

—Los americanos no saben hacer el amor, según me cuentan.

—Tal vez tú puedas enseñarles —se sonrojó Eliza, con la nariz en el cuello de su marido.

Lynn posó para el cuadro de Salomé con una malla de seda color carne debajo de los velos, ante la mirada infatigable de su madre, pero Eliza Sommers no pudo plantarse con la misma firmeza cuando ofrecieron a su hija el inmenso honor de servir de modelo para la estatua de La República, que se levantaría en el centro de la Plaza de la Unión. La campaña para juntar fondos había durado meses, la gente contribuía con lo que podía, los escolares con unos centavos, las viudas con unos dólares y los magnates como Feliciano Rodríguez de Santa Cruz con cheques suculentos. Los periódicos publicaban a diario la suma alcanzada el día anterior, hasta que se juntó suficiente para encargar el monumento a un famoso escultor traído especialmente de Filadelfia para aquel ambicioso proyecto. Las familias más distinguidas de la ciudad competían en fiestas y bailes para dar al artista ocasión de escoger a sus hijas; ya se sabía que la modelo de La República sería el símbolo de San Francisco y todas las jóvenes aspiraban a semejante distinción. El escultor, hombre moderno y de ideas atrevidas, buscó a la muchacha ideal durante semanas, pero ninguna lo satisfizo. Para representar a la pujante nación americana, formada de valerosos inmigrantes venidos de los cuatro puntos cardinales, deseaba alguien de razas mezcladas, anunció. Los financistas del proyecto y las autoridades de la ciudad se espantaron; los blancos no podían imaginar que gente de otro color fuera completamente humana y nadie quiso oír hablar de una mulata presidiendo la ciudad encaramada sobre el obelisco de la Plaza de la Unión, como pretendía aquel hombre. California estaba a la vanguardia en materia de arte, opinaban los periódicos, pero lo de la mulata era mucho pedir. El escultor estaba a punto de sucumbir a la presión y optar por una descendiente de daneses, cuando entró por casualidad a la pastelería de Eliza Sommers, dispuesto a consolarse con un *éclair* de chocolate, y vio a Lynn. Era la mujer que tanto había buscado para su estatua: alta, bien formada, de huesos perfectos, no sólo tenía la dignidad de una emperatriz y un rostro de facciones clásicas, también tenía el sello exótico que él deseaba. Había en ella algo más que armonía, algo singular, una mezcla de oriente y occidente, de sensualidad e inocencia, de fuerza y delicadeza, que lo sedujo por completo. Cuando informó a la madre que había elegido a su hija para modelo, convencido de que hacía un tremendo honor a aquella modesta familia de pasteleras, se encontró con una firme resistencia. Eliza Sommers estaba harta de perder su tiempo vigilando a Lynn en los estudios de los fotógrafos, cuya única tarea consistía en apretar un botón con el dedo. La idea de hacerlo ante ese hombrecillo que planeaba una estatua en bronce de varios metros de altura le resultaba agobiante; pero Lynn estaba tan orgullosa ante la perspectiva de ser La República, que no tuvo valor para negarse. El escultor se vio en aprietos para convencer a la madre de que una breve túnica era el atuendo apropiado en este caso, porque ella no veía la relación entre la república norteamericana y la vestimenta de los griegos, pero finalmente transaron en que Lynn posaría con piernas y brazos desnudos, pero con los senos cubiertos.

Lynn vivía ajena a las preocupaciones de su madre por cuidar su virtud, perdida en su mundo de fantasías románticas. Salvo por su inquietante aspecto físico, en nada se distinguía; era una joven común y corriente, que copiaba versos en cuadernos de páginas rosadas y coleccionaba miniaturas en porcelana. Su languidez no era elegancia, sino pereza y su melancolía no era misterio, sino vacuidad. «Déjenla en paz, mientras yo viva, a Lynn nada le faltará», había prometido Lucky muchas veces, porque fue el único en darse cuenta cabal de cuán tonta era su hermana.

Lucky, varios años mayor que Lynn, era chino puro. Salvo en las raras oportunidades en que debía hacer algún trámite legal o tomarse una fotografía, se vestía con blusón, pantalones sueltos, una faja en la cintura y zapatillas con suela de madera, pero siempre con sombrero de vaquero. Nada tenía del porte distinguido de su padre, la delicadeza de su madre o la belleza de su hermana; era bajo, paticorto, con la cabeza cuadrada y la piel verdosa, sin embargo resultaba atrayente por su irresistible sonrisa y su optimismo contagioso, que provenía de la certeza de estar marcado por la buena suerte. Nada malo podía ocurrirle, pensaba, tenía la felicidad y la fortuna garantizadas por nacimiento. Había descubierto ese don a los nueve años, jugando *fan-tan* en la calle con otros muchachos; ese día llegó a la casa anunciando que a partir de ese momento su nombre sería Lucky –en vez de Ebanizer– y no volvió a contestar a quien lo llamara por otro. La buena suerte lo siguió por todos lados, ganaba en cuantos juegos de azar existían y aunque era revoltoso y atrevido, nunca tuvo problemas con los *tongs* o con las autoridades de los blancos. Hasta los policías irlandeses sucumbían a su simpatía y mientras sus compinches recibían palos, él salía de los líos con un chiste o un truco de magia, de los muchos que podía realizar con sus prodigiosas manos de malabarista. Tao Chi'en no se resignaba a la ligereza de cascos de su único hijo y maldecía aquella buena estrella que le permitía evadir los esfuerzos de los mortales comunes y corrientes. No era felicidad lo que deseaba para él sino trascendencia. Le angustiaba verlo pasar por este mundo como un pájaro contento, porque con esa actitud se le iba a estropear el karma. Creía que el alma avanza hacia el cielo a través de la compasión y el sufrimiento, venciendo con nobleza y generosidad los obstáculos, pero si el camino de Lucky era siempre fácil, ¿cómo iba a superarse? Temía que en el futuro se reencarnara en sabandija. Tao Chi'en pretendía que su primogénito, quien debía ayudarlo en la vejez y honrar su memoria después de su muerte, continuara la noble tradición familiar de curar, soñaba incluso con verlo convertido en el primer médico chino-americano con diploma; pero Lucky sentía horror por las pócimas malolientes y agujas de acupuntura, nada le repugnaba tanto como las enfermedades ajenas y no lograba entender el disfrute de su padre ante una vejiga inflamada o una cara salpicada de pústulas. Hasta que cumplió dieciséis años y se lanzó a la calle, debió asistir a Tao Chi'en en el consultorio, donde éste le machacaba los nombres de los remedios y sus aplicaciones y procuraba enseñarle el arte indefinible de tomar los pulsos, balancear la energía e identificar humores, sutilezas que al joven le entraban por una oreja y salían por otra, pero al menos no lo traumatizaban, como los textos científicos de medicina occidental que su padre estudiaba con ahínco. Las ilustraciones de cuerpos sin piel, con músculos, venas y huesos al aire, pero con calzones, así como las operaciones quirúrgicas descritas en sus más crueles detalles, lo horrorizaban. No le faltaban pretextos para alejarse del consultorio, pero siempre estaba disponible cuando se trataba de esconder a una de las miserables *sing-song girls,* que su padre solía llevar a la casa. Esa actividad secreta y peligrosa estaba hecha a su medida. Nadie mejor que él para trasladar las muchachitas exánimes bajo las narices de los *tongs*, nadie más hábil para sustraerlas del barrio apenas se recuperaban un poco, nadie más ingenioso para hacerlas desaparecer para siempre en los cuatro vientos de la libertad. No lo hacía derrotado por la compasión, como Tao Chi'en, sino exaltado por el afán de torear el riesgo y poner a prueba su buena suerte.

Antes de alcanzar los diecinueve años Lynn Sommers ya había rechazado varios pretendientes y estaba acostumbrada a los homenajes masculinos, que recibía con desdén de reina, pues ninguno de sus admiradores calzaba con su imagen del príncipe romántico, ninguno decía las palabras que su tía abuela Rose Sommers escribía en sus novelas, a todos los juzgaba ordinarios, indignos de ella. Creyó encontrar el destino sublime al cual tenía derecho cuando conoció el único hombre que no la miró dos veces, Matías Rodríguez de Santa Cruz. Lo había visto de lejos en algunas oportunidades, por la calle o en el coche con Paulina del Valle, pero no habían cruzado palabra, él era bastante mayor, vivía en círculos donde Lynn no tenía acceso y de no ser por la estatua de La República tal vez no se hubieran topado nunca.

Con el pretexto de supervisar el costoso proyecto, se daban cita en el estudio del escultor los políticos y magnates que contribuyeron a financiar la estatua. El artista era amante de la gloria y la buena vida; mientras trabajaba, aparentemente absorto en el fundamento del molde donde se vaciaría el bronce, disfrutaba de la recia compañía masculina, las botellas de champaña, las ostras frescas y los buenos cigarros que traían las visitas. Sobre una tarima, iluminada por una claraboya en el techo por donde se filtraba luz natural, Lynn Sommers se equilibraba en la punta de los pies con los brazos en alto, en una postura imposible de mantener por más de unos minutos, con una corona de laurel en una mano y un pergamino con la constitución americana en la otra, vestida con una ligera túnica plisada que le colgaba de un hombro hasta las rodillas, revelando el cuerpo tanto como lo cubría. San Francisco era un buen mercado para el desnudo femenino; todos los bares exponían cuadros de rotundas odaliscas, fotografías de cortesanas con el trasero al aire y frescos de yeso con ninfas perseguidas por incansables sátiros; una modelo totalmente desnuda habría provocado menos curiosidad que esa chica que rehusaba quitarse la ropa y no se separaba del ojo avizor de su madre. Eliza Sommers, vestida de oscuro, sentada muy tiesa en una silla junto a la tarima donde posaba su hija, vigilaba sin aceptar ni las ostras ni la champaña con que intentaban distraerla. Esos vejetes acudían motivados por la lujuria, no por amor al arte, eso estaba claro como el agua. Carecía de poder para impedir su presencia, pero al menos podía asegurarse de que su hija no aceptara invitaciones y, en lo posible, no se riera de las bromas ni contestara las preguntas desatinadas. «No hay nada gratis en este mundo. Por esas baratijas pagarás un precio muy caro», le advertía cuando la chica se enfurruñaba al verse obligada a rechazar un regalo. Posar para la estatua resultó un proceso eterno y aburrido, que dejaba a Lynn con calambres en las piernas y entumecida de frío. Eran los primeros días de enero y las estufas en los rincones no lograban entibiar ese recinto de techos altos, cruzado de corrientes de aire. El escultor trabajaba con abrigo puesto y desquiciante lentitud, deshaciendo hoy lo hecho ayer, como si no tuviera una idea acabada, a pesar de los centenares de esbozos de La República pegados en las paredes.

Un martes aciago apareció Feliciano Rodríguez de Santa Cruz con su hijo Matías. Le había llegado la noticia de la exótica modelo y pensaba conocerla antes que levantaran el monumento en la plaza, saliera su nombre en el diario y la chica se convirtiera en una presa inaccesible, en el caso hipotético de que el monumento llegara a inaugurarse. Al paso que iba, bien podía suceder que antes de vaciarlo en bronce los opositores del proyecto ganaran la batalla y todo se disolviera en la nada; había muchos inconformes con la idea de una república que no fuera anglosajona. El viejo corazón de truhán de Feliciano todavía se agitaba con el olor de la conquista, por eso estaba allí. Tenía más de sesenta años, pero el hecho de que la modelo aún no cumplía los veinte no le parecía un obstáculo insalvable; estaba convencido que había muy poco que el dinero no pudiera comprar. Le bastó un instante para evaluar la situación al ver a Lynn sobre la tarima, tan joven y vulnerable, tiritando bajo su túnica indecente, y el estudio lleno de machos dispuestos a devorarla; pero no fue compasión por la chica o temor a la competencia entre antropófagos lo que detuvo su impulso inicial de enamorarla, sino Eliza Sommers. La reconoció al punto, a pesar de haberla visto muy pocas veces. No sospechaba que la modelo de quien tantos comentarios había oído, fuera hija de una amiga de su mujer.

Lynn Sommers no percibió la presencia de Matías hasta media hora más tarde, cuando el escultor dio por terminada la sesión y ella pudo desprenderse de la corona de laurel y el pergamino y descender de la tarima. Su madre le puso una manta sobre los hombros y le sirvió una taza de chocolate, guiándola tras el biombo donde debía vestirse. Matías estaba junto a la ventana observando la calle ensimismado; los suyos eran los únicos ojos que en ese momento no estaban clavados en ella. Lynn notó al punto la belleza viril, juventud y buena cepa de ese hombre, su ropa exquisita, su porte altivo, el mechón de pelo castaño cayendo en cuidadoso desorden sobre la frente, las manos perfectas con anillos de oro en los meñiques. Asombrada al verse así ignorada, fingió tropezar para llamar su atención. Varias manos se aprontaron a sostenerla, menos las del dandy en la ventana, quien apenas la barrió con la vista, totalmente indiferente, como si ella fuera parte del amueblado. Y entonces Lynn, con la imaginación a galope, decidió, sin tener ninguna razón a la cual aferrarse, que ese hombre era el galán anunciado durante años en las novelas de amor: había encontrado finalmente su destino. Al vestirse tras el biombo tenía los pezones duros como piedrecillas.

La indiferencia de Matías no era fingida, en verdad no reparó en la joven, estaba allí por motivos muy alejados de la concupiscencia: debía hablar de dinero con su padre y no encontró otra ocasión para hacerlo. Estaba con el agua al cuello y necesitaba de inmediato un cheque para cubrir sus deudas de juego en un garito de Chinatown. Su padre le había advertido que no pensaba seguir financiando tales diversiones y, de no haber sido un asunto de vida o muerte, como le habían hecho saber claramente sus acreedores, se las habría arreglado para ir sacándole lo necesario de a poco a su madre. En esta ocasión, sin embargo, los *celestiales* no estaban dispuestos a esperar y Matías supuso acertadamente que la visita donde el escultor pondría a su padre de buen humor y sería fácil obtener lo que pretendía de él. Fue varios días más tarde, en una parranda con sus amigos bohemios, cuando se enteró de que había estado en presencia de Lynn Sommers, la joven más codiciada del momento. Tuvo que hacer un esfuerzo por recordarla y llegó a preguntarse si sería capaz de reconocerla si la viera en la calle. Cuando surgieron las apuestas a ver quién sería el primero en seducirla, se anotó por inercia y luego, con su insolencia habitual, anunció que lo haría en tres etapas. La primera, dijo, sería conseguir que fuera a la *garçonnière* sola para presentarla a sus compinches, la segunda sería convencerla de posar desnuda delante de ellos, y la tercera hacerle el amor, todo en el plazo de un mes. Cuando invitó a su primo Severo del Valle a conocer a la mujer más bonita de San Francisco en la tarde del miércoles, estaba cumpliendo la primera parte de la apuesta. Había sido fácil llamar a Lynn con una seña discreta por la ventana del salón de té de su madre, esperarla en la esquina cuando ella salió con algún pretexto inventado, caminar con ella un par de cuadras por la calle, decirle unos cuantos piropos, que habrían provocado hilaridad en una mujer con más experiencia, y citarla en su estudio advirtiéndole que acudiera sola. Se sintió frustrado porque supuso que el desafío sería más interesante. Antes del miércoles de la cita ni siquiera tuvo que esmerarse demasiado en seducirla, bastaron unas miradas lánguidas, un roce de los labios en su mejilla, unos soplidos y frases resabidas en su oído, para desarmar a la chiquilla que temblaba ante él, lista para el amor. A Matías ese deseo femenino de entregarse y sufrir le resultaba patético, era justamente lo que más detestaba de las mujeres, por eso se avenía tan bien con Amanda Lowell, quien tenía la misma actitud suya de desfachatez ante los sentimientos y de reverencia ante el placer. Lynn, hipnotizada como ratón ante una cobra, tenía al fin un destinatario para el arte florido de las esquelas de amor y sus estampas de doncellas mustias y galanes engominados. No sospechaba que Matías compartía esas misivas románticas con sus amigotes. Cuando Matías quiso mostrárselas a Severo del Valle, éste rehusó. Aún ignoraba que eran enviadas por Lynn Sommers, pero la idea de burlarse del enamoramiento de una joven ingenua le repugnaba. «Por lo visto sigues siendo un caballero, primo, pero no te preocupes, eso se cura tan fácilmente como la virginidad», comentó Matías.

Severo del Valle asistió a la invitación de su primo ese miércoles memorable para conocer a la mujer más bonita de San Francisco, como éste le había anunciado, y se encontró con que no era el único convocado para la ocasión; había por lo menos media docena de bohemios bebiendo y fumando en la *garçonnière* y la misma mujer de pelo rojo que viera por unos segundos un par de años atrás, cuando fue con Williams a rescatar a Matías en un fumadero de opio. Sabía de quién se trataba, porque su primo le había hablado de ella y su nombre circulaba en el mundo de los espectáculos frívolos y la vida nocturna. Era Amanda Lowell, gran amiga de Matías, con quien solía burlarse a coro del escándalo que desencadenó en los tiempos en que era la amante de Feliciano Rodríguez de Santa Cruz. Matías le había prometido que a la muerte de sus padres le regalaría la cama de Neptuno que Paulina del Valle encargó a Florencia por despecho. De la vocación de cortesana poco le quedaba a la Lowell, en su madurez había descubierto cuán petulantes y aburridos son la mayoría de los hombres, pero con Matías tenía una profunda afinidad, a pesar de sus fundamentales diferencias. Ese miércoles se mantuvo aparte, recostada en un sofá, bebiendo champaña, consciente de que por una vez el centro de atención no era ella. Había sido invitada para que Lynn Sommers no se encontrara sola entre hombres en la primera cita, porque podría retroceder intimidada.

A los pocos minutos golpearon la puerta y apareció la famosa modelo de La República envuelta en una capa de pesada lana con un capuchón sobre la cabeza. Al quitarse el manto vieron un rostro virginal coronado por cabello negro partido al centro y peinado hacia atrás en un moño sencillo. Severo del Valle sintió que el corazón le daba un brinco y toda la sangre se le agolpaba en la cabeza, retumbándole en las sienes como un tambor de regimiento. Jamás imaginó que la víctima de la apuesta de su primo fuera Lynn Sommers. No pudo decir ni una palabra, ni siquiera saludarla como hacían los demás; retrocedió hasta un rincón y allí permaneció durante la hora que duró la visita de la joven, con la mirada fija en ella, paralizado de angustia. No le cabía duda alguna sobre el desenlace de la apuesta de ese grupo de hombres. Vio a Lynn Sommers como un cordero sobre la piedra del sacrificio, ignorante de su suerte. Una oleada de odio contra Matías y sus secuaces le subió desde los pies, mezclada con una rabia sorda contra Lynn. No podía comprender cómo la muchacha no se daba cuenta de lo que estaba sucediendo, cómo no veía la trampa de esos halagos de doble sentido, del vaso de champaña que le llenaban una y otra vez, de la perfecta rosa roja que Matías le prendía en el pelo, todo tan predecible y vulgar que daba náuseas. «Debe ser tonta sin remedio», pensó asqueado con ella tanto como con los demás, pero vencido por un amor ineludible que durante años había estado esperando la oportunidad de germinar y ahora reventaba, aturdiéndolo.

–¿Te pasa algo, primo? –preguntó Matías burlón, pasándole un vaso.

No pudo contestar y debió voltear la cara para disimular su intención asesina, pero el otro había adivinado sus sentimientos y se dispuso a llevar la broma más lejos. Cuando Lynn Sommers anunció que debía partir, después de prometer que regresaría a la semana siguiente para posar ante las cámaras de esos «artistas», Matías le pidió a su primo que la acompañara. Y así fue como Severo del Valle se encontró a solas con la mujer que había logrado mantener a raya el porfiado amor de Nívea. Anduvo con Lynn las pocas cuadras que separaban el estudio de Matías del salón de té de Eliza Sommers, tan trastornado que no supo cómo iniciar una conversación banal. Era tarde para revelarle la apuesta, sabía que Lynn estaba enamorada de Matías con la misma terrible ofuscación con que él lo estaba de ella. No le creería, se sentiría insultada y, aunque le explicara que para Matías ella era apenas un juguete, igual iría derecho al matadero, ciega de amor. Fue ella quien rompió el incómodo silencio para preguntarle si él era el primo chileno que Matías había mencionado. Severo comprendió cabalmente que esa joven no tenía el más leve recuerdo del primer encuentro años atrás, cuando pegaba estampas en un álbum a la luz de los vitrales de una ventana, no sospechaba que la amaba desde entonces con la tenacidad del primer amor, tampoco se había fijado que él rondaba la pastelería y se le cruzaba a menudo en la calle. Sus ojos simplemente no lo habían registrado. Al despedirse le pasó su tarjeta de visita, se inclinó en el gesto de besarle la mano y balbuceó que si alguna vez lo necesitaba por favor no vacilara en llamarlo. A partir de ese día eludió a Matías y se hundió en el estudio y el trabajo para apartar de su mente a Lynn Sommers y la humillante apuesta. Cuando su primo lo invitó el miércoles siguiente a la segunda sesión, en la cual estaba previsto que la muchacha se desnudaría, lo insultó. Por varias semanas no pudo escribir ni una línea a Nívea y tampoco podía leer sus cartas, que guardaba sin abrir, agobiado por la culpa. Se sentía inmundo, como si él también participara en la bravata de mancillar a Lynn Sommers.

Matías Rodríguez de Santa Cruz ganó la apuesta sin esmerarse, pero por el camino le falló el cinismo y sin quererlo se vio atrapado en lo que más temía en este mundo: un lío sentimental. No llegó a enamorarse de la bella Lynn Sommers, pero el amor incondicional y la inocencia con que ella se le entregó, lograron conmoverlo. La joven se colocó en sus manos con total confianza, dispuesta a hacer lo que le pidiera, sin juzgar sus propósitos o calcular las consecuencias. Matías calibró el poder absoluto que ejercía sobre ella, cuando la vio desnuda en su buhardilla, roja de turbación, cubriéndose el pubis y los senos con los brazos, al centro del círculo de sus compinches, quienes fingían fotografiarla sin disimular la excitación de perros en celo que aquella jugarreta despiadada les producía. El cuerpo de Lynn no tenía la forma de reloj de arena tan de moda entonces, nada de caderas y senos opulentos separados por una cintura imposible, era delgada y sinuosa, de piernas largas y pechos redondos de pezones oscuros, tenía la piel color de fruta estival y un manto de cabello negro y liso que le caía hasta la mitad de la espalda. Matías la admiró como otro de los muchos objetos de arte que coleccionaba, le pareció exquisita, pero comprobó satisfecho que no ejercía sobre él ninguna atracción. Sin pensar en ella, sólo por presumir ante sus amigos y por ejercicio de crueldad, le indicó que apartara los brazos. Lynn lo miró por unos segundos y luego obedeció lentamente, mientras le corrían lágrimas de vergüenza por las mejillas. Ante ese llanto inesperado se hizo un silencio helado en la habitación, los hombres apartaron la vista y aguardaron con las cámaras en la mano, sin saber qué hacer, por un tiempo que pareció muy largo. Entonces Matías, abochornado por primera vez en su vida, tomó un abrigo y cubrió a Lynn, envolviéndola en sus brazos. «¡Váyanse! Esto se ha terminado», ordenó a sus huéspedes, que empezaron a retirarse uno a uno, desconcertados.

A solas con ella, Matías la sentó sobre sus rodillas y empezó a mecerla como a un niño, pidiéndole perdón con el pensamiento, pero incapaz de formular las palabras, mientras la joven seguía llorando callada. Por último la condujo con suavidad detrás del biombo, a la cama, y se acostó con ella abrazándola como un hermano, acariciándole la cabeza, besándola en la frente, perturbado por un sentimiento desconocido y omnipotente que no sabía nombrar. No la deseaba, sólo quería protegerla y devolverle intacta su inocencia, pero la suavidad imposible de la piel de Lynn, su cabello vivo envolviéndolo y su fragancia de manzana lo derrotaron. La entrega sin reservas de ese cuerpo núbil que se abría al contacto de sus manos logró sorprenderlo y sin saber cómo se encontró explorándola, besándola con una ansiedad que ninguna mujer le había provocado antes, metiéndola la lengua en la boca, las orejas, por todos lados, aplastándola, penetrándola en una vorágine de pasión incontenible, cabalgándola sin misericordia, ciego, desbocado, hasta que reventó dentro de ella en un orgasmo devastador. Durante un brevísimo instante se encontraron en otra dimensión, sin defensas, desnudos en cuerpo y espíritu. Matías alcanzó a tener la revelación de una intimidad que hasta entonces había evitado sin saber siquiera que existiera, traspasó una última frontera y se encontró al otro lado, desprovisto de voluntad. Había tenido más amantes –mujeres y hombres– de los que convenía recordar, pero nunca había perdido así el control, la ironía, la distancia, la noción de su propia intocable individualidad, para fundirse simplemente con otro ser humano. En cierta forma, él también entregó la virginidad en ese abrazo. El viaje duró apenas una milésima fracción de tiempo, pero fue suficiente para aterrorizarlo; regresó a su cuerpo exhausto y de inmediato se parapetó en la armadura de su sarcasmo habitual. Cuando Lynn abrió los ojos él ya no era el mismo hombre con quien había hecho el amor, sino el de antes, pero ella carecía de experiencia para saberlo. Adolorida, ensangrentada y dichosa, se abandonó al espejismo de un amor ilusorio, mientras Matías la mantenía abrazada, aunque ya su espíritu andaba lejos. Así estuvieron hasta que se fue por completo la luz en la ventana y ella comprendió que debía regresar donde su madre. Matías la ayudó a vestirse y la acompañó hasta las cercanías del salón de té. «Espérame, mañana vendré a la misma hora», susurró ella al despedirse.

Nada supo Severo del Valle de lo sucedido ese día ni de los hechos que siguieron, hasta tres meses más tarde. En abril de 1879 Chile declaró la guerra a sus vecinos, Perú y Bolivia, por un asunto de tierras, salitre y soberbia. Había estallado la Guerra del Pacífico. Cuando la noticia llegó a San Francisco, Severo se presentó ante sus tíos anunciando que partía a luchar.

–¿No quedamos en que nunca volverías a pisar un cuartel? –le recordó su tía Paulina.

–Esto es distinto, mi patria está en peligro.

–Tú eres un civil.

–Soy sargento de reserva –explicó él.

–La guerra habrá terminado antes de que alcances a llegar a Chile. Veamos qué dicen los periódicos y qué opina la familia. No te precipites –aconsejó la tía.

–Es mi deber –replicó Severo, pensando en su abuelo, el patriarca Agustín del Valle, quien había muerto recientemente reducido al tamaño de un chimpancé, pero con el mal carácter intacto.

–Tu deber está aquí, conmigo. La guerra es buena para los negocios. Éste es el momento de especular con azúcar –replicó Paulina.

–¿Azúcar?

–Ninguno de esos tres países la produce y en tiempos malos la gente come más dulce –aseguró Paulina.

–¿Cómo sabe, tía?

–Por experiencia propia, muchacho.

Severo partió a empacar sus maletas, pero no se fue en el barco que zarpó hacia el sur días más tarde, como planeaba, sino a finales de octubre. Esa noche su tía le anunció que debían recibir una extraña visita y esperaba que él estuviera presente, porque su marido andaba de viaje y ese asunto podía requerir los buenos consejos de un abogado. A las siete de la tarde Williams, con el aire desdeñoso que usaba cuando se veía obligado a servir a gente de inferior condición social, hizo entrar a un chino alto, de pelo gris, vestido de negro riguroso, y una mujercita de aspecto juvenil y anodino, pero tan altiva como el mismo Williams. Tao Chi'en y Eliza Sommers se encontraron en la sala de las fieras, como la llamaban, rodeados de leones, elefantes y otras bestias africanas que los observaban desde sus marcos dorados en las paredes. Paulina veía a Eliza con frecuencia en la pastelería, pero jamás se habían encontrado en otra parte, pertenecían a mundos separados. Tampoco conocía a ese *celestial*, que a juzgar por la forma en que la tomaba del brazo, debía ser su marido o su amante. Se sintió ridícula en su palacete de cuarenta y cinco habitaciones, vestida de raso negro y cubierta de diamantes, ante esa pareja modesta que la saludaba con sencillez, manteniendo la distancia. Se fijó que su hijo Matías los recibía turbado, con una inclinación de cabeza, sin tenderles la mano, y se mantenía separado del grupo detrás de un escritorio de jacarandá, aparentemente absorto en la limpieza de su pipa. Por su parte Severo del Valle adivinó sin asomo de duda la razón de la presencia de los padres de Lynn Sommers en la casa y quiso encontrarse a mil leguas de allí. Intrigada y con las antenas alertas, Paulina no perdió tiempo ofreciendo algo de beber, hizo un gesto a Williams para que se retirara y cerrara las puertas. «¿Qué puedo hacer por ustedes?», preguntó. Entonces Tao Chi'en procedió a explicar, sin alterarse, que su hija Lynn estaba encinta, que el autor del agravio era Matías y que esperaba la única reparación posible. Por una vez en su vida la matriarca Del Valle perdió el habla. Se quedó sentada, boqueando como una ballena varada, y cuando por fin le salió la voz fue para emitir un graznido.

–Madre, no tengo nada que ver con esta gente. No los conozco y no sé de qué hablan –dijo Matías desde el escritorio de jacarandá, con su pipa de marfil tallado en la mano.

–Lynn nos ha contado todo –lo interrumpió Eliza poniéndose de pie, con la voz quebrada, pero sin lágrimas.

–Si es dinero lo que quieren... –empezó a decir Matías, pero su madre lo atajó con una mirada feroz.

–Les ruego que perdonen –dijo dirigiéndose a Tao Chi'en y Eliza Sommers–. Mi hijo está tan sorprendido como yo. Estoy segura de que podemos arreglar esto con decencia, como corresponde...

–Lynn desea casarse, por supuesto. Nos ha dicho que ustedes se aman –dijo Tao Chi'en, también de pie, dirigiéndose a Matías, quien respondió con una breve carcajada, que sonó como ladrido de perro.

–Ustedes parecen gente respetable –dijo Matías–. Sin embargo, su hija no lo es, como cualquiera de mis amigos puede atestiguar. No sé cuál de ellos es responsable de su desgracia, pero ciertamente no soy yo.

Eliza Sommers había perdido por completo el color, tenía una palidez de yeso y temblaba, a punto de caerse. Tao Chi'en la tomó con firmeza del brazo y sosteniéndola como a una inválida la condujo a la puerta. Severo del Valle creyó morirse de angustia y de vergüenza, como si él fuera el único culpable de lo sucedido. Se adelantó a abrirles y los acompañó hasta la salida, donde los aguardaba un coche de alquiler. No se le ocurrió nada que decirles. Cuando regresó al salón alcanzó a oír el final de la discusión.

–¡No pienso tolerar que haya bastardos de mi sangre sembrados por allí! –gritó Paulina.

–Defina sus lealtades, madre. ¿A quién va a creer, a su propio hijo o a una pastelera y un chino? –replicó Matías saliendo con un portazo.

Esa noche Severo del Valle se enfrentó con Matías. Poseía suficiente información para deducir los hechos y pretendía desarmar a su primo mediante un tenaz interrogatorio, pero no fue necesario porque éste soltó todo de inmediato. Se sentía atrapado en una situación absurda de la cual no era responsable, dijo; Lynn Sommers lo había perseguido y se le había entregado en bandeja; él nunca tuvo realmente la intención de seducirla, la apuesta había sido sólo una fanfarronada. Llevaba dos meses intentando desprenderse de ella sin destruirla, temía que hiciera una tontería, era una de esas jóvenes histéricas capaces de lanzarse al mar por amor, explicó. Admitió que Lynn era apenas una niña y había llegado virgen a sus brazos, con la cabeza llena de poemas azucarados y completamente ignorante de los rudimentos del sexo, pero repitió que no tenía ninguna obligación con ella, que nunca le había hablado de amor y mucho menos de matrimonio. Las muchachas como ella siempre traían complicaciones, agregó, por eso las evitaba como a la peste. Jamás imaginó que el breve encuentro con Lynn traería tales consecuencias. Habían estado juntos en contadas ocasiones, dijo, y le había recomendado que después se hiciera lavados con vinagre y mostaza, no podía suponer que fuera tan asombrosamente fértil. En todo caso, estaba dispuesto a correr con los gastos del crío, el costo era lo de menos, pero no pensaba darle su apellido, porque no había prueba alguna de que fuera suyo. «No me casaré ahora ni nunca, Severo. ¿Conoces a alguien con menos vocación burguesa que yo?», concluyó.

Una semana más tarde Severo del Valle se presentó en la clínica de Tao Chi'en, después de haber dado mil vueltas en la cabeza a la escabrosa misión que le había encargado su primo. El *zhong-yi* acababa de atender al último paciente del día y lo recibió a solas en la salita de espera de su consultorio, en el primer piso. Escuchó impasible el ofrecimiento de Severo.

–Lynn no necesita dinero, para eso tiene a sus padres –dijo sin reflejar ninguna emoción–. De todos modos agradezco su preocupación, señor Del Valle.

–¿Cómo está la señorita Sommers? –preguntó Severo, humillado por la dignidad del otro.

–Mi hija aún piensa que hay un malentendido. Está segura de que pronto el señor Rodríguez de Santa Cruz vendrá a pedirla en matrimonio, no por deber, sino por amor.

–Señor Chi'en, no sé qué daría por cambiar las circunstancias. La verdad es que mi primo no tiene buena salud, no puede casarse. Lo lamento infinitamente... –murmuró Severo del Valle.

–Nosotros lo lamentamos más. Para su primo Lynn es sólo una diversión; para Lynn él es su vida –dijo suavemente Tao Chi'en.

–Me gustaría darle una explicación a su hija, señor Chi'en. ¿Puedo verla, por favor?

–Debo preguntarle a Lynn. Por el momento no desea ver a nadie, pero le haré saber si cambia de opinión –replicó el *zhong-yi*, acompañándolo a la puerta.

Severo del Valle aguardó durante tres semanas sin saber ni una palabra de Lynn, hasta que no pudo aguantar más la impaciencia y fue al salón de té a suplicar a Eliza Sommers que le permitiera hablar con su hija. Esperaba encontrar una impenetrable resistencia, pero ella lo recibió envuelta en su aroma de azúcar y vainilla con la misma serenidad con que lo había atendido Tao Chi'en. Al principio Eliza se culpó por lo ocurrido: se había descuidado, no había sido capaz de proteger a su hija y ahora su vida estaba arruinada. Lloró en brazos de su marido, hasta que él le recordó que a los dieciséis años ella había sufrido una experiencia similar: el mismo amor desmesurado, el abandono del amante, la preñez y el terror; la diferencia era que Lynn no estaba sola, no tendría que escapar de su casa y cruzar medio mundo en la bodega de un barco detrás de un hombre indigno, como hizo ella. Lynn había acudido a sus padres y ellos tenían la suerte enorme de poder ayudarla, había dicho Tao Chi'en. En China o en Chile su hija estaría perdida, la sociedad no tendría perdón para ella, pero en California, tierra sin tradición, había espacio para todos. El *zhong-yi* reunió a su pequeña familia y explicó que el bebé era un regalo del cielo y debían esperarlo con alegría; las lágrimas eran malas para el karma, dañaban a la criatura en el vientre de la madre y la señalaban para una vida de incertidumbre. Ese niño o niña sería bienvenido; su tío Lucky y él mismo, su abuelo, serían dignos sustitutos del padre ausente. Y en cuanto al amor frustrado de Lynn, bueno, ya pensarían en eso más adelante, dijo. Parecía tan entusiasmado ante la perspectiva de ser abuelo, que Eliza se avergonzó de sus gazmoñas consideraciones, se secó el llanto y no volvió a recriminarse. Si para Tao Chi'en la compasión por su hija contaba más que el honor familiar, igual debía ser para ella, decidió; su deber era proteger a Lynn y lo demás carecía de importancia. Así lo manifestó amablemente a Severo del Valle ese día en el salón de té. No entendía las razones del chileno para insistir en hablar con su hija, pero intercedió en su favor y finalmente la joven aceptó verlo. Lynn apenas lo recordaba, pero lo recibió con la esperanza de que viniera como emisario de Matías.

En los meses siguientes las visitas de Severo del Valle al hogar de los Chi'en se convirtieron en una costumbre. Llegaba al anochecer, cuando terminaba su trabajo, dejaba su caballo amarrado en la puerta y se presentaba con el sombrero en una mano y algún regalo en la otra, así se fue llenando la habitación de Lynn de juguetes y ropa de bebé. Tao Chi'en le enseñó a jugar *mah-jong* y pasaban horas con Eliza y Lynn moviendo las hermosas piezas de marfil. Lucky no participaba, porque le parecía una pérdida de tiempo jugar sin apostar, en cambio Tao Chi'en sólo jugaba en el seno de su familia, porque en su juventud había renunciado a hacerlo por dinero y estaba seguro de que si rompía esa promesa le ocurriría una desgracia. Tanto se habituaron los Chi'en a la presencia de Severo, que cuando se atrasaba consultaban el reloj, desconcertados. Eliza Sommers aprovechaba para practicar con él su castellano y hacer recuerdos de Chile, ese lejano país donde no había puesto los pies en más de treinta años, pero seguía considerando su patria. Comentaban los pormenores de la guerra y los cambios políticos: después de varias décadas de gobiernos conservadores, habían triunfado los liberales y la lucha para doblegar el poder del clero y conseguir reformas había dividido a cada familia chilena. La mayoría de los hombres, por católicos que fueran, ansiaban modernizar al país, pero las mujeres, mucho más religiosas, se volvían contra sus padres y esposos por defender a la iglesia. Según explicaba Nívea en sus cartas, por muy liberal que fuera el gobierno, la suerte de los pobres seguía siendo la misma, y agregaba que, tal como siempre, las mujeres de clase alta y el clero manipulaban las cuerdas del poder. Separar a la Iglesia del Estado era sin duda un gran paso adelante, escribía la muchacha a espaldas del clan Del Valle, que no toleraba ese tipo de ideas, pero siempre eran las mismas familias quienes controlaban la situación. «Fundemos otro partido, Severo, uno que busque justicia e igualdad», escribía, animada por sus conversaciones clandestinas con sor María Escapulario.

En el sur del continente la Guerra del Pacífico continuaba, cada vez más cruenta, mientras los ejércitos chilenos se aprontaban para iniciar la campaña en el desierto del norte, un territorio tan agreste e inhóspito como la luna, donde abastecer a las tropas resultaba tarea titánica. La única forma de llevar a los soldados hasta los sitios donde se librarían las batallas era por mar, pero la escuadra peruana no estaba dispuesta a permitirlo. Severo del Valle pensaba que la guerra iba definiéndose en favor de Chile, cuya organización y ferocidad parecían imbatibles. No era sólo armamento y carácter guerrero los que determinarían el resultado del conflicto, explicaba a Eliza Sommers, sino el ejemplo de un puñado de hombres heroicos que logró enardecer el alma de la nación.

–Creo que la guerra se decidió en mayo, señora, en un combate naval frente al puerto de Iquique. Allí una vetusta fragata chilena peleó contra una fuerza peruana muy superior. Al mando iba Arturo Prat, un joven capitán muy religoso y más bien tímido, que no participaba en las parrandas y calaveradas del ambiente militar, tan poco distinguido que sus superiores no confiaban en su valor. Ese día se convirtió en el héroe que galvanizó el espíritu de todos los chilenos.

Eliza conocía los detalles, los había leído en un ejemplar atrasado del *Times* de Londres, donde el episodio fue descrito como «... uno de los combates más gloriosos que jamás hayan tenido lugar; un viejo buque de madera, casi cayéndose a pedazos, sostuvo la acción durante tres horas y media contra una batería de tierra y un poderoso acorazado y concluyó con su bandera al tope». El buque peruano al mando del almirante Miguel Grau, también un héroe de su país, embistió a toda marcha a la fragata chilena, atravesándola con su espolón, momento que aprovechó el capitán Prat para saltar al abordaje seguido por uno de sus hombres. Ambos murieron minutos después, baleados sobre la cubierta enemiga. Con el segundo espolonazo saltaron varios más, emulando a su jefe, y también perecieron acribillados; al final tres cuartos de la tripulación sucumbieron antes de que la fragata se hundiera. Tan disparatado heroísmo transmitió valor a sus compatriotas e impresionó tanto a sus enemigos, que el almirante Grau repetía atónito «¡Cómo se baten estos chilenos!».

–Grau es un caballero. Recogió personalmente la espada y las prendas de Prat y se las devolvió a la viuda –contó Severo, y agregó que a partir de esa batalla la consigna sagrada en Chile era «luchar hasta vencer o morir», como aquellos valientes.

–Y usted, Severo, ¿no piensa ir a la guerra? –le preguntó Eliza.

–Sí, lo haré muy pronto –replicó el joven avergonzado, sin saber qué esperaba para cumplir con su deber. Entretanto Lynn fue engordando sin perder ni un ápice de su gracia o su belleza. Dejó de usar los vestidos que ya no le cruzaban y se acomodó en las alegres túnicas de seda compradas en Chinatown. Salía muy poco, a pesar de la insistencia de su padre de que caminara. A veces Severo del Valle la recogía en coche y la llevaba a pasear al Parque Presidio o a la playa, donde se instalaban sobre un chal a merendar y leer, él sus periódicos y libros de leyes, ella las novelas románticas en cuyos argumentos ya no creía, pero que aún le servían de refugio. Severo vivía al día, de visita en visita a casa de los Chi'en, sin otro objetivo que ver a Lynn. Ya no le escribía a Nívea. Muchas veces había tomado la pluma para confesarle que amaba a otra, pero destruía las cartas sin enviarlas porque no encontraba las palabras para romper con su novia sin herirla de muerte. Además Lynn no le había dado jamás señales que pudieran servirle de punto de partida para imaginar un futuro con ella. No hablaban de Matías, tal como éste jamás se refería a Lynn, pero la pregunta estaba siempre suspendida en el aire. Severo se cuidó de no mencionar en casa de sus tíos su nueva amistad con los Chi'en y supuso que nadie lo sospechaba, excepto el estirado mayordomo Williams, a quien no tuvo que decírselo, porque lo supo igual como sabía todo lo que ocurría en aquel palacete. Severo llevaba dos meses llegando tarde y con una sonrisa idiota pegada en la cara, cuando Williams lo condujo al desván y a la luz de una lámpara de alcohol le mostró un bulto envuelto en sábanas. Al descubrirlo se vio que era una cuna resplandeciente.

—Es de plata labrada, plata de las minas de los señores en Chile. Aquí han dormido todos los niños de esta familia. Si quiere se la lleva —fue todo lo que dijo.

Avergonzada, Paulina del Valle no apareció más por el salón de té, incapaz de pegar los trozos de su larga amistad con Eliza Sommers, hecha añicos. Debió renunciar a los dulces chilenos, que durante años habían sido su debilidad, y resignarse a la pastelería francesa de su cocinero. Su fuerza avasalladora, tan útil para barrer con los obstáculos y cumplir sus propósitos, ahora se volvía en su contra; condenada a la parálisis, se consumía de impaciencia, el corazón le daba brincos en el pecho. «Los nervios me están matando, Williams», se quejaba, convertida en una mujer achacosa por primera vez. Razonaba que con un marido infiel y tres hijos tarambanas lo más probable era que hubiera un buen número de niños ilegítimos con su sangre desparramados por aquí y por allá, no había para qué atormentarse tanto; sin embargo, esos bastardos hipotéticos carecían de nombre y rostro, en cambio a éste lo tenía ante las narices. ¡Si al menos no hubiera sido Lynn Sommers! No podía olvidar la visita de Eliza y ese chino cuyo nombre no lograba recordar; la visión de esa digna pareja en su salón la penaba. Matías había seducido a la chica, ninguna argucia de la lógica o la conveniencia podía rebatir esa verdad que su intuición aceptó desde el primer momento. Las negativas de su hijo y sus comentarios sarcásticos sobre la escasa virtud de Lynn sólo habían reforzado su convicción. El niño que esa joven llevaba en el vientre provocaba en ella un huracán de sentimientos ambivalentes, por un lado una ira sorda contra Matías y por otro una inevitable ternura por ese primer nieto o nieta. Apenas Feliciano regresó de su viaje, le contó lo ocurrido.

–Estas cosas pasan a cada rato, Paulina, no hay necesidad de armar una tragedia. La mitad de los chiquillos de California son bastardos. Lo importante es evitar el escándalo y cerrar filas en torno a Matías. La familia está primero –fue la opinión de Feliciano.

–Ese niño es de nuestra familia –argulló ella.

–¡Aún no ha nacido y ya lo incluyes! Conozco a esa tal Lynn Sommers. La vi posando casi desnuda en el taller de un escultor, exhibiéndose al centro de una rueda de hombres, cualquiera de ellos puede ser su amante ¿Es que no lo ves?

—Eres tú quien no lo ve, Feliciano.

—Esto se puede convertir en un chantaje de nunca acabar. Te prohíbo que tengas el menor contacto con esa gente y si se acercan por aquí, yo me haré cargo del asunto —resolvió Feliciano en un santiamén.

A partir de ese día Paulina no volvió a mencionar el tema delante de su hijo o su marido, pero no pudo contenerse y terminó confiando en el fiel Williams, quien poseía la virtud de escucharla hasta el final y no dar su opinión, a menos que se la solicitara. Si pudiera ayudar a Lynn Sommers se sentiría un poco mejor, pensaba, pero por una vez su fortuna no servía de nada.

Esos meses fueron desastrosos para Matías, no sólo el lío con Lynn le alborotaba la bilis, también se le acentuó tanto el sufrimiento en las articulaciones, que ya no pudo practicar esgrima y debió renunciar también a otros deportes. Solía despertar tan adolorido que se preguntaba si no habría llegado ya el momento de contemplar el suicidio, idea que alimentaba desde que supo el nombre de su mal, pero cuando salía de la cama y empezaba a moverse se sentía mejor, entonces retornaba con nuevos bríos su gusto por la vida. Se le hinchaban las muñecas y las rodillas, le temblaban las manos y el opio dejó de ser una diversión en Chinatown para convertirse en una necesidad. Fue Amanda Lowell, su buena compañera de jarana y única confidente, quien le enseñó las ventajas de inyectarse morfina, más efectiva, limpia y elegante que una pipa de opio: una dosis mínima y al instante la angustia desaparecía para dar paso a la paz. El escándalo del bastardo en camino terminó de arruinarle el ánimo y a mediados del verano anunció de pronto que partía en los próximos días a Europa, a ver si un cambio de aire, las aguas termales de Italia y los médicos ingleses podían aliviar sus síntomas. No añadió que pensaba encontrarse con Amanda Lowell en Nueva York para continuar la travesía juntos, porque su nombre jamás se pronunciaba en la familia, donde el recuerdo de la escocesa pelirroja provocaba indigestión a Feliciano y una rabia sorda a Paulina. No sólo sus achaques y el deseo de alejarse de Lynn Sommers motivaron el viaje precipitado de Matías, sino nuevas deudas de juego, como se supo poco después de su partida, cuando un par de chinos circunspectos aparecieron en la oficina de Feliciano para advertirle con la mayor cortesía, que o bien pagaba la cifra que su hijo debía, con los intereses del caso, o algo francamente desagradable sucedería a algún miembro de su honorable familia. Por toda respuesta el magnate los hizo sacar en vilo de su oficina y lanzar a la calle, luego llamó a Jacob Freemont, el periodista experto en los bajos mundos de la ciudad. El hombre lo escuchó con simpatía, porque era buen amigo de Matías, y enseguida lo acompañó a ver al jefe de la policía, un australiano de turbia fama que le debía ciertos favores, y le pidió que resolviera el asunto a su modo. «El único modo que conozco es pagando», replicó el oficial, y procedió a explicar cómo con los *tongs* de Chinatown no se metía nadie. Le había tocado recoger cuerpos abiertos de arriba abajo, con las vísceras nítidamente empacadas en una caja a su lado. Eran venganzas entre *celestiales*, por supuesto, añadió; con los blancos al menos procuraban que pareciera accidente. ¿No se había fijado cuánta gente moría quemada en inexplicables incendios, destrozada por patas de caballos en una calle solitaria, ahogada en las aguas tranquilas de la bahía o aplastada por ladrillos que caían de modo inexplicable desde un edificio en construcción? Feliciano Rodríguez de Santa Cruz pagó.

Cuando Severo del Valle notificó a Lynn Sommers que Matías había partido a Europa sin planes de regresar en un futuro cercano, se echó a llorar y siguió haciéndolo durante cinco días, a pesar de los tranquilizantes administrados por Tao Chi'en, hasta que su madre le dio dos bofetones en la cara y la obligó a enfrentar la realidad. Había cometido una imprudencia y ahora no tenía más remedio que pagar las consecuencias; ya no era una chiquilla, iba a ser madre y debía estar agradecida de tener una familia dispuesta a ayudarla, porque otras en su condición acababan tiradas en la calle ganándose la vida de mala manera, mientras sus bastardos iban a parar a un orfelinato; había llegado la hora de aceptar que su amante se había hecho humo, tendría que hacer de madre y padre para el crío y madurar de una vez por todas, porque en esa casa ya estaban hartos de soportar sus caprichos; llevaba veinte años recibiendo a manos llenas; no pensara que iba a pasar la existencia echada en una cama quejándose; a limpiarse la nariz y vestirse, porque iban a salir a caminar y así lo harían dos veces al día sin falta, lloviera o tronara, ¿había oído? Sí, Lynn había oído hasta el final con los ojos desorbitados por la sorpresa y las mejillas ardiendo por las únicas cachetadas que había recibido en su vida. Se vistió y obedeció muda. A partir de ese momento la cordura le cayó encima de golpe y porrazo, asumió su suerte con pasmosa serenidad, no volvió a quejarse, se tragó los remedios de Tao Chi'en, daba largas caminatas con su madre y hasta fue capaz de reírse a carcajadas cuando supo que el proyecto de la estatua de La República se había ido al carajo, como explicó su hermano Lucky, pero no sólo por falta de modelo, sino porque el escultor se escapó al Brasil con la plata.

A finales de agosto Severo del Valle se atrevió por fin a hablar de sus sentimientos con Lynn Sommers. Para entonces ella se sentía pesada como un elefante y no reconocía su propia cara en el espejo, pero a los ojos de Severo estaba más bella que nunca. Volvían acalorados de un paseo y él sacó su pañuelo para secarle a ella la frente y el cuello, pero no alcanzó a terminar el gesto. Sin saber cómo se encontró inclinado, sujetándola con firmeza por los hombros y besándola en la boca en plena calle. Le pidió que se casaran y ella le explicó con toda sencillez que nunca amaría a otro hombre, sólo a Matías Rodríguez de Santa Cruz.

–No le pido que me ame, Lynn, el cariño que yo siento por usted alcanza para los dos –replicó Severo en la forma algo ceremoniosa en que siempre la trataba–. El bebé necesita un padre. Déme la oportunidad de protegerlos a ambos y le prometo que con el tiempo llegaré a ser digno de su cariño.

–Dice mi padre que en China las parejas se casan sin conocerse y aprenden a amarse después, pero estoy segura de que no sería mi caso, Severo. Lo lamento mucho... –replicó ella.

–No tendrá que vivir conmigo, Lynn. Apenas usted dé a luz me iré a Chile. Mi país está en guerra y ya he postergado demasiado mi deber.

–¿Y si no vuelve de la guerra?

–Al menos su hijo tendrá mi apellido y la herencia de mi padre, que aún tengo. No es mucha, pero será suficiente para educarse. Y usted, querida Lynn, tendrá respetabilidad...

Esa misma noche Severo del Valle escribió a Nívea la carta que no había podido escribirle antes. Se lo dijo en cuatro frases, sin preámbulos ni excusas, porque comprendió que ella no lo toleraría de otro modo. Ni siquiera se atrevió a pedirle perdón por el desgaste en amor y tiempo que esos cuatro años de noviazgo epistolar significaban para ella, porque esas cuentas mezquinas resultaban indignas del corazón generoso de su prima. Llamó a un criado para que pusiera la carta en el correo al día siguiente y luego se echó vestido sobre la cama, extenuado. Durmió sin sueños por primera vez en mucho tiempo. Un mes más tarde Severo del Valle y Lynn Sommers se casaron en una breve ceremonia, en presencia de la familia de ella y de Williams, único miembro de su casa a quien Severo invitó. Sabía que el mayordomo se lo diría a su tía Paulina y decidió esperar que ella diera el primer paso preguntándoselo. No lo anunció a nadie, porque Lynn le había pedido la mayor discreción hasta después que naciera el niño y hubiera recuperado su aspecto normal; no se atrevía a presentarse con ese vientre de zapallo y la cara salpicada de manchas, dijo. Esa noche Severo se despidió de su flamante mujer con un beso en la frente y partió como siempre a dormir en su cuarto de soltero.

Esa misma semana se libró en las aguas del Pacífico otra batalla naval y la escuadra chilena inutilizó los dos acorazados enemigos. El almirante peruano, Miguel Grau, el mismo caballero que meses antes devolviera la espada del capitán Prat a su viuda, murió tan heroicamente como éste. Para el Perú fue un desastre, porque al perder el control marítimo las comunicaciones quedaron cortadas y sus ejércitos fraccionados y aislados. Los chilenos se adueñaron del mar, pudieron transportar sus tropas hasta los puntos neurálgicos del norte y cumplir el plan de avanzar por territorio enemigo hasta ocupar Lima. Severo del Valle seguía las noticias con la misma pasión del resto de sus compatriotas en los Estados Unidos, pero su amor por Lynn superaba con creces su patriotismo y no adelantó su viaje de regreso.

En la madrugada del segundo lunes de octubre amaneció Lynn con la camisa empapada y dio un grito de horror, porque creyó haberse orinado. «Mala cosa, se rompió la bolsa demasiado pronto», dijo Tao Chi'en a su mujer, pero ante su hija se presentó sonriente y tranquilo. Diez horas después, cuando las contracciones eran apenas perceptibles y la familia estaba agotada de jugar *mah-jong* para distraer a Lynn, Tao Chi'en decidió echar mano de sus hierbas. La futura madre bromeaba desafiante: ¿eran ésos los dolores de parto de los cuales tanto la habían advertido? Resultaban más soportables que los retortijones de barriga producidos por la comida china, dijo. Estaba más aburrida que incómoda y tenía hambre, pero su padre sólo le permitió tomar agua y las tisanas de hierbas medicinales, mientras le aplicaba acupuntura para acelerar el alumbramiento. La combinación de drogas y agujas de oro surtió efecto y al anochecer, cuando se presentó Severo del Valle a su visita diaria, encontró a Lucky en la puerta, demudado, y la casa sacudida por los gemidos de Lynn y el alboroto de una comadrona china, que hablaba a gritos y corría con trapos y jarros de agua. Tao Chi'en toleraba a la comadrona porque en ese campo ella tenía más experiencia que él, pero no le permitió que torturara a Lynn sentándosele encima o dándole puñetazos en el vientre, como pretendía. Severo del Valle se quedó en la sala, aplastado contra la pared tratando de pasar desapercibido. Cada quejido de Lynn le taladraba el alma; deseaba huir lo más lejos posible, pero no podía moverse de su rincón ni articular palabra. En eso vio aparecer a Tao Chi'en, impasible, vestido con su pulcritud habitual.

–¿Puedo esperar aquí? ¿No molesto? ¿Cómo puedo ayudar? –balbuceó Severo, secándose la transpiración que le corría por el cuello.

–No molesta en absoluto, joven, pero no puede ayudar a Lynn, tiene que hacer su trabajo sola. En cambio puede ayudar a Eliza, que está un poco alterada.

Eliza Sommers había pasado por la fatiga de dar a luz y sabía, como toda mujer, que ése era el umbral de la muerte. Conocía el viaje esforzado y misterioso en que el cuerpo se abre para dar paso a otra vida; recordaba el momento en que se empieza a rodar sin frenos por una pendiente, pulsando y pujando fuera de control, el terror, el sufrimiento y el asombro inaudito cuando por fin se desprende el niño y aparece a la luz. Tao Chi'en, con toda su sabiduría de *zhong-yi*, tardó más que ella en darse cuenta de que algo andaba muy mal en el caso de Lynn. Los recursos de la medicina china habían provocado fuertes contracciones, pero la criatura venía mal colocada y estaba trancada por los huesos de su madre. Era un parto seco y difícil, como explicó Tao Chi'en, pero su hija era fuerte y todo era cuestión de que Lynn mantuviera la calma y no se cansara más de lo necesario; era una carrera de resistencia, no de velocidad, agregó. En una pausa, Eliza Sommers, tan agotada como la misma Lynn, salió de la habitación y se encontró con Severo en un pasillo. Le hizo un gesto y él la siguió, desconcertado, al cuartito del altar, donde no había estado antes. Sobre una mesa baja había una sencilla cruz, una pequeña estatua de Kuan Yin, diosa china de la compasión, y al centro un vulgar dibujo a tinta de una mujer con una túnica verde y dos flores sobre las orejas. Vio un par de velas encendidas y platillos con agua, arroz y pétalos de flores. Eliza se arrodilló ante el altar sobre un cojín de seda color naranja y pidió a Cristo, a Buda y al espíritu de Lin, la primera esposa, que acudieran a ayudar a su hija en el parto. Severo se quedó de pie atrás, murmurando sin pensar las oraciones católicas aprendidas en su infancia. Así estuvieron un buen rato, unidos por el miedo y el amor a Lynn, hasta que Tao Chi'en llamó a su mujer para que lo ayudara, porque había despedido a la comadrona y se disponía a dar vuelta al bebé y sacarlo a mano. Severo se quedó con Lucky fumando en la puerta, mientras Chinatown despertaba poco a poco.

En la madrugada del martes nació la criatura. La madre, mojada en sudor y temblando, luchaba por dar a luz, pero ya no gritaba, se limitaba a jadear, atenta a las indicaciones de su padre. Por fin apretó los dientes, se aferró a los barrotes de la cama y pujó con una decisión brutal, entonces asomó un mechón de pelo oscuro. Tao Chi'en cogió la cabeza y tiró con firmeza y suavidad hasta que salieron los hombros, giró el cuerpecito y lo extrajo rápidamente con un solo movimiento, mientras con la otra mano desprendía la tripa morada en torno al cuello. Eliza Sommers recibió un pequeño bulto ensangrentado, una niña minúscula, con la cara aplastada y la piel azul. Mientras Tao Chi'en cortaba el cordón y se afanaba con la segunda parte del parto, la abuela limpió a la nieta con una esponja y le palmoteó la espalda hasta que empezó a respirar. Cuando oyó el grito que anunciaba el ingreso al mundo y comprobó que adquiría un color normal, la colocó sobre el vientre de Lynn. Exhausta, la madre se irguió sobre un codo para recibirla, mientras su cuerpo seguía pulsando, y se la puso al pecho, besándola y dándole la bienvenida en una mezcolanza de inglés, español, chino y palabras inventadas. Una hora más tarde Eliza llamó a Severo y a Lucky para que conocieran a la niña. La encontraron durmiendo apacible en la cuna de plata labrada que había pertenecido a los Rodríguez de Santa Cruz, vestida de seda amarilla, con un gorro rojo, que le daba el aspecto de un duende diminuto. Lynn dormitaba, pálida y tranquila, entre sábanas limpias, y Tao Chi'en, sentado a su lado, vigilaba su pulso.

–¿Qué nombre le pondrán? –preguntó Severo del Valle, conmovido.

–Lynn y usted deben decidirlo –replicó Eliza.

–¿Yo?

–¿No es usted el padre? –preguntó Tao Chi'en haciéndole un guiño de burla.

–Se llamará Aurora porque nació al amanecer –murmuró Lynn sin abrir los ojos.

–Su nombre en chino es Lai-Ming, quiere decir amanecer –dijo Tao Chi'en.

–Bienvenida al mundo Lai-Ming, Aurora del Valle... –sonrió Severo, besando a la chiquita en la frente, seguro de que ése era el día más feliz de su vida y esa criatura arrugada vestida de muñeca china era tan hija suya como si en verdad llevara su sangre. Lucky tomó a su sobrina en brazos y procedió a soplarle su aliento de tabaco y salsa de soya en la cara.

–¡Qué haces! –exclamó la abuela, tratando de arrebatársela de las manos.

–Le echo aire para traspasarle mi buena suerte. ¿Qué otro regalo que valga la pena puedo dar a Lai-Ming ? –se rió el tío.

A la hora de la cena, cuando llegó Severo del Valle a la mansión de Nob Hill con la noticia de que se había casado con Lynn Sommers hacía una semana y que ese día había nacido su hija, el desconcierto de sus tíos fue como si hubiera depositado un perro muerto sobre la mesa del comedor.

–¡Y todos echándole la culpa a Matías! Siempre supe que él no era el padre, pero nunca imaginé que fueras tú –escupió Feliciano apenas se repuso un poco de la sorpresa.

–No soy el padre biológico, pero soy el padre legal. La niña se llama Aurora del Valle –aclaró Severo.

–¡Esto es un atrevimiento imperdonable! ¡Has traicionado a esta familia, que te acogió como un hijo! –bramó su tío.

–No he traicionado a nadie. Me he casado por amor.

–Pero, ¿no estaba enamorada de Matías esa mujer?

–Esa mujer se llama Lynn y es mi esposa, le exijo que la trate con el debido respeto –dijo Severo secamente, poniéndose de pie.

–¡Eres un idiota, Severo, un completo idiota! –lo insultó Feliciano, saliendo a grandes trancos furiosos del comedor.

El impenetrable Williams, quien entraba en ese momento a supervisar el servicio de los postres, no pudo evitar una rápida sonrisa de complicidad antes de retirarse discretamente. Paulina oyó incrédula la explicación de Severo de que dentro de unos días partiría a la guerra en Chile, Lynn se quedaría viviendo con sus padres en Chinatown y, si las cosas resultaban bien, regresaría en el futuro para asumir su papel de esposo y padre.

–Siéntate, sobrino, hablemos como la gente. Matías es el padre de esa niña, ¿verdad?

–Pregúnteselo a él, tía.

–Ya veo. Te casaste para sacar la cara por Matías. Mi hijo es un cínico y tú eres un romántico... ¡Mira que arruinar tu vida por una quijotada! –exclamó Paulina.

–Se equivoca, tía. No he arruinado mi vida, por el contrario, creo que ésta es mi única oportunidad de ser feliz.

–¿Con una mujer que ama a otro? ¿Con una hija que no es tuya?

–El tiempo ayudará. Si vuelvo de la guerra, Lynn aprenderá a quererme y la niña creerá que soy su padre.

–Matías puede volver antes que tú –anotó ella.

–Eso no cambiaría nada.

–A Matías le bastaría una palabra para que Lynn Sommers lo siga hasta el fin del mundo.

–Es un riesgo inevitable –replicó Severo.

–Has perdido la cabeza, sobrino. Esa gente no es de nuestro medio social –decretó Paulina del Valle.

–Es la familia más decente que conozco, tía –le aseguró Severo.

–Veo que no has aprendido nada conmigo. Para triunfar en este mundo hay que sacar cuentas antes de actuar. Eres un abogado con un futuro brillante y llevas uno de los apellidos más antiguos de Chile. ¿Crees que la sociedad aceptará a tu mujer? ¿Y tu prima Nívea, no está esperándote acaso? –preguntó Paulina.

–Eso terminó –dijo Severo.

–Bueno, ya metiste la pata a fondo, Severo, supongo que es tarde para arrepentimientos. Vamos a tratar de componer las cosas hasta donde podamos. El dinero y la posición social cuentan mucho aquí y en Chile. Te ayudaré como pueda, por algo soy la abuela de esa niña ¿cómo dijiste que se llama?

–Aurora, pero sus abuelos le dicen Lai-Ming.

–Lleva el apellido Del Valle, es mi deber ayudarla, en vista de que Matías se ha lavado las manos en este lamentable asunto.

–No será necesario, tía. He dispuesto todo para que Lynn reciba el dinero de mi herencia.

–La plata nunca está de más. Al menos podré ver a mi nieta, ¿verdad?

–Se lo preguntaremos a Lynn y sus padres –prometió Severo del Valle.

Estaban todavía en el comedor cuando apareció Williams con un mensaje urgente anunciando que Lynn había sufrido una hemorragia y temían por su vida, que acudiera de inmediato. Severo salió disparado rumbo a Chinatown. Al llegar a la casa de los Chi'en encontró a la pequeña familia reunida en torno a la cama de Lynn, tan quietos que parecían estar posando para un cuadro trágico. Por un instante lo sacudió una loca esperanza al ver todo limpio y ordenado, sin rastros del parto, nada de paños sucios ni olor a sangre, pero luego vio la expresión de dolor en los rostros de Tao, Eliza y Lucky. En la habitación el aire se había vuelto liviano; Severo aspiró hondamente, ahogándose, como en la cumbre de una montaña. Se acercó temblando al lecho y vio a Lynn tendida con las manos sobre el pecho, los párpados cerrados y las facciones transparentes: una bella escultura en alabastro color ceniza. Le tomó una mano, dura y fría como hielo, se inclinó sobre ella y notó que su respiración era apenas perceptible y tenía los labios y los dedos azules, le besó la palma en un gesto interminable, mojándola con sus lágrimas, derrotado por la tristeza. Ella alcanzó a balbucear el nombre de Matías y enseguida suspiró un par de veces y se fue con la misma ligereza con que había pasado flotando por este mundo. Un silencio absoluto acogió al misterio de la muerte y por un tiempo imposible de medir esperaron inmóviles, mientras el espíritu de Lynn terminaba de elevarse. Severo sintió un alarido largo que surgía del fondo de la tierra y lo traspasaba desde los pies hasta la boca, pero no lograba salir de sus labios. El grito lo invadió por dentro, lo ocupó enteramente y estalló dentro de su cabeza en una silenciosa explosión. Se quedó allí, arrodillado junto a la cama llamando a Lynn sin voz, incrédulo ante el destino que le había arrebatado de sopetón a la mujer con la cual soñó por años, llevándosela justo cuando creía haberla conseguido. Una eternidad más tarde sintió que le tocaban el hombro y se encontró con los ojos demudados de Tao Chi'en, «está bien, está bien», le pareció que murmuraba, y vio más atrás a Eliza Sommers y a Lucky, sollozando abrazados, y comprendió que era un intruso en el dolor de esa familia. Entonces se acordó de la niña. Fue a la cuna de plata tambaleándose como un borracho, tomó a la pequeña Aurora en brazos, la llevó hasta la cama y la acercó al rostro de Lynn, para que dijera adiós a su madre. Luego se sentó con ella en el regazo, meciéndola sin consuelo.

Al enterarse Paulina del Valle de que Lynn Sommers había muerto, tuvo una oleada de alegría y alcanzó a emitir un grito de triunfo, antes de que la vergüenza por tan ruin sentimiento la hiciera aterrizar. Siempre había deseado una hija. Desde su primer embarazo soñó con la niña que llevaría su nombre, Paulina, y sería su mejor amiga y su compañera. Con cada uno de los tres varones que dio a luz se sintió estafada, pero ahora, en la madurez de su existencia, le caía este regalo en la falda: una nieta que ella podría criar como hija, alguien a quien brindar todas las oportunidades que el cariño y el dinero podían ofrecer, pensaba, alguien que la acompañara en su vejez. Con Lynn Sommers fuera del cuadro, ella podía obtener a la criatura en nombre de Matías. Estaba celebrando aquel imprevisible golpe de fortuna con una taza de chocolate y tres pasteles de crema, cuando Williams le recordó que legalmente la pequeña aparecía como hija de Severo del Valle, única persona con derecho a decidir su futuro. Mejor aún, concluyó ella, porque al menos su sobrino estaba allí mismo, mientras que traer a Matías de Europa y convencerlo de reclamar a su hija sería tarea a largo plazo. No anticipó jamás la reacción de Severo cuando le explicó sus planes.

–Para efectos legales tú eres el padre, así es que puedes traer a la niña mañana mismo a esta casa –dijo Paulina.

–No lo haré, tía. Los padres de Lynn se quedarán con su nieta mientras yo voy a la guerra; quieren criarla y yo estoy de acuerdo –replicó el sobrino en un tono terminante, que ella no le había oído antes.

–¿Estás loco? ¡No podemos dejar a mi nieta en manos de Eliza Sommers y ese chino! –exclamó Paulina.

–¿Por qué no? Son sus abuelos.

–¿Quieres que se críe en Chinatown? Nosotros podemos darle educación, oportunidades, lujo, un apellido respetable. Nada de eso pueden darle ellos.

–Le darán amor –replicó Severo.

–¡Yo también! Acuérdate que me debes mucho, sobrino. Ésta es tu oportunidad de pagarme y hacer algo por esa niñita.

–Lo siento, tía, ya está decidido. Aurora se quedará con sus abuelos maternos.

Paulina de Valle tuvo una de las tantas pataletas de su vida. No podía creer que ese sobrino a quien suponía su aliado incondicional, que se había convertido en otro hijo para ella, pudiera traicionarla de manera tan vil. Tanto gritó, insultó, razonó en vano y se sofocó, que Williams debió llamar un médico para que le administrara una dosis de tranquilizantes apropiada a su tamaño y la durmiera por un buen rato. Cuando despertó, treinta horas más tarde, su sobrino ya estaba a bordo del vapor que lo llevaría a Chile. Entre su marido y el fiel Williams lograron convencerla de que no era el caso recurrir a la violencia, como pensaba, porque por muy corrupta que fuera la justicia en San Francisco, no había asidero legal para arrebatar el bebé a los abuelos maternos, teniendo en cuenta que el supuesto padre así lo había determinado por escrito. Le sugirieron que tampoco usara el recurso tan manido de ofrecer dinero por la chiquilla, porque podía volverse en su contra y darle como un piedrazo en los dientes. El único camino posible era la diplomacia hasta que volviera Severo del Valle y entonces podrían llegar a algún acuerdo, le aconsejaron, pero ella no quiso oír razones y dos días más tarde se presentó en el salón de té de Eliza Sommers con una proposición que, estaba segura, la otra abuela no podía rechazar. Eliza la recibió de luto por su hija, pero iluminada por el consuelo de esa nieta, que dormía plácidamente a su lado. Al ver la cuna de plata que había sido de sus hijos instalada junto a la ventana, Paulina tuvo un sobresalto, pero enseguida se acordó que le había dado permiso a Williams para entregársela a Severo y se mordió los labios, pues no estaba allí para pelear por una cuna, por valiosa que fuese, sino a negociar por su nieta. «No gana quien tiene la razón, sino quien regatea mejor», solía decir. Y en este caso no sólo le parecía evidente que la razón estaba de su lado, sino que nadie le ganaba en el arte del regateo.

Eliza sacó al bebé de la cuna y se lo pasó. Paulina sostuvo aquel minúsculo paquete, tan liviano que parecía sólo un envoltorio de trapos, y creyó que le estallaba el corazón con un sentimiento completamente nuevo. «Dios mío, Dios mío», repitió aterrada ante esa vulnerabilidad desconocida que le ablandaba las rodillas y le atravesaba un sollozo en el pecho. Se sentó en un sillón con su nieta medio perdida en su enorme regazo, meciéndola, mientras Eliza Sommers ordenaba el té y los dulces que le servía antes, en los tiempos en que era su más asidua cliente en la pastelería. En esos minutos Paulina del Valle alcanzó a recuperarse de la emoción y a colocar su artillería en postura de ataque. Empezó por dar el pésame por la muerte de Lynn y procedió a admitir que su hijo Matías era sin duda el padre de Aurora, bastaba ver a la criatura para saberlo: era igual a todos los Rodríguez de Santa Cruz y del Valle. Lamentaba mucho, dijo, que Matías estuviera en Europa por motivos de salud y no pudiera reclamar a la niña todavía. Luego planteó su deseo de quedarse con la nieta, en vista de que Eliza trabajaba tanto, disponía de poco tiempo y de menos recursos, sin duda le sería imposible dar a Aurora el mismo nivel de vida que ésta tendría en su casa de Nob Hill. Lo dijo en el tono de quien otorga un favor, disimulando la ansiedad que le cerraba la garganta y el temblor de las manos. Eliza Sommers replicó que agradecía tan generosa proposición, pero estaba segura de que con Tao Chi'en podían hacerse cargo de Lai-Ming, tal como Lynn les había pedido antes de morir. Por supuesto, agregó, Paulina sería siempre bienvenida en la vida de la niña.

–No debemos crear confusión respecto a la paternidad de Lai-Ming –añadió Eliza Sommers–. Tal como usted y su hijo aseguraron hace unos meses, él no tuvo nada que ver con Lynn. Recordará que su hijo manifestó claramente que el padre de la niña podía ser cualquiera de sus amigos.

–Son cosas que se dicen en el calor de la discordia, Eliza. Matías lo dijo sin pensar... –balbuceó Paulina.

—El hecho de que Lynn se casara con el señor Severo del Valle prueba que su hijo decía la verdad, Paulina. Mi nieta no tiene lazos de sangre con usted, pero le repito que puede verla cuando desee. Mientras más personas le tengan cariño, mejor para ella.

En la media hora siguiente las dos mujeres se enfrentaron como gladiadores, cada una en su estilo. Paulina del Valle pasó de la zalamería al hostigamiento, del ruego al recurso desesperado del soborno y cuando todo le falló, a la amenaza, sin que la otra abuela se moviera ni medio centímetro de su posición, excepto para tomar suavemente a la pequeña y devolverla a la cuna. Paulina no supo cuándo se le fue la rabia a la cabeza, perdió por completo el control de la situación y acabó chillando que ya iba a ver Eliza Sommers quiénes eran los Rodríguez de Santa Cruz, cuánto poder tenían en esa ciudad y cómo podían arruinarla, su estúpido negocio de pasteles y a su chino también, que a nadie le convenía convertirse en enemiga de Paulina del Valle y que tarde o temprano le quitaría a la chiquilla, que de eso podía estar completamente segura, porque aún no había nacido quien se le pusiera por delante. De un manotazo barrió con las finas tazas de porcelana y los dulces chilenos, que aterrizaron por el suelo en una nube de azúcar impalpable, y salió bufando como un toro de lidia. Una vez en el coche, con la sangre agolpada en las sienes y el corazón pateándole bajo las capas de grasa aprisionadas en el corsé, se echó a llorar a sollozo partido, como no había llorado desde que le puso pestillo a la puerta de su habitación y se quedó sola en la gran cama mitológica. Tal como entonces, le había fallado su mejor herramienta: la habilidad para regatear como mercader árabe, que tanto éxito le había aportado en otros aspectos de su vida. Por ambicionar demasiado, lo había perdido todo.

SEGUNDA PARTE
1880-1896

Existe un retrato mío a los tres o cuatro años, el único de aquella época que sobrevivió los avatares del destino y la decisión de Paulina del Valle de borrar mis orígenes. Es un cartón gastado en un marco de viaje, uno de esos antiguos estuches de terciopelo y metal, tan de moda en el siglo diecinueve y que ya nadie usa. En la fotografía se puede ver una criatura muy pequeña, ataviada al estilo de las novias chinas, con una túnica larga de satén bordado y debajo un pantalón de otro tono; va calzada con delicadas zapatillas montadas sobre fieltro blanco, protegidas por una delgada lámina de madera; lleva el cabello oscuro inflado en un moño demasiado alto para su tamaño y sostenido por dos agujas gruesas, tal vez de oro o plata, unidas por una breve guirnalda de flores. La chiquilla sostiene un abanico abierto en la mano y podría estar riéndose, pero las facciones apenas se distinguen, la cara es sólo una luna clara y los ojos dos manchitas negras. Detrás de la niña se vislumbra la gran cabeza de un dragón de papel y las relucientes estrellas de fuegos artificiales. La fotografía fue tomada durante la celebración del Año Nuevo chino en San Francisco. No recuerdo ese momento y no reconozco a la niña de ese único retrato.

En cambio mi madre Lynn Sommers aparece en varias fotografías que he rescatado del olvido con tenacidad y buenos contactos. Fui a San Francisco hace unos años a conocer a mi tío Lucky y me dediqué a recorrer viejas librerías y estudios de fotógrafos buscando los calendarios y postales para los cuales posaba; todavía me llegan algunos cuando mi tío Lucky los encuentra. Mi madre era muy bonita, es todo lo que puedo decir de ella, porque tampoco la reconozco en esos retratos. No la recuerdo, por supuesto, ya que murió cuando nací, pero la mujer de los calendarios es una extraña, nada tengo de ella, no logro visualizarla como mi madre, sólo como un juego de luz y sombra sobre el papel. Tampoco parece hermana de mi tío Lucky, él es un chino paticorto y cabezón, de aspecto vulgar pero muy buena persona. Me parezco más a mi padre, tengo su tipo español; por desgracia saqué muy poco de la raza de mi extraordinario abuelo Tao Chi'en. Si no fuera porque ese abuelo es la memoria más nítida y perseverante de mi vida, el amor más antiguo contra el cual se estrellan todos los hombres que he conocido porque ninguno logra igualarlo, no creería que llevo sangre china en las venas. Tao Chi'en vive conmigo siempre. Puedo verlo, espigado, gallardo, siempre vestido con impecable corrección, el pelo gris, anteojos redondos y una mirada de bondad irremediable en sus ojos almendrados. En mis evocaciones siempre sonríe, a veces lo oigo cantándome en chino. Me ronda, me acompaña, me guía, tal como le dijo a mi abuela Eliza que lo haría después de su muerte. Hay un daguerrotipo de esos dos abuelos cuando eran jóvenes, antes de casarse: ella sentada en una silla de respaldar alto y él de pie detrás, ambos vestidos a la usanza americana de entonces, mirando la cámara de frente con una vaga expresión de pavor. Ese retrato, rescatado al fin, está sobre mi velador y es lo último que veo antes de apagar la lámpara cada noche, pero me hubiera gustado tenerlo conmigo en la infancia, cuando tanto necesitaba la presencia de esos abuelos.

Desde que puedo recordar, me ha atormentado la misma pesadilla. Las imágenes de ese sueño pertinaz se quedan conmigo durante horas, malográndome el día y el alma. Siempre es la misma secuencia: camino por las calles vacías de una ciudad desconocida y exótica, voy de la mano de alguien cuyo rostro nunca logro vislumbrar, sólo veo sus piernas y las puntas de unos zapatos relucientes. De pronto nos rodean niños en piyamas negros que danzan una ronda feroz. Una mancha oscura, sangre tal vez, se extiende sobre los adoquines del suelo, mientras el círculo de los niños se cierra inexorable, cada vez más amenazante, en torno a la persona que me lleva de la mano. Nos acorralan, nos empujan, nos tironean, nos separan; busco la mano amiga y encuentro el vacío. Grito sin voz, caigo sin ruido y entonces despierto con el corazón desbocado. A veces paso varios días callada, consumida por la memoria del sueño, tratando de penetrar las capas de misterio que lo envuelven, a ver si descubro algún detalle, hasta entonces desapercibido, que me dé la clave de su significado. Esos días padezco una forma de fiebre fría en que el cuerpo se me cierra y mi mente queda atrapada en un territorio helado. En ese estado de parálisis estuve durante las primeras semanas en casa de Paulina del Valle. Tenía cinco años cuando me llevaron al palacete de Nob Hill y nadie se dio el trabajo de explicarme por qué de pronto mi vida daba un vuelco dramático, dónde estaban mis abuelos Eliza y Tao, quién era esa señora monumental cubierta de joyas que me observaba desde un trono con los ojos llenos de lágrimas. Corrí a meterme debajo de una mesa y allí permanecí como un perro apaleado, según me han contado. En esa época Williams era el mayordomo de los Rodríguez de Santa Cruz –cuesta imaginarlo, en realidad– y a él se le ocurrió al día siguiente la solución de ponerme la comida en una bandeja atada con un cordel; fueron tirando del cordel de a poco y yo arrastrándome detrás de la bandeja cuando ya no podía más de hambre, hasta que lograron extraerme de mi refugio, pero cada vez que amanecía con la pesadilla volvía a esconderme bajo la mesa. Eso duró un año, hasta que nos vinimos a Chile y en el atolondramiento del viaje y de instalarnos en Santiago se me pasó esa manía.

Mi pesadilla es en blanco y negro, silenciosa e inapelable, tiene una cualidad eterna. Supongo que ya poseo suficiente información para conocer las claves de su significado, pero no por eso ha dejado de atormentarme. Por culpa de mis sueños, soy diferente, como esa gente que a causa de un mal de nacimiento o deformidad debe realizar un esfuerzo constante para llevar una existencia normal. Ellos lucen marcas visibles, la mía no se ve, pero existe, puedo compararla con ataques de epilepsia, que asaltan de repente y dejan una estela de confusión. Por la noche me acuesto con temor, no sé qué pasará mientras duermo ni cómo despertaré. He probado varios recursos contra mis demonios nocturnos, desde licor de naranja con unas gotas de opio, hasta el trance hipnótico y otras formas de nigromancia, pero nada me garantiza un sueño apacible, salvo la buena compañía. Dormir abrazada es, hasta ahora, el único remedio seguro. Debería casarme, como me aconseja todo el mundo, pero ya lo hice una vez y fue una calamidad, no puedo tentar al destino de nuevo. A los treinta años y sin marido soy poco menos que un esperpento, mis amigas me miran con lástima, aunque tal vez algunas envidian mi independencia. No estoy sola, tengo un amor secreto, sin ataduras ni condiciones, motivo de escándalo en cualquier parte, pero sobre todo aquí donde nos toca vivir. No soy soltera ni viuda ni divorciada, vivo en el limbo de las «separadas», donde van a parar las infortunadas que prefieren el escarnio público a vivir con un hombre que no aman. ¿De qué otro modo puede ser en Chile, donde el matrimonio es eterno e inexorable? En algunos amaneceres extraordinarios, cuando los cuerpos de mi amante y yo, húmedos de sudor y lacios de sueños compartidos todavía yacen en ese estado semiinconsciente de ternura absoluta, felices y confiados como niños dormidos, caemos en la tentación de hablar de casarnos, de irnos a otro lugar, a los Estados Unidos, por ejemplo, donde hay mucho espacio y nadie nos conoce, para vivir juntos como cualquier pareja normal, pero luego despertamos con el sol asomando en la ventana y no volvemos a mencionarlo, porque los dos sabemos que no podríamos vivir en otra parte, sólo en este Chile de cataclismos geológicos y pequeñeces humanas, pero también de ásperos volcanes y nevadas cumbres, de lagos inmemoriales sembrados de esmeraldas, de espumosos ríos y bosques fragantes, país delgado como una cinta, patria de gente pobre y todavía inocente, a pesar de tantos y tan variados abusos. Ni él podría irse, ni yo me cansaré de fotografiarlo. Me gustaría tener hijos, eso sí, pero he aceptado finalmente que nunca seré madre; no soy estéril, soy fértil en otros aspectos. Nívea del Valle dice que un ser humano no se define por su capacidad reproductiva, lo cual resulta una ironía viniendo de ella, que ha dado a luz más de una docena de chiquillos. Pero no corresponde hablar aquí de los hijos que no tendré o de mi amante, sino de los eventos que determinaron quién soy. Comprendo que en la escritura de esta memoria debo traicionar a otros, es inevitable. «Acuérdate que la ropa sucia se lava en casa», me repite Severo del Valle, quien se crió, como todos nosotros, bajo esa consigna. «Escribe con honestidad y no te preocupes de los sentimientos ajenos, porque digas lo que digas de todos modos te van a odiar», me aconseja, en cambio, Nívea. Sigamos, pues.

Ante la imposibilidad de eliminar mis pesadillas, al menos trato de sacarles algún provecho. He comprobado que después de una noche tormentosa quedo alucinada y en carne viva, un estado óptimo para la creación. Mis mejores fotografías han sido tomadas en días como ésos, cuando lo único que deseo es meterme bajo la mesa, tal como hacía en los primeros tiempos en casa de mi abuela Paulina. El sueño de los niños en piyamas negros me condujo a la fotografía, estoy segura de ello. Cuando Severo del Valle me regaló una cámara, lo primero que se me ocurrió fue que si pudiera fotografiar esos demonios, los derrotaría. A los trece años lo intenté muchas veces. Inventé complicados sistemas de ruedecillas y cuerdas para activar una cámara fija mientras dormía, hasta que fue evidente que esas criaturas maléficas eran invulnerables al asalto de la tecnología. Al ser observado con verdadera atención, un objeto o un cuerpo de apariencia común se transforma en algo sagrado. La cámara puede revelar los secretos que el ojo desnudo o la mente no captan, todo desaparece salvo aquello enfocado en el cuadro. La fotografía es un ejercicio de observación y el resultado siempre es un golpe de suerte; entre los miles y miles de negativos que llenan varios cajones en mi estudio hay muy pocos excepcionales. Mi tío Lucky Chi'en se sentiría algo defraudado si supiera cuán poco efecto tuvo su aliento de buena suerte en mi trabajo. La cámara es un aparato simple, hasta el más inepto puede usarla, el desafío consiste en crear con ella esa combinación de verdad y belleza que se llama arte. Esa búsqueda es sobre todo espiritual. Busco verdad y belleza en la transparencia de una hoja en otoño, en la forma perfecta de un caracol en la playa, en la curva de una espalda femenina, en la textura de un antiguo tronco de árbol, pero también en otras formas escurridizas de la realidad. Algunas veces, al trabajar con una imagen en mi cuarto oscuro, aparece el alma de una persona, la emoción de un evento o la esencia vital de un objeto, entonces la gratitud me estalla en el pecho y suelto el llanto, no puedo evitarlo. A esa revelación apunta mi oficio.

Severo del Valle dispuso de varias semanas de navegación para llorar a Lynn Sommers y meditar en lo que sería el resto de su vida. Se sentía responsable por la niña Aurora y había redactado un testamento antes de embarcarse para que la pequeña herencia que él había recibido de su padre y sus ahorros fueran directamente a ella en caso que él faltara. Entretanto ella recibiría los intereses cada mes. Sabía que los padres de Lynn la cuidarían mejor que nadie y suponía que por mucha que fuera su prepotencia, su tía Paulina no intentaría quitársela por la fuerza, porque su marido no permitiría que transformara el asunto en un escándalo público.

Sentado en la proa del barco con la vista perdida en el mar infinito, Severo concluyó que jamás se consolaría de la pérdida de Lynn. No deseaba vivir sin ella. Perecer en combate era lo mejor que podía depararle el futuro: morir pronto y rápido, era todo lo que pedía. Durante meses el amor por Lynn y su decisión de ayudarla habían ocupado su tiempo y atención, por eso postergó día a día el retorno, mientras todos los chilenos de su edad se enrolaban en masa para luchar. A bordo iban varios jóvenes con el mismo propósito suyo de incorporarse a las filas –vestir el uniforme era una cuestión de honor– con quienes se juntaba para analizar las noticias de la guerra transmitidas por el telégrafo. En los cuatro años que Severo pasó en California terminó por desarraigarse de su país, había respondido al llamado de la guerra como una forma de abandonarse a su duelo, pero no sentía el menor fervor bélico. Sin embargo, a medida que el barco navegaba hacia el sur se fue contagiando del entusiasmo de los demás. Volvió a pensar en servir a Chile como había deseado hacerlo en la época de la escuela, cuando discutía de política en los cafés con otros estudiantes. Suponía que sus antiguos camaradas estarían combatiendo desde hacía meses, mientras él se daba vueltas en San Francisco haciendo hora para visitar a Lynn Sommers y jugar *mah-jong*. ¿Cómo podría justificar semejante cobardía ante amigos y parientes? La imagen de Nívea lo asaltaba durante esas cavilaciones. Su prima no entendería la demora en regresar para defender a la patria, porque, estaba seguro, de haber sido hombre, hubiera sido la primera en partir al frente. Menos mal que con ella no cabrían explicaciones, esperaba morir acribillado antes de volver a verla; se requería mucho más valor para enfrentar a Nívea después de lo mal que se había portado con ella, que para combatir contra el más fiero enemigo. La nave avanzaba con una lentitud desquiciante, a ese paso llegaría a Chile cuando la guerra hubiera terminado, calculaba ansioso. Estaba seguro de que la victoria sería para los suyos, a pesar de la ventaja numérica del adversario y la arrogante ineptitud del alto mando chileno. El comandante en jefe del ejército y el almirante de la escuadra eran un par de vejetes que no lograban ponerse de acuerdo para la más elemental estrategia, pero los chilenos contaban con mayor disciplina militar que los peruanos y bolivianos. «Fue necesario que Lynn muriera para que yo decidiera volver a Chile a cumplir con mi deber patriótico, soy un piojo», mascullaba para sus adentros, avergonzado.

El puerto de Valparaíso brillaba en la luz radiante de diciembre cuando el vapor ancló en la bahía. Al entrar en las aguas territoriales del Perú y de Chile se habían divisado algunos buques de las escuadras de ambos países en maniobras, pero mientras no atracaron en Valparaíso no tuvieron evidencia de la guerra. El aspecto del puerto era muy distinto a lo que Severo recordaba. La ciudad estaba militarizada, había tropas acantonadas esperando transporte, la bandera chilena flameaba en los edificios y se notaba gran agitación de botes y remolcadores alrededor de varias naves de la armada, en cambio escaseaban los barcos de pasajeros. El joven había anunciado a su madre la fecha de su llegada, pero no esperaba verla en el puerto, porque desde hacía un par de años ella vivía en Santiago con los hijos menores y el viaje desde la capital resultaba muy pesado. Por lo mismo no se dio la molestia de otear el muelle en busca de gente conocida, como hacía la mayoría de los pasajeros. Tomó su maletín, le pasó unas monedas a un marinero para que se hiciera cargo de sus baúles y descendió por la plancha respirando a pleno pulmón el aire salino de la ciudad donde había nacido. Al pisar tierra tambaleaba como borracho, durante las semanas de navegación se había acostumbrado al vaivén de las olas y ahora le costaba caminar sobre suelo firme. Llamó a un cargador con un silbido, para que lo ayudara con el equipaje y de dispuso a buscar un coche que lo condujera a la casa de su abuela Emilia, donde pensaba quedarse un par de noches hasta que pudiera incorporarse al ejército. En ese momento sintió que le tocaban el brazo. Se volvió sorprendido y se encontró cara a cara con la última persona que deseaba ver en este mundo: su prima Nívea. Necesitó un par de segundos para reconocerla y reponerse de la impresión. La muchacha que dejara cuatro años antes se había transformado en una mujer desconocida, siempre baja, pero mucho más delgada y de cuerpo bien formado. Lo único que permanecía intacta era la expresión inteligente y concentrada de su rostro. Llevaba un vestido de verano de tafetán azul y un sombrero de pajilla con un gran lazo de organdí blanco atado bajo la barbilla, enmarcando su cara ovalada, de facciones finas, donde los ojos negros brillaban inquietos y juguetones. Estaba sola. Severo no atinó a saludarla, se quedó mirándola con la boca abierta hasta que le volvió la lucidez y logró preguntarle, turbado, si había recibido su última carta, refiriéndose a aquella en la que le anunciaba su matrimonio con Lynn Sommers. Como no le había escrito desde entonces, supuso que nada sabía de la muerte de Lynn o el nacimiento de Aurora, su prima no podía adivinar que se había convertido en viudo y padre sin haber sido nunca marido.

–De eso hablaremos después, por ahora déjame darte la bienvenida. Tengo un coche esperando –lo interrumpió ella.

Una vez que los baúles fueron colocados en el carruaje Nívea dio orden al cochero de conducirlos a paso lento por la cornisa del mar, eso les daba tiempo para hablar antes de llegar a la casa, donde lo esperaba el resto de la familia.

–Me he portado como un desalmado contigo, Nívea. Lo único que puedo decir a mi favor es que jamás quise hacerte sufrir –murmuró Severo sin atreverse a mirarla.

–Reconozco que estaba furiosa contigo, Severo, tenía que morderme la lengua para no maldecirte, pero ya no tengo rencor. Creo que has sufrido más que yo. De verdad siento mucho lo ocurrido a tu mujer.

–¿Cómo sabes lo que pasó?

–Recibí un telegrama con la noticia, venía firmado por un tal Williams.

La primera reacción de Severo del Valle fue de ira, cómo se atrevía el mayordomo a inmiscuirse de esa manera en su vida privada, pero luego no pudo evitar un impulso de gratitud porque ese telegrama le ahorraba explicaciones dolorosas.

–No espero que me perdones, sólo que me olvides, Nívea. Tú, más que nadie, mereces ser feliz...

–¿Quién te dijo que deseo ser feliz, Severo? Es el último adjetivo que emplearía para definir el futuro al cual aspiro. Quiero una vida interesante, aventurera, diferente, apasionada, en fin, cualquier cosa antes que feliz.

–¡Ay, prima, es maravilloso comprobar cuán poco has cambiado! En todo caso, dentro de un par de días estaré marchando con el ejército hacia el Perú y francamente espero morir con las botas puestas, porque mi vida ya no tiene sentido.

–¿Y tu hija?

–Veo que Williams te dio todos los detalles. ¿Te dijo también que no soy el padre de esa niña? –preguntó Severo.

–¿Quién es?

–No importa. Para efectos legales es mi hija. Está en manos de sus abuelos y no le faltará dinero, la he dejado bien resguardada.

–¿Cómo se llama?

–Aurora.

–Aurora del Valle... bonito nombre. Trata de volver entero de la guerra, Severo, porque cuando nos casemos esa niña seguramente se convertirá en nuestra primera hija –dijo Nívea sonrojándose.

–¿Cómo dijiste?

–Te he esperado toda mi vida, bien puedo seguir esperando. No hay apuro, tengo muchas cosas que hacer antes de casarme. Estoy trabajando.

–¡Trabajando! ¿Por qué? –exclamó Severo escandalizado, pues ninguna mujer en su familia o en cualquier otra familia que conociera trabajaba.

–Para aprender. Mi tío José Francisco me contrató para que organice su biblioteca y me da permiso para leer todo lo que quiera. ¿Te acuerdas de él?

–Lo conozco muy poco, ¿no es el que se casó con una heredera y tiene un palacio en Viña del Mar?

–El mismo, es pariente de mi madre. No conozco un hombre más sabio ni más bueno y además buen mozo, aunque no tanto como tú –se rió ella.

–No te burles, Nívea.

–¿Era bonita tu mujer? –preguntó la muchacha.

–Muy bonita.

–Tendrás que pasar por tu duelo. Severo. Tal vez la guerra sirva para eso. Dicen que las mujeres muy bellas son inolvidables, espero que aprendas a vivir sin ella, aunque no la olvides. Rezaré para que vuelvas a enamorarte y ojalá sea de mí... –musitó Nívea tomándole una mano.

Y entonces Severo del Valle sintió un dolor terrible en el tórax, como un lanzazo atravesándole las costillas, y un sollozo se le escapó entre los labios seguido por un llanto incontrolable que lo sacudía entero, mientras repetía hipando el nombre de Lynn, Lynn, mil veces Lynn. Nívea lo atrajo sobre su pecho y lo rodeó con sus delgados brazos, dándole palmaditas de consuelo en la espalda, como a un niño.

La Guerra del Pacífico empezó en el mar y continuó por tierra, combatiendo cuerpo a cuerpo con bayonetas caladas y cuchillos corvos en los más áridos e inclementes desiertos del mundo, en las provincias que hoy conforman el norte de Chile, pero antes de la guerra pertenecían al Perú y Bolivia. Los ejércitos peruano y boliviano estaban escasamente preparados para tal contienda, eran poco numerosos, mal armados y el sistema de abastecimiento fallaba tanto, que algunas batallas y escaramuzas se decidieron por falta de agua para beber o porque las ruedas de las carretas cargadas con cajones de balas se enterraban en la arena. Chile era un país expansionista, con una economía sólida, dueño de la mejor escuadra de América del Sur y un ejército de más de setenta mil hombres. Tenía reputación de civismo en un continente de caudillos rústicos, corrupción sistemática y revoluciones sangrientas; la austeridad del carácter chileno y la solidez de sus instituciones eran la envidia de las naciones vecinas, sus escuelas y universidades atraían a profesores y estudiantes extranjeros. La influencia de inmigrantes ingleses, alemanes y españoles había logrado imponer cierta temperanza en el arrebatado temperamento criollo. El ejército recibía instrucción prusiana y no conocía la paz, pues durante los años previos a la Guerra del Pacífico se había mantenido con las armas en la mano combatiendo al sur del país a los indios en la zona llamada La Frontera, porque hasta allí había llegado el brazo civilizador y más allá empezaba el impredecible territorio indígena donde hasta hacía muy poco sólo se habían aventurado los misioneros jesuitas. Los formidables guerreros araucanos, que llevaban luchando sin tregua desde los tiempos de la conquista, no se doblegaban ante las balas ni las peores atrocidades, pero iban cayendo uno a uno a punta de alcohol. Peleando contra ellos los soldados se entrenaron en ensañamiento. Pronto peruanos y bolivianos aprendieron a temer a los chilenos, enemigos sanguinarios capaces de pasar a cuchillo y bala a los heridos y a los prisioneros. A su paso los chilenos despertaban tanto odio y temor, que provocaron una violenta antipatía internacional, con la consecuente serie interminable de reclamaciones y litigios diplomáticos, exacerbando en sus adversarios la decisión de luchar hasta la muerte, puesto que de poco les servía rendirse. Las tropas peruanas y bolivianas estaban compuestas por un puñado de oficiales, contingentes de soldados regulares mal pertrechados y masas de indígenas reclutados a la fuerza, que apenas sabían por qué combatían y a la primera oportunidad desertaban. En cambio las filas chilenas contaban con una mayoría de civiles, tan encarnizados en combate como los militares, que peleaban por pasión patriótica y no se rendían. A menudo las condiciones resultaban infernales. Durante la marcha por el desierto se arrastraban en una nube de polvo salobre, muertos de sed, con la arena hasta medio muslo, un sol despiadado reverberando sobre sus cabezas y el peso de sus mochilas y municiones al hombro, aferrados a sus fusiles, desesperados. La viruela, el tifus y las tercianas los diezmaban; en los hospitales militares había más enfermos que heridos en combate. Cuando Severo del Valle se unió al ejército, sus compatriotas ocupaban Antofagasta –única provincia marítima de Bolivia– y las peruanas de Tarapacá, Arica y Tacna. A mediados de 1880 murió de un ataque cerebral en plena campaña del desierto el ministro de guerra y marina, sumiendo al gobierno en total desconcierto. Por fin el Presidente nombró en su lugar a un civil, don José Francisco Vergara, el tío de Nívea, viajero incansable y lector voraz, a quien le tocó empuñar el sable a los cuarenta y seis años para dirigir la guerra. Fue de los primeros en observar que mientras Chile avanzaba a la conquista del norte, Argentina calladamente les iba arrebatando la Patagonia al sur, pero nadie le hizo caso, porque consideraban ese territorio tan inútil como la luna. Vergara era brillante, de modales finos y gran memoria, todo le interesaba, desde la botánica hasta la poesía, era incorruptible y carecía por completo de ambición política. Planeó la estrategia bélica con la misma tranquila minuciosidad con que manejaba sus negocios. A pesar de la desconfiaza de los uniformados y ante la sorpresa de todo el mundo, condujo a las tropas chilenas directamente hasta Lima. Tal como dijo su sobrina Nívea: «La guerra es un asunto demasiado serio para entregárselo a los militares.» La frase salió del seno de la familia y se convirtió en uno de aquellos juicios lapidarios que pasan a formar parte del anecdotario histórico de un país.

Al finalizar el año los chilenos se preparaban para el asalto final a Lima. Severo del Valle llevaba once meses combatiendo, sumido en la mugre, la sangre y la más despiadada barbarie. En ese tiempo el recuerdo de Lynn Sommers quedó hecho jirones, ya no soñaba con ella, sino con los cuerpos destrozados de los hombres con los cuales había compartido el rancho el día anterior. La guerra era más que nada marcha forzada y paciencia; los momentos de combate resultaban casi un alivio en el tedio de movilizarse y de esperar. Cuando podía sentarse a fumar un cigarrillo, aprovechaba para escribir unas líneas a Nívea en el mismo tono de camaradería que siempre usó con ella. No hablaba de amor, pero poco a poco iba comprendiendo que ella sería la única mujer en su vida y que Lynn Sommers había sido sólo una prolongada fantasía. Nívea le escribía con regularidad, aunque no todas sus cartas llegaban a destino, para contarle de la familia, de la vida en la ciudad, de sus raros encuentros con su tío José Francisco y los libros que él le recomendaba. También le comentaba la transformación espiritual que la sacudía, cómo se iba alejando de algunos ritos católicos que le parecían muestras de paganismo, para buscar las raíces de un cristianismo más filosófico que dogmático. Le preocupaba que Severo, inmerso en un mundo tosco y cruel, perdiera contacto con su alma y se transformara en un ser desconocido. La idea de que él estuviera obligado a matar le resultaba intolerable. Trataba de no pensar en eso, pero los relatos de soldados atravesados a cuchillo, de los cuerpos decapitados, de las mujeres violadas y los niños ensartados en bayonetas eran imposibles de ignorar. ¿Tomaría Severo parte en esas atrocidades? ¿Podría un hombre que es testigo de tales hechos reintegrarse a la paz, convertirse en esposo y padre de familia? ¿Podría ella amarlo a pesar de todo? Severo del Valle se hacía las mismas preguntas mientras su regimiento se aprontaba para atacar, a pocos kilómetros de la capital del Perú. A finales de diciembre el contingente chileno se encontraba listo para la acción en un valle al sur de Lima. Se habían preparado con esmero, contaban con un ejército numeroso, mulas y caballos, municiones, víveres y agua, varios barcos a vela para transporte de las tropas, además de cuatro hospitales ambulatorios de seiscientas camas y dos barcos convertidos en hospitales bajo la bandera de la Cruz Roja. Uno de los comandantes llegó a pie con su brigada intacta, después de cruzar infinitos pantanos y montes, y se presentó como un príncipe mogol con un séquito de mil quinientos chinos con sus mujeres, sus niños y sus animales. Cuando los vio, Severo del Valle creyó ser víctima de una alucinación en la cual todo Chinatown había desertado San Francisco para perderse en la misma guerra que él. El pintoresco comandante había reclutado a los chinos por el camino, eran inmigrantes que trabajaban en condiciones de esclavitud y, cogidos entre dos fuegos y sin lealtades particulares por ningún bando, decidieron unirse a las fuerzas chilenas. Mientras los cristianos oían misa antes de entrar en combate, los asiáticos organizaron su propia ceremonia, luego los capellanes militares rociaron a todo el mundo con agua bendita. «Esto parece un circo», escribió ese día Severo a Nívea, sin sospechar que sería su última carta. Alentando a los soldados y dirigiendo el embarque de miles y miles de hombres, animales, cañones y provisiones estaba el ministro Vergara en persona, de pie desde las seis de la mañana bajo un sol abrasador, hasta bien entrada la noche.

Los peruanos habían organizado dos líneas de defensa a pocos kilómetros de la ciudad en lugares de difícil acceso para los asaltantes. A los cerros escarpados y arenosos se sumaban fuertes, parapetos, baterías y trincheras protegidas por sacos de arena para los tiradores. Además habían instalado minas disimuladas en la arena, que estallaban al contacto de los detonantes. Las dos líneas de defensa estaban unidas entre sí y con la ciudad de Lima por ferrocarril para garantizar transporte de tropas, heridos y provisiones. Tal como Severo del Valle y sus camaradas sabían desde antes de iniciar el ataque a mediados de enero de 1881, la victoria –si ocurría– sería a costa de muchas vidas.

Aquella tarde de enero las tropas estaban listas para la marcha sobre la capital del Perú. Después de servir la comida y desmontar el campamento, quemaron los entablados que habían servido de habitación y se dividieron en tres grupos con la intención de asaltar las defensas enemigas por sorpresa, amparados por la espesa neblina. Iban en silencio, cada uno con su pesado equipo a la espalda y los fusiles listos, dispuestos a atacar «de frente y a la chilena», como habían decidido los generales, conscientes de que el arma más poderosa a su haber era la temeridad y fiereza de los soldados embriagados de violencia. Severo del Valle había visto circular las cantimploras con aguardiente y pólvora, una mezcla incendiaria que dejaba las tripas en llamas, pero otorgaba un valor indomable. La había probado una vez, pero después pasó dos días atormentado por vómitos y dolor de cabeza, así es que prefería soportar el combate en frío. La marcha en el silencio y la negrura de la pampa le pareció interminable, a pesar de los breves momentos de pausa. Pasada la medianoche se detuvo la inmensa muchedumbre de soldados para descansar por una hora. Pensaban caer sobre un balneario próximo a Lima antes que aclarara el día, pero las órdenes contradictorias y la confusión de los comandantes arruinaron el plan. Poco se sabía sobre la situación de las filas de la vanguardia, donde aparentemente ya se había iniciado la batalla, eso obligó a la tropa agotada a continuar sin un respiro. Siguiendo el ejemplo de los demás, Severo se desprendió de la mochila, la manta y el resto de sus pertrechos, alistó el arma con la bayoneta y echó a correr a ciegas hacia adelante gritando a pleno pulmón como fiera rabiosa, pues ya no se trataba de coger al enemigo por sorpresa, sino de espantarlo. Los peruanos los estaban esperando y apenas los tuvieron a tiro dejaron caer sobre ellos una andanada de plomo. A la niebla se sumó el humo y el polvo, cubriendo el horizonte con un manto impenetrable, mientras el aire se llenaba de pavor con las cornetas llamando a la carga, el chivateo y los alaridos de combate, los aullidos de los heridos, los relinchos de las cabalgaduras y el rugido de los cañonazos. El suelo estaba minado, pero los chilenos avanzaban de todos modos con el salvaje grito «¡a degüello!» en los labios. Severo del Valle vio volar hechos pedazos a dos de sus compañeros, que pisaron un detonante a pocos metros de distancia. No alcanzó a calcular que la próxima explosión podía tocarle a él, no había tiempo de pensar en nada porque ya los primeros húsares saltaban sobre las trincheras enemigas, caían en las fosas con los cuchillos corvos entre los dientes y las bayonetas caladas, masacrando y muriendo entre chorros de sangre. Los peruanos sobrevivientes retrocedieron y los atacantes comenzaron a escalar las colinas, forzando las defensas escalonadas en las laderas. Sin saber lo que hacía, Severo del Valle se encontró sable en mano destrozando a un hombre, luego disparando a quemarropa en la nuca de otro que huía. La furia y el horror se habían apoderado por completo de él; como todos los demás, se había convertido en una bestia. Tenía el uniforme roto y cubierto de sangre, un pedazo de tripa ajena le colgaba de una manga, ya no le salía voz de tanto gritar y maldecir, había perdido el miedo y la identidad, era sólo una máquina de matar, repartiendo golpes sin ver dónde caían, con la única meta de llegar al tope del cerro.

A las siete de la mañana, después de dos horas de batalla, la primera bandera chilena flameaba sobre una de las cumbres y Severo, de rodillas sobre la colina, vio una multitud de soldados peruanos que se retiraban en desbandada para enseguida reunirse en el patio de una hacienda, donde recibieron en formación la carga frontal de la caballería chilena. En pocos minutos aquello era un infierno. Severo del Valle, que se acercaba corriendo, veía el brillo de los sables en el aire y escuchaba la balacera y los alaridos de dolor. Cuando alcanzó la hacienda ya los enemigos corrían perseguidos de nuevo por las tropas chilenas. En eso le llegó la voz de su comandante indicándole que agrupara a los hombres de su destacamento para atacar al pueblo. La breve pausa, mientras se organizaban las filas, le dio un momento de respiro; se dejó caer al suelo, con la frente en tierra, acezando, tembloroso, las manos agarrotadas en su arma. Calculó que el avance era una locura, porque su regimiento solo no podría hacer frente a las numerosas tropas enemigas atrincheradas en las casas y edificios, habría que pelear puerta a puerta; pero su misión no era pensar, sino obedecer las órdenes de su superior y reducir el poblado peruano a escombro, ceniza y muerte. Minutos más tarde iba al trote a la cabeza de sus compañeros, mientras los proyectiles pasaban silbando a su alrededor. Entraron en dos columnas, una por cada lado de la calle principal. La mayor parte de los habitantes había huido a la voz de «¡vienen los chilenos!», pero los que se quedaron estaban decididos a combatir con lo que tuvieran a mano, desde cuchillos de cocina hasta ollas con aceite hirviendo que lanzaban desde los balcones. El regimiento de Severo tenía instrucciones de ir casa por casa hasta desocupar el pueblo, tarea nada fácil porque estaba lleno de soldados peruanos parapetados en los techos, los árboles, las ventanas y los umbrales de las puertas. Severo tenía la garganta seca y los ojos inflamados, apenas veía a un metro de distancia; el aire, denso de humo y polvo, se había puesto irrespirable, era tal la confusión que nadie sabía qué hacer, simplemente imitaban al que iba adelante. De súbito sintió a su alrededor una granizada de balas y comprendió que no podía seguir avanzando, debía buscar resguardo. De un culatazo abrió la puerta más cercana e irrumpió en la vivienda con el sable en alto, cegado por el contraste entre el sol abrasador de afuera y la penumbre interior. Necesitaba unos minutos para cargar su fusil, pero no los tuvo: un alarido desgarrador lo paralizó de sorpresa y vislumbró una figura que había estado agazapada en un rincón y ahora se alzaba ante él blandiendo un hacha. Alcanzó a protegerse la cabeza con los brazos y echar el cuerpo hacia atrás. El hacha cayó como un relámpago sobre su pie izquierdo, clavándolo en el suelo. Severo del Valle no supo lo que había pasado, reaccionó por puro instinto. Con todo el peso de su cuerpo empujó el fusil con la bayoneta calada, la ensartó en el vientre de su atacante y luego la levantó con un esfuerzo brutal. Un chorro de sangre le dio en plena cara. Y entonces se dio cuenta de que el enemigo era una muchacha. La había abierto en canal y ella, de rodillas, se sujetaba los intestinos que empezaban a vaciarse en el piso de tablas. Los ojos de ambos se cruzaron en una mirada interminable, sorprendidos, preguntándose en el silencio eterno de ese instante quiénes eran, por qué se enfrentaban de ese modo, por qué se desangraban, por qué debían morir. Severo quiso sostenerla, pero no pudo moverse y sintió por primera vez el dolor terrible en el pie, que subía como una lengua de fuego por la pierna hasta el pecho. En ese instante otro soldado chileno irrumpió en la vivienda, de una mirada evaluó la situación y sin vacilar le disparó a quemarropa a la mujer, que de todos modos ya estaba muerta, luego cogió el hacha y de un tirón formidable liberó a Severo. «¡Vamos, teniente, hay que salir de aquí, la artillería va a empezar a disparar!», lo conminó, pero Severo perdía sangre a borbotones, se desvanecía, volvía a recuperar el conocimiento por unos instantes y luego volvía a rodearlo la oscuridad. El soldado le puso su cantimplora en la boca y lo obligó a beber un trago largo de licor, luego improvisó un torniquete con un pañuelo atado debajo de la rodilla, se echó al herido a la espalda y lo sacó a la rastra. Afuera otras manos lo ayudaron y cuarenta minutos más tarde, mientras la artillería chilena barría a cañonazos aquel poblado, dejando escombro y hierros torcidos donde estuvo el apacible balneario, Severo aguardaba en el patio del hospital junto a centenares de cadáveres destrozados y miles de heridos tirados en charcos y hostigados por las moscas, que llegara la muerte o lo salvara un milagro. El sufrimiento y el miedo lo aturdían, a ratos se iba a pique en misericordioso desmayo y cuando resucitaba veía el cielo tornarse negro. Al calor abrasante del día siguió el frío húmedo de la *camanchaca*, que envolvió la noche en su manto de espesa neblina. En los momentos de lucidez se acordaba de las oraciones aprendidas en la infancia y rogaba por una muerte rápida, mientras la imagen de Nívea se le aparecía como un ángel, creía verla inclinada sobre él, sosteniéndolo, limpiándole la frente con un pañuelo mojado, diciéndole palabras de amor. Repetía el nombre de Nívea clamando sin voz por un vaso de agua.

La batalla para conquistar Lima terminó a las seis de la tarde. En los días siguientes, cuando pudieron sacar la cuenta de los muertos y heridos, calcularon que un veinte por ciento de los combatientes de ambos ejércitos perecieron en esas horas. Muchos más morirían después a consecuencia de las heridas infectadas. Improvisaron los hospitales de campaña en una escuela y en carpas diseminadas en las cercanías. El viento arrastraba el hedor de carroña a kilómetros de distancia. Los médicos y enfermeros, exhaustos, atendían a los que llegaban en la medida de sus posibilidades, pero había más de dos mil quinientos heridos entre las filas chilenas y se calculaban por lo menos siete mil entre los sobrevivientes de las tropas peruanas. Los heridos se acumulaban en los pasillos y en los patios, tirados por el suelo, hasta que les llegara su turno. Los más graves eran atendidos primero y Severo del Valle no estaba agonizando aún, a pesar de la tremenda pérdida de fuerza, sangre y esperanza, así es que los camilleros lo postergaban una y otra vez para dar paso a otros. El mismo soldado que se lo echó al hombro para llevarlo hasta el hospital le rasgó la bota con su cuchillo, le quitó la camisa ensopada y con ella improvisó un tapón para el pie destrozado porque no había a mano ni vendajes, ni medicamentos, ni fenol para desinfectar, ni opio, ni cloroformo, todo se había agotado o perdido en el desorden de la contienda. «Suéltese el torniquete de vez en cuando, para que no se le gangrene la pierna, teniente», le recomendó el soldado. Antes de despedirse le deseó buena suerte y le regaló sus más preciadas posesiones: un paquete de tabaco y su cantimplora con los restos del aguardiente. Severo del Valle no supo cuánto tiempo estuvo en ese patio, tal vez un día, tal vez dos. Cuando finalmente lo recogieron para conducirlo donde el médico, estaba inconsciente y deshidratado, pero al moverlo el dolor fue tan terrible que despertó con un aullido. «Aguante, teniente, mire que todavía le falta lo peor», dijo uno de los camilleros. Se encontró en una sala grande, con el suelo cubierto de arena, donde cada tanto un par de ordenanzas vaciaba nuevos baldes de arena para absorber la sangre y se llevaba en los mismos baldes los miembros amputados para quemarlos afuera en una pira enorme, que impregnaba el valle de olor a carne chamuscada. En cuatro mesas de madera cubiertas por planchas metálicas operaban a los infortunados soldados, por el suelo había cubetas con agua rojiza donde enjuagaban las esponjas para restañar los cortes y pilas de trapos rasgados en tiras para usar como vendajes, todo sucio y salpicado de arena y aserrín. Sobre una mesa lateral había desplegados pavorosos instrumentos de tortura, –tenazas, tijeras, sierras, agujas– manchados de sangre seca. Los alaridos de los operados llenaban el ámbito y el olor a descomposición, vómitos y excremento era irrespirable. El médico resultó ser un inmigrante de los Balcanes con el aire de dureza, seguridad y rapidez de un cirujano experto. Llevaba una barba de dos días, tenía los ojos rojos de fatiga y vestía un grueso delantal de cuero cubierto de sangre fresca. Quitó el improvisado vendaje del pie de Severo, soltó el torniquete y le bastó una mirada para ver que había comenzado la infección y decidirse por la amputación. No cabía duda de que en esos días había cortado muchos miembros, porque no pestañeó.

—¿Tiene algo de licor, soldado? —preguntó con evidente acento extranjero.

—Agua... —clamó Severo del Valle con la lengua reseca.

—Después tomará agua. Ahora necesita algo que lo atonte un poco, pero aquí ya no tenemos ni una gota de licor —dijo el médico.

Severo señaló la cantimplora. El doctor lo obligó a beber tres chorros largos, explicándole que no contaban con anestesia, y usó el resto para empapar unos trapos y limpiar sus instrumentos, luego hizo una señal a los ordenanzas, que se colocaron a ambos lados de la mesa para sujetar al paciente. Ésta es mi hora de la verdad, alcanzó a pensar Severo y trató de imaginar a Nívea para no morirse con la imagen en el corazón de la muchacha que había destripado de un bayonetazo. Un enfermero colocó un nuevo torniquete y sujetó firmemente la pierna a la altura del muslo. El cirujano cogió un escalpelo, lo hundió veinte centímetros bajo la rodilla y mediante un hábil movimiento circular cortó la carne hasta la tibia y el peroné. Severo del Valle bramó de dolor y enseguida perdió el conocimiento, pero los ordenanzas no lo soltaron, sino que con más determinación lo mantuvieron clavado sobre la mesa, mientras el médico echaba hacia atrás con los dedos la piel y los músculos, descubriendo los huesos; enseguida cogió una sierra y de tres certeras pasadas los seccionó. El enfermero extrajo del muñón los vasos cortados y el doctor los fue ligando con increíble destreza, luego soltó de a poco el torniquete mientras iba cubriendo con carne y piel el hueso amputado y cosiendo. Enseguida lo vendaron rápidamente y lo llevaron en vilo a un rincón de la sala para dar paso a otro herido que llegó aullando a la mesa del cirujano. Toda la operación había durado menos de seis minutos.

En los días que siguieron a esa batalla las tropas chilenas entraron a Lima. Según los partes oficiales que se publicaron en los periódicos de Chile, lo hicieron ordenadamente; según consta en la memoria de los limeños, fue una carnicería, que se sumó a los desmanes de los soldados peruanos derrotados y furiosos, porque se sentían traicionados por sus jefes. Una parte de la población civil había huido y las familias pudientes buscaron seguridad en los barcos del puerto, en los consulados y en una playa protegida por marinería extranjera, donde el cuerpo diplomático había instalado carpas para acoger a los refugiados bajo banderas neutrales. Los que se quedaron para defender sus posesiones habrían de recordar para el resto de sus vidas las escenas infernales de la soldadesca borracha y enloquecida de violencia. Saquearon y quemaron las casas, violaron, golpearon y asesinaron a quien se les puso por delante, incluyendo mujeres, niños y ancianos. Finalmente una parte de los regimientos peruanos soltó las armas y se rindió, pero muchos soldados se dispersaron en desbandada hacia la sierra. Dos días después el general peruano Andrés Cáceres salía de la ciudad ocupada con una pierna destrozada, ayudado por su mujer y un par de fieles oficiales, para perderse en los vericuetos de las montañas. Había jurado que mientras le quedara un soplo de aliento seguiría combatiendo.

En el puerto del Callao los capitanes peruanos ordenaron a las tripulaciones abandonar los barcos y encendieron el polvorín, hundiendo la totalidad de su flota. Las explosiones despertaron a Severo del Valle y se encontró en un rincón, sobre la arena inmunda de la sala de operaciones, junto a otros hombres que, como él, acababan de pasar por el suplicio de la amputación. Alguien le había puesto encima una manta y al lado una cantimplora con agua, estiró la mano pero temblaba tanto que no pudo destaparla y se quedó con ella apretada contra el pecho, gimiendo, hasta que se acercó una joven cantinera, se la abrió y lo ayudó a llevársela a los labios secos. Bebió todo el contenido de un tirón y luego, instruido por la mujer, que había combatido junto a los hombres durante meses y sabía tanto de cuidar heridos como los médicos, se echó a la boca un puñado de tabaco y lo mascó ávidamente para amortiguar los espasmos del choc operatorio. «Matar cuesta poco, sobrevivir es lo que cuesta, hijito. Si te descuidas, la muerte te lleva a traición», le advirtió la cantinera. «Tengo miedo», trató de decir Severo y ella tal vez no oyó su balbuceo pero adivinó su terror, porque se quitó una medallita de plata del cuello y se la puso entre las manos. «Que la Virgen te ayude», murmuró e inclinándose lo besó brevemente en los labios antes de irse. Severo se quedó con el roce de esos labios y la medalla apretada en su palma. Tiritaba, le castañeteaban los dientes y ardía de fiebre; se dormía o se desmayaba a ratos y cuando recuperaba la consciencia el dolor lo atontaba. Horas después volvió la misma cantinera de trenzas morenas y le entregó unos trapos mojados para que se limpiara el sudor y la sangre seca y un plato de latón con una papilla de maíz, un trozo de pan duro y un tazón de café de achicoria, un líquido tibio y oscuro que ni siquiera intentó tocar, porque la debilidad y las náuseas se lo impidieron. Escondió la cabeza bajo la manta, abandonado al sufrimiento y la desesperación, gimiendo y llorando como un niño hasta que se durmió de nuevo. «Has perdido mucha sangre, hijo mío, si no comes te mueres», lo despertó un capellán que andaba por allí repartiendo consuelo entre los heridos y la extremaunción entre los moribundos. Entonces Severo del Valle se acordó que había ido a la guerra a morir. Ése fue su propósito cuando perdió a Lynn Sommers, pero ahora que la muerte estaba allí, inclinada sobre él como un buitre, esperando su oportunidad para darle el zarpazo final, el instinto de la vida lo remeció. Las ganas de salvarse eran superiores al quemante tormento que lo traspasaba desde la pierna hasta la última fibra del cuerpo, más fuertes que la angustia, la incertidumbre y el terror. Comprendió que lejos de echarse a morir, deseaba desesperadamente permanecer en el mundo, vivir en cualquier estado y condición, de cualquier manera, cojo, derrotado, nada importaba con tal de seguir en este mundo. Como cualquier soldado, sabía que sólo uno de cada diez amputados lograba sobreponerse a la pérdida de sangre y a la gangrena, no había forma de evitarlo, todo era cuestión de suerte. Decidió que él sería uno de aquellos sobrevivientes. Pensó que su maravillosa prima Nívea merecía un hombre entero y no un mutilado, no deseaba que ella lo viera convertido en un guiñapo, no podría tolerar su compasión. Sin embargo al cerrar los ojos volvió a surgir la muchacha a su lado, vio a Nívea, incontaminada por la violencia de la guerra o la fealdad del mundo, inclinada sobre él con su rostro inteligente, sus ojos negros y su sonrisa traviesa, entonces el orgullo se le disolvió como sal en el agua. No tuvo la menor duda de que ella lo amaría con media pierna menos tanto como lo había amado antes. Tomó la cuchara con los dedos agarrotados, trató de controlar los tiritones, se obligó a abrir la boca y tragó un bocado de aquella asquerosa papilla de maíz, ya fría y cubierta de moscas.

Los regimientos chilenos entraron triunfantes a Lima en enero de 1881 y desde allí trataron de imponer la forzada paz de la derrota al Perú. Una vez calmada la bárbara confusión de las primeras semanas, los soberbios vencedores dejaron un contingente de diez mil hombres para controlar la nación ocupada y los demás emprendieron viaje al sur a recoger sus bien ganados laureles, ignorando olímpicos a los millares de soldados vencidos que lograron escapar hacia la sierra y que desde allí pensaban continuar combatiendo. La victoria había sido tan aplastante, que los generales no podían imaginar que los peruanos seguirían hostigándolos durante tres largos años. El alma de aquella obstinada resistencia fue el legendario general Cáceres, quien escapó de milagro a la muerte y partió con una herida espantosa a las montañas a resucitar la semilla pertinaz del coraje en un ejército andrajoso de soldados fantasmas y levas de indios, con el cual llevó a cabo una cruenta guerra de guerrillas, emboscadas y escaramuzas. Los soldados de Cáceres, con los uniformes en harapos, a menudo descalzos, desnutridos y desesperados, peleaban con cuchillos, lanzas, garrotes, piedras y unos cuantos fusiles anticuados, pero contaban con la ventaja de conocer el terreno. Habían escogido bien el campo de batalla para enfrentar a un enemigo disciplinado y armado, aunque no siempre con suficientes provisiones, porque el acceso a esos cerros escarpados era tarea de cóndores. Se escondían en las cumbres nevadas, en cuevas y hondonadas, en altos ventisqueros, donde la atmósfera era tan delgada y la soledad tan inmensa, que sólo ellos, hombres de la sierra, podían sobrevivir. A las tropas chilenas les reventaban los oídos en sangre, caían desmayadas por la falta de oxígeno y se congelaban en las gargantas heladas de los Andes. Mientras ellos apenas podían subir porque el corazón no les daba para tanto esfuerzo, los indios del altiplano trepaban como llamas con una carga equivalente a su propio peso en la espalda, sin más alimento que la carne amarga de las águilas y una bola verde de hojas de coca que daban vueltas en la boca. Fueron tres años de guerra sin tregua y sin prisioneros, con millares de muertos. Las fuerzas peruanas ganaron una sola batalla frontal en una aldea sin valor estratégico, resguardada por setenta y siete soldados chilenos, varios enfermos de tifus. Los defensores tenían sólo cien balas por hombre, pero pelearon toda la noche con tal bravura contra centenares de soldados e indios, que en el desolado amanecer, cuando ya no quedaban sino tres tiradores, los oficiales peruanos les suplicaron que se rindieran porque les parecía una ignominia matarlos. No lo hicieron, siguieron guerreando y murieron bayoneta en mano gritando el nombre de su patria. Había tres mujeres con ellos, que las turbas indígenas arrastraron al centro de la plaza ensangrentada, violaron y despedazaron. Una de ellas había dado a luz durante la noche en la iglesia, mientras su marido se batía afuera, y también al recién nacido lo destrozaron. Mutilaron los cadáveres, les abrieron el vientre y les vaciaron las entrañas y, según contaban en Santiago, los indios se comieron las vísceras asadas al palo. Aquel bestialismo no fue excepcional, la barbarie corrió pareja por ambos lados en aquella guerra de montoneras. La rendición final y la firma del tratado de paz se consiguió en octubre de 1883, después de vencer a las tropas de Cáceres en una última batalla, una masacre a cuchillo y bayoneta que dejó más de mil muertos tendidos en el campo. Chile le quitó al Perú tres provincias. Bolivia perdió su única salida al mar y fue obligada a firmar una tregua indefinida, que habría de extenderse por veinte años hasta la firma de un tratado de paz.

Severo del Valle, junto a millares de otros heridos, fue conducido en barco a Chile. Mientras muchos morían gangrenados o infectados de tifus y disentería en las improvisadas ambulancias militares, él pudo recuperarse gracias a Nívea, quien apenas se enteró de lo ocurrido se puso en contacto con su tío, el ministro Vergara, y no lo dejó en paz hasta que éste hizo buscar a Severo, lo rescató de un hospital, donde era un número más entre miles de enfermos en fatídicas condiciones, y lo envió en el primer transporte disponible a Valparaíso. También extendió un permiso especial a su sobrina para que pudiera entrar al recinto militar del puerto y asignó un teniente para ayudarla. Cuando desembarcaron a Severo del Valle en una angarilla ella no lo reconoció, había perdido veinte kilos, estaba inmundo, parecía un cadáver amarillo e hirsuto, con una barba de varias semanas y los ojos despavoridos y delirantes de un loco. Nívea se sobrepuso al espanto con la misma voluntad de amazona que la sostenía en todos los demás aspectos de su vida y lo saludó con un alegre «¡hola, primo, gusto de verte!» que Severo no pudo contestar. Al verla fue tanto su alivio que se cubrió la cara con las manos para que no lo viera llorar. El teniente había dispuesto el transporte y, de acuerdo a las órdenes recibidas, condujo al herido y a Nívea directamente al palacio del ministro en Viña del Mar, donde la esposa de éste había preparado un aposento. «Dice mi marido que te quedarás aquí hasta que puedas andar, hijo», le anunció. El médico de la familia Vergara usó todos los recursos de la ciencia para sanarlo, pero cuando un mes más tarde la herida aún no cicatrizaba y Severo seguía debatiéndose en arrebatos de fiebre, Nívea comprendió que tenía el alma enferma por los horrores de la guerra y el único remedio contra tantos remordimientos era el amor, entonces decidió recurrir a medidas extremas.

–Voy a pedir permiso a mis padres para casarme contigo –le anunció a Severo.

–Yo me estoy muriendo, Nívea –suspiró él.

–¡Siempre tienes alguna excusa, Severo! La agonía nunca ha sido impedimento para casarse.

–¿Quieres ser viuda sin haber sido esposa? No quiero que te suceda lo que me pasó con Lynn.

–No seré viuda porque no te vas a morir. ¿Podrías pedirme humildemente que me case contigo, primo? Decirme, por ejemplo, que soy la mujer de tu vida, tu ángel, tu musa o algo por el estilo. ¡Inventa algo, hombre! Dime que no puedes vivir sin mí, al menos eso es cierto, ¿no? Admito que no me hace gracia ser la única romántica en esta relación.

–Estás loca, Nívea. Ni siquiera soy un hombre entero, soy un miserable inválido.

–¿Te falta algo más que un pedazo de pierna? –preguntó ella alarmada.

–¿Te parece poco?

–Si tienes lo demás en su sitio, me parece que has perdido poco, Severo –se rió ella.

–Entonces cásate conmigo, por favor –murmuró él, con profundo alivio y un sollozo atravesado en la garganta, demasiado débil para abrazarla.

–No llores, primo, bésame; para eso no te hace falta la pierna –replicó ella inclinándose sobre la cama con el mismo gesto que él había visto muchas veces en su delirio.

Tres días más tarde se casaron en una breve ceremonia en uno de los hermosos salones de la residencia del ministro, en presencia de las dos familias. Dadas las circunstancias, fue un casamiento privado, pero sólo entre los parientes más íntimos se juntaron noventa y cuatro personas. Severo se presentó pálido y flaco, con el cabello cortado a lo Byron, las mejillas rasuradas y vestido de gala, con camisa de cuello laminado, botones de oro y corbata de seda, en una silla de ruedas. No hubo tiempo de hacer un vestido de novia ni un ajuar apropiado para Nívea, pero sus hermanas y primas le llenaron dos baúles con la ropa de casa que habían bordado durante años para sus propios ajuares. Usó un vestido de satén blanco y una tiara de perlas y diamantes, prestados por la mujer de su tío. En la fotografía de la boda aparece radiante de pie junto a la silla de su marido. Esa noche hubo una cena en familia a la cual no asistió Severo del Valle, porque las emociones del día lo habían agotado. Después que los invitados se retiraron, Nívea fue conducida por su tía a la habitación que le tenían preparada. «Lamento mucho que tu primera noche de casada sea así...», balbuceó la buena señora sonrojándose. «No se preocupe, tía, me consolaré rezando el rosario», replicó la joven. Aguardó que la casa se durmiera y cuando estuvo segura de que no había más vida que el viento salino del mar entre los árboles del jardín, Nívea se levantó en camisón, recorrió los largos pasillos de aquel palacio ajeno y entró a la pieza de Severo. La monja contratada para velar el sueño del enfermo yacía despaturrada en un sillón profundamente dormida, pero Severo estaba despierto, esperándola. Ella se llevó un dedo a los labios para indicarle silencio, apagó las lámparas a gas y se introdujo en el lecho.

Nívea se había educado en las monjas y provenía de una familia a la antigua, donde jamás se mencionaban las funciones del cuerpo y mucho menos aquellas relacionadas con la reproducción, pero tenía veinte años, un corazón apasionado y buena memoria. Recordaba muy bien los juegos clandestinos con su primo en los rincones oscuros, la forma del cuerpo de Severo, la ansiedad del placer siempre insatisfecho, la fascinación del pecado. En esa época el pudor y la culpa los inhibían y ambos salían de los rincones prohibidos temblando, extenuados y con la piel en llamas. En los años que habían pasado separados, tuvo tiempo de repasar cada instante compartido con su primo y transformar la curiosidad de la infancia en un amor profundo. Además había aprovechado a fondo la biblioteca de su tío José Francisco Vergara, hombre de pensamiento liberal y moderno, que no aceptaba limitación alguna a su inquietud intelectual y mucho menos toleraba la censura religiosa. Mientras Nívea clasificaba los libros de ciencia, arte y guerra, descubrió por casualidad la forma de abrir un anaquel secreto y se encontró ante un conjunto nada despreciable de novelas de la lista negra de la iglesia y textos eróticos, incluso una divertida colección de dibujos japoneses y chinos con parejas patas arriba, en posturas anatómicamente imposibles, pero capaces de inspirar al más ascético y con mayor razón a una persona tan imaginativa como ella. Sin embargo, los textos más didácticos fueron las novelas pornográficas de una tal *Dama Anónima*, muy mal traducidos del inglés al español, que la joven se llevó una a una ocultas en su bolso, leyó cuidadosamente y volvió a colocar con sigilo en su mismo lugar, precaución inútil, porque su tío andaba en la campaña de la guerra y nadie más en el palacio entraba a la biblioteca. Guiada por aquellos libros exploró su propio cuerpo, aprendió los rudimentos del arte más antiguo de la humanidad y se preparó para el día en que pudiera aplicar la teoría a la práctica. Sabía, por supuesto, que estaba cometiendo un pecado horrendo –el placer siempre es pecado– pero se abstuvo de discutir el tema con su confesor porque le pareció que el gusto que se daba y que se daría en el futuro bien valía el riesgo del infierno. Rezaba para que la muerte no la sorprendiera de súbito y alcanzara, antes de exhalar el último aliento, a confesarse de las horas de deleite que los libros le brindaban. Jamás se puso en el caso de que aquel solitario entrenamiento le serviría para devolver la vida al hombre que amaba y mucho menos que tendría que hacerlo a tres metros de una monja dormida. A partir de la primera noche con Severo, Nívea se las arreglaba para llevar una taza de chocolate caliente y unas galletitas a la religiosa cuando iba a despedirse de su marido, antes de partir a su habitación. El chocolate contenía una dosis de valeriana capaz de dormir a un camello. Severo del Valle nunca imaginó que su casta prima fuera capaz de tantas y tan extraordinarias proezas. La herida de la pierna, que le producía dolores punzantes, la fiebre y la debilidad, lo limitaban a un papel pasivo, pero lo que le faltaba en fortaleza lo ponía ella en iniciativa y sabiduría. Severo no tenía la menor idea que aquellas maromas fueran posibles y estaba seguro de que no eran cristianas, pero eso no le impidió gozarlas a plenitud. Si no fuera porque conocía a Nívea desde la infancia, habría pensado que su prima se había entrenado en un serrallo turco, pero si le inquietaba la forma en que esa doncella había aprendido tan variados trucos de meretriz, tuvo la inteligencia de no preguntárselo. La siguió dócilmente en el viaje de los sentidos hasta donde le dio el cuerpo, rindiendo por el camino hasta el último resquicio del alma. Se buscaban bajo las sábanas en las formas descritas por los pornógrafos de la biblioteca del honorable ministro de la guerra y en otras que iban inventando aguijoneados por el deseo y el amor, pero restringidos por el muñón envuelto en vendajes y por la monja roncando en su sillón. Los sorprendía el amanecer palpitando en un nudo de brazos, con las bocas unidas respirando al unísono y tan pronto se insinuaba el primer resplandor del día en la ventana, ella se deslizaba como una sombra de vuelta a su pieza. Los juegos de antes se convirtieron en verdaderas maratones de concupiscencia, se acariciaban con apetito voraz, se besaban, se lamían y se penetraban por todas partes, todo esto en la oscuridad y en el más absoluto silencio, tragándose los suspiros y mordiendo las almohadas para sofocar la alegre lujuria que los elevaba a la gloria una y otra vez durante aquellas noches demasiado breves. El reloj volaba: apenas Nívea surgía como un espíritu en la habitación para introducirse dentro de la cama de Severo y ya era la mañana. Ninguno de los dos pegaba los ojos, no podían perder ni un minuto de aquellos encuentros benditos. Al día siguiente él dormía como un recién nacido hasta el mediodía, pero ella se levantaba temprano con el aire confuso de una sonámbula y cumplía con las rutinas normales. Por las tardes Severo del Valle reposaba en su silla de ruedas en la terraza mirando la puesta del sol frente al mar, mientras su esposa se dormía bordando mantelitos a su lado. Delante de otros se comportaban como hermanos, no se tocaban y casi no se miraban, pero el ambiente a su alrededor estaba cargado de ansiedad. Pasaban el día contando las horas, aguardando con delirante vehemencia que llegara la hora de volver a abrazarse en la cama. Lo que hacían por las noches habría horrorizado al médico, a las dos familias, a la sociedad entera y ni qué decir a la monja. Entretanto los parientes y amigos comentaban la abnegación de Nívea, esa joven tan pura y tan católica condenada a un amor platónico, y la fortaleza moral de Severo, quien había perdido una pierna y arruinado su vida defendiendo a la patria. Las urdimbres de comadres propagaban el chisme de que no era sólo una pierna lo perdido en el campo de batalla, sino también los atributos viriles. Pobrecitos, musitaban entre suspiros, sin sospechar lo bien que lo pasaba aquella pareja de disipados. A la semana de anestesiar a la religiosa con chocolate y de hacer el amor como egipcios, la herida de la amputación había cicatrizado y la fiebre había desaparecido. Antes de dos meses Severo del Valle andaba con muletas y empezaba a hablar de una pierna de palo, mientras Nívea echaba las entrañas escondida en cualquiera de los veintitrés baños del palacio de su tío. Cuando no hubo más remedio que admitir ante la familia el embarazo de Nívea, la sorpresa general fue de tales proporciones que llegó a decirse que ese embarazo era un milagro. La más escandalizada fue sin duda la monja, pero Severo y Nívea siempre sospecharon que, a pesar de las dosis superlativas de valeriana, la santa mujer tuvo ocasión de aprender mucho; se hacía la dormida para no privarse del gusto de espiarlos. El único que logró imaginar cómo lo habían hecho y que celebró la pericia de la pareja a carcajada limpia fue el ministro Vergara. Cuando Severo pudo dar los primeros pasos con su pierna artificial y el vientre de Nívea fue indisimulable, los ayudó a instalarse en otra casa y le dio trabajo a Severo del Valle. «El país y el partido liberal necesitan hombres de tu audacia», dijo, aunque en honor a la verdad la audaz era Nívea.

No conocí a mi abuelo Feliciano Rodríguez de Santa Cruz, murió unos meses antes que yo llegara a vivir a su casa. Le dio una apoplejía cuando estaba sentado a la cabecera de la mesa en un banquete en su mansión de Nob Hill, atragantado por un pastel de venado y vino tinto francés. Lo recogieron del suelo entre varios y lo recostaron moribundo en un sofá, con su hermosa cabeza de príncipe árabe sobre el regazo de Paulina del Valle, quien para darle ánimo le repetía: «No te mueras, Feliciano, mira que a las viudas no las convida nadie... ¡Respira, hombre! Si respiras, te prometo que hoy sin falta le quito el pestillo a la puerta de mi pieza.» Cuentan que Feliciano alcanzó a sonreír antes de que el corazón le reventara en sangre. Existen innumerables retratos de aquel chileno fornido y alegre; es fácil imaginarlo vivo, porque en ninguno está posando para el pintor o para el fotógrafo, en todos da la impresión de haber sido sorprendido en un gesto espontáneo. Se reía con dientes de tiburón, gesticulaba al hablar, se movía con la seguridad y petulancia de un pirata. A su muerte, Paulina del Valle se desmoronó; fue tal su depresión que no pudo asistir al funeral ni a ninguno de los múltiples homenajes que le rindió la ciudad. Como sus tres hijos estaban ausentes, le tocó al mayordomo Williams y a los abogados de la familia hacerse cargo de las exequias. Los dos hijos menores llegaron unas semanas más tarde, pero Matías andaba en Alemania y, con la excusa de su salud, no apareció para consolar a su madre. Por primera vez en su vida Paulina perdió la coquetería, el apetito y el interés en los libros de contabilidad, rehusaba salir y pasaba días en la cama. No permitió que nadie la viera en esas condiciones, los únicos que supieron de su llanto fueron sus mucamas y Williams, quien fingía no darse cuenta, limitándose a vigilar a prudente distancia para ayudarla si se lo pedía. Una tarde se detuvo por casualidad frente al gran espejo dorado que ocupaba media pared de su baño y vio en lo que se había convertido: una bruja gorda y desarrapada, con una cabecita de tortuga coronada por una mata de greñas grises. Dio un grito de horror. Ningún hombre en el mundo –y menos Feliciano– merecía tanta abnegación, concluyó. Había tocado fondo, era hora de dar una patada en el suelo y elevarse otra vez a la superficie. Tocó la campanilla para llamar a sus mucamas y les ordenó que la ayudaran a bañarse y le trajeran a su peluquero. A partir de ese día se repuso del duelo con voluntad de hierro, sin más ayuda que montañas de dulces y largos baños de tina. La noche solía sorprenderla con la boca llena y sumida en la bañera, pero no volvió a llorar. Para Navidad emergió de su reclusión con varios kilos de más y perfectamente compuesta, entonces comprobó sorprendida que en su ausencia el mundo siguió rodando y nadie la había echado de menos, lo cual fue un incentivo más para ponerse definitivamente de pie. No permitiría que la ignoraran, decidió, acababa de cumplir sesenta años y pensaba vivir unos treinta más, aunque más no fuera para mortificar a sus semejantes. Llevaría luto por unos meses, era lo menos que podía hacer por respeto a Feliciano, pero a él no le gustaría verla convertida en una de esas viudas griegas que se entierran en trapos negros por el resto de sus vidas. Se dispuso a planear un nuevo guardarropa en colores pasteles para el año siguiente y un viaje de placer por Europa. Siempre quiso ir a Egipto, pero Feliciano opinaba que ése era un país de arena y momias donde todo lo interesante había sucedido tres mil años antes. Ahora que estaba sola podría realizar ese sueño. Pronto se dio cuenta, sin embargo, cuánto había cambiado su existencia y cuán poco la estimaba la sociedad de San Francisco; toda su fortuna no alcanzaba para hacerse perdonar su origen hispano y su acento de cocinera. Tal como había dicho en broma, nadie la convidaba, ya no era la primera en recibir invitación a las fiestas, no le pedían que inaugurara un hospital o un monumento, su nombre dejó de mencionarse en las páginas sociales y apenas la saludaban en la ópera. Estaba excluida. Por otra parte resultaba muy difícil incrementar sus negocios, porque sin su marido no tenía quien la representara en los medios financieros. Hizo un cálculo minucioso de sus haberes y se dio cuenta de que sus tres hijos botaban el dinero más rápido de lo que ella podía ganarlo, había deudas por todas partes y antes de fallecer Feliciano había hecho algunas inversiones pésimas sin consultarla. No era tan rica como pensaba, pero estaba lejos de sentirse derrotada. Llamó a Williams y le ordenó contratar un decorador para remodelar los salones, un chef para planear una serie de banquetes que ofrecería con motivo del Año Nuevo, un agente de viaje para hablar de Egipto y un sastre para planear sus nuevos vestidos. En eso estaba, reponiéndose del susto de la viudez con medidas de emergencia, cuando se presentó en su casa una niña vestida de popelina blanca, con un bonete de encaje y botitas de charol, de la mano de una mujer de luto. Eran Eliza Sommers y su nieta Aurora, a quienes Paulina del Valle no había visto en cinco años.

—Aquí le traigo a la niña, tal como usted quería, Paulina —dijo Eliza tristemente.

—Dios Santo, ¿qué pasó? —preguntó Paulina del Valle pillada de sorpresa.

—Mi marido ha muerto.

—Veo que las dos somos viudas... —murmuró Paulina.

Eliza Sommers le explicó que no podría cuidar a su nieta, porque debía llevar el cadáver de Tao Chi'en a China, tal como se lo había prometido siempre. Paulina del Valle llamó a Williams y le ordenó que acompañara a la niña al jardín para mostrarle los pavos reales, mientras ellas hablaban.

—¿Cuándo piensa regresar, Eliza? —preguntó Paulina.

—Puede ser un viaje muy largo.

—No quiero encariñarme con la niña y dentro de unos meses tener que devolvérsela. Se me partiría el corazón.

–Le prometo que eso no sucederá, Paulina. Usted puede ofrecer a mi nieta una vida mucho mejor de la que yo puedo darle. No pertenezco a ningún lugar. Sin Tao, carece de sentido vivir en Chinatown, tampoco calzo entre americanos y no tengo nada que hacer en Chile. Soy extranjera en todas partes, pero deseo que Lai-Ming tenga raíces, una familia y buena educación. Corresponde a Severo del Valle, su padre legal, hacerse cargo de ella, pero está muy lejos y tiene otros hijos. Como usted siempre quiso tener a la niña pensé que...

–¡Hizo muy bien, Eliza! –la interrumpió Paulina.

Paulina del Valle escuchó hasta el final la tragedia que se había abatido sobre Eliza Sommers y averiguó todos los detalles sobre Aurora, incluyendo el papel que jugaba Severo del Valle en su destino. Sin saber cómo, por el camino se evaporaron el rencor y el orgullo y se encontró conmovida abrazando a esa mujer a quien momentos antes consideraba su peor enemiga, agradeciéndole la generosidad increíble de entregarle a la nieta y jurándole que sería una verdadera abuela, no tan buena como seguramente ella y Tao Chi'en habían sido, pero dispuesta a dedicar el resto de su vida a cuidar y hacer feliz a Aurora. Ésa sería su primera misión en este mundo.

–Lai-Ming es una chica lista. Pronto preguntará quién es su padre. Hasta hace poco creía que su padre, su abuelo, su mejor amigo y Dios eran la misma persona: Tao Chi'en –dijo Eliza.

–¿Qué quiere que le diga si pregunta? –quiso saber Paulina.

–Dígale la verdad, eso siempre es lo más fácil de entender –le aconsejó Eliza.

–¿Que mi hijo Matías es su padre biológico y mi sobrino Severo es su padre legal?

–¿Por qué no? Y dígale que su madre se llamaba Lynn Sommers y era una joven buena y bella –murmuró Eliza con la voz quebrada.

Las dos abuelas acordaron allí mismo que para evitar confundir aún más a la nieta convenía separarla definitivamente de su familia materna, que no volviera a hablar chino ni tener contacto alguno con su pasado. A los cinco años no hay uso de razón, concluyeron; con el tiempo la pequeña Lai-Ming olvidaría sus orígenes y el trauma de los hechos recientes. Eliza Sommers se comprometió a no intentar ninguna forma de comunicación con la niña y Paulina del Valle a adorarla como lo hubiera hecho con esa hija que tanto deseó y no tuvo. Se despidieron con un breve abrazo y Eliza salió por una puerta de servicio, para que su nieta no la viera alejarse.

Lamento mucho que esas dos buenas señoras, mis abuelas Eliza Sommers y Paulina del Valle, decidieran mi destino sin permitirme participación alguna. Con la misma colosal determinación con que a los dieciocho años se escapó de un convento con la cabeza rapada para huir con su novio y a los veintiocho amasó una fortuna acarreando hielos prehistóricos en barco, mi abuela Paulina se empeñó en borrar mi procedencia. Y si no es por un traspié del destino, que a última hora le torció los planes, lo habría conseguido. Recuerdo muy bien la primera impresión que tuve de ella. Me veo entrando a un palacio encaramado en una colina, atravesando jardines con espejos de agua y arbustos recortados, veo los peldaños de mármol con sendos leones de bronce de tamaño natural a cada lado, la puerta doble de madera oscura y el inmenso hall iluminado por los vitrales de colores de una cúpula majestuosa que coronaba el techo. Nunca había estado en un lugar así, sentía tanta fascinación como miedo. Pronto me encontré ante un sillón dorado de medallón donde estaba Paulina del Valle, reina en su trono. Como volví a verla muchas veces instalada en ese mismo sillón, no me es difícil imaginar su aspecto ese primer día: ataviada con una profusión de joyas y suficiente tela como para hacer cortinas, imponente. A su lado el resto del mundo desaparecía. Tenía una hermosa voz, una gran elegancia natural y los dientes blancos y parejos, producto de una perfecta plancha dental de porcelana. En ese tiempo seguramente ya tenía el cabello gris, pero se lo teñía del mismo color castaño de la juventud y lo aumentaba con una serie de postizos hábilmente dispuestos de manera que el moño parecía una torre. Yo no había visto antes una criatura de tales dimensiones, perfectamente adecuada al tamaño y suntuosidad de su mansión. Ahora, que por fin conozco lo ocurrido durante los días anteriores a ese momento, comprendo que no es justo atribuir mi espanto sólo a esa formidable abuela; cuando me llevaron a su casa el terror era parte de mi equipaje, como la pequeña maleta y la muñeca china que llevaba bien aferradas. Después de pasearme por el jardín y de sentarme en un inmenso comedor vacío frente a una copa de helado, Williams me llevó a la sala de las acuarelas, donde suponía que mi abuela Eliza me estaría esperando, pero en su lugar me encontré con Paulina del Valle, quien se me acercó con cautela, como si intentara atrapar a un gato esquivo, y me dijo que me quería mucho y de ahora en adelante yo viviría en esa casa grande y tendría muchas muñecas, también un poni y un cochecito.

–Yo soy tu abuela –aclaró.

–¿Dónde está mi abuela verdadera? –dicen que pregunté.

–Soy tu abuela verdadera, Aurora. La otra abuela se ha ido en un largo viaje –me explicó Paulina.

Eché a correr, crucé el hall de la cúpula, me perdí en la biblioteca, di con el comedor y me metí debajo de la mesa, donde me acurruqué, muda de confusión. Era un mueble enorme con la cubierta de mármol verde y las patas talladas con figuras de cariátides, imposible de mover. Pronto llegaron Paulina del Valle, Williams y un par de criados decididos a engatusarme, pero yo me escurría como una comadreja apenas alguna mano lograba acercarse. «Déjela, señora, ya saldrá sola», sugirió Williams, pero como pasaron varias horas y yo continuaba atrincherada bajo la mesa, me trajeron otro plato de helados, una almohada y una cobija. «Cuando se duerma la sacaremos», había dicho Paulina del Valle, pero no dormí, en cambio me oriné en cuclillas plenamente consciente de la falta que cometía, pero demasiado asustada para buscar un baño. Permanecí bajo la mesa incluso mientras Paulina cenaba; desde mi trinchera veía sus gruesas piernas, sus pequeños zapatos de satén rebasados por los rollos de los pies, y los pantalones negros de los mozos que pasaban sirviendo. Ella se agachó con tremenda dificultad un par de veces para hacerme un guiño, que contesté ocultando la cara contra las rodillas. Me moría de hambre, cansancio y deseos de ir al baño, pero era tan soberbia como la misma Paulina del Valle y no me rendí con facilidad. Poco después Williams deslizó bajo la mesa una bandeja con el tercer helado, galletas y un gran trozo de pastel de chocolate. Esperé que se alejara y cuando me sentí segura quise comer, pero mientras más estiraba la mano, más lejos estaba la bandeja, que el mayordomo iba halando de un cordel. Cuando finalmente pude coger una galleta, ya me encontraba fuera de mi refugio, pero como no había nadie en el comedor pude devorar las golosinas en paz y regresar volando bajo la mesa apenas sentí ruido. Lo mismo se repitió horas después, al aclarar a mañana, hasta que siguiendo a la bandeja movediza llegué a la puerta, donde me esperaba Paulina del Valle con un cachorro amarillento, que me puso en los brazos.

–Toma, es para ti, Aurora. Este perrito también se siente solo y asustado –me dijo.

–Mi nombre es Lai-Ming.

–Tu nombre es Aurora del Valle –replicó ella rotunda.

–¿Dónde está el baño? –murmuré con las piernas cruzadas.

Y así se inició mi relación con esa colosal abuela que el destino me había deparado. Me instaló en una habitación próxima a la suya y me autorizó para dormir con el cachorro, a quien llamé *Caramelo* porque era de ese color. A medianoche desperté con la pesadilla de los niños en piyamas negros y sin pensarlo dos veces me fui volando a la legendaria cama de Paulina del Valle, tal como antes me introducía todas las madrugadas en la de mi abuelo, para que me mimara. Estaba acostumbrada a ser recibida en los brazos firmes de Tao Chi'en, nada me confortaba tanto como su olor a mar y la letanía de palabras dulces en chino que me decía medio dormido. Ignoraba que los niños normales no cruzan el umbral de la habitación de los mayores y mucho menos entran en sus lechos; me había criado en estrecho contacto físico, besuqueada y mecida hasta el infinito por mis abuelos maternos, no conocía otra forma de consuelo o descanso que un abrazo. Al verme Paulina del Valle me rechazó escandalizada y yo me puse a gemir despacito a coro con el pobre perro y tan lastimoso debe haber sido nuestro estado, que nos hizo seña de acercarnos. Salté a su cama y me tapé la cabeza con las sábanas. Supongo que me dormí de inmediato, en todo caso amanecí acurrucada junto a sus grandes senos perfumados a gardenia, con el cachorro a los pies. Lo primero que hice al despertar entre los delfines y las náyades florentinas fue preguntar por mis abuelos, Eliza y Tao. Los busqué por toda la casa y por los jardines, después me instalé junto a la puerta a esperar que me vinieran a buscar. Lo mismo se repitió por el resto de la semana, a pesar de los regalos, los paseos y los mimos de Paulina. El sábado me escapé. Jamás había estado sola en la calle y no era capaz de ubicarme, pero el instinto me indicó que debía bajar el cerro, así llegué al centro de San Francisco, donde deambulé por varias horas, aterrada, hasta que vislumbré a un par de chinos con un carrito cargado de ropa para lavar y los seguí a prudente distancia porque se parecían a mi tío Lucky. Se dirigían a Chinatown –allí se ubicaban todas las lavanderías de la ciudad– y tan pronto entré a ese barrio tan conocido me sentí segura, aunque ignoraba los nombres de las calles o la dirección de mis abuelos. Era tímida y estaba demasiado asustada para pedir ayuda, de modo que seguí andando sin rumbo fijo, guiada por los olores a comida, el sonido de la lengua y el aspecto de los centenares de pequeñas tiendas que tantas veces había recorrido de la mano de mi abuelo Tao Chi'en. En algún momento me venció el cansancio, me acomodé en el umbral de un vetusto edificio y me quedé dormida. Me despertó un sacudón y los gruñidos de una mujer vieja con finas cejas pintadas con carbón en la mitad de la frente, que le daban un aire de máscara. Di un grito de pavor, pero ya era tarde para zafarme, porque me tenía agarrada a dos manos. Me llevó pataleando en el aire a un sucucho infecto donde me encerró. El cuarto olía muy mal y entre el miedo y el hambre supongo que me enfermé, porque comencé a vomitar. No tenía idea de dónde estaba. Apenas me recuperé de las náuseas me puse a llamar a mi abuelo a todo pulmón y entonces volvió la mujer y me plantó unas bofetadas que me cortaron el aliento; nunca me habían golpeado y creo que la sorpresa fue mayor que el dolor. Me ordenó en cantonés que me callara la boca o me azotaría con una pértiga de bambú, luego me desnudó, me revisó entera, con especial atención la boca, las orejas y los genitales, me puso una camisa limpia y se llevó mi ropa manchada. Quedé otra vez sola en el cuartucho que iba sumiéndose en la penumbra a medida que disminuía la luz en el único hueco de ventilación.

Creo que esa aventura me marcó, porque han pasado veinticinco años y todavía tiemblo cuando recuerdo aquellas horas interminables. Jamás se veían niñas solas en Chinatown por aquellos entonces, las familias las cuidaban celosamente porque en cualquier descuido podían desaparecer en los vericuetos de la prostitución infantil. Yo era muy joven para eso, pero a menudo raptaban o compraban criaturas de mi edad para entrenarlas desde la infancia en toda clase de depravaciones. La mujer volvió horas después, cuando ya estaba totalmente oscuro, acompañada por un hombre más joven. Me observaron a la luz de una lámpara y empezaron a discutir acaloradamente en su idioma, que yo conocía, pero entendí poco porque estaba extenuada y muerta de miedo. Me pareció oír varias veces el nombre de mi abuelo Tao Chi'en. Se fueron y volví a quedar sola, tiritando de frío y de terror, no sé por cuánto tiempo. Cuando volvió a abrirse la puerta, la luz de la lámpara me cegó, escuché mi nombre en chino, Lai-Ming, y reconocí la voz inconfundible de mi tío Lucky. Sus brazos me alzaron y ya no supe más, porque el alivio me aturdió. No recuerdo el viaje en coche ni el momento en que volví a encontrarme en el palacete de Nob Hill frente a mi abuela Paulina. No recuerdo tampoco lo que pasó en las semanas siguientes, porque me dio varicela y estuve muy enferma; fue una época confusa, de muchos cambios y contradicciones.

Ahora, atando cabos sueltos de mi pasado, puedo asegurar sin lugar a duda de que me salvó la buena suerte de mi tío Lucky. La mujer que me raptó en la calle acudió a un representante de su *tong*, porque nada sucedía en Chinatown sin el conocimiento y aprobación de esas bandas. Toda la comunidad pertenecía a los diferentes *tongs*. Hermandades cerradas y celosas que agrupaban a sus miembros exigiendo lealtad y comisiones a cambio de protección, contactos para trabajar y la promesa de devolver los cuerpos de sus miembros a China, si morían en suelo americano. El hombre me había visto de la mano de mi abuelo muchas veces y, por una afortunada casualidad, pertenecía al mismo *tong* de Tao Chi'en. Fue él quien llamó a mi tío. El primer impulso de Lucky fue llevarme a su casa para que su nueva esposa, recién encargada a China por catálogo, se hiciera cargo de mí, pero luego comprendió que las instrucciones de sus padres debían ser respetadas. Después de ponerme en manos de Paulina del Valle, mi abuela Eliza había partido con el cuerpo de su marido para enterrarlo en Hong Kong. Tanto ella como Tao Chi'en siempre mantuvieron que el barrio chino de San Francisco era un mundo muy pequeño para mí, deseaban que yo fuera parte de los Estados Unidos. Aunque no estaba de acuerdo en ese principio, Lucky Chi'en no podía desobedecer la voluntad de sus padres, por eso pagó a mis raptores la suma convenida y me llevó de vuelta a la casa de Paulina del Valle. No volvería a verlo hasta veinte años más tarde, cuando fui a buscarlo para averiguar los últimos detalles de mi historia.

La orgullosa familia de mis abuelos paternos vivió en San Francisco por treinta y seis años sin dejar mucho rastro. He ido en busca de sus huellas. El palacete de Nob Hill es hoy un hotel y nadie recuerda quiénes fueron sus primeros dueños. Revisando periódicos antiguos en la biblioteca descubrí las múltiples menciones de la familia en las páginas sociales, también la historia de la estatua de La República y el nombre de mi madre. Existe también una breve noticia sobre la muerte de mi abuelo Tao Chi'en, un obituario muy elogioso escrito por un tal Jacob Freemont, y un aviso de condolencia de la Sociedad Médica agradeciendo las contribuciones hechas por el *zhong-yi* Tao Chi'en a la medicina occidental. Es una rareza, porque la población china era entonces casi invisible, nacía, vivía y moría al margen del acontecer americano, pero el prestigio de Tao Chi'en traspasó los límites de Chinatown y de California, llegó a ser conocido hasta en Inglaterra, donde dio varias conferencias sobre acupuntura. Sin esos testimonios impresos la mayor parte de los protagonistas de esta historia habrían desaparecido arrastrados por el viento de la mala memoria.

Mi escapada a Chinatown en busca de mis abuelos maternos se sumó a otros motivos que indujeron a Paulina del Valle a regresar a Chile. Comprendió que no habría fiestas suntuosas ni otros derroches capaces de devolverle la situación social que había tenido cuando su marido vivía. Estaba envejeciendo sola, lejos de sus hijos, sus parientes, su idioma y su tierra. El dinero que le quedaba no alcanzaba para mantener el tren de vida acostumbrado en su mansión de cuarenta y cinco habitaciones, pero era una fortuna inmensa en Chile, donde todo resultaba bastante más barato. Además le había caído en la falda una nieta extraña a quien consideró necesario desarraigar por completo de su pasado chino, si pretendía hacer de ella una señorita chilena. Paulina no podía soportar la idea de que yo huyera de nuevo y contrató una niñera inglesa para que me vigilara día y noche. Canceló sus planes de viaje a Egipto y los banquetes de Año Nuevo, pero apresuró la fabricación de su nuevo guardarropa y luego procedió metódicamente a dividir su dinero entre los Estados Unidos e Inglaterra, enviando a Chile sólo lo indispensable para instalarse, porque la situación política le pareció inestable. Escribió una larga carta a su sobrino Severo del Valle para reconciliarse con él, contarle lo que había ocurrido a Tao Chi'en y la decisión de Eliza Sommers de entregarle a la niña, explicándole en detalle las ventajas de que fuera ella quien criara a la pequeña. Severo del Valle entendió sus razones y aceptó la propuesta, porque él ya tenía dos niños y su mujer esperaba el tercero, pero se negó a entregarle la tutela legal, como ella pretendía.

Los abogados de Paulina la ayudaron a poner en claro las finanzas y a vender la mansión, mientras su mayordomo Williams se hizo cargo de los aspectos prácticos de organizar el traslado de la familia al sur del mundo y embalar todas las posesiones de su patrona, porque ella no quiso vender nada, no fueran a decir las malas lenguas que lo hacía por menester. De acuerdo a lo programado, Paulina tomaría un crucero conmigo, la niñera inglesa y otros empleados de confianza, mientras Williams enviaba a Chile el equipaje y luego quedaba libre, después de recibir una suculenta gratificación en libras esterlinas. Ésa sería su última función al servicio de su patrona. Una semana antes de que ella partiera, el mayordomo solicitó permiso para hablarle en privado.

–Disculpe, señora, ¿puedo preguntarle por qué he decaído en su estima?

–¡De qué habla, Williams! Usted sabe cuánto lo aprecio y cuán agradecida estoy de sus servicios.

–Sin embargo, no desea llevarme a Chile...

–¡Hombre, por Dios! La idea no se me había ocurrido. ¿Qué haría un mayordomo británico en Chile? Nadie tiene uno. Se reirían de usted y de mí. ¿Ha mirado un mapa? Ese país queda muy lejos y nadie habla inglés, su vida allá sería muy poco agradable. No tengo derecho a pedirle semejante sacrificio, Williams.

–Si me permite decirlo, señora, separarme de usted sería un sacrificio mayor.

Paulina del Valle se quedó mirando a su empleado con los ojos redondos de sorpresa. Por primera vez se dio cuenta de que Williams era algo más que un autómata en chaqueta negra con colas y guantes blancos. Vio a un hombre de unos cincuenta años, de espaldas anchas y rostro agradable, con abundante cabello color pimienta y ojos penetrantes; tenía manos toscas de estibador y los dientes amarillos de nicotina, aunque nunca lo había visto fumando ni escupiendo tabaco. Se quedaron callados un rato interminable, ella observándolo y él sosteniendo su mirada sin dar muestras de incomodidad.

–Señora, no he podido menos que notar las dificultades que la viudez le ha traído –dijo finalmente Williams en el lenguaje indirecto que siempre empleaba.

–¿Se está usted burlando? –sonrió Paulina.

–Nada más lejos de mi ánimo, señora.

–Ajá –carraspeó ella en vista de la larga pausa que siguió a la respuesta de su mayordomo.

–Se estará preguntando a qué viene todo esto –continuó él.

–Digamos que ha logrado usted intrigarme, Williams.

–Se me ocurre que en vista de que no puedo ir a Chile como su mayordomo, tal vez no sería del todo una mala idea que fuera como su marido.

Paulina del Valle creyó que se abría el piso y ella se hundía con silla y todo hasta el centro de la tierra. Su primer pensamiento fue que al hombre se le había soltado un tornillo en el cerebro, no cabía otra explicación, pero al comprobar la dignidad y calma del mayordomo, se tragó los insultos que ya tenía en la boca.

–Permítame explicarle mi punto de vista, señora –agregó Williams–. No pretendo, por supuesto, ejercer la función de esposo en el aspecto sentimental. Tampoco aspiro a su fortuna, que estaría totalmente a salvo, para eso tomaría usted las medidas legales pertinentes. Mi papel junto a usted sería prácticamente el mismo: ayudarla en todo lo que pueda con la máxima discreción. Supongo que en Chile, tanto como en el resto del mundo, una mujer sola enfrenta muchos inconvenientes. Para mí sería un honor dar la cara por usted.

–¿Y qué gana usted con este curioso arreglo? –inquirió Paulina sin poder disimular el tono mordaz.

–Por una parte, ganaría respeto. Por otra, admito que la idea de no volver a verla me ha atormentado desde que usted empezó a hacer planes para irse. Llevo a su lado la mitad de mi vida, me he acostumbrado.

Paulina se quedó muda durante otra eterna tregua, mientras daba vueltas en la cabeza a la extraña proposición de su empleado. Tal como estaba planteada, era un buen negocio, con ventajas para los dos: él disfrutaría de un alto nivel de vida que jamás tendría de otro modo, y ella andaría del brazo de un tipo que, bien mirado, resultaba de lo más distinguido. En realidad parecía miembro de la nobleza británica. De sólo imaginar la cara de sus parientes en Chile y la envidia de sus hermanas, soltó una carcajada.

–Usted tiene por lo menos diez años y treinta kilos menos que yo ¿no teme el ridículo? –preguntó sacudida de risa.

–Yo no. ¿Y usted, no teme que la vean con alguien de mi condición?

–Yo no temo nada en esta vida y me encanta escandalizar al prójimo. ¿Cómo es su nombre, Williams?

–Frederick.

–Frederick Williams... Buen nombre, de lo más aristocrático.

–Lamento decirle que es lo único aristocrático que tengo, señora –sonrió Williams.

Y así fue como una semana más tarde mi abuela Paulina del Valle, su marido recién estrenado, el peluquero, la niñera, dos mucamas, un valet, un criado y yo partimos en tren a Nueva York con un cargamento de baúles y allí tomamos un crucero a Europa en una nave británica. También llevábamos a *Caramelo*, quien estaba en la etapa de su desarrollo en que los perros fornican con todo lo que encuentran, en este caso la capa de piel de zorros de mi abuela. La capa tenía colas enteras por todo el ruedo y *Caramelo*, confundido ante la pasividad con que las mismas recibieron sus avances amorosos, las destrozó a dentelladas. Furiosa, Paulina del Valle estuvo a punto de lanzar por la borda el perro y la capa, pero ante la pataleta de espanto que me dio, ambos salvaron el pellejo. Mi abuela ocupaba una suite de tres habitaciones y Frederick Williams una del mismo tamaño al otro lado del pasillo. Ella se entretenía durante el día comiendo a toda hora, cambiándose vestidos para cada actividad, enseñándome aritmética, para que en el futuro me hiciera cargo de sus libros de contabilidad, y contándome la historia de la familia para que supiera de dónde venía, sin aclarar jamás la identidad de mi padre, como si yo hubiera surgido en el clan Del Valle por generación espontánea. Si preguntaba por mi madre o mi padre, me contestaba que habían fallecido y no importaba, porque con tener una abuela como ella bastaba y sobraba. Entretanto Frederick Williams jugaba al bridge y leía periódicos ingleses, como los demás caballeros de la primera clase. Se había dejado crecer las patillas y un frondoso bigote con las puntas engomadas, que le daban un aire de importancia, y fumaba pipa y cigarros cubanos. Confesó a mi abuela que era un fumador empedernido y que lo más difícil de su trabajo de mayordomo había sido abstenerse de hacerlo en público, ahora podía por fin saborear su tabaco y echar a la basura las pastillas de menta que compraba al por mayor y ya le tenían el estómago perforado. En esos tiempos en que los hombres de buena posición ostentaban barriga y una doble papada, la figura más bien delgada y atlética de Williams era una rareza en buena sociedad, aunque sus impecables modales resultaban mucho más convincentes que los de mi abuela. Por las noches antes de bajar juntos al salón de baile, pasaban a despedirse al camarote que compartíamos la niñera y yo. Eran un espectáculo, ella peinada y maquillada por su peluquero, vestida de gala y resplandeciente de joyas como un ídolo gordo, y él convertido en distinguido príncipe consorte. A veces me asomaba al salón para espiarlos maravillada: Frederick Williams podía maniobrar a Paulina del Valle por la pista de baile con la seguridad de alguien habituado a trasladar bultos pesados.

Llegamos a Chile un año más tarde, cuando la trastabillante fortuna de mi abuela había vuelto a ponerse de pie gracias a la especulación del azúcar que hizo durante la Guerra del Pacífico. Su teoría resultó cierta: la gente come más dulce durante los malos tiempos. Nuestra llegada coincidió con la presentación en el teatro de la incomparable Sarah Bernhardt en su papel más célebre, *La Dama de las Camelias*. La célebre actriz no logró conmover al público como había sucedido en el resto del universo civilizado, porque la mojigata sociedad chilena no simpatizó con la cortesana tuberculosa, a todo el mundo le pareció normal que se sacrificara por el amante en aras del qué dirán, no vieron razón para tanto drama ni para tanta camelia mustia. La famosa actriz se fue convencida de que había visitado un país de tontos graves, opinión que Paulina del Valle compartía plenamente. Mi abuela se había paseado con su séquito por varias ciudades de Europa, pero no cumplió su sueño de ir a Egipto porque supuso que allí no habría un camello capaz de soportar su peso y tendría que visitar las pirámides a pie bajo un sol de lava ardiente. En 1886 yo tenía tenía seis años, hablaba una mezcolanza de chino, inglés y español, pero podía realizar las cuatro operaciones básicas de aritmética y sabía convertir con increíble destreza francos franceses en libras esterlinas y éstas en marcos alemanes o liras italianas. Había dejado de llorar a cada rato por mi abuelo Tao y mi abuela Eliza, pero seguían atormentándome regularmente las mismas inexplicables pesadillas. Había un vacío negro en mi memoria, algo siempre presente y peligroso que no lograba precisar, algo desconocido que me aterrorizaba, sobre todo en la oscuridad o en medio de una muchedumbre. No podía soportar verme rodeada de gente, empezaba a gritar como endemoniada y mi abuela Paulina debía envolverme en un abrazo de oso para calmarme. Me había acostumbrado a refugiarme en su cama cuando despertaba asustada, así creció entre las dos una intimidad que, estoy segura, me salvó de la demencia y el terror en que me hubiera sumido de otra manera. Ante la necesidad de consolarme Paulina del Valle cambió de manera imperceptible para todos, menos para Frederick Williams. Se fue poniendo más tolerante y cariñosa y hasta bajó un poco de peso, porque andaba correteando detrás de mí y tan ocupada que se olvidaba de los dulces. Creo que me adoraba. Lo digo sin falsa modestia, puesto que me dio muchas pruebas de ello, me ayudó a crecer con toda la libertad posible en aquellos tiempos, picando mi curiosidad y mostrándome el mundo. No me permitía sentimentalismos ni quejumbres, «no hay que mirar para atrás», era uno de sus lemas. Me hacía bromas, algunas bastante pesadas, hasta que aprendí a devolverle la mano, eso marcó el tono de nuestra relación. Una vez encontré en el patio una lagartija aplastada por una rueda de coche, que había permanecido al sol varios días y ya estaba fosilizada, fija para siempre en su triste aspecto de reptil despanzurrado. La recogí y la guardé, sin saber para qué, hasta que discurrí cómo darle un uso perfecto. Yo estaba sentada frente a un escritorio haciendo mi tarea de matemáticas y mi abuela acababa de entrar distraídamente al cuarto, cuando fingí un incontrolable ataque de tos y ella se acercó a golpearme la espalda. Me doblé en dos, con la cara entre las manos y ante el horror de la pobre mujer «escupí» la lagartija, que aterrizó en mi falda. Fue tal el susto de mi abuela al ver el bicho que aparentemente habían soltado mis pulmones, que se cayó sentada, pero después se rió tanto como yo y guardó como recuerdo el animalejo disecado entre las páginas de un libro. Cuesta entender por qué esa mujer tan fuerte temía contarme la verdad sobre mi pasado. Se me ocurre que a pesar de su postura desafiante ante las convenciones, nunca pudo superar los prejuicios de su clase. Para protegerme del rechazo ocultó cuidadosamente la existencia de mi cuarto de sangre china, el modesto ambiente social de mi madre y el hecho de que en realidad yo era una bastarda. Es lo único que puedo reprocharle al gigante que fue mi abuela.

En Europa conocí a Matías Rodríguez de Santa Cruz y del Valle. Paulina no respetó el acuerdo que había hecho con mi abuela Eliza Sommers de decirme la verdad y en vez de presentarlo como mi padre, dijo que era otro tío, de los muchos que cualquier niño chileno tiene, ya que todo pariente o amigo de la familia con edad suficiente para llevar el título con cierta dignidad, pasa automáticamente a llamarse tío o tía, por eso le dije siempre *tío* Frederick al buen Williams. Me enteré que Matías era mi padre varios años más tarde, cuando regresó a Chile a morir y él mismo me lo dijo. El hombre no me produjo una impresión memorable, era delgado, pálido y buenmozo; parecía joven cuando estaba sentado, pero mucho mayor cuando intentaba moverse. Caminaba con un bastón y estaba siempre acompañado por un criado que le abría las puertas, le ponía el abrigo, le encendía los cigarrillos, le alcanzaba el vaso de agua que había sobre una mesa a su lado, porque el esfuerzo de estirar el brazo resultaba demasiado para él. Mi abuela Paulina me explicó que ese tío padecía de artritis, una condición muy dolorosa que lo hacía frágil como el cristal, dijo, por lo mismo yo debía acercarme a él con mucho tino. Mi abuela se moriría años más tarde sin saber que su hijo mayor no sufría de artritis, sino de sífilis.

El estupor de la familia Del Valle cuando mi abuela llegó a Santiago fue monumental. Desde Buenos Aires cruzamos la Argentina por tierra hasta llegar a Chile, un verdadero safari, teniendo en cuenta el volumen del equipaje que venía de Europa más las once maletas con las compras que se hicieron en Buenos Aires. Viajamos en coche, con la carga en una recua de mulas y acompañados por guardias armados al mando del tío Frederick, porque había bandoleros a ambos lados de la frontera, pero desgraciadamente no nos atacaron y llegamos a Chile sin nada interesante que contar sobre el paso de Los Andes. Por el camino habíamos perdido a la niñera, que se enamoró de un argentino y prefirió quedarse, y una criada a quien la derrotó el tifus, pero mi tío Frederick se las arreglaba para contratar ayuda doméstica en cada etapa de nuestro peregrinaje. Paulina había decidido instalarse en Santiago, la capital, porque después de vivir tantos años en los Estados Unidos pensó que el pequeño puerto de Valparaíso, donde había nacido, le quedaría chico. Además se había acostumbrado a estar lejos de su clan y la idea de ver a sus parientes todos los días, temible hábito de cualquier sufrida familia chilena, la espantaba. Sin embargo en Santiago tampoco estuvo libre de ellos, puesto que tenía varias hermanas casadas con «gente bien» como se llamaban entre sí los miembros de la clase alta, asumiendo, supongo, que el resto del mundo entraba en la categoría de la «gente mal». Su sobrino Severo del Valle, quien también vivía en la capital, se presentó con su mujer para saludarnos apenas llegamos. Del primer encuentro con ellos guardo un recuerdo más nítido que el de mi padre en Europa, porque me recibieron con tan exageradas muestras de afecto, que me asusté. Lo más notable en Severo era que a pesar de su cojera y su bastón parecía un príncipe de las ilustraciones de cuentos –pocas veces he visto un hombre más guapo– y de Nívea que lucía un gran vientre redondo. En esos tiempos la procreación se consideraba indecente y entre la burguesía las mujeres encintas se recluían en sus casas, pero ella no intentaba disimular su estado, sino que lo exhibía indiferente a la perturbación que causaba. En la calle la gente procuraba no mirarla, como si tuviera una deformidad o anduviera desnuda. Yo nunca había visto algo así y cuando pregunté qué le pasaba a esa señora, mi abuela Paulina me explicó que la pobrecita se había tragado un melón. En contraste con su apuesto marido, Nívea parecía un ratón, pero bastaba hablar con ella un par de minutos para caer presa de su encanto y su tremenda energía.

Santiago era una ciudad hermosa situada en un valle fértil, rodeada de altas montañas moradas en verano y cubiertas de nieve en invierno, ciudad tranquila, somnolienta y olorosa a una mezcla de jardines floridos y bosta de caballo. Tenía un aire afrancesado, con sus árboles añosos, sus plazas, fuentes morunas, portales y pasajes, sus mujeres elegantes, sus tiendas exquisitas donde vendían lo más fino traído de Europa y del Oriente, sus alamedas y paseos donde los ricos lucían sus coches y estupendos caballos. Por las calles pasaban vendedores pregonando la humilde mercancía que llevaban en canastos, corrían levas de perros vagos y en los tejados anidaban palomas y gorriones. Las campanas de las iglesias marcaban una a una el paso de las horas, menos durante la siesta, en que las calles permanecían vacías y la gente reposaba. Era una ciudad señorial, muy diferente a San Francisco, con su sello inconfundible de lugar fronterizo y su aire cosmopolita y colorido. Paulina del Valle compró una mansión en Ejército Libertador, la calle más aristocrática, cerca de la Alameda de las Delicias, por donde pasaba cada primavera el coche napoleónico con caballos empenachados y guardia de honor del presidente de la república camino al desfile militar de las fiestas patrias en el Parque de Marte. La casa no podía compararse en esplendor con el palacete de San Francisco, pero para Santiago resultaba de una opulencia irritante. Sin embargo, no fue el despliegue de bonanza y la falta de tacto lo que dejó boquiabierta a la pequeña sociedad capitalina, sino el marido con *pedigree* que Paulina del Valle «se había comprado», como decían, y los chismes que circulaban sobre la inmensa cama dorada con figuras mitológicas del mar, donde quién sabe qué pecados esa pareja de viejos cometía. A Williams le atribuyeron títulos de nobleza y malas intenciones. ¿Qué razón tendría un lord británico, tan fino y guapo, para casarse con una mujer de reconocido mal carácter y bastante mayor que él? Sólo podía ser un conde arruinado, un cazador de fortuna dispuesto a despojarla de su dinero para luego abandonarla. En el fondo todos deseaban que así fuera, para bajarle el moño a mi arrogante abuela, sin embargo nadie hizo desaires a su esposo, fieles a la tradición chilena de hospitalidad con los extranjeros. Además Frederick Williams se ganó el respeto de moros y cristianos con sus excelentes modales, su manera prosaica de enfrentar la vida y sus ideas monárquicas, creía que todos los males de la sociedad se debían a la indisciplina y falta de respeto por las jerarquías. El lema de quien había sido sirviente por tantos años era «cada uno en su lugar y un lugar para cada uno». Al convertirse en marido de mi abuela asumió su papel de oligarca con la misma naturalidad con que antes cumplía su destino de criado; antes jamás intentó mezclarse con los de arriba y después no se rozaba con los de abajo; la separación de clases le parecía indispensable para evitar el caos y la vulgaridad. En esa familia de bárbaros apasionados, como eran los Del Valle, Williams producía estupor y admiración con su exagerada cortesía y su impasible calma, productos de sus años de mayordomo. Hablaba cuatro palabras de castellano y su forzado silencio se confundía con sabiduría, orgullo y misterio. El único que podía desenmascarar al supuesto noble británico era Severo del Valle, pero nunca lo hizo porque apreciaba al antiguo sirviente y admiraba a esa tía que se burlaba de todo el mundo pavoneándose con su airoso marido.

Mi abuela Paulina se lanzó en una campaña de caridad pública para acallar la envidia y maledicencia que su fortuna provocaba. Sabía hacerlo, porque se había criado los primeros años de su vida en ese país, donde socorrer a los indigentes es tarea obligatoria de las mujeres de buen pasar. Mientras más se sacrifican por los pobres recorriendo hospitales, asilos, orfelinatos y conventillos, más alto se colocan en la estima general, por lo mismo pregonan sus limosnas a todo viento. Ignorar este deber acarrea tantas miradas torvas y amonestaciones sacerdotales, que ni siquiera Paulina del Valle habría podido escapar al sentido de culpa y el temor a condenarse. Me entrenó en estas labores de compasión, pero confieso que siempre me resultó incómodo llegar a un barrio miserable en nuestro lujoso coche cargado de vituallas, con dos lacayos para que distribuyeran los regalos a unos seres desarrapados que nos daban las gracias con grandes muestras de humildad, pero con el odio vivo brillando en sus pupilas.

Mi abuela debió educarme en la casa, porque me escapé de cada uno de los establecimientos religiosos donde me matriculó. La familia Del Valle la convenció una y otra vez de que un internado era la única manera de convertirme en una criatura normal; sostenían que yo necesitaba la compañía de otros niños para superar mi patológica timidez y la mano firme de las monjas para someterme. «A esta chiquilla la has malcriado demasiado, Paulina, la estás convirtiendo en un monstruo», decían, y mi abuela acabó por creer lo que resultaba obvio. Yo dormía con *Caramelo* en la cama, comía y leía lo que me daba la gana, pasaba el día entretenida en juegos de imaginación, sin mucha disciplina porque no había nadie a mi alrededor dispuesto a darse la molestia de imponerla; en otras palabras: gozaba de una infancia bastante feliz. No soporté los internados con sus monjas bigotudas y su muchedumbre de colegialas, que me recordaba mi angustiosa pesadilla de los niños en piyamas negros; tampoco soportaba el rigor de las reglas, la monotonía de los horarios y el frío de esos conventos coloniales. No sé cuántas veces se repitió la misma rutina: Paulina del Valle me vestía de punta en blanco, me recitaba las instrucciones con tono amenazante, me llevaba prácticamente en vilo y me dejaba con mis baúles en las manos de alguna forzuda novicia, luego escapaba tan de prisa como su peso lo permitía, acosada por los remordimientos. Eran colegios para niñas ricas donde la sumisión y la fealdad imperaban y el objetivo final consistía en darnos algo de instrucción para que no fuéramos totalmente ignorantes, ya que un barniz de cultura tenía valor en el mercado matrimonial, pero no suficiente como para que hiciéramos preguntas. Se trataba de doblegar la voluntad personal en aras del bien colectivo, de hacernos buenas católicas, madres abnegadas y esposas obedientes. Las monjas debían comenzar por dominarnos el cuerpo, fuente de vanidad y de otros pecados; no nos dejaban reírnos, correr, jugar al aire libre. Nos bañábamos una vez al mes, cubiertas con largos camisones para no exponer nuestras vergüenzas ante el ojo de Dios, que está en todas partes. Se partía de la base que la letra entraba con sangre, por lo mismo no ahorraban severidad. Nos metían miedo a Dios, al diablo, a todos los adultos, a la palmeta con que nos golpeaban los dedos, a los guijarros sobre los cuales debíamos hincarnos en penitencia, a nuestros propios pensamientos y deseos, miedo al miedo. Jamás recibíamos una palabra de elogio por temor a cultivar en nosotras la jactancia, pero sobraban los castigos para templarnos el carácter. Entre esos gruesos muros sobrevivían mis compañeras uniformadas, con las trenzas tan tirantes que a veces les sangraba el cuero cabelludo y las manos con sabañones por el frío eterno. El contraste con sus hogares, donde las mimaban como princesas durante las vacaciones, debía ser como para enloquecer a la más cuerda. Yo no pude soportarlo. Una vez logré la complicidad de un jardinero para saltar la reja y huir. No sé cómo llegué sola a la calle Ejército Libertador, donde me recibió *Caramelo* histérico de gusto, pero Paulina del Valle casi sufrió un infarto al verme aparecer con la ropa embarrada y los ojos hinchados. Pasé unos meses en la casa hasta que las presiones externas obligaron a mi abuela a repetir el experimento. La segunda vez me escondí entre unos arbustos del patio durante toda una noche con la idea de perecer de frío y de hambre. Imaginaba las caras de las monjas y de mi familia al descubrir mi cadáver y lloraba de lástima por mí misma, pobre niña mártir a tan temprana edad. Al día siguiente el colegio dio aviso de mi desaparición a Paulina del Valle, quien llegó como una tromba a exigir explicaciones. Mientras ella y Frederick Williams eran conducidos por una novicia arrebolada a la oficina de la madre superiora, yo me escabullí desde los matorrales donde me había ocultado hasta el carruaje que esperaba en el patio, me subí sin que el cochero me viera y me agazapé bajo el asiento. Entre Frederick Williams, el cochero y la madre superiora tuvieron que ayudar a mi abuela a subir al coche, iba chillando que si yo no aparecía pronto ¡ya iban a ver quién era Paulina del Valle! Cuando surgí de mi refugio antes de llegar a la casa, olvidó sus lágrimas de desconsuelo, me cogió del cogote y me dio una zurra que duró un par de cuadras, hasta que el tío Frederick logró calmarla. Pero la disciplina no era el fuerte de la buena señora, al saber que yo no había comido desde el día anterior y había pasado la noche a la intemperie, me cubrió de besos y me llevó a tomar helados. En la tercera institución donde quiso matricularme me rechazaron de plano porque en la entrevista con la directora aseguré que había visto al diablo y que tenía las patas verdes. Al final mi abuela acabó dándose por vencida. Severo del Valle la convenció de que no había razón para torturarme, puesto que igual podía aprender lo necesario en casa con tutores privados. Por mi infancia pasó una serie de institutrices inglesas, francesas y alemanas que sucumbieron sucesivamente al agua contaminada de Chile y a las rabietas de Paulina del Valle; las infortunadas mujeres regresaban a sus países de origen con diarrea crónica y malos recuerdos. Mi educación fue bastante accidentada hasta que llegó a mi vida una maestra chilena excepcional, la señorita Matilde Pineda, quien me enseñó casi todo lo importante que sé, salvo sentido común, porque ella misma no lo tenía. Era apasionada e idealista, escribía poesía filosófica que nunca pudo publicar, sufría de un hambre insaciable de conocimiento y tenía la intransigencia ante las debilidades ajenas propia de los seres demasiado inteligentes. No toleraba la pereza; en su presencia la frase «no puedo» estaba prohibida. Mi abuela la contrató porque se proclamaba agnóstica, socialista y partidaria del sufragio femenino, tres razones sobradas para que no la emplearan en ninguna institución educativa. «A ver si usted contrarresta un poco la gazmoñería conservadora y patriarcal de esta familia», le indicó Paulina del Valle en la primera entrevista, apoyada por Frederick Williams y Severo del Valle, los únicos que vislumbraron el talento de la señorita Pineda, todos los demás aseguraron que esa mujer alimentaría al monstruo que ya se gestaba en mí. Las tías la clasificaron de inmediato de «rota alzada» y previnieron a mi abuela contra esa mujer de clase inferior «metida a gente», como decían. En cambio Williams, el hombre más clasista que he conocido, le tomó simpatía. Seis días a la semana, sin fallar jamás, aparecía la maestra a las siete de la mañana en la mansión de mi abuela, donde yo la esperaba de punta en blanco, almidonada, con las uñas limpias y las trenzas recién hechas. Desayunábamos en un pequeño comedor de diario mientras comentábamos las noticias importantes de los periódicos, luego me daba un par de horas de clases regulares y el resto del día íbamos al museo y a la librería Siglo de Oro a comprar libros y tomar té con el librero, don Pedro Tey, visitábamos artistas, salíamos a observar la naturaleza, hacíamos experimentos químicos, leíamos cuentos, escribíamos poesía y montábamos obras de teatro clásico con figuras recortadas en cartulina. Fue ella quien sugirió a mi abuela la idea de formar un club de damas para canalizar la caridad y en vez de regalar a los pobres ropa usada o la comida que sobraba en sus cocinas, crear un fondo, administrarlo como si fuera un banco y otorgar préstamos a las mujeres para que iniciaran algún pequeño negocio: un gallinero, un taller de costura, unas bateas para lavar ropa ajena, una carretela para hacer transporte, en fin, lo necesario para salir de la indigencia absoluta en que sobrevivían con sus críos. A los hombres no, dijo la señorita Pineda, porque usarían el préstamo para comprar vino y, en todo caso, los planes sociales del gobierno se encargaban de socorrerlos, en cambio de las mujeres y los niños nadie se ocupaba en serio. «La gente no quiere regalos, quiere ganarse la vida con dignidad», explicó mi maestra y Paulina del Valle lo comprendió al punto y se lanzó en ese proyecto con el mismo entusiasmo con que abrazaba los planes más codiciosos para hacer plata. «Con una mano agarro lo que puedo y con la otra doy, así mato dos pájaros de un tiro: me divierto y me gano el cielo», se reía a carcajadas mi original abuela. Llevó la iniciativa más lejos y no sólo formó el Club de Damas, que capitaneaba con su eficiencia habitual –las otras señoras le tenían terror– también financió escuelas, consultorios médicos ambulantes y organizó un sistema para recoger lo que no se lograba vender en los puestos del mercado y en las panaderías, pero aún estaba en buen estado, y distribuirlo en orfelinatos y asilos.

Cuando Nívea venía de visita, siempre encinta y con varios hijos pequeños en brazos de las respectivas niñeras, la señorita Matilde Pineda abandonaba la pizarra y mientras las empleadas se hacían cargo de la manada de criaturas, nosotras tomábamos el té y ellas dos se dedicaban a planear una sociedad más justa y noble. A pesar de que a Nívea no le sobraban tiempo ni recursos económicos, era la más joven y activa de las señoras del club de mi abuela. A veces íbamos a visitar a su antigua profesora, sor María Escapulario, quien dirigía un asilo para monjas ancianas porque ya no le permitían ejercer su pasión de educadora; la congregación había decidido que sus ideas avanzadas no eran recomendables para colegialas y que menos daño hacía cuidando viejitas chochas que sembrando rebeldía en las mentes infantiles. Sor María Escapulario disponía de una pequeña celda en un edificio decrépito, pero con un jardín hechizado, donde nos recibía siempre agradecida porque le gustaba la conversación intelectual, placer inalcanzable en ese asilo. Le llevábamos libros que ella encargaba y que comprábamos en la empolvada librería Siglo de Oro. También le regalábamos galletas o una torta para acompañar el té, que ella preparaba en un anafe a parafina y servía en tazas desportilladas. En invierno nos quedábamos en la celda, la monja sentada en la única silla disponible, Nívea y la señorita Matilde Pineda sobre el camastro y yo por el suelo, pero si el clima lo permitía paseábamos por el maravilloso jardín entre árboles centenarios, enredaderas de jazmines, rosas, camelias y tantas otras variedades de flores en estupendo desorden, que la mezcla de perfumes solía aturdirme. No perdía palabra de aquellas conversaciones, aunque seguramente entendía muy poco; no he vuelto a escuchar discursos tan apasionados. Cuchicheaban secretos, se morían de risa y hablaban de todo menos de religión, por respeto a las ideas de la señorita Matilde Pineda, quien sostenía que Dios era un invento de los hombres para controlar a otros hombres y sobre todo a las mujeres. Sor María Escapulario y Nívea eran católicas, pero ninguna de las dos parecía fanática, a diferencia de la mayor parte de la gente que me rodeaba entonces. En Estados Unidos nadie mencionaba la religión, en cambio en Chile era tema de sobremesa. Mi abuela y el tío Frederick me llevaban a misa de vez en cuando para que nos vieran, porque ni Paulina del

Valle, con toda su audacia y su fortuna, podía darse el lujo de no asistir. La familia y la sociedad no lo habrían tolerado.

–¿Eres católica, abuela? –le preguntaba yo cada vez que debía postergar un paseo o un libro para ir a misa.

–¿Crees que se puede no serlo en Chile? –respondía.

–La señorita Pineda no va a misa.

–Mira lo mal que le va a la pobrecita. Con lo inteligente que es podría ser directora de una escuela, si fuera a misa...

Contra toda lógica, Frederick Williams se adaptó muy bien a la enorme familia Del Valle y a Chile. Debe haber tenido tripas de acero, porque fue el único a quien no se le agusanó la barriga con el agua potable y podía comer varias *empanadas* sin que se le incendiara el estómago. Ningún chileno que conociéramos, excepto Severo del Valle y don José Francisco Vergara, hablaba inglés, la segunda lengua de la gente educada era el francés, a pesar de la numerosa población británica en el puerto de Valparaíso, de modo que Williams no tuvo más remedio que aprender castellano. La señorita Pineda le daba clases y a los pocos meses lograba hacerse entender con esfuerzo en un español machucado pero funcional, podía leer los diarios y hacer vida social en el Club de la Unión, donde solía jugar a bridge en compañía de Patrick Egan, el diplomático norteamericano a cargo de la Legación. Mi abuela consiguió que lo aceptaran en el Club insinuando su aristocrático origen en la corte inglesa, que nadie se dio el trabajo de comprobar, puesto que los títulos de nobleza habían sido abolidos desde los tiempos de la Independencia y, por otra parte, bastaba mirar al hombre para creerle. Por definición los miembros del Club de la Unión pertenecían a «familias conocidas» y eran «hombres de bien» –las mujeres no podían cruzar el umbral– y de haber descubierto la identidad de Frederick Williams, cualquiera de aquellos señorones se habría batido a duelo por la vergüenza de haber sido burlado por un antiguo mayordomo de California convertido en el más fino, elegante y culto de sus miembros, el mejor jugador de bridge y sin duda uno de los más ricos. Williams se mantenía al día con los negocios para aconsejar a mi abuela Paulina, y con la política, tema obligado de conversación social. Se declaraba decididamente conservador, como casi todos en nuestra familia, y lamentaba el hecho de que en Chile no existiera una monarquía como la de Gran Bretaña, porque la democracia le parecía vulgar y poco eficaz. En los obligados almuerzos dominicales en casa de mi abuela discutía con Nívea y Severo, los únicos liberales del clan. Sus ideas divergían, pero los tres se tenían aprecio y creo que secretamente se burlaban de los demás miembros de la primitiva tribu Del Valle. En las raras ocasiones en que estábamos en presencia de don José Francisco Vergara, con quien hubiera podido conversar en inglés, Frederick Williams se mantenía a respetuosa distancia; era el único que lograba intimidarlo con su superioridad intelectual, posiblemente el único que hubiera detectado de inmediato su condición de antiguo criado. Supongo que muchos se preguntaban quién era yo y por qué Paulina me había adoptado, pero no se mencionaba el tema delante de mí; en los almuerzos familiares de los domingos se juntaba una veintena de primos de varias edades y ninguno me preguntó jamás por mis padres, les bastaba saber que yo llevaba su mismo apellido para aceptarme.

A mi abuela le costó más adaptarse en Chile que a su marido, a pesar de que su apellido y su fortuna le abrían todas las puertas. Se asfixiaba con las pequeñeces y la mojigatería de ese ambiente, echaba de menos la libertad de antaño; no en vano había vivido más de treinta años en California, pero tan pronto abrió las puertas de su mansión pasó a encabezar la vida social de Santiago, porque lo hizo con gran clase y buen tino, conocedora de cómo odian en Chile a los ricos y mucho más si son presumidos. Nada de lacayos de librea como los que empleaba en San Francisco, sino discretas criadas con vestidos negros y delantales blancos; nada de echar la casa por la ventana con saraos faraónicos, sino fiestas recatadas y en tono familiar, para que no la acusaran de *siútica* o nueva rica, el peor epíteto posible. Disponía, por supuesto, de sus opulentos carruajes, sus envidiables caballos y su palco privado en el Teatro Municipal, con salita y buffet, donde servía helados y champaña a sus invitados. A pesar de su edad y su gordura, Paulina del Valle imponía la moda, porque acababa de llegar de Europa y se suponía que estaba al tanto del estilo y el acontecer modernos. En esa sociedad austera y pacata se constituyó en el faro de influencias extranjeras, la única señora de su círculo que hablaba inglés, recibía revistas y libros de Nueva York y París, encargaba telas, zapatos y sombreros directamente a Londres y fumaba en público los mismos cigarrillos egipcios que su hijo Matías. Compraba arte y en su mesa servía platos nunca vistos, porque hasta las más empingorotadas familias todavía comían como los rudos capitanes de la época de la Conquista: sopa, puchero, asado, frijoles y pesados postres coloniales. La primera vez que mi abuela sirvió *foie gras* y una variedad de quesos importados de Francia, sólo los caballeros que habían estado en Europa pudieron comerlos. Al oler los *camembert* y los *Port-Salut* una señora sufrió arcadas y debió salir disparada al baño. La casa de mi abuela era el centro de reuniones de artistas y literatos jóvenes de ambos sexos, que se juntaban para dar a conocer sus obras, dentro del marco habitual de clasismo; si el interesado no era blanco y de apellido conocido necesitaba tener mucho talento para ser aceptado, en ese aspecto Paulina no difería del resto de la alta sociedad chilena. En Santiago las tertulias de intelectuales se llevaban a cabo en cafés y clubes y asistían sólo hombres, porque se partía de la base que las mujeres estarían mejor revolviendo la sopa que escribiendo versos. La iniciativa de mi abuela de incorporar artistas femeninas a su salón resultó una novedad algo licenciosa.

Mi vida cambió en la mansión de Ejército Libertador. Por primera vez desde la muerte de mi abuelo Tao Chi'en tuve una sensación de estabilidad, de vivir en algo que no se movía y no cambiaba, una especie de fortaleza con raíces bien plantadas en suelo firme. Tomé el edificio entero por asalto, no dejé vericueto sin explorar ni rincón sin conquistar, incluso el techo donde solía pasar horas observando a las palomas, y los cuartos de servicio, aunque me tenían prohibido poner los pies en ellos. La enorme propiedad lindaba con dos calles y tenía dos entradas, una principal por la calle Ejército Libertador y la de los empleados por la calle de atrás, contaba con docenas de salas, habitaciones, jardines, terrazas, escondrijos, desvanes, escaleras. Existía el salón rojo, otro azul y uno dorado, que se usaban sólo en las grandes ocasiones, y una galería de cristal maravillosa donde transcurría la vida familiar entre maceteros de loza china, helechos y jaulas de canarios. En el comedor principal había un fresco pompeyano que daba la vuelta por la sala ocupando las cuatro paredes, varios muebles aparadores con una colección de porcelana y platería, un *chandelier* con lágrimas de cristal y un ventanal adornado por una fuente morisca de mosaico que vertía agua eternamente.

Una vez que mi abuela renunció a mandarme a la escuela y las clases con la señorita Pineda se hicieron rutinarias, fui muy feliz. Cada vez que hacía una pregunta, esa magnífica maestra en vez de contestar, me señalaba el camino para encontrar la respuesta. Me enseñó a ordenar el pensamiento, investigar, leer y escuchar, buscar alternativas, resolver viejos problemas con soluciones nuevas, discutir con lógica. Me enseñó, sobre todo, a no creer a ciegas, a dudar y preguntar incluso aquello que parecía verdad irrefutable, como la superioridad del hombre sobre la mujer o de una raza o clase social sobre otra, ideas novedosas en un país patriarcal donde los indios jamás se mencionaban y bastaba descender un escalón en la jerarquía de las clases sociales para desaparecer de la memoria colectiva. Fue la primera mujer intelectual que se cruzó en mi vida. Nívea, con toda su inteligencia y su educación, no podía competir con mi maestra; a ella la distinguían la intuición y la enorme generosidad de su alma, estaba adelantada en medio siglo a su tiempo, pero nunca posó de intelectual, ni siquiera en las famosas tertulias de mi abuela, donde se lucía con sus apasionados discursos sufragistas y sus dudas teológicas. De aspecto la señorita Pineda no podía ser más chilena, esa mezcla de español e indio que produce mujeres bajas, anchas de caderas, con ojos y cabello oscuros, pómulos altos y una forma de caminar pesada, como si estuvieran clavadas en la tierra. Su mente era inusual para su tiempo y condición, provenía de una esforzada familia del sur, su padre trabajaba como empleado del ferrocarril y de sus ocho hermanos ella fue la única que pudo terminar los estudios. Era discípula y amiga de don Pedro Tey, el dueño de la librería Siglo de Oro, un catalán hosco de modales, pero de corazón blando, que guiaba sus lecturas y le prestaba o regalaba libros, porque ella no podía comprarlos. En cualquier intercambio de opiniones, por banal que fuese, Tey contradecía. Le oí asegurar, por ejemplo, que los sudamericanos son unos macacos con tendencia al despilfarro, la parranda y la pereza, pero bastó que la señorita Pineda asintiera, para que él cambiara inmediatamente de bando y añadiera que al menos son mejores que sus compatriotas, que andan siempre enojados y por cualquier nimiedad se baten a duelo. Aunque fuera imposible estar de acuerdo en algo, esos dos se llevaban muy bien. Don Pedro Tey debe haber sido por lo menos veinte años mayor que mi maestra, pero cuando empezaban a hablar la diferencia de edad se esfumaba: él rejuvenecía de entusiasmo y ella crecía en prestancia y madurez.

En diez años Severo y Nívea del Valle tuvieron seis hijos y seguirían procreando hasta completar quince. Conozco a Nívea desde hace veintitantos años y la he visto siempre con un bebé en brazos; su fertilidad sería una maldición si no le gustaran tanto los niños. «¡Qué daría porque usted educara a mis hijos!», suspiraba Nívea cuando se encontraba con la señorita Matilde Pineda. «Son muchos, señora Nívea, y con Aurora tengo las manos llenas», replicaba mi maestra. Severo se había convertido en abogado de renombre, en uno de los pilares más jóvenes de la sociedad y miembro conspicuo del partido liberal. No estaba de acuerdo con muchos puntos de la política del Presidente, también liberal, y como era incapaz de disimular sus críticas, nunca lo llamaron a formar parte del gobierno. Esas opiniones lo conducirían poco después a formar un grupo disidente que se pasó a la oposición cuando estalló la Guerra Civil, tal como hizo Matilde Pineda y su amigo de la librería Siglo de Oro. Mi tío Severo me distinguía entre las docenas de sobrinos que lo rodeaban, me llamaba su «ahijada» y me contó que él me había dado el apellido Del Valle, pero cada vez que le preguntaba si conocía la identidad de mi padre verdadero, me respondía con evasivas: «hagamos cuenta que yo lo soy», decía. A mi abuela el tema le daba jaqueca y si asediaba a Nívea me mandaba a hablar con Severo. Era un círculo de nunca acabar.

–Abuela, no puedo vivir con tantos misterios –le dije una vez a Paulina del Valle.

–¿Por qué no? La gente que tiene una infancia jodida es más creativa –replicó.

–O termina trastornada... –sugerí.

–Entre los Del Valle no hay locos de atar, Aurora, sólo excéntricos, como en toda familia que se respete –me aseguró.

La señorita Matilde Pineda me juró que desconocía mis orígenes y agregó que no había que preocuparse, porque no importa de dónde uno viene en esta vida, sino adónde uno va, pero cuando me enseñó la teoría genética de Mendel debió admitir que existen buenas razones para averiguar quiénes son nuestros antepasados. ¿Y si mi padre fuera un demente que andaba por allí degollando doncellas?

La evolución empezó el mismo día que entré en la pubertad. Desperté con la camisa de dormir manchada de una materia parecida al chocolate, me oculté en el baño para lavarme avergonzada, entonces descubrí que no era caca, como pensaba: tenía sangre entre las piernas. Partí aterrorizada a comunicárselo a mi abuela y por una vez no la encontré en su gran cama imperial, lo cual resultaba inusitado en alguien que se levantaba siempre al mediodía. Corrí escaleras abajo seguida por *Caramelo* que iba ladrando, irrumpí como un caballo asustado en el escritorio y me topé de frente con Severo y Paulina del Valle, él vestido de viaje y ella con la bata de satén morado que le daba un aire de obispo en Semana Santa.

–¡Me voy a morir! –grité abalanzándome encima de ella.

–Éste no es el momento apropiado –replicó mi abuela secamente.

Hacía años que la gente se quejaba del gobierno y muchos meses que oíamos decir que el Presidente Balmaceda intentaba convertirse en dictador, rompiendo así con cincuenta y siete años de respeto a la constitución. Esa constitución, redactada por la aristocracia con la idea de gobernar para siempre, otorgaba facultades amplísimas al ejecutivo; cuando el poder cayó en manos de alguien con ideas contrarias, la clase alta se rebeló. Balmaceda, hombre brillante y de ideas modernas, no lo había hecho mal, en realidad. Había impulsado la educación más que ningún gobernante anterior, defendido el salitre chileno de las compañías extranjeras, creado hospitales y numerosas obras públicas, sobre todo ferrocarriles, aunque empezaba más de lo que lograba terminar; Chile tenía poderío militar y naval, era un país próspero y su moneda la más sólida de Latinoamérica. Sin embargo, la aristocracia no le perdonaba que hubiera elevado a la clase media e intentara gobernar con ella, así como el clero no podía tolerar la separación de la Iglesia del Estado, el matrimonio civil, que reemplazó al religioso, y la ley que permitió enterrar en los cementerios a muertos de cualquier credo. Antes era un lío disponer de los cuerpos de quienes en vida no habían sido católicos, así como de ateos y suicidas, que a menudo iban a parar a los barrancos o al mar. A causa de estas medidas, las mujeres abandonaron al Presidente en masa. Aunque no tenían poder político, reinaban en sus hogares y ejercían una tremenda influencia. La clase media, que Balmaceda había apoyado, también le dio la espalda y él respondió con soberbia, porque estaba acostumbrado a mandar y ser obedecido, como todo hacendado de entonces. Su familia poseía inmensas extensiones de tierra, una provincia con sus estaciones, ferrocarril, pueblos y cientos de campesinos; los hombres de su clan no tenían fama de patrones bondadosos, sino de tiranos rudos que dormían con el arma bajo la almohada y esperaban respeto ciego de sus inquilinos. Tal vez por eso pretendió manejar el país, como su propio feudo. Era un hombre alto, apuesto, viril, de frente clara y porte noble, hijo de amores novelescos, criado a lomo de caballo, con una fusta en una mano y un pistolón en la otra. Había sido seminarista, pero no tenía pasta para vestir sotana; era apasionado y vanidoso. Lo llamaban *el Chascón* por su tendencia a cambiar el peinado, los bigotes y las patillas; se comentaban sus ropas demasiado elegantes encargadas a Londres. Ridiculizaban su oratoria grandilocuente y sus declaraciones de celoso amor a Chile, decían que se identificaba tanto con la patria que no podía concebirla sin él a la cabeza, «¡mía o de nadie!» era la frase que le atribuían. Los años de gobierno lo aislaron y al final manifestaba una conducta errática que iba de la manía a la depresión, pero aún entre sus peores adversarios gozaba fama de buen estadista y de irreprochable honestidad, como casi todos los presidentes de Chile, quienes a diferencia de los caudillos de otros países de América Latina, salían del gobierno más pobres de lo que entraban. Tenía visión de futuro, soñaba con crear una gran nación, pero le tocó vivir el final de una época y el desgaste de un partido que había estado demasiado tiempo en el poder. El país y el mundo estaban cambiando y el régimen liberal se había corrompido. Los presidentes designaban a su sucesor y las autoridades civiles y militares hacían trampas en las elecciones; siempre ganaba el partido de gobierno gracias a la fuerza tan bien llamada bruta: votaban hasta los muertos y los ausentes en favor del candidato oficial, se compraban votos y a los dudosos les metían miedo a palos. El Presidente enfrentaba la oposición implacable de los conservadores, algunos grupos de liberales disidentes, el clero en su totalidad y la mayor parte de la prensa. Por primera vez se aglutinaban los extremos del espectro político en una sola causa: derrocar al gobierno. A diario se juntaban manifestantes de la oposición en la Plaza de Armas, que la policía a caballo dispersaba a golpes, y en la última gira del Presidente a las provincias los soldados debieron defenderlo a sablazos contra muchedumbres enardecidas que lo pifiaban y le tiraban verduras. Aquellas muestras de descontento a él lo dejaban imperturbable, como si no se diera cuenta de que la nación se hundía en el caos. Según Severo del Valle y la señorita Matilde Pineda, un ochenta por ciento de la gente detestaba al gobierno y lo más decente sería que el Presidente renunciara, porque el clima de tensión se había vuelto insoportable y en cualquier momento reventaría como un volcán. Así ocurrió esa mañana de enero de 1891, cuando la marina se sublevó y el Congreso destituyó al Presidente.

–Se va a desencadenar una terrible represión, tía –oí que decía Severo del Valle–. Me voy al norte a luchar. Le ruego que ampare a Nívea y a los niños, porque yo no podré hacerlo quién sabe por cuánto tiempo...

–Ya perdiste una pierna en la guerra, Severo, si pierdes la otra parecerás enano.

–No tengo alternativa, en Santiago me matarían igual.

–¡No seas melodramático, no estamos en la ópera!

Pero Severo del Valle estaba mejor informado que su tía, como se vio a los pocos días, cuando se desencadenó el terror. La reacción del Presidente fue disolver el Congreso, designarse dictador y nombrar a un tal Joaquín Godoy para que organizara la represión, un sádico que creía que «los ricos deben pagarla por ser ricos, los pobres por ser pobres y los clérigos ¡hay que fusilarlos a todos!». El ejército se mantuvo fiel al gobierno y lo que había comenzado como una revuelta política se convirtió en una guerra civil espantosa al enfrentarse la dos ramas de las fuerzas armadas. Godoy, con el decidido apoyo de los jefes del ejército, procedió a encarcelar a los congresales opositores que pudo echar el guante. Se terminaron las garantías ciudadanas, comenzaron los allanamientos de las casas y la tortura sistemática, mientras el Presidente se encerró en su palacio asqueado por esos métodos, pero convencido de que no había otros para doblegar a sus enemigos políticos. «No quisiera tener conocimiento de estas medidas», se le oyó decir más de una vez. En la calle de la librería Siglo de Oro no se podía dormir de noche ni andar de día por los aullidos de los flagelados. Nada de esto se hablaba delante de los niños, por supuesto, pero yo me enteraba de todo porque conocía cada resquicio de la casa y me entretenía espiando las conversaciones de los adultos, puesto que no había mucho más que hacer en esos meses. Mientras afuera hervía la guerra, adentro vivíamos como en un lujoso convento de clausura. Mi abuela Paulina acogió a Nívea con su regimiento de chiquillos, nodrizas y niñeras y cerró la casa a machote, segura de que nadie se atrevería a atacar a una dama de su posición social casada con un ciudadano británico. Por si acaso, Frederick Williams enarboló una bandera inglesa en el techo y mantuvo sus armas aceitadas.

Severo del Valle partió a luchar al norte justo a tiempo, porque al día siguiente allanaron su casa y si lo hubieran encontrado habría ido a parar a los calabozos de la policía política, donde se torturaba por igual a ricos y a pobres. Nívea había sido partidaria del régimen liberal, como Severo del Valle, pero se convirtió en acérrima opositora cuando el Presidente quiso imponer su sucesor mediante trampas y trató de aplastar al Congreso. En los meses de la Revolución mientras gestaba un par de mellizos y criaba a seis niños, tuvo tiempo y ánimo para actuar en la oposición en formas que de haber sido sorprendida le habría costado la vida. Lo hacía a espaldas de mi abuela Paulina, quien había dado órdenes terminantes de mantenernos invisibles para no llamar la atención de las autoridades, pero con pleno conocimiento de Williams. La señorita Matilde Pineda se encontraba exactamente al lado opuesto de Frederick Williams, tan socialista era la primera como monárquico el segundo, pero el odio al gobierno los unía. En uno de los cuartos traseros, donde mi abuela jamás entraba, instalaron una pequeña imprenta con ayuda de don Pedro Tey y allí producían libelos y panfletos revolucionarios, que después la señorita Matilde Pineda se llevaba ocultos bajo el manto para repartir de casa en casa. Me hicieron jurar que no diría ni una palabra a nadie de lo que acontecía en ese cuarto y no lo hice porque el secreto me pareció un juego fascinante, aunque no adivinaba el peligro que se cernía sobre nuestra familia. Al término de la Guerra Civil comprendí que ese peligro era real, pues a pesar de la posición de Paulina del Valle, nadie estaba a salvo del largo brazo de la policía política. La casa de mi abuela no era el santuario que suponíamos, el hecho de que ella fuera una viuda con fortuna, relaciones y apellido no la habría salvado de un allanamiento y tal vez de la prisión. A nuestro favor estaban la confusión de aquellos meses y el hecho de que la mayoría de la población se había vuelto contra el gobierno, siendo imposible controlar a tanta gente. Incluso en el seno de la policía había partidarios de la Revolución que ayudaban a escapar a los mismos que debían apresar. En cada casa donde la señorita Pineda golpeaba la puerta para entregar sus libelos la recibían con los brazos abiertos.

Por una vez Severo y sus parientes estaban en el mismo lado, porque en el conflicto se unieron los conservadores con una parte de los liberales. El resto de la familia Del Valle se recluyó en sus fundos, lo más lejos posible de Santiago, y los hombres jóvenes se fueron a pelear al norte, donde se juntó un contingente de voluntarios apoyados por la marinería sublevada. El ejército, fiel al gobierno, planeaba derrotar a ese montón de civiles alzados en cuestión de días, nunca imaginó la resistencia que encontraría. La escuadra y los revolucionarios se dirigieron al norte para apoderarse de las salitreras, la mayor fuente de ingresos del país, donde se acantonaban los regimientos del ejército regular. En el primer enfrentamiento serio triunfaron las tropas del gobierno y después de la batalla remataron a los heridos y a los prisioneros, tal como habían hecho a menudo durante la Guerra del Pacífico diez años antes. La brutalidad de esa matanza enardeció de tal modo a los revolucionarios que cuando volvieron a encontrarse frente a frente obtuvieron una aplastante victoria. Entonces fue su turno masacrar a los vencidos. A mediados de marzo los congresistas, como se llamaban los sublevados, controlaban cinco provincias del norte y habían formado una Junta de Gobierno, mientras al sur el presidente Balmaceda perdía adeptos minuto a minuto. Lo que quedó de las tropas leales en el norte debió retroceder hacia el sur para juntarse con el grueso del ejército; quince mil hombres cruzaron a pie la cordillera, penetraron a Bolivia, pasaron a la Argentina y luego atravesaron de nuevo las montañas para llegar a Santiago. Aparecieron en la capital muertos de fatiga, barbudos y rotosos, habían caminado millares de kilómetros en una naturaleza inclemente de valles y alturas, de calores infernales y de hielos eternos, juntando por el camino llamas y vicuñas del altiplano, calabazas y armadillos de las pampas, pájaros de las cumbres más altas. Fueron recibidos como héroes. Aquella hazaña no se había visto desde los tiempos remotos de los fieros conquistadores españoles, pero no todos participaron en el recibimiento porque la oposición había aumentado como una avalancha imposible de contener. Nuestra casa permaneció con los postigos cerrados y las órdenes de mi abuela fueron que ninguno debía asomar la nariz a la calle, pero yo no resistí la curiosidad y me encaramé al techo para ver el desfile.

Las detenciones, saqueos, torturas y requisas tenían a los opositores en ascuas, no había familia sin dividirse, nadie quedaba libre del miedo. Las tropas efectuaban redadas para reclutar jóvenes, se dejaban caer por sorpresa en funerales, bodas, campos y fábricas para detener a los hombres en edad de portar armas y llevárselos a la fuerza. Se paralizó la agricultura y la industria por falta de mano de obra. La prepotencia de los militares se hizo insoportable y el Presidente comprendió que debía ponerle atajo, pero cuando finalmente quiso hacerlo ya era tarde, los soldados estaban ensoberbecidos y se temía que lo depusieran para instaurar una dictadura militar, mil veces más temible que la represión impuesta por la policía política de Godoy.

«Nada hay tan peligroso como el poder con impunidad», nos advertía Nívea. Le pregunté a la señorita Matilde Pineda cuál era la diferencia entre los del gobierno y los revolucionarios y la respuesta fue que ambos luchaban por la legitimidad. Cuando se lo pregunté a mi abuela me contestó que ninguna, todos eran unos canallas, dijo.

El terror tocó a nuestra puerta cuando los esbirros detuvieron a don Pedro Tey para conducirlo a los horrendos calabozos de Godoy. Sospechaban, y con razón, que era responsable por los libelos políticos contra el gobierno que circulaban por todas partes. Una noche de junio, una de esas noches de lluvia fastidiosa y ventisca traicionera, cuando cenábamos en el comedor de diario, se abrió de pronto la puerta e irrumpió sin anunciarse la señorita Matilde Pineda, que venía atolondrada, lívida y con el manto empapado.

—¿Qué pasa? —preguntó mi abuela, molesta por la descortesía de la maestra.

La señorita Pineda nos zampó a bocajarro que los rufianes de Godoy habían allanado la librería Siglo de Oro, golpeado a quienes se hallaban allí y luego se habían llevado a don Pedro Tey en un coche cerrado. Mi abuela se quedó con el tenedor en el aire esperando algo más que justificara la escandalosa aparición de la mujer; apenas conocía al señor Tey y no entendía por qué la noticia era tan urgente. No tenía idea que el librero acudía casi a diario a la casa, entraba por la calle de atrás y producía sus panfletos revolucionarios en una imprenta escondida bajo su propio techo. Nívea, Williams y la señorita Pineda, en cambio, podían adivinar las consecuencias una vez que el infortunado Tey fuera obligado a confesar y sabían que tarde o temprano lo haría, pues los métodos de Godoy no dejaban lugar a dudas. Vi que los tres intercambiaban miradas de desesperación y aunque no comprendí el alcance de lo que estaba ocurriendo, imaginé la causa.

–¿Es por la máquina que tenemos en el cuarto de atrás? –pregunté.

–¿Qué máquina? –exclamó mi abuela.

–Ninguna máquina –repliqué, acordándome del pacto secreto, pero Paulina del Valle no me dejó seguir, me cogió por una oreja y me sacudió con un ensañamiento inusitado en ella.

–¡Qué máquina, te he preguntado, mocosa del diablo! –me gritó.

–Deje a la niña, Paulina. Ella no tiene nada que ver con esto. Se trata de una imprenta... –dijo Frederick Williams.

–¿Una imprenta? ¿Aquí, en mi casa? –bramó mi abuela.

–Me temo que sí, tía –murmuró Nívea.

–¡Maldición! ¡Qué vamos a hacer ahora! –y la matriarca se dejó caer en su silla con la cabeza entre las manos murmurando que su propia familia la había traicionado, que íbamos a pagar el precio de tamaña imprudencia, éramos unos imbéciles, que ella había acogido a Nívea con los brazos abiertos y miren cómo le pagaba, que si acaso Frederick no sabía que esto podía costarles el pellejo, no estábamos en Inglaterra ni en California, cuándo iba a entender cómo eran las cosas en Chile, y que no quería volver a ver a la señorita Pineda nunca más en su vida y le prohibía volver a pisar su casa o dirigir la palabra a su nieta.

Frederick Williams pidió el coche y anunció que partía a «solucionar el problema», lo cual, lejos de tranquilizar a mi abuela no hizo más que aumentar su espanto. La señorita Matilde Pineda me hizo un gesto de despedida, salió y no volví a verla hasta muchos años más tarde. Williams partió directamente a la Legación norteamericana y pidió hablar con míster Patrick Egon, su amigo y compañero de bridge, quien a esa hora encabezaba un banquete oficial con otros miembros del cuerpo diplomático. Egon apoyaba al gobierno, pero también era profundamente democrático, como casi todos los yanquis, y aborrecía los métodos de Godoy. Escuchó en privado lo que Frederick Williams decía y se puso en campaña de inmediato para hablar con el ministro del Interior, quien lo recibió esa misma noche, pero le explicó que no estaba en su poder interceder por el preso. Consiguió, sin embargo, una entrevista con el Presidente a primera hora del día siguiente. Ésa fue la noche más larga que se viviera en la casa de mi abuela. Nadie se acostó. Yo la pasé acurrucada con *Caramelo* en un sillón del hall mientras traficaban las empleadas y los criados con maletas y baúles, las niñeras y nodrizas con los chiquillos de Nívea dormidos en los brazos, las cocineras con cestas de comestibles. Hasta un par de jaulas con los pájaros favoritos de mi abuela fueron a dar a los coches. Williams y el jardinero, hombre de confianza, desarmaron la imprenta, enterraron las piezas al fondo del tercer patio y quemaron todos los papeles comprometedores. Al amanecer estaban los dos carruajes de la familia y cuatro criados armados y a caballo listos para conducirnos fuera de Santiago. El resto del personal de servicio había partido a refugiarse en la iglesia más cercana, donde otros coches los recogerían algo más tarde. Frederick Williams no quiso acompañarnos.

–Soy el responsable de lo sucedido y me quedaré para proteger la casa –dijo.

–Su vida es mucho más valiosa que esta casa y todo lo demás que tengo, por favor, venga con nosotros –le imploró Paulina del Valle.

–No se atreverán a tocarme, soy ciudadano británico.

–No sea ingenuo, Frederick, créame, nadie está salvo en estos tiempos.

Pero no hubo forma de convencerlo. Me plantó un par de besos en las mejillas, tomó largamente las manos de mi abuela en las suyas y se despidió de Nívea, quien respiraba como un congrio fuera del agua, no sé si de miedo o de puro preñada. Partimos cuando un sol tímido apenas iluminaba las cumbres nevadas de la cordillera, la lluvia había cesado y el cielo se anunciaba despejado, pero soplaba un viento frío que se metía por las rendijas del coche. Mi abuela me llevaba bien acuñada en su regazo, envuelta en su capa de piel de zorro, la misma cuyas colas habían sido devoradas por *Caramelo* en un arrebato de lujuria. Iba con la boca apretada de ira y de susto pero no había olvidado los canastos con la merienda y apenas salimos de Santiago camino al sur, los abrió para dar curso a la comilona de pollos asados, huevos duros, pasteles de hojaldre, quesos, panes amasados, vino y horchata, que habría de durar el resto del viaje.

Los tíos Del Valle, que se habían refugiado en el campo cuando empezó la sublevación en enero, nos recibieron encantados porque veníamos a interrumpir siete meses de aburrimiento irremediable y traíamos noticias. Las noticias eran pésimas, pero peor era no tenerlas. Me reencontré con mis primos y esos días, que fueron de tanta tensión para los adultos, fueron de vacaciones para los niños; nos hartamos de leche recién ordeñada, de quesillo fresco y conservas que se guardaban desde el verano, montábamos a caballo, chapoteábamos en el barro bajo la lluvia, jugábamos en los establos y manzardas, hacíamos representaciones teatrales y formamos un coro deprimente, porque ninguno tenía aptitud musical. Se llegaba a la casa por un camino de curvas bordeado de altos álamos en un valle agreste, donde el arado había dejado pocas huellas y los potreros parecían abandonados; de vez en cuando veíamos hileras de palos secos y apolillados que, según mi abuela, eran viñas. Si algún campesino se nos cruzaba por el camino, se quitaba el sombrero de paja y, con la vista en el suelo, saludaba a los patrones, «su mercé», nos decía. Mi abuela llegó cansada y de mal humor al campo, pero a los pocos días enarboló un paraguas y con *Caramelo* a la siga recorrió los alrededores con gran curiosidad. La vi examinar los palos torcidos de las parras y recoger muestras de tierra, que guardaba en unas misteriosas bolsitas. La casa, en forma de U, era de adobe y tejas, de aspecto pesado y sólido, sin la menor elegancia, pero con el encanto de las paredes que han presenciado mucha historia. En verano era un paraíso de árboles preñados de dulces frutos, fragancia de flores, trinar de pájaros alborotados y rumor de abejas diligentes, pero en invierno parecía una vieja dama rezongona bajo la llovizna invernal y los cielos encapotados. El día empezaba muy temprano y terminaba con la puesta del sol, hora en que nos recogíamos en las inmensas habitaciones mal iluminadas con velas y lámparas de queroseno. Hacía frío, pero nos sentábamos en torno a mesas redondas cubiertas con un paño grueso bajo las cuales ponían braseros encendidos, así nos calentábamos los pies; bebíamos vino tinto hervido con azúcar, cáscara de naranja y canela, única forma de tragarlo. Los tíos Del Valle producían ese rudo vino para consumo de la familia, pero mi abuela sostenía que no estaba hecho para gaznates humanos sino para disolver pintura. Todo fundo que se respetara cultivaba parras y hacía su propio vino, algunos mejores que otros, pero ése era particularmente áspero. En los artesonados de madera las arañas tejían sus delicados manteles de encaje y corrían los ratones con el corazón tranquilo, porque los gatos de la casa no podían encaramarse tan alto. Las paredes, blanqueadas a la cal o pintadas con azul de añil, lucían desnudas, pero por todas partes había santos de bulto e imágenes del Cristo crucificado. A la entrada se alzaba un maniquí con cabeza, manos y pies de madera, ojos de vidrio azul y cabello humano, que representaba a la Virgen María y se mantenía adornado con flores frescas y una velatoria encendida ante la cual todos nos persignábamos al pasar, no se entraba ni salía sin saludar a la Madona. Una vez por semana se le cambiaba la ropa, tenía un armario lleno de vestidos renacentistas, y para las procesiones le ponían joyas y una capa de armiño deslucida por los años. Comíamos cuatro veces al día en largas ceremonias que no alcanzaban a concluir cuando ya comenzaba la siguiente, de modo que mi abuela se levantaba de la mesa sólo para dormir y para ir a la capilla. A las siete de la mañana asistíamos a misa y comunión a cargo del padre Teodoro Riesco, que vivía con mis tíos, un sacerdote bastante anciano que poseía la virtud de la tolerancia; a sus ojos no había pecado imperdonable, salvo la traición de Judas; hasta el horrible Godoy, según él, podía encontrar consuelo en el seno del Señor. «Eso sí que no, padre, mire que si hay perdón para Godoy yo prefiero irme al infierno con Judas y todos mis hijos», le rebatió Nívea. Después de la puesta de sol se juntaba la familia con los niños, empleados e inquilinos del fundo para rezar. Cada uno cogía una vela encendida y marchábamos en fila hacia la rústica capilla, en el extremo sur de la casa. Le tomé gusto a esos ritos diarios que marcaban el calendario, las estaciones y las vidas, me entretenía arreglando las flores del altar y limpiando los copones de oro. Las palabras sagradas eran poesía:

No me mueve mi Dios para quererte
el cielo que me tienes prometido,
ni me mueve el infierno tan temido
para dejar por eso de ofenderte.

Tú me mueves, Señor; muéveme el verte
clavado en una Cruz y escarnecido;
muéveme el ver tu cuerpo tan herido;
muévenme tus afrentas y tu muerte.

Muéveme en fin tu amor, de tal manera,
que aunque no hubiera cielo, yo te amara
y aunque no hubiera infierno, te temiera.

No me tienes que dar porque te quiera,
porque, aunque lo que espero no esperara,
lo mismo que te quiero, te quisiera.

Creo que más de algo se ablandó también en el recio corazón de mi abuela, porque a partir de esa estadía en el campo se acercó de a poco a la religión, empezó a ir a la iglesia por gusto y no sólo para ser vista, dejó de maldecir al clero por costumbre, como hacía antes, y cuando volvimos a Santiago mandó construir una hermosa capilla con vitrales de colores en su casa de la calle Ejército Libertador, donde rezaba a su manera. El catolicismo no le quedaba cómodo, por eso lo ajustaba a su medida. Después de la oración de la noche, volvíamos con nuestras velas al gran salón para tomar café con leche, mientras las mujeres tejían o bordaban y los niños escuchábamos aterrorizados los cuentos de aparecidos que nos contaban los tíos. Nada nos daba tanto espanto como el *imbunche,* una criatura maléfica de la mitología indígena. Decían que los indios se robaban recién nacidos para convertirlos en *imbunches,* les cosían los párpados y el ano, los criaban en cuevas, los alimentaban de sangre, les quebraban las piernas, les volvían la cabeza hacia atrás y le pasaban un brazo bajo la piel de la espalda, así adquirían toda suerte de poderes sobrenaturales. Por miedo a terminar convertidos en alimento de un *imbunche,* los niños no asomábamos la nariz fuera de la casa después de la puesta del sol y algunos, como yo, dormían con la cabeza bajo las mantas atormentados por espeluznantes pesadillas. «¡Qué supersticiosa eres, Aurora! El *imbunche* no existe. ¿Crees que un niño puede sobrevivir a semejantes torturas?», trataba mi abuela de razonar conmigo, pero no había argumento capaz de quitarme la tembladera de dientes.

Como pasaba la vida encinta, Nívea poco se preocupaba de sacar sus cuentas y calculaba la proximidad del alumbramiento por el número de veces que usaba la bacinilla. Cuando se levantó en trece oportunidades durante dos noches seguidas, anunció a la hora del desayuno que ya era tiempo de buscar un médico y, en efecto, ese mismo día comenzaron las contracciones. No los había por esos lados, así es que alguien sugirió llamar a la comadrona de la aldea más cercana, que resultó ser una pintoresca *meica*, una india mapuche sin edad, toda del mismo color pardo: piel, trenzas y hasta sus ropas teñidas con colores vegetales. Llegó a caballo, con una bolsa de plantas, aceites y jarabes medicinales, cubierta con un manto sujeto en el pecho con un enorme prendedor de plata hecho con antiguas monedas coloniales. Las tías se espantaron porque la *meica* parecía recién salida de lo más denso de la Araucanía, pero Nívea la recibió sin muestras de desconfianza; el trance no la asustaba, ya lo había experimentado seis veces antes. La india hablaba muy poco castellano, pero parecía conocer su oficio y una vez que se quitó el manto pudimos ver que estaba limpia. Por tradición no entraban al cuarto de la parturienta quienes no hubieran concebido, de manera que las mujeres jóvenes partieron con los niños al otro extremo de la casa y los hombres se juntaron en la sala de billar a jugar, beber y fumar. A Nívea se la llevaron a la habitación principal acompañada por la india y algunas mujeres mayores de la familia, que se turnaban para rezar y ayudar. Pusieron a cocinar dos gallinas negras para preparar un caldo sustancioso capaz de fortalecer a la madre antes y después del alumbramiento, también hirvieron *borraja* para infusiones por si se producían estertores o fatiga del corazón. La curiosidad pudo más que la amenaza de mi abuela de darme una paliza si me pillaba rondando cerca de Nívea y me escabullí por los cuartos traseros para espiar. Vi pasar a las empleadas con paños blancos y jofainas con agua caliente y aceite de manzanilla para masajear el vientre, también mantas y carbón para los braseros, pues nada se temía tanto como el *hielo de la barriga* o enfriamiento durante el parto. Se oía el rumor continuo de conversaciones y risas; no me pareció que al otro lado de la puerta hubiera un ambiente de angustia o sufrimiento, todo lo contrario, sonaba a mujeres enfiestadas. Como desde mi escondite nada veía y el hálito espectral de los pasillos oscuros me erizaba los vellos de la nuca, pronto me aburrí y partí a jugar con mis primos, pero al anochecer, cuando la familia se había reunido en la capilla, volví a acercarme. Para entonces las voces habían cesado y se escuchaban nítidamente los esforzados quejidos de Nívea, el murmullo de oraciones y el ruido de la lluvia en las tejas del techo. Permanecí agazapada en un recodo del pasillo, temblando de miedo porque estaba segura de que podían llegar los indios a robar al bebé de Nívea... ¿y si la *meica* fuera una de aquellas brujas que fabricaban *imbunches* con los recién nacidos? ¿Cómo no había pensado Nívea en esa pavorosa posibilidad? Estaba a punto de echar a correr de vuelta a la capilla, donde había luz y gente, pero en ese momento salió una de las mujeres a buscar algo, dejó la puerta entreabierta y pude vislumbrar lo que ocurría en la habitación. Nadie me vio porque el pasillo estaba en tinieblas, en cambio adentro reinaba la claridad de dos lámparas de sebo y velas distribuidas por todos lados. Tres braseros encendidos en los rincones mantenían el aire mucho más caliente que en el resto de la casa y una olla donde hervían hojas de eucalipto impregnaba el aire de un fresco aroma a bosque. Nívea, vestida con una camisa corta, un chaleco y calcetines gruesos de lana, estaba en cuclillas sobre una manta, aferrada con ambas manos a dos cuerdas gruesas que colgaban de las vigas del techo y sostenida por atrás por la *meica*, quien murmuraba bajito palabras en otra lengua. El vientre abultado y marcado de venas azules de la madre parecía, en la luz titilante de las velas, una monstruosidad, como si fuera ajeno a su cuerpo y ni siquiera fuese humano. Nívea pujaba empapada de sudor, el cabello pegado en la frente, los ojos cerrados y rodeados de círculos morados, los labios hinchados. Una de mis tías rezaba de rodillas junto a una mesita donde habían puesto una pequeña estatua de san Ramón Nonato, patrono de las parturientas, único santo que no nació por vía normal, sino que lo sacaron por un tajo de la panza de su madre; otra estaba cerca de la india con una palangana de agua caliente y una pila de paños limpios. Hubo una breve pausa en que Nívea cogió aire y la *meica* se puso por delante para masajearle el vientre con sus pesadas manos, como si acomodara al niño en su interior. De pronto un chorro de un líquido sanguinolento empapó la manta. La *meica* lo atajó con un paño, que de inmediato quedó también ensopado, luego otro y otro más. «Bendición, bendición, bendición», oí que la india decía en español. Nívea se aferró a las cuerdas y pujó con tanta fuerza que los tendones del cuello y las venas en las sienes parecían a punto de reventar. Un sordo bramido salió de sus labios y entonces algo asomó entre sus piernas, algo que la *meica* cogió suavemente y sostuvo por un instante, hasta que Nívea agarró aliento, empujó de nuevo y terminó de salir el niño. Creí que me iba a desmayar de terror y de asco, retrocedí trastabillando por el largo y siniestro pasillo.

Una hora más tarde, mientras las criadas recogían los trapos sucios y lo demás que se usó en el parto para quemarlo –así se evitaban hemorragias, creían– y la *meica* envolvía la placenta y el cordón umbilical para enterrarlos bajo una higuera, como era costumbre por esos lados, el resto de la familia se había reunido en la sala en torno al padre Teodoro Riesco para dar gracias a Dios por el nacimiento de un par de mellizos, dos varones que llevarían con honor el apellido Del Valle, como dijo el sacerdote. Dos de las tías tenían a los recién nacidos en brazos, bien envueltos en mantillas de lana, con gorritos tejidos en la cabeza, mientras cada miembro de la familia se acercaba por turno a besarlos en la frente diciendo «Dios lo guarde» para evitar el involuntario mal de ojo. Yo no pude dar la bienvenida a mis primos como los demás, porque me parecieron unos gusanos feísimos y la visión del vientre azulado de Nívea expulsándolos como una masa ensangrentada habría de penarme para siempre.

La segunda semana de agosto llegó a buscarnos Frederick Williams, elegantísimo, como siempre, y muy tranquilo, como si el riesgo de caer en manos de la policía política hubiera sido sólo una alucinación colectiva. Mi abuela recibió a su marido como una novia, con los ojos brillantes y las mejillas rojas de emoción, le tendió las manos y él las besó con algo más que respeto; me di cuenta por primera vez que esa extraña pareja estaba unida por lazos muy parecidos al cariño. Para entonces ella tenía alrededor de sesenta y cinco años, edad en la que otras mujeres eran ancianas derrotadas por los lutos sobrepuestos y las desventuras de la existencia, pero Paulina del Valle parecía invencible. Se teñía el cabello, coquetería que ninguna dama de su medio se permitía, y se aumentaba el peinado con postizos; se vestía con la misma vanidad de siempre, a pesar de su gordura, y se maquillaba con tanta delicadeza que nadie sospechaba del rubor en sus mejillas o el negro de sus pestañas. Frederick Williams era notablemente más joven y parece que las mujeres lo encontraban muy atractivo, porque siempre meneaban abanicos y dejaban caer pañuelos en su presencia. Nunca vi que él retribuyera esos cumplidos, en cambio parecía absolutamente dedicado a su esposa. Me he preguntado muchas veces si la relación de Frederick Williams y Paulina del Valle fue sólo un arreglo de conveniencia, si fue tan platónica como todos suponen o si hubo entre ellos una cierta atracción. ¿Llegaron a amarse? Nadie podrá saberlo porque él nunca tocó el tema y mi abuela, quien al final fue capaz de contarme las cosas más privadas, se llevó la respuesta al otro mundo.

Nos enteramos por el tío Frederick que mediante la intervención del Presidente en persona habían liberado a don Pedro Tey antes de que Godoy lograra arrancarle una confesión, de modo que podíamos volver a la casa de Santiago, porque en realidad el nombre de nuestra familia nunca cayó en las listas de la policía. Nueve años más tarde, cuando murió mi abuela Paulina y volví a ver a la señorita Matilde Pineda y a don Pedro Tey, supe los detalles de lo ocurrido, que el bueno de Frederick Williams quiso evitarnos. Después de allanar la librería, golpear a los empleados y hacer pilas con centenares de libros y prenderles fuego, se llevaron al librero catalán a los siniestros cuarteles, donde le aplicaron el tratamiento usual. Al término del castigo Tey había perdido el conocimiento sin haber dicho una sola palabra, entonces le vaciaron encima un balde de agua con excremento, lo ataron a una silla y allí permaneció el resto de la noche. Al día siguiente, cuando lo conducían de nuevo a la presencia de sus torturadores, llegó el ministro norteamericano Patrick Egon con un edecán del Presidente a exigir la liberación del preso. Lo dejaron ir después de prevenirle que si decía una sola palabra de lo sucedido se enfrentaría a un pelotón de fusilamiento. Se lo llevaron chorreando sangre y mierda al coche del ministro, donde esperaban Frederick Williams y un médico, y lo condujeron a la Legación de los Estados Unidos en calidad de asilado. Un mes más tarde cayó el gobierno y don Pedro Tey salió de la Legación para dar cabida a la familia del Presidente depuesto, que encontró refugio bajo la misma bandera. El librero pasó varios meses fregado hasta que sanaron las heridas de los azotes, los huesos de los hombros recuperaron movilidad y pudo volver a poner en pie su negocio de libros. Las atrocidades sufridas no lo amedrentaron, no se le pasó por la mente la idea de regresar a Cataluña y siguió siempre en la oposición, fuera cual fuese el gobierno de turno. Cuando le agradecí muchos años más tarde el terrible suplicio que soportó para proteger a mi familia, me contestó que no lo había hecho por nosotros, sino por la señorita Matilde Pineda.

Mi abuela Paulina quería quedarse en el campo hasta que terminara la Revolución, pero Frederick Williams la convenció de que el conflicto podía durar años y no debíamos abandonar la posición que teníamos en Santiago; la verdad es que el fundo con sus campesinos humildes, siestas eternas y establos llenos de caca y moscas le parecía un destino mucho peor que el calabozo.

–La Guerra Civil duró cuatro años en los Estados Unidos, puede durar lo mismo aquí –dijo.

–¿Cuatro años? Para entonces no quedaría un solo chileno vivo. Dice mi sobrino Severo que en pocos meses ya se suman diez mil muertos en combate y más de mil asesinados por la espalda –replicó mi abuela.

Nívea quiso regresar con nosotros a Santiago, a pesar de que todavía llevaba a cuestas la fatiga del doble parto, y tanto insistió que mi abuela finalmente cedió. Al principio no le hablaba a Nívea por el asunto de la imprenta, pero la perdonó por completo cuando vio a los mellizos. Pronto nos encontramos todos en ruta a la capital con los mismos bultos que habíamos trasladado semanas antes, más dos recién nacidos y menos los pájaros que murieron atorados de susto por el camino. Llevábamos múltiples canastos con vituallas y una jarra con el brebaje que Nívea debía tomar para prevenir la anemia, una mezcla nauseabunda de vino añejo y sangre fresca de novillo. Nívea había pasado meses sin saber de su marido y, tal como nos confesó en un momento de debilidad, empezaba a deprimirse. Nunca dudó que Severo del Valle volvería a su lado sano y salvo de la guerra, tiene una especie de clarividencia para ver su propio destino. Tal como siempre supo que sería su esposa, incluso cuando él le anunció que se había casado con otra en San Francisco, igual sabe que morirán juntos en un accidente. Se lo he oído decir muchas veces, la frase ha pasado a ser un chiste en la familia. Temía quedarse en el campo porque allí sería difícil para su marido comunicarse con ella, ya que en el despelote de la Revolución el correo solía perderse, sobre todo en las zonas rurales.

Desde el comienzo de su amor con Severo, cuando quedó en evidencia su desbocada fertilidad, Nívea comprendió que si cumplía con las normas habituales de decoro y se recluía en su casa con cada embarazo y alumbramiento iba a pasar el resto de su vida encerrada, entonces decidió no hacer un misterio de la maternidad y tal como se pavoneaba con la barriga en punta como una campesina desfachatada, ante el horror de la «buena» sociedad, igual daba a luz sin aspavientos, se confinaba sólo por tres días –en vez de la cuarentena que el médico exigía– y salía a todas partes, incluso a sus mítines de sufragistas, con su séquito de criaturas y niñeras. Estas últimas eran adolescentes reclutadas en el campo y destinadas a servir por el resto de su existencia, a menos que quedaran encintas o se casaran, lo cual era poco probable. Esas doncellas abnegadas crecían, se secaban y morían en la casa, dormían en cuartos mugrientos y sin ventanas y comían las sobras de la mesa principal; adoraban a los niños que les tocaba criar, sobre todo a los varones, y cuando las hijas de la familia se casaban se las llevaban consigo como parte del ajuar, para que siguieran sirviendo a la segunda generación. En un tiempo en que todo lo referente a la maternidad se mantenía oculto, la convivencia con Nívea me instruyó a los once años en asuntos que cualquier muchacha de mi medio ignoraba. En el campo, cuando los animales se acoplaban o parían, obligaban a las niñas a meternos en la casa con los postigos cerrados, porque se partía de la base que aquellas funciones lastimaban nuestras almas sensibles y nos plantaban ideas perversas en la cabeza. Tenían razón, porque el lujurioso espectáculo de un potro bravo montando a una yegua, que vi por casualidad en el fundo de mis primos, todavía me enardece la sangre. Hoy, en pleno 1910, cuando los veinte años de diferencia de edad entre Nívea y yo han desaparecido y más que mi tía es mi amiga, me he enterado de que los alumbramientos anuales nunca fueron un obstáculo serio para ella; preñada o no, igual hacía cabriolas impúdicas con su marido. En una de esas conversaciones confidenciales le pregunté por qué tuvo tantos hijos –quince, de los cuales hay once vivos– y me contestó que no pudo evitarlos, ninguno de los sabios recursos de las matronas francesas le dio resultados. La salvó del tremendo desgaste una fortaleza física indomable y el corazón liviano para no enredarse en marañas sentimentales. Criaba los hijos con el mismo método con que se ocupaba de los asuntos domésticos: delegando. Apenas daba a luz se vendaba apretadamente los pechos y entregaba el crío a una nodriza; en su casa había casi tantas niñeras como niños. La facilidad para parir de Nívea, su buena salud y su desprendimiento de sus hijos salvó su relación íntima con Severo, es fácil adivinar el apasionado cariño que los une. Me ha contado que los libros prohibidos que estudió minuciosamente en la biblioteca de su tío le enseñaron las fantásticas posibilidades del amor, incluso algunas muy tranquilas para amantes limitados en su capacidad acrobática, como ha sido el caso de ambos: él por la pierna amputada y ella por la barriga de los embarazos. No sé cuáles son las contorsiones favoritas de esos dos, pero imagino que los momentos de más deleite son todavía aquellos en que juegan a oscuras, sin hacer ni el menor ruido, como si en la habitación hubiera una monja debatiéndose entre la duermevela del chocolate con valeriana y las ganas de pecar.

Las noticias de la Revolución estaban estrictamente censuradas por el gobierno, pero todo se sabía incluso antes de que ocurriera. Nos enteramos de la conspiración porque la anunció uno de mis primos mayores, que apareció sigilosamente en la casa en compañía de un inquilino del fundo, criado y guardaespaldas. Después de la cena se encerró por largo rato en el escritorio con Frederick Williams y mi abuela, mientras yo fingía leer en un rincón, pero no perdía palabra de lo que decían. Mi primo era un muchachote rubio, apuesto, con rizos y ojos de mujer, impulsivo y simpático; se había criado en el campo y tenía buena muñeca para domar caballos, es lo único que recuerdo de él. Explicó que unos jóvenes, entre los cuales él se contaba, pretendían volar unos puentes para hostigar al gobierno.

–¿A quién se le ocurrió esta idea tan brillante? ¿Tienen un jefe? –preguntó sarcástica mi abuela.

–No hay jefe todavía, lo elegiremos cuando nos reunamos.

–¿Cuántos son, hijo?

–Somos como cien, pero no sé cuántos vendrán. No todos saben para qué los hemos llamado, se lo diremos después, por razones de seguridad, ¿entiende, tía?

–Entiendo. ¿Son todos señoritos como tú? –quiso saber mi abuela, cada vez más alterada.

–Hay artesanos, obreros, gente de campo y algunos de mis amigos también.

–¿Qué armas tienen? –preguntó Frederick Williams.

–Sables, cuchillos y creo que habrá algunas carabinas. Tendremos que conseguir pólvora, claro.

–¡Me parece un soberano disparate! –explotó mi abuela.

Intentaron disuadirlo y él los escuchó con fingida paciencia, pero fue evidente que la decisión estaba tomada y no era el momento para cambiar de parecer. Cuando salió llevaba en una bolsa de cuero algunas de las armas de fuego de la colección de Frederick Williams. Dos días más tarde supimos lo que aconteció en el fundo de la conspiración, a pocos kilómetros de Santiago. Los rebeldes fueron llegando durante el día a una casita de vaqueros donde se creían seguros, pasaron horas discutiendo, pero en vista de que contaban con tan pocas armas y el plan hacía agua por todos lados, decidieron postergarlo, pasar allí la noche en alegre camaradería y dispersarse al día siguiente. No sospechaban que habían sido denunciados. A las cuatro de la madrugada se dejaron caer encima noventa jinetes y cuarenta infantes de las tropas del gobierno en una maniobra tan rápida y certera, que los sitiados no alcanzaron a defenderse y se rindieron, convencidos de que estaban a salvo, puesto que no habían cometido ningún crimen todavía, excepto reunirse sin permiso. El teniente coronel a cargo del destacamento perdió la cabeza en la pelotera del momento y ciego de cólera arrastró al primer prisionero al frente y lo hizo despedazar a bala y bayoneta, luego escogió ocho más y los fusiló por la espalda y así siguieron las palizas y la matanza hasta que al clarear el día había dieciséis cuerpos destrozados. El coronel abrió las bodegas de vino del fundo y después entregó las mujeres de los campesinos a la tropa ebria y envalentonada por la impunidad. Incendiaron la casa y al administrador lo torturaron tan salvajemente que debieron fusilarlo sentado. Entretanto iban y venían las órdenes de Santiago, pero la espera no apaciguó el ánimo de la soldadesca, sino que aumentó la fiebre de violencia. Al día siguiente, después de muchas horas de infierno, llegaron las instrucciones escritas de puño y letra por un general: «Que sean ejecutados inmediatamente todos.» Así lo hicieron. Después se llevaron los cadáveres en cinco carretones para tirarlos en una fosa común, pero fue tanto el clamor que finalmente los entregaron a las familias.

A la hora del crepúsculo trajeron el cuerpo de mi primo, que mi abuela había reclamado valiéndose de su posición social y de sus influencias; venía envuelto en una manta ensangrentada y lo metieron sigilosamente en un cuarto para acomodarlo un poco antes de que lo vieran su madre y sus hermanas. Espiando desde la escalera vi aparecer a un caballero con levita negra y un maletín, que se encerró con el cadáver, mientras las criadas comentaban que se trataba de un maestro embalsamador capaz de eliminar las huellas del fusilamiento con maquillaje, relleno y una aguja de colchonero. Frederick Williams y mi abuela habían convertido el salón dorado en capilla ardiente con un altar improvisado y cirios amarillos en altos candelabros. Cuando al amanecer empezaron a llegar los coches con la familia y los amigos, la casa estaba llena de flores y mi primo, limpio, bien vestido y sin trazos de su martirio, resposaba en un magnífico ataúd de caoba con remaches de plata. Las mujeres, de luto riguroso, estaban instaladas en una doble hilera de sillas llorando y rezando, los hombres planeaban la venganza en el salón dorado, las empleadas servían bocadillos como si fuera un picnic y nosotros, los niños, también vestidos de negro, jugábamos sofocados de risa a fusilarnos mutuamente. Mi primo y varios de sus compañeros fueron velados durante tres días en sus casas, mientras las campanas de las iglesias repicaban sin cesar por los muchachos muertos. Las autoridades no se atrevieron a intervenir. A pesar de la estricta censura no quedó nadie en el país sin saber lo ocurrido, la noticia voló como un polvorín y el horror sacudió por igual a partidarios del gobierno y revolucionarios. El Presidente no quiso oír los detalles y declinó toda responsabilidad, tal como había hecho con las ignominias cometidas por otros militares y por el temible Godoy.

—Los mataron a mansalva, con saña, como bestias. No se puede esperar otra cosa, somos un país sanguinario —apuntó Nívea, mucho más furiosa que triste, y procedió a explicar que habíamos tenido cinco guerras en lo que iba del siglo; los chilenos parecemos inofensivos y tenemos reputación de apocados, hasta hablamos en diminutivo (*por favorcito, déme un vasito de agüita*), pero a la primera oportunidad nos convertimos en caníbales. Había que saber de dónde veníamos para entender nuestra vena brutal, dijo, nuestros antepasados eran los más aguerridos y crueles conquistadores españoles, los únicos que se atrevieron a llegar a pie hasta Chile, con las armaduras calentadas al rojo por el sol del desierto, venciendo los peores obstáculos de la naturaleza. Se mezclaron con los araucanos, tan bravos como ellos, único pueblo del continente jamás subyugado. Los indios se comían a los prisioneros y sus jefes, los *toquis*, usaban máscaras ceremoniales hechas con las pieles secas de sus opresores, preferentemente las de aquellos con barba y bigote, porque ellos eran lampiños, vengándose así de los blancos, que a su vez los quemaban vivos, los sentaban en picas, les cortaban los brazos y les arrancaban los ojos. «¡Basta! Te prohíbo que digas esas barbaridades delante de mi nieta», la interrumpió mi abuela.

La carnicería de los jóvenes conspiradores fue el detonante para las batallas finales de la Guerra Civil. En los días siguientes los revolucionarios desembarcaron un ejército de nueve mil hombres apoyado por la artillería naval, avanzaron hacia el puerto de Valparaíso a toda marcha y en aparente desorden como una horda de hunos, pero había un plan clarísimo en aquel caos, porque en pocas horas aplastaron a sus enemigos. Las reservas del gobierno perdieron tres de cada diez hombres, el ejército revolucionario ocupó Valparaíso y desde allí se aprontó para avanzar hacia Santiago y dominar el resto del país. Entretanto el Presidente dirigía la guerra desde su oficina por telégrafo y teléfono, pero los informes que le llegaban eran falsos y sus órdenes se perdían en la nebulosa de las ondas radiales, pues la mayoría de las telefonistas pertenecía al bando revolucionario. El Presidente escuchó la noticia de la derrota a la hora de la cena. Terminó de comer impasible, luego ordenó a su familia que se refugiara en la Legación norteamericana, tomó su bufanda, su abrigo y su sombrero y se encaminó a pie acompañado por un amigo hacia la Legación de Argentina, que quedaba a pocas cuadras del palacio presidencial. Allí estaba asilado uno de los congresales opositores a su gobierno y estuvieron a punto de cruzarse en la puerta, uno entrando derrotado y el otro saliendo triunfante. El perseguidor se había convertido en perseguido.

Los revolucionarios marcharon sobre la capital en medio de las aclamaciones de la misma población que meses antes aplaudía a las tropas del gobierno; en pocas horas los habitantes de Santiago se volcaron a la calle con cintas rojas atadas al brazo, la mayoría a celebrar y otros a esconderse temiendo lo peor de la soldadesca y el populacho ensoberbecido. Las nuevas autoridades hicieron un llamado para cooperar con el orden y la paz, que la turba interpretó a su manera. Se formaron bandas con un jefe a la cabeza que recorrieron la ciudad con listas de las casas para saquear, cada una identificada en un mapa y con la dirección exacta. Dijeron después que las listas fueron hechas con maldad y ánimo de revancha por damas de la alta sociedad. Puede ser, pero me consta que Paulina del Valle y

Nívea eran incapaces de tal bajeza, a pesar de su odio por el gobierno derrocado; al contrario, escondieron en la casa a un par de familias perseguidas mientras se enfriaba el furor popular y volvía la calma aburrida del tiempo anterior a la Revolución, que todos echábamos de menos. El saqueo de Santiago fue una acción metódica y hasta divertida, mirada a la distancia, claro. Adelante de la «comisión», eufemismo para designar a las bandas, iba el jefe tocando su campanita y dando instrucciones: «aquí pueden robar, pero no me rompan nada, niños», «aquí me guardan los documentos y después me incendian la casa», «aquí pueden llevarse lo que quieran y romper todo no más». La «comisión» cumplía respetuosamente las instrucciones y si los dueños se encontraban presentes saludaban con buenos modales y luego procedían a saquear en alegre jolgorio, como chiquillos enfiestados. Abrían los escritorios, sacaban los papeles y documentos privados que entregaban al jefe, luego partían los muebles a hachazos, se llevaban lo que les gustaba y finalmente rociaban las paredes con parafina y les prendían fuego. Desde la pieza que ocupaba en la Legación argentina, el depuesto presidente Balmaceda escuchó el fragor de los desórdenes callejeros y, luego de redactar su testamento político y temiendo que su familia pagara el precio del odio, se disparó un tiro en la sien. La empleada que le llevó la cena en la noche fue la última en verlo con vida; a las ocho de la mañana lo encontraron sobre su cama correctamente vestido con la cabeza sobre la almohada ensangrentada. Ese balazo lo convirtió de inmediato en mártir y en los años venideros pasaría a ser el símbolo de la libertad y la democracia, respetado hasta por sus más encarnizados enemigos. Como dijo mi abuela, Chile es un país con mala memoria. En los pocos meses que duró la Revolución murieron más chilenos que en los cuatro años de la Guerra del Pacífico.

En medio de aquel desorden apareció en la casa Severo del Valle, barbudo y embarrado a buscar a su mujer, a quien no veía desde enero. Se llevó una enorme sorpresa al encontrarla con dos hijos más, porque en el tumulto de la Revolución a ella se le había olvidado contarle que estaba encinta cuando él se fue. Los mellizos empezaban a esponjarse y en un par de semanas habían adquirido un aspecto más o menos humano, ya no eran las musarañas arrugadas y azules que fueron al nacer. Nívea saltó al cuello de su marido y entonces me tocó presenciar por primera vez en mi vida un largo beso en la boca. Mi abuela, ofuscada, quiso distraerme, pero no lo logró y todavía recuerdo el tremendo efecto que tuvo en mí; aquel beso marcó el comienzo de la volcánica transformación de la adolescencia. En pocos meses me volví una extraña, no lograba reconocer a la muchacha ensimismada en que me estaba convirtiendo, me vi aprisionada en un cuerpo rebelde y exigente, que crecía y se afirmaba, sufría y palpitaba. Me parecía que yo era sólo una extensión de mi vientre, esa caverna que imaginaba como un hueco ensangrentado donde fermentaban humores y se desarrollaba una flora ajena y terrible. No podía olvidar la alucinante escena de Nívea dando a luz en cuclillas a la luz de las velas, de su enorme barriga coronada por un ombligo protuberante, de sus delgados brazos aferrados a los cordeles que colgaban del techo. Lloraba de pronto sin ninguna causa aparente, igual sufría pataletas de ira incontenible o amanecía tan cansada que no podía levantarme. Los sueños de los niños en piyamas negros retornaron con más intensidad y frecuencia; también soñaba con un hombre suave y oloroso a mar que me envolvía en sus brazos, despertaba aferrada a la almohada deseando con desesperación que alguien me besara como Severo del Valle había besado a su mujer. Me volaba de calor por fuera y por dentro me helaba, ya no tenía paz para leer o estudiar, echaba a correr por el jardín dando vueltas como una endemoniada para sujetar las ganas de aullar, me introducía vestida a la laguna pisoteando nenúfares y asustando a los peces rojos, orgullo de mi abuela. Pronto descubrí los puntos más sensibles de mi cuerpo y me acariciaba escondida, sin comprender por qué aquello que debía ser pecado, me calmaba. Me estoy volviendo loca, como tantas muchachas que acaban histéricas, concluí aterrada, pero no me atreví a hablarlo con mi abuela. Paulina del Valle también estaba cambiando, mientras mi cuerpo florecía el suyo se secaba agobiado por males misteriosos que no discutía con nadie, ni siquiera con el médico, fiel a su teoría de que bastaba andar derecha y no hacer ruidos de anciana para mantener a raya a la decrepitud. La gordura le pesaba, tenía varices en las piernas, le dolían los huesos, le faltaba el aire y se orinaba a gotitas, miserias que adiviné por pequeñas señales, pero que ella mantenía en estricto secreto. La señorita Matilde Pineda me habría ayudado mucho en el trance de la adolescencia, pero había desaparecido por completo de mi vida, expulsada por mi abuela. Nívea también partió con su marido, sus hijos y niñeras, tan despreocupada y alegre como llegó, dejando un vacío tremendo en la casa. Sobraban piezas y faltaba ruido; sin ella y los niños la mansión de mi abuela se convirtió en un mausoleo.

Santiago celebró el derrocamiento del gobierno con una seguidilla interminable de desfiles, fiestas, cotillones y banquetes; mi abuela no se quedó atrás, volvió a abrir la casa y trató de reanudar su vida social y sus tertulias, pero había un aire agobiante que el mes de setiembre, con su espléndida primavera, no logró cambiar. Los millares de muertos, las traiciones y los saqueos pesaban por igual en el alma de vencedores y vencidos. Estábamos avergonzados: la Guerra Civil había sido una orgía de sangre.

Ésa fue una extraña época en mi vida, me cambió el cuerpo, se me expandió el alma y empecé a preguntarme en serio quién era yo y de dónde provenía. El detonante fue la llegada de Matías Rodríguez de Santa Cruz, mi padre, aunque yo no sabía aún que lo era. Lo recibí como el *tío* Matías a quien había conocido años antes en Europa. Ya entonces me pareció frágil, pero al verlo de nuevo no lo reconocí, era apenas un ave desnutrida en su sillón de inválido. Lo trajo una hermosa mujer madura, opulenta, de piel lechosa, vestida con un sencillo traje de popelina color mostaza y un chal descolorido en los hombros, cuyo rasgo más notable era una mata indómita de cabellos crespos, enmarañados y grises, tomados en la nuca con una delgada cinta. Parecía una antigua reina escandinava en exilio, nada costaba imaginarla en la popa de un barco vikingo navegando entre témpanos.

Paulina del Valle recibió un telegrama anunciando que su hijo mayor desembarcaría en Valparaíso y se puso de inmediato en acción para trasladarse al puerto conmigo, el tío Frederick y el resto del cortejo habitual. Partimos a recibirlo en un vagón especial que el gerente inglés de los ferrocarriles puso a nuestra disposición. Estaba forrado en lustrosa madera con remaches de bronce pulido y asientos de terciopelo color sangre de toro, atendido por dos empleados de uniforme que nos atendieron como si fuéramos realeza. Nos instalamos en un hotel frente al mar y aguardamos al barco, que debía llegar al día siguiente. Nos presentamos al muelle tan elegantes como para asistir a una boda; puedo asegurarlo con esta soltura porque tengo en mi poder una fotografía tomada en la plaza poco antes de que atracara el barco. Paulina del Valle viste de seda clara con muchos volantes, drapeados y collares de perlas, lleva un sombrero monumental de alas anchas coronado por un montón de plumas que le caen en cascada hacia la frente y un quitasol abierto para protegerse de la luz. Su marido, Frederick Williams, luce traje negro, sombrero de copa y bastón; yo estoy toda de blanco con una cinta de organdí en la cabeza, como un paquete de cumpleaños. Tendieron la pasarela del buque y el capitán en persona nos invitó a subir a bordo y nos escoltó con grandes ceremonias hacia el camarote de don Matías Rodríguez de Santa Cruz.

Lo último que mi abuela esperaba era encontrarse a bocajarro con Amanda Lowell. La sorpresa al verla casi la mata de disgusto; la presencia de su antigua rival la impresionó mucho más que el aspecto lamentable de su hijo. Por supuesto que en aquella época yo no tenía suficiente información para interpretar la reacción de mi abuela, creí que le había dado un soponcio de calor. Al flemático Frederick Williams, en cambio, no se le movió ni un pelo al ver a la Lowell, la saludó con un gesto breve, pero amable, y luego se concentró en acomodar a mi abuela en un sillón y darle agua, mientras Matías observaba la escena más bien divertido.

–¡Qué hace esta mujer aquí! –balbuceó mi abuela cuando logró respirar.

–Supongo que ustedes desean conversar en familia, iré a tomar aire –dijo la reina vikinga y salió con la dignidad intacta.

–La señorita Lowell es mi amiga, digamos que es mi única amiga, madre. Me ha acompañado hasta aquí, sin ella yo no habría podido viajar. Fue ella quien insistió en mi regreso a Chile, considera que es mejor para mí morir en familia que tirado en un hospital de París –dijo Matías en un español enrevesado y con un extraño acento franco-sajón.

Entonces Paulina del Valle lo miró por primera vez y se dio cuenta de que de su hijo quedaba sólo un esqueleto cubierto por un pellejo de culebra, tenía los ojos vidriosos hundidos en las órbitas y las mejillas tan delgadas que se adivinaban las muelas bajo la piel. Estaba echado en un sillón, sostenido por cojines, con las piernas cubiertas por un chal. Parecía un viejito desconcertado y triste, aunque en realidad debe haber tenido apenas cuarenta años.

–Dios mío, Matías, ¿qué te pasa? –preguntó mi abuela horrorizada.

–Nada que se pueda curar, madre. Comprenderá que debo tener razones muy poderosas para regresar aquí.

–Esa mujer...

–Conozco toda la historia de Amanda Lowell con mi padre; sucedió hace treinta años al otro lado del mundo. ¿No puede olvidar su despecho? Ya todos estamos en edad de tirar por la borda los sentimientos que no sirven para nada y quedarnos sólo con aquellos que nos ayudan a vivir. La tolerancia es uno de ellos, madre. Le debo mucho a la señorita Lowell, ha sido mi compañera desde hace más de quince años...

–¿Compañera? ¿Qué significa eso?

–Lo que oye: compañera. No es mi enfermera, ni mi mujer, ni es ya mi amante. Me acompaña en los viajes, en la vida y ahora, como puede verlo, me acompaña en la muerte.

–¡No hables de ese modo! No te vas a morir, hijo, aquí te cuidaremos como corresponde y pronto andarás bueno y sano... –aseguró Paulina del Valle, pero se le quebró la voz y no pudo seguir.

Habían transcurrido tres décadas desde que mi abuelo Feliciano Rodríguez de Santa Cruz tuvo amores con Amanda Lowell y mi abuela la había visto sólo un par de veces y de lejos, pero la reconoció al instante. No en vano había dormido cada noche en la cama teatral que encargó a Florencia para desafiarla, eso debe haberle recordado a cada rato la rabia que había sentido por la escandalosa querida de su marido. Cuando surgió ante sus ojos esa mujer envejecida y sin vanidad, que en nada se parecía a la estupenda potranca que lograba detener el tráfico de San Francisco cuando pasaba por la calle meneando el trasero, Paulina no la vio como quien era, sino como la peligrosa rival que había sido antes. La rabia contra Amanda Lowell había permanecido adormecida aguardando la hora de aflorar, pero ante las palabras de su hijo la buscó por los rincones de su alma y no pudo hallarla. En cambio encontró el instinto maternal, que en ella nunca había sido un rasgo importante, y que ahora la invadía con una absoluta e insoportable compasión. La compasión no alcanzaba sólo para el hijo moribundo, sino también para la mujer que lo había acompañado durante años, lo había querido con lealtad, lo había cuidado en la desgracia de la enfermedad y ahora cruzaba el mundo para traérselo en la hora de la muerte. Paulina del Valle se quedó en su sillón con la vista fija en su pobre hijo, mientras las lágrimas le rodaban silenciosas por las mejillas, súbitamente empequeñecida, anciana y frágil, mientras yo le daba golpecitos de consuelo en la espalda sin entender mucho lo que estaba pasando. Frederick Williams debe haber conocido muy bien a mi abuela, porque salió sin bulla, fue a buscar a Amanda Lowell y la condujo de vuelta al saloncito.

–Perdóneme, señorita Lowell –murmuró mi abuela desde su sillón.

–Perdóneme usted, señora –replicó la otra acercándose con timidez hasta quedar frente a Paulina del Valle.

Se tomaron de las manos, una de pie y la otra sentada, las dos con los ojos aguados de lágrimas, por un rato que me pareció eterno, hasta que de pronto noté que los hombros de mi abuela se estremecían y me di cuenta de que se estaba riendo bajito. La otra también sonreía, primero tapándose la boca, desconcertada, y luego, al ver reír a su rival, soltó una carcajada alegre que se enredó en la de mi abuela y así, en pocos instantes estaban las dos dobladas de risa, contagiándose mutuamente de una alegría desenfrenada e histérica, barriendo a risotada limpia los años de celos inútiles, los rencores hechos añicos, el engaño del marido y otros abominables recuerdos.

La casa de la calle Ejército Libertador albergó a mucha gente en los años turbulentos de la Revolución, pero nada fue tan complicado y excitante para mí como la llegada de mi padre a esperar la muerte. La situación política se había tranquilizado después de la Guerra Civil, que terminó con muchos años de gobiernos liberales. Los revolucionarios obtuvieron los cambios por los cuales tanta sangre había corrido: antes el gobierno imponía su candidato mediante el soborno y la intimidación, con apoyo de las autoridades civiles y militares; ahora el cohecho lo hacían los patrones, los curas y los partidos por igual; el sistema era más justo, porque el de un lado se compensaba con el del otro y no se pagaba la corrupción con fondos públicos. A esto se le llamó libertad electoral. Los revolucionarios implantaron también un régimen parlamentario como el de Gran Bretaña, que no habría de durar demasiado. «Somos los ingleses de América», dijo una vez mi abuela y Nívea replicó de inmediato que los ingleses eran los chilenos de Europa. En todo caso, el experimento parlamentario no podía durar en una tierra de caudillos; los ministros cambiaban tan a menudo que resultaba imposible seguirles la pista; al final el baile de San Vito de la política perdió interés para todos en nuestra familia, menos para Nívea, quien para llamar la atención sobre el sufragio femenino solía encadenarse a las rejas del Congreso con dos o tres damas tan entusiastas como ella, ante la burla de los transeúntes, la furia de la policía y el bochorno de los maridos.

–Cuando las mujeres puedan votar, lo harán al unísono. Tendremos tanta fuerza que podremos inclinar la balanza del poder y cambiar este país –decía.

–Te equivocas, Nívea, votarán por quien les ordene el marido o el cura, las mujeres son mucho más tontas de lo que te imaginas. Por otra parte, algunas de nosotras reinamos tras el trono, ya ves cómo derrocamos al gobierno anterior. Yo no necesito el sufragio para hacer lo que me dé la gana –rebatía mi abuela.

–Porque usted tiene fortuna y educación, tía. ¿Cuántas hay como usted? Debemos luchar por el voto, es lo primero.

–Has perdido la cabeza, Nívea.

–No todavía, tía, no todavía...

Instalaron a mi padre en el primer piso en uno de los salones convertido en dormitorio, porque no podía subir la escalera, y le asignaron una empleada de punto fijo, como su sombra, para que lo atendiera día y noche. El médico de la familia ofreció un diagnóstico poético, «turbulencia inveterada de la sangre», dijo a mi abuela, porque prefirió no confrontarla con la verdad, pero supongo que para el resto del mundo fue evidente que a mi padre lo consumía un mal venéreo. Estaba en la última etapa, cuando ya no había cataplasmas, emplastos ni sublimado corrosivo capaz de ayudarlo, la etapa que él se había propuesto evitar a cualquier costa; pero debió sufrirla porque no le alcanzó el coraje para suicidarse antes, como había planeado por años. Apenas podía moverse por el dolor en los huesos; no podía caminar y el pensamiento le flaqueaba. Algunos días permanecía enredado en las pesadillas sin despertar del todo, murmurando historias incomprensibles, pero tenía momentos de gran lucidez y cuando la morfina atenuaba su congoja podía reírse y recordar. Entonces me llamaba para que me instalara a su lado. Pasaba el día en un sillón frente a la ventana mirando el jardín, sostenido por almohadones y rodeado de libros, periódicos y bandejas con remedios. La empleada se sentaba a tejer a corta distancia, siempre atenta a sus necesidades, silenciosa y hosca como un enemigo, la única que él toleraba a su lado porque no lo trataba con lástima. Mi abuela había procurado que su hijo estuviera en un ambiente alegre, había instalado cortinas de chintz y papel mural en tonos de amarillo, mantenía ramos de flores recién cortadas del jardín sobre las mesas y había contratado un cuarteto de cuerdas que acudía varias veces por semana a tocar sus melodías clásicas favoritas, pero nada lograba disimular el olor a medicamentos y la certeza de que en esa habitación alguien se estaba pudriendo. Al principio ese cadáver viviente me daba repugnancia, pero cuando logré vencer el susto y, obligada por mi abuela, comencé a visitarlo, mi existencia cambió. Matías Rodríguez de Santa Cruz llegó a la casa justamente cuando yo despertaba a la adolescencia y me dio lo que más necesitaba: memoria. En uno de sus episodios inteligentes, cuando estaba bajo el consuelo de las drogas, anunció que era mi padre y la revelación fue tan casual que no alcanzó a sorprenderme.

—Lynn Sommers, tu madre, fue la mujer más bella que he visto. Me alegra que no hayas heredado su hermosura —dijo.

—¿Por qué, tío?

—No me digas tío, Aurora. Soy tu padre. La belleza suele ser una maldición porque despierta las peores pasiones en los hombres. Una mujer demasiado bella no puede escapar del deseo que provoca.

—¿Cierto que usted es mi padre?

—Cierto.

—¡Vaya! Yo suponía que mi padre era el tío Severo.

—Severo debió haber sido tu padre, es mucho mejor hombre que yo. Tu madre merecía un marido como él. Yo siempre fui un tarambana, por eso estoy como me ves, convertido en un espantapájaros. En todo caso, él puede contarte sobre ella mucho más que yo —me explicó.

—¿Mi madre lo quería a usted?

–Sí, pero yo no supe qué hacer con ese amor y salí escapando. Estás muy joven para entender estas cosas, hija. Basta saber que tu madre era maravillosa y es una lástima que haya muerto tan joven.

Yo estaba de acuerdo, me hubiera gustado conocer a mi madre, pero más curiosidad tenía por otros personajes de mi primera infancia que se me aparecían en sueños o en vagas remembranzas imposibles de precisar. En las conversaciones con mi padre fue apareciendo la silueta de mi abuelo Tao Chi'en, a quien Matías sólo vio una vez. Bastó que mencionara su nombre completo y me dijera que era un chino alto y guapo, para que mis recuerdos se desencadenaran gota a gota, como lluvia. Al ponerle nombre a esa presencia invisible que me acompañaba siempre, mi abuelo dejó de ser una invención de mi fantasía para convertirse en un fantasma tan real como una persona de carne y hueso. Sentí un alivio inmenso al comprobar que ese hombre suave con olor a mar que yo imaginaba, no sólo existió, sino que me había amado y si desapareció de súbito no fue por ganas de abandonarme.

–Entiendo que Tao Chi'en murió –me aclaró mi padre.

–¿Cómo murió?

–Me parece que fue un accidente, pero no estoy seguro.

–¿Y qué pasó con mi abuela Eliza Sommers?

–Se fue a la China. Creyó que tú estarías mejor con mi familia y no se equivocó. Mi madre siempre quiso tener una hija y te ha criado con mucho más cariño del que nos dio a mis hermanos y a mí –me aseguró.

–¿Qué quiere decir Lai-Ming?

–No tengo idea, ¿por qué?

–Porque a veces me parece que oigo esa palabra...

Matías tenía los huesos deshechos por la enfermedad, se cansaba rápidamente y no era fácil sonsacarle información; solía perderse en eternas divagaciones que nada tenían que ver con lo que me interesaba, pero poco a poco fui pegando los parches del pasado, puntada a puntada, siempre a espaldas de mi abuela, quien agradecía que yo visitara al enfermo porque a ella no le alcanzaba el ánimo para hacerlo; entraba a la habitación de su hijo un par de veces al día, le daba un beso rápido en la frente y salía a tropezones con los ojos llenos de lágrimas. Nunca preguntó de qué hablábamos y, por supuesto, no se lo dije. Tampoco me atreví a mencionar el tema delante de Severo y Nívea del Valle; temía que la menor indiscreción de mi parte pondría punto final a las pláticas con mi padre. Sin habernos puesto de acuerdo, ambos sabíamos que nuestras conversaciones debían permanecer en secreto, eso nos unió en una extraña complicidad. No puedo decir que llegué a querer a mi padre, porque no hubo tiempo para ello, pero en los breves meses que alcanzamos a convivir me puso un tesoro en las manos al darme detalles de mi historia, sobre todo de mi madre, Lynn Sommers. Me repitió muchas veces que yo llevaba sangre legítima de los Del Valle, eso parecía ser muy importante para él. Después supe que por sugerencia de Frederick Williams, quien ejercía gran influencia sobre cada uno de los miembros de esa casa, me legó en vida la parte que le correspondía de la herencia familiar, a salvo en varias cuentas bancarias y acciones de la Bolsa, ante la frustración de un sacerdote que lo visitaba a diario con la esperanza de obtener algo para la Iglesia. Se trataba de un hombre gruñón y con olor a santidad –no se había bañado ni cambiado la sotana en años– famoso por su intolerancia religiosa y su talento para husmear a los moribundos con plata y convencerlos de que destinaran sus fortunas a obras de caridad. Las familias pudientes lo veían aparecer con verdadero terror, porque anunciaba la muerte, pero nadie se atrevía a darle con la puerta en las narices. Cuando mi padre comprendió que estaba llegando al final llamó a Severo del Valle, con el cual prácticamente no se hablaban, para ponerse de acuerdo sobre mí. Trajeron un notario público a la casa y ambos firmaron un documento en el cual Severo renunció a la paternidad y Matías Rodríguez de Santa Cruz me reconoció como su hija. Así me protegió de los otros dos hijos de Paulina, sus hermanos menores, quienes a la muerte de mi abuela, nueve años más tarde, se apoderaron de todo lo que pudieron.

Mi abuela se aferró a Amanda Lowell con un afecto supersticioso, creía que mientras estuviera cerca, Matías viviría. Paulina no intimaba con nadie, salvo conmigo a veces, consideraba que la mayor parte de la gente es bruta sin remedio y lo decía a quien quisiera oírlo, lo cual no era el mejor método para ganar amigos, pero esa cortesana escocesa logró traspasar la armadura con que mi abuela se protegía. No podía concebirse dos mujeres más diferentes, la Lowell nada ambicionaba, vivía al día, desapegada, libre, sin miedo; no temía la pobreza, la soledad o la decrepitud, todo lo aceptaba de buen talante, la existencia era para ella un viaje divertido que conducía inevitablemente a la vejez y la muerte; no había razón para acumular bienes, puesto que de todos modos a la tumba se iba en cueros, sostenía. Atrás había quedado la joven seductora que tantos amores sembró en San Francisco, atrás la bella que conquistó París; ahora era una mujer en la cincuentena de su existencia, sin ninguna coquetería ni remordimientos. Mi abuela no se cansaba de oírla contar su pasado, hablar de la gente famosa que había conocido y hojear los álbumes de recortes de prensa y fotografías, en varias de las cuales aparecía joven, radiante y con una boa constrictor enrollada en el cuerpo. «La infeliz murió de mareo en un viaje; las culebras no son buenas viajeras», nos contó. Por su cultura cosmopolita y su atractivo –capaz de derrotar sin proponérselo a mujeres mucho más jóvenes y hermosas— se convirtió en el alma de las tertulias de mi abuela, amenizándolas en su pésimo español y su francés con acento de Escocia. No había tema que no pudiera discutir, libro que no hubiese leído, ciudad importante de Europa que no conociera. Mi padre, que la quería y le debía mucho, decía que era una diletante, sabía un poquito de todo y mucho de nada, pero le sobraba imaginación para suplir lo que le faltaba en conocimiento o experiencia. Para Amanda Lowell no había ciudad más galante que París ni sociedad más pretenciosa que la francesa, única donde el socialismo con su desastrosa falta de elegancia no tenía ni la menor oportunidad de triunfar. En eso Paulina del Valle coincidía plenamente. Las dos mujeres descubrieron que no sólo se reían de las mismas tonterías, incluso de la cama mitológica, también estaban de acuerdo en casi todos los asuntos fundamentales. Un día en que tomaban el té ante una mesita de mármol en la galería de hierro forjado y cristal, las dos lamentaron no haberse conocido antes. Con o sin Feliciano y Matías de por medio, habrían sido muy buenas amigas, decidieron. Paulina hizo lo posible por retenerla en su casa, la colmó de regalos y la presentó en sociedad como si fuera una emperatriz, pero la otra era un pájaro incapaz de vivir en cautiverio. Se quedó por un par de meses, pero finalmente le confesó en privado a mi abuela que no tenía corazón para presenciar el deterioro de Matías y, con toda franqueza, Santiago le parecía una ciudad provinciana, a pesar del lujo y la ostentación de la clase alta, comparable a la de la nobleza europea. Se aburría, su lugar se hallaba en París, donde había transcurrido lo mejor de su existencia. Mi abuela quiso despedirla con un baile que hiciera historia en Santiago, al cual asistiría lo más granado de la sociedad, porque nadie se atrevería a rechazar una invitación suya, a pesar de los rumores que circulaban sobre el pasado brumoso de su huésped, pero Amanda Lowell la convenció de que Matías estaba demasiado enfermo y una fiesta en tales circunstancias sería de pésimo gusto, además no tenía qué ponerse para una ocasión así. Paulina le ofreció sus vestidos con la mejor intención, sin imaginar cuánto ofendía a la Lowell al insinuar que ambas tenían la misma talla.

Tres semanas después de la partida de Amanda Lowell, la empleada que cuidaba a mi padre dio la voz de alarma. Llamaron de inmediato al médico; en un dos por tres se llenó la casa de gente, desfilaron amigos de mi abuela, gente del gobierno, familiares, un sinnúmero de frailes y monjas, incluso el desarrapado sacerdote cazador de fortunas, quien ahora rondaba a mi abuela con la esperanza de que el dolor de perder a su hijo la despachara pronto a mejor vida. Paulina, sin embargo, no pensaba dejar este mundo, se había resignado hacía tiempo a la tragedia de su hijo mayor y creo que vio llegar el final con alivio, porque ser testigo de ese lento calvario resultaba mucho peor que enterrarlo. No me permitieron ver a mi padre porque se suponía que la agonía no era un espectáculo apropiado para niñas y yo ya había padecido suficiente angustia con el asesinato de mi primo y otras violencias recientes, pero logré despedirme brevemente de él gracias a Frederick Williams, quien me abrió la puerta en un momento en que no había nadie más por los alrededores. Me condujo de la mano hasta la cama donde yacía Matías Rodríguez de Santa Cruz, del cual ya nada tangible quedaba, apenas un atado de huesos translúcidos sepultado entre almohadones y sábanas bordadas. Todavía respiraba, pero su alma ya andaba viajando por otras dimensiones. «Adiós, papá», le dije. Era la primera vez que lo llamaba así. Agonizó durante dos días más y al amanecer del tercero se murió como un pollito.

Tenía trece años cuando Severo del Valle me regaló una cámara fotográfica moderna que usaba papel en vez de las placas antiguas y que debe haber sido de las primeras llegadas a Chile. Mi padre había muerto hacía poco y las pesadillas me atormentaban tanto, que no quería acostarme y por las noches deambulaba como un espectro despistado por la casa, seguida de cerca por el pobre *Caramelo*, que siempre fue un perro tonto y flojo, hasta que mi abuela Paulina se compadecía y nos aceptaba en su inmensa cama dorada. Llenaba la mitad con su cuerpo grande, tibio, perfumado, y yo me acurrucaba en el rincón opuesto, temblando de miedo, con *Caramelo* a los pies. «¿Qué voy a hacer con ustedes dos?», suspiraba mi abuela medio dormida. Era una pregunta retórica, porque ni el perro ni yo teníamos futuro, existía consenso general en la familia de que yo «iba a terminar mal». Para entonces se había graduado la primera mujer médico en Chile y otras habían entrado a la universidad. Eso le dio a Nívea la idea de que yo podía hacer otro tanto, aunque sólo fuera para desafiar a la familia y la sociedad, pero era evidente que yo no tenía la menor aptitud para estudiar. Entonces apareció Severo del Valle con la cámara y me la puso en la falda. Era una hermosa Kodak, preciosista en los detalles de cada tornillo, elegante, suave, perfecta, hecha para manos de artista. Todavía la uso; no falla jamás. Ninguna muchacha de mi edad tenía un juguete así. La tomé con reverencia y me quedé mirándola sin tener idea cómo se usaba. «A ver si puedes fotografiar las tinieblas de tus pesadillas», me dijo Severo del Valle en broma, sin sospechar que ése sería mi único propósito durante meses y en el empeño de dilucidar esa pesadilla acabaría enamorada del mundo. Mi abuela me llevó a la Plaza de Armas, al estudio de don Juan Ribero, el mejor fotógrafo de Santiago, un hombre seco como pan duro en apariencia, pero generoso y sentimental por dentro.

–Aquí le traigo a mi nieta de aprendiz –dijo mi abuela, colocando sobre el escritorio del artista un cheque, mientras yo me aferraba a su vestido con una mano y con la otra abrazaba mi flamante cámara.

Don Juan Ribero, quien medía media cabeza menos y pesaba la mitad que mi abuela, se acomodó los anteojos sobre la nariz, leyó cuidadosamente la cifra escrita en el cheque y luego se lo devolvió, mirándola de pies a cabeza con un desprecio infinito.

–La cantidad no es problema... Fije usted el precio –vaciló mi abuela.

–No es cuestión de precio, sino de talento, señora –replicó guiando a Paulina del Valle hacia la puerta.

En ese rato yo había tenido oportunidad de echar un vistazo alrededor. Su trabajo cubría las paredes: cientos de retratos de gente de todas las edades. Ribero era el favorito de la clase alta, el fotógrafo de las páginas sociales, pero quienes me miraban desde la paredes de su estudio no eran empingorotados pelucones ni bellas debutantes, sino indios, mineros, pescadores, lavanderas, niños pobres, ancianos, muchas mujeres como aquellas que mi abuela socorría con sus préstamos del Club de Damas. Allí estaba representado el rostro multifacético y atormentado de Chile. Esas caras en los retratos me sacudieron por dentro, quise conocer la historia de cada una de esas personas, sentí una opresión en el pecho, como un puñetazo, y unos deseos incontenibles de echarme a llorar, pero me tragué la emoción y seguí a mi abuela con la cabeza alta. En el coche trató de consolarme: no debía preocuparme, dijo, conseguiríamos otra persona que me enseñara a usar la cámara, fotógrafos había para dar y regalar; qué se había imaginado ese roto malnacido, hablarle en ese tono arrogante a ella, nada menos que a Paulina del Valle. Y continuó perorando, pero yo no la oía porque había decidido que sólo don Juan Ribero sería mi maestro. Al día siguiente salí de la casa antes que mi abuela se levantara, indiqué al cochero que me llevara al estudio y me instalé en la calle dispuesta a esperar para siempre. Don Juan Ribero llegó a eso de las once de la mañana, me encontró ante su puerta y me ordenó volver a mi casa. Yo era tímida entonces –aún lo soy– y muy orgullosa, no estaba acostumbrada a pedir porque desde que nací me mimaron como a una reina, pero mi determinación debe haber sido muy fuerte. No me moví de la puerta. Un par de horas más tarde salió el fotógrafo, me echó una mirada furiosa y echó a andar calle abajo. Cuando regresó de su almuerzo me encontró todavía allí clavada, con mi cámara apretada contra el pecho. «Está bien», murmuró, vencido, «pero le advierto, jovencita, que no tendré ninguna consideración especial con usted. Aquí se viene a obedecer callada y aprender rápido, ¿entendido?». Asentí con la cabeza, porque no me salió la voz. Mi abuela, acostumbrada a negociar, aceptó mi pasión por la fotografía siempre que yo invirtiera el mismo número de horas en los ramos escolares habituales en los colegios de hombres, incluso latín y teología, porque según ella no era capacidad mental lo que me faltaba, sino rigor.

–¿Por qué no me manda a una escuela pública? –le pedí, entusiasmada por los rumores sobre la educación laica para niñas, que producía espanto entre mis tías.

–Eso es para gente de otra clase, jamás lo permitiré –determinó mi abuela.

De modo que nuevamente desfilaron preceptores por la casa, varios de los cuales eran sacerdotes dispuestos a instruirme a cambio de las suculentas dádivas de mi abuela a sus congregaciones. Tuve suerte, en general me trataron con indulgencia, porque no esperaban que mi cerebro aprendiera como el de un varón. Don Juan Ribero, en cambio, me exigía mucho más porque sostenía que una mujer debe esforzarse mil veces más que un hombre para obtener respeto intelectual o artístico. Él me enseñó todo lo que sé de fotografía, desde la elección de un lente hasta el laborioso proceso del revelado; nunca he tenido otro maestro. Cuando dejé su estudio dos años más tarde, éramos amigos. Ahora tiene setenta y cuatro años y desde hace varios no trabaja, porque está ciego, pero todavía guía mis vacilantes pasos y me ayuda. Seriedad es su lema. La vida lo apasiona y la ceguera no ha sido impedimento para seguir mirando el mundo. Ha desarrollado una forma de clarividencia. Tal como otros ciegos tienen gente que les lee, él tiene gente que observa y le cuenta. Sus alumnos, sus amigos y sus hijos lo visitan a diario y se turnan para describirle lo que han contemplado: un paisaje, una escena, un rostro, un efecto de luz. Deben aprender a observar con mucho cuidado para soportar el exhaustivo interrogatorio de don Juan Ribero; así sus vidas cambian, ya no pueden andar por el mundo con la levedad habitual, porque deben ver con los ojos del maestro. Yo también lo visito a menudo. Me recibe en la penumbra eterna de su apartamento en la calle Monjitas, sentado en su sillón frente a la ventana, con su gato sobre las rodillas, siempre hospitalario y sabio. Lo mantengo informado sobre los adelantos técnicos en el ámbito de la fotografía, le describo en detalle cada imagen de los libros que encargo a Nueva York y París, le consulto mis dudas. Está al día de todo lo que ocurre en esta profesión, se apasiona con las diferentes tendencias y teorías, conoce de nombre a los maestros destacados en Europa y los Estados Unidos. Siempre se opuso ferozmente a las poses artificiales, a las escenas arregladas en estudio, a las impresiones chapuceras hechas con varios negativos sobrepuestos, tan de moda hace algunos años. Cree en la fotografía como testimonio personal: una manera de ver el mundo y que esa manera debe ser honesta, usando la tecnología como medio para plasmar la realidad, no para distorsionarla. Cuando pasé por una fase en que me dio por fotografiar muchachas en enormes recipientes de vidrio, me preguntó para qué con tal desprecio, que no continué por ese camino, pero cuando le describí el retrato que tomé de una familia de artistas de un circo pobre, desnudos y vulnerables, se interesó al punto. Había tomado varias fotos de esa familia posando ante un aporreado carromato que le servía de transporte y de vivienda, cuando salió del vehículo una niñita de cuatro o cinco años, totalmente desnuda. Entonces se me ocurrió pedirles que se quitaran la ropa. Lo hicieron sin malicia y posaron con la misma intensa concentración con que lo habían hecho cuando estaban vestidos. Es una de mis mejores fotografías, una de las pocas que ha ganado premios. Pronto fue evidente que me atraían más las personas que los objetos o los paisajes. Al hacer un retrato se establece una relación con el modelo que si bien es muy breve, siempre es una conexión. La placa revela no sólo la imagen, también los sentimientos que fluyen entre ambos. A don Juan Ribero le gustaban mis retratos, muy diferentes a los suyos. «Usted siente empatía por sus modelos, Aurora, no trata de dominarlos sino de comprenderlos, por eso logra exponer su alma», decía. Me incitaba a dejar las paredes seguras del estudio y salir a la calle, desplazarme con la cámara, mirar con los ojos bien abiertos, sobreponerme a mi timidez, perder el miedo, acercarme a la gente. Me di cuenta de que en general me recibían bien y posaban con toda seriedad, a pesar de que yo era una mocosa: la cámara inspiraba respeto y confianza, la gente se abría, se entregaba. Estaba limitada por mi corta edad, hasta muchos años más tarde no podría viajar por el país, introducirme en las minas, las huelgas, los hospitales, las casuchas de los pobres, las míseras escuelitas, las pensiones de cuatro pesos, las plazas empolvadas donde languidecían los jubilados, los campos y las aldeas de pescadores. «La luz es el lenguaje de la fotografía, el alma del mundo. No existe luz sin sombra, tal como no existe dicha sin dolor», me dijo don Juan Ribero hace diecisiete años, en la clase que me dio ese primer día en su estudio de la Plaza de Armas. No se me ha olvidado. Pero no debo adelantarme. Me he propuesto contar esta historia paso a paso, palabra a palabra, como debe ser.

Mientras yo andaba entusiasmada con la fotografía y desconcertada por los cambios en mi cuerpo, que iba adquiriendo proporciones inusitadas, mi abuela Paulina no perdía el tiempo en contemplarse el ombligo, sino que discurría nuevos negocios en su cerebro de fenicio. Eso la ayudó a reponerse de la pérdida de su hijo Matías y le dio ínfulas a una edad en que otros tienen un pie en la tumba. Rejuveneció, se le iluminó la mirada y se le agilizó el paso, pronto se quitó el luto y mandó a su marido a Europa en una misión muy secreta. El fiel Frederick Williams estuvo siete meses ausente y regresó cargado de regalos para ella y para mí, además de buen tabaco para él, el único vicio que le conocíamos. En su equipaje venían de contrabando miles de palitos secos de unos quince centímetros de largo, de apariencia inservible, pero que resultaron ser cepas de las viñas de Burdeos, que mi abuela pretendía plantar en suelo chileno para producir un vino decente. «Vamos a competir con los vinos franceses», le explicó a su marido antes del viaje. Fue inútil que Frederick Williams le rebatiera que los franceses nos llevan siglos de ventaja, que las condiciones allá son paradisíacas, en cambio Chile es un país de catástrofes atmosféricas y políticas, y que un proyecto de tal envergadura tomaría años de trabajo.

–Ni usted ni yo estamos en edad para esperar los resultados de este experimento –sugirió con un suspiro.

–Con ese criterio no llegamos a ninguna parte, Frederick. ¿Sabe cuántas generaciones de artesanos se requerían para construir una catedral?

–Paulina, no nos interesan las catedrales. Cualquier día de éstos nos caemos muertos.

–Éste no sería el siglo de la ciencia y la tecnología si cada inventor pensara en su propia mortalidad, ¿no le parece? Quiero formar una dinastía y que el nombre Del Valle perdure en el mundo, aunque sea al fondo del vaso de cuanto borracho compre mi vino –replicó mi abuela.

De modo que el inglés partió resignado en aquel safari a Francia, mientras Paulina del Valle amarraba los hilos de la empresa en Chile. Las primeras viñas chilenas habían sido plantadas por los misioneros en tiempos de la Colonia para producir un vino del país que resultó bastante bueno, tan bueno en realidad, que España lo prohibió para evitar que compitiera con los de la madre patria. Después de la Independencia la industria del vino se expandió. Paulina no era la única con la idea de producir vinos de calidad, pero mientras los demás compraban tierras en los alrededores de Santiago por comodidad, para no tener que desplazarse a más de un día de camino, ella buscó terrenos más lejanos, no sólo porque eran más baratos, sino porque eran más apropiados. Sin decir a nadie lo que tenía en mente hizo analizar la sustancia de la tierra, los caprichos del agua y la perseverancia de los vientos, empezando por aquellos campos que pertenecían a la familia Del Valle. Pagó una miseria por vastos terrenos abandonados que nadie apreciaba, porque no tenían más riego que la lluvia. La uva más sabrosa, la que produce los vinos de mejor textura y aroma, la más dulce y generosa, no crece en la abundancia, sino en terreno pedregoso; la planta, con terquedad de madre, vence obstáculos para llegar muy profundo con sus raíces y aprovechar cada gota de agua, así se concentran los sabores en la uva, me explicó mi abuela.

–Las viñas son como la gente, Aurora, mientras más difíciles son las circunstancias, mejores son los frutos. Es una lástima que yo descubriera esta verdad tan tarde, porque de haberlo sabido antes habría aplicado mano dura con mis hijos y contigo.

–Conmigo usted trató, abuela.

–He sido muy blanda contigo. Debí mandarte a las monjas.

–¿Para que aprendiera a bordar y rezar? La señorita Matilde...

–¡Te prohíbo que menciones a esa mujer en esta casa!

–Bueno, abuela, por lo menos estoy aprendiendo fotografía. Con eso puedo ganarme la vida.

–¡Cómo se te ocurre semejante estupidez! –exclamó Paulina del Valle–. Una nieta mía jamás tendrá que ganarse la vida. Lo que te enseña Ribero es una diversión, pero no es un futuro para una Del Valle. Tu destino no es convertirte en fotógrafo de plaza, sino casarte con alguien de tu clase y echar hijos sanos al mundo.

–Usted ha hecho más que eso, abuela.

–Yo me casé con Feliciano, tuve tres hijos y una nieta. Todo lo demás que he hecho es por añadidura.

–Pues no lo parece, francamente.

En Francia Frederick Williams contrató a un experto, que llegó poco después a asesorar en el aspecto técnico. Era un hombrecito hipocondríaco que recorrió las tierras de mi abuela en bicicleta y con un pañuelo atado en la boca y la nariz porque creía que el olor a bosta de vaca y el polvo chileno producían cáncer a los pulmones, pero no dejó duda alguna sobre sus profundos conocimientos de viticultura. Los campesinos observaban pasmados a ese caballero vestido de ciudad deslizándose en velocípedo entre peñascos, que se detenía de vez en cuando para husmear el suelo como perro tras un rastro. Como no entendían ni una palabra de sus largas diatribas en la lengua de Molière, mi abuela en persona, con chancletas y una sombrilla, debió seguir durante semanas a la bicicleta del francés para traducir. Lo primero que llamó la atención de Paulina fue que no todas las plantas eran iguales, había por lo menos tres clases diferentes mezcladas. El francés le explicó que unas maduraban antes que otras, de modo que si el clima destruía las más delicadas, siempre habría producción de las demás. Confirmó también que el negocio tomaría años, puesto que no era solamente cuestión de cosechar mejores uvas, sino también producir un vino fino y comercializarlo en el extranjero, donde tendría que competir con los de Francia, Italia y España. Paulina aprendió todo lo que el experto podía enseñarle y cuando se sintió segura lo despachó de vuelta a su país. Para entonces estaba agotada y había entendido que la empresa requería alguien más joven y más liviano que ella, alguien como Severo del Valle, su sobrino favorito, en quien podía confiar. «Si sigues echando hijos al mundo necesitarás mucha plata para mantenerlos. Como abogado no lo lograrás, a menos que robes el doble que los demás, pero el vino te hará rico», lo tentó. Justamente ese año a Severo y Nívea del Valle les había nacido un ángel, como decía la gente, una niña bella como un hada en miniatura, a quien llamaron Rosa. Nívea opinó que todos los hijos anteriores habían sido puro entrenamiento para producir finalmente esa criatura perfecta. Tal vez ahora Dios se daría por satisfecho y no les mandaría más hijos, porque ya tenían una manada. A Severo la empresa de las viñas francesas le pareció descabellada, pero había aprendido a respetar el olfato comercial de su tía y pensó que bien valía la pena probar; no sabía que en pocos meses las parras iban a cambiarle la vida. Apenas mi abuela comprobó que Severo del Valle estaba tan obsesionado con las viñas como ella, decidió convertirlo en su socio, dejarlo a cargo de campo y partir con Williams y conmigo a Europa, porque yo ya tenía dieciséis años y estaba en edad de adquirir un barniz cosmopolita y un ajuar matrimonial, como dijo.

–No pienso casarme, abuela.

–No todavía, pero tendrás que hacerlo antes de los veinte o te quedarás para vestir santos –concluyó tajante.

La verdadera razón del viaje no se la dijo a nadie. Estaba enferma y creía que en Inglaterra podrían operarla. Allí la cirugía se había desarrollado mucho desde el descubrimiento de la anestesia y la asepsia. En los últimos meses había perdido el apetito y por primera vez en su vida sufría náuseas y retortijones de barriga después de una comida pesada. Ya no comía carne, prefería cosas blandas, papillas azucaradas, sopas y pasteles, a los cuales no renunciaba aunque le cayeran como piedrazos en la panza. Había oído hablar de la célebre clínica fundada por un tal doctor Ebanizer Hobbs, muerto hacía más de una década, donde trabajaban los mejores médicos de Europa, de manera que apenas pasó el invierno y la ruta a través de la cordillera de los Andes volvió a ser transitable, emprendimos el viaje a Buenos Aires, donde tomaríamos el transatlántico hacia Londres. Llevábamos, como siempre, un cortejo de criados, una tonelada de equipaje y varios guardias armados para protegernos de los bandidos que se apostaban en esas soledades, pero esta vez mi perro *Caramelo* no pudo acompañarnos porque le flaqueaban las patas. El paso de las montañas en coche, a caballo y finalmente en mula, por despeñaderos que se abrían a ambos lados como abismales fauces dispuestas a devorarnos, fue inolvidable. El sendero parecía una infinita culebra angosta deslizándose entre esas montañas abrumadoras, columna vertebral de América. Entre las piedras crecían algunos arbustos sacudidos por la inclemencia del clima y alimentados por tenues hilos de agua. Agua por todas partes, cascadas, riachuelos, nieve líquida; el único sonido era el agua y los cascos de las bestias contra la dura costra de los Andes. Al detenernos, un abismal silencio nos envolvía como pesado manto, éramos intrusos violando la solitud perfecta de esas alturas. Mi abuela, luchando contra el vértigo y los achaques que le cayeron encima apenas iniciamos la marcha hacia arriba, iba sostenida por su voluntad de hierro y la solicitud de Frederick Williams, quien hacía lo posible por ayudarla. Vestía un pesado abrigo de viaje, guantes de cuero y un sombrero de explorador con tupidos velos, porque jamás un rayo de sol, por pusilánime que fuese, había rozado su piel, gracias a lo cual pensaba llegar a la tumba sin arrugas. Yo iba deslumbrada. Habíamos hecho ese viaje antes, cuando fuimos a Chile, pero entonces yo era demasiado joven para apreciar aquella majestuosa naturaleza. Paso a paso avanzaban los animales suspendidos entre precipicios cortados a pique y altas paredes de roca pura peinada por el viento, pulida por el tiempo. El aire era delgado como un claro velo y el cielo un mar color turquesa atravesado a veces por un cóndor que navegaba con sus alas espléndidas, señor absoluto de aquellos dominios. Tan pronto bajó el sol, el paisaje se transformó por completo; la paz azul de esa abrupta y solemne naturaleza desapareció para dar paso en un universo de sombras geométricas que se movían amenazantes en torno a nosotros, cercándonos, envolviéndonos. Un paso en falso y las mulas habrían rodado con nosotros encima a lo más profundo de esos barrancos, pero el guía había calculado bien la distancia y la noche nos encontró en una escuálida casucha de tablas, refugio de viajeros. Descargaron a los animales y nos acomodamos sobre las monturas de piel de oveja y las mantas, alumbrados por chonchones untados en brea, aunque casi no se requerían luces, pues reinaba en la bóveda profunda del cielo una luna incandescente asomada como una antorcha sideral por encima de las altas piedras. Llevábamos leña, con la cual encendieron el hogar para calentarnos y hervir agua para el mate; pronto esa infusión de hierba verde y amarga circulaba de mano en mano, todos chupando del mismo bombillo; eso devolvió el ánimo y los colores a mi pobre abuela, quien ordenó traer sus canastos y se instaló, como una verdulera en el mercado, a distribuir las vituallas para engañar el hambre. Fueron apareciendo las botellas de aguardiente y champaña, los aromáticos quesos del campo, los delicados fiambres de cerdo preparado en casa, los panes y tortas envueltos en blancas servilletas de lino, pero noté que ella comía muy poco y no probaba el alcohol. Entretanto los hombres, hábiles con sus cuchillos, mataron un par de cabras que llevábamos a la siga de las mulas, les quitaron el cuero y las pusieron a asar crucificadas entre dos palos. No supe cómo pasó la noche, caí en un sueño de muerte y no desperté hasta el amanecer, cuando empezaba la faena de avivar los tizones para hacer café y dar el bajo a los restos de las cabras. Antes de irnos dejamos leña, un saco de frijoles y unas botellas de licor para los próximos viajeros.

TERCERA PARTE
1896-1910

La clínica Hobbs fue fundada por el célebre cirujano Ebanizer Hobbs en su propia residencia, una casona de aspecto sólido y elegante en pleno barrio de Kensington, a la cual fueron quitando muros, cegando ventanas y sembrando azulejos hasta convertirla en un esperpento. Su presencia en esa calle elegante molestaba tanto a los vecinos, que los sucesores de Hobbs no tuvieron dificultad en comprar las casas adyacentes para agrandar la clínica, pero mantuvieron las fachadas eduardianas, de modo que desde afuera en nada se diferenciaba de las hileras de casas en la cuadra, todas idénticas. Por dentro era un laberinto de cuartos, escaleras, pasillos y ventanucos interiores que daban a ninguna parte. No había, como en los antiguos hospitales de la ciudad, la típica arena de operaciones con el aspecto de una plaza de toros –un ruedo central cubierto de aserrín o arena y rodeado de galerías para espectadores– sino pequeñas salas de cirugía con paredes, techo y piso forradas de baldosas y planchas metálicas que se cepillaban con lejía y jabón una vez al día, porque el difunto doctor Hobbs había sido de los primeros en aceptar la teoría de la propagación de infecciones de Koch y adoptar los métodos de asepsia de Lister, que la mayor parte del cuerpo médico todavía rechazaba por soberbia o pereza. No resultaba cómodo cambiar los viejos hábitos, la higiene era tediosa, complicada e interfería con la rapidez operatoria, considerada la marca de un buen cirujano porque disminuía el riesgo de choc y pérdida de sangre. A diferencia de muchos de sus contemporáneos para quienes las infecciones se producían espontáneamente en el cuerpo del enfermo, Ebanizer Hobbs entendió de inmediato que los gérmenes estaban fuera, en las manos, el suelo, los instrumentos y el ambiente, por eso rociaba con una lluvia de fenol desde las heridas hasta el aire del quirófano. Tanto fenol respiró el pobre hombre que acabó con la piel ulcerada de llagas y muerto antes de tiempo por una afección renal, lo cual dio pie a sus detractores para aferrarse a sus propias ideas anticuadas. Los discípulos de Hobbs, sin embargo, analizaron el aire y descubrieron que los gérmenes no flotaban como invisibles aves de rapiña dispuestas al ataque solapado, sino que se concentraban en las superficies sucias; la infección se producía por contacto directo, de modo que lo fundamental era limpiar a fondo el instrumental, usar vendajes esterilizados y los cirujanos no sólo debían lavarse con saña, sino en lo posible usar guantes de caucho. No se trataba de los toscos guantes empleados por los anatomistas para diseccionar cadáveres o por algunos obreros para manipular sustancias químicas, sino de un producto delicado y suave como la piel humana, fabricado en los Estados Unidos. Tenía un origen romántico: un médico, enamorado de una enfermera, quiso protegerla de los eccemas producidos por los desinfectantes y mandó hacer los primeros guantes de goma, que después adoptaron los cirujanos para operar. Todo esto lo había leído Paulina del Valle cuidadosamente en unas revistas científicas que le prestó su pariente don José Francisco Vergara, quien para entonces estaba enfermo del corazón y retirado en su palacio de Viña del Mar, pero seguía siendo el mismo estudioso de siempre. Mi abuela no sólo escogió muy bien al médico que habría de operarla y se puso en contacto con él desde Chile con meses de anticipación, también encargó a Baltimore varios pares de los famosos guantes de goma y los llevaba bien empaquetados en el baúl de su ropa interior.

Paulina del Valle envió a Frederick Williams a Francia a averiguar sobre las maderas usadas en los toneles para fermentar vino y a explorar la industria de los quesos, porque no había razón alguna para que las vacas chilenas no fueran capaces de producir quesos tan sabrosos como los de las vacas francesas, que eran igualmente estúpidas. Durante la travesía por la cordillera de los Andes y más tarde en el transatlántico, pude observar de cerca a mi abuela y me di cuenta que algo fundamental comenzaba a flaquear en ella, algo que no era la voluntad, la mente o la codicia, sino más bien la fiereza. Se puso suave, blanda y tan distraída que solía pasear por la cubierta del barco toda vestida de muselina y perlas, pero sin su dentadura postiza. Era evidente que pasaba malas noches, andaba con ojeras moradas y siempre somnolienta. Había perdido mucho peso, le colgaban las carnes cuando se quitaba el corsé. Deseaba tenerme siempre cerca «para que no coquetees con los marineros», broma cruel, puesto que a esa edad mi timidez era tan categórica que bastaba una inocente mirada masculina en mi dirección para que yo enrojeciera como un cangrejo cocido. La verdadera razón era que Paulina del Valle se sentía frágil y me necesitaba a su lado para distraer a la muerte. No mencionaba sus males, por el contrario, hablaba de pasar unos días en Londres y luego seguir a Francia por el asunto de los toneles y los quesos, pero adiviné desde el principio que sus planes eran otros, como quedó en evidencia apenas llegamos a Inglaterra y empezó su labor diplomática para convencer a Frederick Williams que partiera solo, mientras nosotras hacíamos compras antes de reunirnos con él más tarde. No sé si Williams se fue sin sospechar que su mujer estaba enferma, o si adivinó la verdad y, comprendiendo el pudor de ella, la dejó en paz; el hecho es que nos instaló en el Hotel Savoy y una vez que estuvo seguro de que nada nos faltaba, se embarcó a través del Canal sin mucho entusiasmo.

Mi abuela no deseaba testigos de su decadencia y era especialmente recatada frente a Williams. Eso formaba parte de la coquetería que adquirió al casarse, inexistente cuando él era su mayordomo. Entonces no tenía inconveniente en mostrarle lo peor de su carácter y presentarse ante él de cualquier modo, pero después trataba de impresionarlo con su mejor plumaje. Aquella relación otoñal le importaba mucho y no quiso que la mala salud descalabrara el sólido edificio de su vanidad, por eso trató de alejar a su marido, y si no me pongo firme también me habría excluido; costó una batalla para que me permitiera acompañarla en las visitas médicas, pero finalmente se rindió ante mi testarudez y su debilidad. Estaba adolorida y casi no podía tragar, pero no parecía asustada, aunque solía hacer bromas sobre los inconvenientes del infierno y el tedio del cielo. La clínica Hobbs inspiraba confianza desde el umbral, con su hall rodeado de estanterías con libros y retratos al óleo de los cirujanos que habían ejercido su oficio entre esas paredes. Nos recibió una matrona impecable y nos condujo a la oficina del doctor, una sala acogedora con una chimenea donde crepitaba el fuego de grandes leños y elegantes muebles ingleses de cuero marrón. El aspecto del doctor Gerald Suffolk era tan impresionante como su fama. Tenía pinta de teutón, grande y colorado, con una gruesa cicatriz en la mejilla que lejos de afearlo, lo hacía inolvidable. Sobre su escritorio tenía las cartas intercambiadas con mi abuela, los informes de los especialistas chilenos consultados y el paquete con los guantes de goma, que ella le había hecho llegar esa misma mañana mediante un mensajero. Después supimos que era una precaución innecesaria, pues se usaban en la clínica Hobbs desde hacía tres años. Suffolk nos dio la bienvenida como si estuviéramos en visita de cortesía, ofreciéndonos un café turco aromatizado con semillas de cardamomo. Se llevó a mi abuela a una pieza adyacente y después de examinarla regresó a la oficina y se puso a hojear un libraco mientras ella reaparecía. Pronto volvió la paciente y el cirujano confirmó el diagnóstico previo de los médicos chilenos: mi abuela sufría de un tumor gastrointestinal. Agregó que la operación resultaba arriesgada por la edad de ella y porque aún estaba en etapa experimental, pero él había desarrollado una técnica perfecta para esos casos, venían médicos de todo el mundo a aprender de él. Se expresaba con tal superioridad, que me vino a la mente la opinión de mi maestro don Juan Ribero, para quien la fatuidad es privilegio de ignorantes; el sabio es humilde porque sabe cuán poco sabe. Mi abuela exigió que le explicara en detalle lo que pensaba hacer con ella, lo cual sorprendió al médico, acostumbrado a que los enfermos se entregaran a la incuestionable autoridad de sus manos con la pasividad de gallinas, pero enseguida aprovechó la ocasión para explayarse en una conferencia, más preocupado de impresionarnos con el virtuosismo de su bisturí que del bienestar de su infortunada paciente. Hizo un dibujo de tripas y órganos que parecían una máquina demencial y nos indicó dónde se ubicaba el tumor y cómo pensaba extirparlo, incluyendo la clase de sutura, información que Paulina del Valle recibió impasible, pero a mí me descompuso y debí salir de la oficina. Me senté en el hall de los retratos a rezar entre dientes. En realidad sentía más temor por mí que por ella, la idea de quedarme sola en el mundo me aterraba. En eso estaba, rumiando mi posible orfandad, cuando pasó por allí un hombre y debe haberme visto muy pálida, porque se detuvo. «¿Pasa algo, niña?», preguntó en castellano con acento chileno. Negué con la cabeza, sorprendida, sin atreverme a mirarlo de frente, pero debo haberlo examinado de reojo, porque pude apreciar que era joven, llevaba el rostro rasurado, tenía pómulos altos, mandíbula firme y ojos oblicuos; se parecía a la ilustración de Gengis Khan de mi libro de historia, aunque menos feroz. Era todo color de miel, pelo, ojos, piel, pero nada había de meloso en su tono cuando me explicó que era chileno como nosotras y asistiría al doctor Suffolk en la operación.

–La señora del Valle está en buenas manos –dijo sin ápice de modestia.

–¿Qué pasa si no la operan? –pregunté tartamudeando, como siempre me ocurre cuando estoy muy nerviosa.

–El tumor seguiría creciendo. Pero no se preocupe, niña, la cirugía ha avanzado mucho, su abuela hizo muy bien en venir aquí –concluyó.

Quise averiguar qué hacía un chileno por esos lados y por qué tenía ese aspecto de tártaro –nada costaba visualizarlo lanza en mano y cubierto de pieles– pero me callé turbada. Londres, la clínica, los médicos y el drama de mi abuela resultaban más de lo que podía manejar sola, me costaba entender los pudores de Paulina del Valle respecto a su salud y sus razones para mandar a Frederick Williams al otro lado del Canal justo cuando más lo necesitábamos. Gengis Khan me dio una palmadita condescendiente en la mano y se fue.

Contra todas mis pesimistas predicciones, mi abuela sobrevivió a la cirugía y después de la primera semana, en que la fiebre subía y bajaba incontrolable, se estabilizó y pudo empezar a comer alimentos sólidos. No me moví de su lado, salvo para ir al hotel una vez al día a bañarme y cambiarme de ropa, porque el olor a anestésicos, medicamentos y desinfectantes producía una mezcolanza viscosa que se pegaba en la piel. Dormía a saltos, sentada en una silla junto a la enferma. A pesar de la prohibición terminante de mi abuela, mandé un telegrama a Frederick Williams el mismo día de la operación y él llegó a Londres treinta horas más tarde. Lo vi perder su proverbial compostura ante la cama donde se hallaba su mujer atontada por las drogas, gimiendo en cada exhalación, con cuatro pelos en la cabeza y sin dientes, como una viejecita apergaminada. Se hincó junto a ella y puso la frente sobre la mano exangüe de Paulina del Valle murmurando su nombre; cuando se levantó tenía la cara mojada de llanto. Mi abuela, quien sostenía que la juventud no es una época de la vida sino un estado de ánimo, y que uno tiene la salud que se merece, se veía totalmente derrotada en esa cama de hospital. Esa mujer, cuyo apetito por la vida era equivalente a su glotonería, había vuelto la cara contra la pared, indiferente a su entorno, sumida en sí misma. Su enorme fuerza de voluntad, su vigor, su curiosidad, su sentido de la aventura y hasta su codicia, todo se había borrado ante el sufrimiento del cuerpo.

En esos días tuve muchas ocasiones de ver a Gengis Khan, quien controlaba el estado de la paciente y resultó, como era de esperar, más asequible que el célebre doctor Suffolk o las severas matronas del establecimiento. Contestaba a las inquietudes de mi abuela sin vagas respuestas de consuelo, sino con explicaciones racionales, y era el único que procuraba aliviar su aflicción, los demás se interesaban en el estado de la herida y la fiebre, pero ignoraban los quejidos de la paciente. ¿Pretendía acaso que no le doliera? Más bien debía callarse la boca y agradecer que le hubieran salvado la vida, en cambio el joven doctor chileno no ahorraba morfina, porque creía que el sufrimiento sostenido acaba con la resistencia física y moral del enfermo, retardando o impidiendo la sanación, como le aclaró a Williams. Supimos que se llamaba Iván Radovic y provenía de una familia de médicos, su padre había emigrado de los Balcanes a Chile a finales de los años cincuenta, se había casado con una maestra chilena del norte y había tenido tres hijos, de los cuales dos habían seguido sus pasos en la medicina. Su padre, dijo, murió de tifus durante la Guerra del Pacífico, donde sirvió como cirujano durante tres años, y su madre debió sacar adelante sola a la familia. Pude observar al personal de la clínica a mi regalado gusto, tal como escuché comentarios que no estaban destinados a orejas como las mías, porque ninguno de ellos, salvo el doctor Radovic, dio jamás señales de percibir mi existencia. Yo iba a cumplir dieciséis años y seguía con el cabello atado con una cinta y ropa escogida por mi abuela, quien me mandaba a hacer ridículos vestidos de niñita para retenerme en la infancia durante el mayor tiempo posible. La primera vez que me puse algo adecuado a mi edad fue cuando Frederick Williams me llevó a Whiteney's sin su permiso y puso la tienda a mi disposición. Cuando volvimos al hotel y me presenté con el pelo cogido en un moño y vestida de señorita, no me reconoció, pero eso fue semanas más tarde. Paulina del Valle debe haber tenido la fortaleza de un buey, le abrieron el estómago, le sacaron un tumor del tamaño de una toronja, la cosieron como un zapato y antes de un par de meses había vuelto a ser la de siempre. De esa tremenda aventura sólo le quedó un costurón de filibustero atravesado en la barriga y un apetito voraz por la vida y, por supuesto, por la comida. Partimos a Francia apenas pudo andar sin bastón. Descartó por completo la dieta indicada por el doctor Suffolk porque, como dijo, no había venido desde el culo del mundo hasta París para comer papilla de recién nacido. Con el pretexto de estudiar la manufactura de quesos y la tradición culinaria de Francia, se hartó de cuanta delicia ese país podía ofrecerle.

Una vez acomodados en el hotelito que alquiló Williams en el Boulevard Haussman, nos pusimos en contacto con la inefable Amanda Lowell, quien seguía con el mismo aire de reina vikinga en el destierro. En París estaba en su ambiente, vivía en un desván apolillado pero acogedor, por cuyos ventanucos se apreciaban las palomas en los techos de su barrio y los cielos impecables de la ciudad. Comprobamos que sus cuentos sobre la vida bohemia y su amistad con artistas célebres eran rigurosamente ciertos; gracias a ella visitamos los talleres de Cézanne, Sisley, Degas, Monet y varios otros. La Lowell debió enseñarnos a apreciar esos cuadros, porque no teníamos el ojo entrenado para el impresionismo, pero muy pronto fuimos seducidos por completo. Mi abuela adquirió una buena colección de obras que produjeron ataques de hilaridad cuando las colgó en su casa en Chile; nadie apreció los cielos centrífugos de Van Gogh o las bataclanas cansadas de Lautrec y creyeron que en París le habían metido el dedo en la boca a la tonta de Paulina del Valle. Cuando Amanda Lowell notó que no me separaba de mi cámara fotográfica y pasaba horas encerrada en un cuarto oscuro que improvisé en el hotelito, ofreció presentarme a los fotógrafos más célebres de París. Como mi maestro Juan Ribero, ella consideraba que la fotografía no compite con la pintura, son fundamentalmente diferentes; el pintor interpreta la realidad y la cámara la plasma. Todo en la primera es ficción, mientras que la segunda es la suma de lo real más la sensibilidad del fotógrafo. Ribero no me permitía trucos sentimentales o exhibicionistas, nada de acomodar los objetos o modelos para que parecieran cuadros; era enemigo de la composición artificial, tampoco me dejaba manipular los negativos o las impresiones y en general despreciaba los efectos de luces o focos difusos, quería la imagen honesta y simple, aunque clara en sus más ínfimos detalles. «Si lo que pretende es el efecto de un cuadro, pinte, Aurora. Si lo que desea es la verdad, aprenda a usar su cámara», me repetía. Amanda Lowell no me trató nunca como a una niña, desde el comienzo me tomó en serio. También a ella le fascinaba la fotografía, que todavía nadie llamaba arte y para muchos era sólo un chirimbolo más de los muchos cachivaches estrafalarios de este siglo frívolo. «Yo estoy muy gastada para aprender fotografía, pero tú tienes ojos jóvenes, Aurora, tú puedes ver el mundo y obligar a los demás a verlo a tu manera. Una buena fotografía cuenta una historia, revela un lugar, un evento, un estado de ánimo, es más poderosa que páginas y páginas de escritura», me decía. Mi abuela, en cambio, trataba mi pasión por la cámara como un capricho de adolescente y estaba mucho más interesada en prepararme para el matrimonio y escoger mi ajuar. Me puso en una escuela de señoritas, donde asistía a clases diarias para aprender a subir y bajar una escalera con gracia, doblar servilletas para un banquete, disponer diferentes menús según la ocasión, organizar juegos de salón y arreglar ramos de flores, talentos que mi abuela consideraba suficientes para triunfar en la vida de casada. Le gustaba comprar y gastábamos tardes enteras en las *boutiques* escogiendo trapos, tardes que yo hubiera empleado mejor recorriendo París cámara en mano.

No sé cómo se fue el año. Cuando aparentemente Paulina del Valle se había repuesto de sus males y Frederick Williams estaba convertido en un experto en madera para toneles de vino y en fabricación de quesos, desde los más hediondos hasta los más agujereados, conocimos a Diego Domínguez en un baile de la Legación de Chile con motivo del 18 de setiembre, día de la Independencia. Pasé horas eternas en manos del peluquero, quien construyó sobre mi cabeza una torre de rulos y trencitas adornadas de perlas, una verdadera proeza, teniendo en cuenta que mi pelo se comporta como melena de caballo. Mi vestido era una creación espumosa de merengue salpicado de mostacillas, que se fueron desprendiendo durante la noche y sembraron el suelo de la Legación de brillantes guijarros. «¡Si tu padre pudiera verte ahora!», exclamó mi abuela admirada cuando terminé de arreglarme. Ella estaba ataviada de pies a cabeza en malva, su color preferido, con un escándalo de perlas rosadas al cuello, moños postizos sobrepuestos en un sospechoso tono caoba, impecables dientes de porcelana y una capa de tercipelo negro rebordada de azabache del cuello hasta el suelo. Entró al baile del brazo de Frederick Williams y yo del de un marino de un buque de la escuadra chilena que realizaba una visita de cortesía a Francia, un joven anodino cuyo rostro o cuyo nombre no logro recordar, quien asumió por iniciativa propia la tarea de instruirme sobre el uso del sextante para fines de navegación. Fue un alivio inmenso cuando Diego Domínguez se plantó ante mi abuela para presentarse con todos sus apellidos y preguntar si podía bailar conmigo. Ése no es su verdadero nombre, lo he cambiado en estas páginas porque todo lo referente a él y su familia debe ser protegido. Basta saber que existió, que su historia es cierta y que lo he perdonado. Los ojos de Paulina del Valle brillaron de entusiasmo al ver a Diego Domínguez porque al fin teníamos por delante un pretendiente potencialmente aceptable, hijo de gente conocida, seguramente rico, con impecables modales y hasta guapo. Ella asintió, él me tendió su mano y salimos a navegar. Después del primer vals el señor Domínguez tomó mi carnet de baile y lo llenó de su puño y letra, eliminando de un plumazo al experto en sextantes y otros candidatos. Entonces lo miré con más cuidado y debí admitir que se veía muy bien, irradiaba salud y fuerza, tenía un rostro agradable, ojos azules y un porte viril. Parecía incómodo en su frac, pero se movía con seguridad y bailaba bien, bueno, en todo caso mucho mejor que yo, que bailo como ganso a pesar de un año de clases intensivas en la escuela para señoritas; además la turbación aumentaba mi torpeza. Esa noche me enamoré con toda la pasión y el atolondramiento del primer amor. Diego Domínguez me conducía con mano firme por la pista de danza, mirándome intensamente y casi siempre en silencio, porque sus intentos de entablar diálogo se estrellaban contra mis respuestas en monosílabos. Mi timidez era una tortura, no podía sostener su mirada y no sabía dónde poner la mía; al sentir el calor de su aliento rozándome las mejillas, se me doblaban las piernas; debía luchar desesperadamente contra la tentación de salir corriendo y esconderme bajo alguna mesa. Sin duda hice un triste papel y ese infortunado joven se clavó a mi lado por la bravuconada de haber llenado mi carnet con su nombre. En algún momento le dije que no estaba obligado a bailar conmigo, si no quería. Me contestó con una carcajada, la única de la noche, y me preguntó cuántos años tenía. Yo nunca había estado en los brazos de un hombre, nunca había sentido la presión de una palma masculina en el hueco de mi cintura. Mis manos descansaban una en su hombro y otra en su mano enguantada, pero sin la ligereza de torcaza que mi profesora de baile exigía, porque él me apretaba con determinación. En algunas breves pausas me ofrecía copas de champaña que yo bebía porque no me atrevía a rechazarlas, con el resultado previsible de que le pisaba con más frecuencia los pies durante el baile. Cuando al final de la fiesta el ministro de Chile tomó la palabra para brindar por su patria lejana y por la bella Francia, Diego Domínguez se colocó detrás de mí, tan cerca como el ruedo de mi vestido de merengue se lo permitía, y susurró en mi cuello que yo era «deliciosa», o algo por el estilo.

En los días siguientes Paulina del Valle recurrió a sus amigos diplomáticos para averiguar sin el menor disimulo todo lo que pudo sobre la familia y los antecedentes de Diego Domínguez, antes de autorizarlo para que me llevara a dar una vuelta a caballo por los Campos Elíseos, vigilada desde prudente distancia por ella y el tío Frederick en un coche. Después los cuatro tomamos helados bajo unos quitasoles, les tiramos migas de pan a los patos y quedamos de acuerdo para ir a la ópera esa misma semana. De paseo en paseo y de helado en helado llegamos a octubre. Diego había viajado a Europa enviado por su padre en la aventura obligatoria que casi todos los jóvenes chilenos de clase alta hacían una vez en la vida para despabilarse. Después de recorrer varias ciudades, visitar algunos museos y catedrales por cumplir y empaparse de vida nocturna y diabluras galantes, que supuestamente lo curarían para siempre de ese vicio y le darían material para fanfarronear delante de sus amigotes, estaba listo para regresar a Chile y sentar cabeza, trabajar, casarse y fundar su propia familia. Comparado con Severo del Valle, de quien siempre estuve enamorada en la niñez, Diego Domínguez era feo, y con la señorita Matilde Pineda, era tonto, pero yo no estaba en condiciones de hacer tales comparaciones: estaba segura de haber encontrado al hombre perfecto y apenas podía creer el milagro de que se hubiera fijado en mí. Frederick Williams opinó que no era prudente aferrarse al primero que pasaba, yo estaba aún muy joven y me sobrarían pretendientes para elegir con calma, pero mi abuela sostuvo que ese joven era lo mejor que ofrecía el mercado matrimonial, a pesar del inconveniente de ser agricultor y vivir en el campo, muy lejos de la capital.

–Por barco y ferrocarril se puede viajar sin problemas –dijo.

–Abuela, no se adelante tanto, el señor Domínguez no me ha insinuado nada de lo que usted se imagina –le aclaré, colorada hasta las orejas.

–Más vale que lo haga pronto o tendré que ponerlo entre la espada y la pared.

–¡No! –exclamé espantada.

–No voy a permitir que mi nieta se mosquee. No podemos perder tiempo. Si ese joven no tiene intenciones serias, debe despejar el campo ahora mismo.

–Pero abuela, ¿cuál es el apuro? Acabamos de conocernos...

–¿Sabes cuántos años tengo, Aurora? Setenta y seis. Pocos viven tanto. Antes de morir debo dejarte bien casada.

–Usted es inmortal, abuela.

–No, hija, sólo lo parezco –replicó.

No sé si ella le dio la encerrona planeada a Diego Domínguez o si él captó las indirectas y tomó la decisión por sí mismo. Ahora que puedo ver ese episodio con cierta distancia y humor, comprendo que nunca estuvo enamorado de mí, simplemente se sintió halagado por mi amor incondicional y debe haber puesto en la balanza las ventajas de tal unión. Tal vez me deseaba, porque los dos éramos jóvenes y estábamos disponibles; tal vez creyó que con el tiempo llegaría a quererme; tal vez se casó conmigo por pereza y conveniencia. Diego era un buen partido, pero yo también lo era: disponía de la renta dejada por mi padre y se suponía que iba a heredar una fortuna de mi abuela. Cualesquiera que fuesen sus razones, el caso es que pidió mi mano y me puso al dedo un anillo de diamantes. Los signos de peligro eran evidentes para cualquiera con dos ojos en la cara, menos para mi abuela cegada por el temor a dejarme sola, y para mí, que estaba loca de amor, pero no para el tío Frederick, quien sostuvo desde el principio que Diego Domínguez no era el hombre para mí. Como no le había gustado nadie que se me aproximara durante los últimos dos años, no le hicimos caso, creímos que eran celos paternales. «Se me ocurre que este joven es de temperamento algo frío», comentó más de una vez, pero mi abuela lo rebatía diciendo que no era frialdad sino respeto, como correspondía a un perfecto caballero chileno.

Paulina del Valle entró en un frenesí de compras. En la prisa los paquetes iban a parar sin abrir a los baúles y después, cuando los sacamos a luz en Santiago, resultó que había dos de cada cosa y la mitad no me quedaba bien. Cuando supo que Diego Domínguez debía regresar a Chile, se puso de acuerdo con él para volver en el mismo vapor, eso nos daba algunas semanas para conocernos mejor, como dijeron. Frederick Williams puso cara larga y trató de torcer esos planes, pero no había poder en este mundo capaz de confrontar a esa señora cuando algo se le metía entre las dos orejas y su obsesión del momento era casar a su nieta. Poco recuerdo del viaje, transcurrió en una nebulosa de paseos por la cubierta, juegos de pelota y naipes, cócteles y bailes hasta Buenos Aires, donde nos separamos porque él debía comprar unos toros sementales y conducirlos por las rutas andinas del sur hasta su fundo. Tuvimos muy pocas oportunidades de estar solos o de conversar sin testigos, aprendí lo esencial sobre los veintitrés años de su pasado y su familia, pero casi nada sobre sus gustos, creencias y ambiciones. Mi abuela le dijo que mi padre, Matías Rodríguez de Santa Cruz, había fallecido y mi madre era una americana a quien no conocimos porque murió al darme a luz, lo cual se ajustaba a la verdad. Diego no demostró curiosidad por saber más; tampoco mi pasión por la fotografía le interesó y cuando le aclaré que no pensaba renunciar a ella, dijo que no tenía el menor inconveniente, su hermana pintaba acuarelas y su cuñada bordaba en punto cruz. En la larga travesía por mar no llegamos realmente a conocernos, pero nos fuimos enredando en la sólida telaraña que mi abuela, con la mejor intención, tejió en torno a nosotros.

Como en la primera clase del transatlántico había poco para fotografiar, salvo los trajes de las damas y los arreglos florales del comedor, yo bajaba a menudo a las cubiertas inferiores para tomar retratos, sobre todo de los viajeros de la última clase, que iban hacinados en la barriga del barco: trabajadores e inmigrantes rumbo a América a tentar fortuna, rusos, alemanes, italianos, judíos, gente que viajaba con muy poco en los bolsillos, pero con el corazón rebosante de esperanzas. Me pareció que a pesar de la incomodidad y la falta de recursos, lo pasaban mejor que los pasajeros de la clase superior, donde todo resultaba estirado, ceremonioso y aburrido. Entre los emigrantes había una camaradería fácil, los hombres jugaban a naipes y dominó, las mujeres formaban grupos para contarse las vidas, los niños improvisaban cañas de pescar y jugaban a la escondida; por las tardes salían a relucir las guitarras, los acordeones, las flautas y los violines, se armaban alegres fiestas con canto, baile y cerveza. A nadie parecía importarle mi presencia, no me hacían preguntas y a los pocos días me aceptaban como una de ellos, eso me permitía fotografiarlos a mi gusto. En el barco no podía desarrollar los negativos, pero los clasifiqué cuidadosamente para hacerlo más tarde en Santiago. En una de esas excursiones por las cubiertas inferiores me topé a bocajarro con la última persona que esperaba hallar allí.

—¡Gengis Khan! —exclamé al verlo.

—Creo que me confunde, señorita...

—Perdone usted, doctor Radovic —supliqué, sintiéndome como una cretina.

—¿Nos conocemos? —preguntó extrañado.

—¿No se acuerda de mí? Soy la nieta de Paulina del Valle.

—¿Aurora? Vaya, no la hubiera reconocido jamás. ¡Cómo ha cambiado!

Cierto que había cambiado. Me conoció año y medio antes vestida de chiquilla y ahora tenía ante los ojos a una mujer hecha y derecha, con una cámara colgada al cuello y un anillo de compromiso puesto en el dedo. En ese viaje empezó la amistad que con el tiempo habría de cambiar mi vida. El doctor Iván Radovic, pasajero de segunda clase, no podía subir a la cubierta de primera sin invitación, pero yo podía bajar a visitarlo y lo hice a menudo. Me contaba de su trabajo con la misma pasión con que yo le hablaba de la fotografía; me veía usar la cámara, pero no pude mostrarle nada de lo hecho antes porque iba en el fondo de los baúles, pero le prometí hacerlo al llegar a Santiago. No fue así, sin embargo, porque después me dio vergüenza llamarlo para tal fin; me pareció una muestra de vanidad y no quise quitarle tiempo a un hombre ocupado en salvar vidas. Al enterarse de su presencia a bordo, mi abuela lo invitó de inmediato a tomar el té en la terraza de nuestra suite. «Con usted aquí me siento segura en alta mar, doctor. Si me sale otra toronja en la barriga, usted viene y me la extirpa con un cuchillo de la cocina», bromeó. Las invitaciones a tomar el té se repitieron muchas veces, seguidas por juegos de naipes. Iván Radovic nos contó que había terminado su práctica en la clínica Hobbs y regresaba a Chile a trabajar en un hospital.

–¿Por qué no abre una clínica privada, doctor? –sugirió mi abuela, que le había tomado afecto.

–Jamás tendría el capital y las conexiones que eso requiere, señora Del Valle.

–Yo estoy dispuesta a invertir, si le parece.

–De ninguna manera puedo permitir que...

–No lo haría por usted, sino porque es una buena inversión, doctor Radovic –lo interrumpió mi abuela–. Todo el mundo se enferma, la medicina es un gran negocio.

–Creo que la medicina no es un negocio, sino un derecho, señora. Como médico estoy obligado a servir y espero que algún día la salud esté al alcance de cada chileno.

–¿Usted es socialista? –preguntó mi abuela con una mueca de repugnancia, porque después de la «traición» de la señorita Matilde Pineda desconfiaba del socialismo.

–Soy médico, señora Del Valle. Curar es todo lo que me interesa.

Volvimos a Chile a finales de diciembre de 1898 y nos encontramos con un país en plena crisis moral. Nadie, desde los ricos terratenientes, hasta los maestros de escuela o los obreros del salitre estaba contento con su suerte o con el gobierno. Los chilenos parecían resignados a sus fallas de carácter, como la ebriedad, el ocio y el robo, y a las lacras sociales, como la engorrosa burocracia, el desempleo, la ineficiencia de la justicia y la pobreza, que contrastaba con la ostentación descarada de los ricos e iba produciendo una creciente y sorda rabia que se extendía de norte a sur. No recordábamos a Santiago tan sucio, con tanta gente miserable, tanto conventillo infectado de cucarachas, tantos niños muertos antes de alcanzar a caminar. La prensa aseguraba que el índice de mortalidad en la capital era equivalente al de Calcuta. Nuestra casa de la calle Ejército Libertador había permanecido al cuidado de un par de lejanas tías pobretonas, de los muchos allegados que cualquier familia chilena tiene, y unos cuantos empleados. Las tías llevaban más de dos años reinando en esos dominios y nos recibieron sin mucho entusiasmo, acompañadas por *Caramelo*, ya tan anciano que no me reconoció. El jardín era un malezal, las fuentes morunas estaban sedientas, los salones olían a tumba, las cocinas parecían un chiquero y había caca de ratón debajo de las camas, pero nada de eso apabulló a Paulina del Valle, quien llegaba dispuesta a celebrar la boda del siglo y no iba a permitir que nada, ni su edad, ni el calor de Santiago, ni mi carácter retraído se lo impidieran. Disponía de los meses del verano, en que todo el mundo partía a la costa o al campo, para poner la casa al día, porque en el otoño empezaba la intensa vida social y había que prepararse para mi casamiento en setiembre, el comienzo de la primavera, mes de las fiestas patrias y de las novias, justo un año después del primer encuentro entre Diego y yo. Frederick Williams se encargó de contratar un regimiento de albañiles, ebanistas, jardineros y criadas que se abocaron a la tarea de remozar aquel desastre al paso habitual en Chile, es decir, sin demasiada prisa. El verano llegó polvoriento y tórrido, con su olor a durazno y los gritos de los vendedores ambulantes pregonando las delicias de la estación. Los que podían hacerlo se fueron de vacaciones al campo o la playa; la ciudad parecía muerta. Severo del Valle apareció de visita con sacos de verduras, canastos de fruta y buenas noticias de las viñas; venía con la piel tostada, más corpulento y más guapo que nunca. Me miró boquiabierto, sorprendido de que yo fuera la misma chiquilla de quien se había despedido dos años antes, me hizo girar como trompo para observarme por todos los ángulos y su juicio generoso fue que tenía un aire parecido al de mi madre. Mi abuela recibió pésimo aquel comentario, mi pasado no se mencionaba en su presencia, para ella mi vida comenzaba a los cinco años cuando crucé el umbral de su palacete en San Francisco, lo anterior no existía. Nívea se quedó en el fundo con los niños, porque estaba a punto de dar a luz de nuevo, demasiado pesada para hacer el viaje hasta Santiago. La producción de las viñas se anunciaba muy buena para ese año, pensaban cosechar las del vino blanco en marzo y las del tinto en abril, contó Severo del Valle y agregó que había unas parras de los tintos totalmente diferentes que crecían mezcladas con las otras, eran más delicadas, se apestaban con facilidad y maduraban más tarde. A pesar de que daban un fruto excelente, pensaba arrancarlas para ahorrar problemas. De inmediato Paulina del Valle paró la oreja y vi en sus pupilas la misma lucecita codiciosa que generalmente anunciaba una idea rentable.

—Apenas empiece el otoño trasplántalas separadas. Cuídalas y el próximo año haremos con ellas un vino especial —dijo.

—¿Para qué meternos en eso? —preguntó Severo.

—Si esas uvas maduran más tarde, deben ser más finas y concentradas. Seguramente el vino será mucho mejor.

—Estamos produciendo uno de los mejores vinos del país, tía.

–Dame este gusto, sobrino, haz lo que te pido... –rogó mi abuela en el tono zalamero que empleaba antes de dar una orden.

No pude ver a Nívea hasta el día mismo de mi matrimonio, cuando llegó con un nuevo recién nacido a cuestas a soplarme de prisa la información básica que cualquier novia debía saber antes de la luna de miel, pero nadie se había dado la molestia de darme. Mi condición virginal, sin embargo, no me preservaba de los sobresaltos de una pasión instintiva que no sabía nombrar, pensaba en Diego día y noche y no siempre los pensamientos eran castos. Lo deseaba, pero no sabía muy bien para qué. Quería estar en sus brazos, que me besara como lo había hecho en un par de ocasiones, y verlo desnudo. Nunca había visto un hombre desnudo y, confieso, la curiosidad me mantenía desvelada. Eso era todo, el resto del camino, un misterio. Nívea, con su desfachatada honestidad, era la única capaz de instruirme, pero no sería hasta varios años más tarde, cuando hubo tiempo y oportunidad de profundizar nuestra amistad, que ella me contaría los secretos de su intimidad con Severo del Valle y me describiría en detalle, muerta de risa, las posturas aprendidas en la colección de su tío José Francisco Vergara. Para entonces yo había dejado atrás la inocencia, pero era muy ignorante en materia erótica, como son casi todas de las mujeres y la mayoría de los hombres también, según me asegura Nívea. «Sin los libros de mi tío, habría tenido quince hijos sin saber cómo», me dijo. Sus consejos, que habrían puesto los pelos de punta a mis tías, me sirvieron mucho para el segundo amor, pero de nada me habrían servido para el primero.

Durante tres largos meses vivimos acampando en cuatro habitaciones de la casa de Ejército Libertador, jadeando de calor. No me aburrí, porque mi abuela reanudó de inmediato sus labores caritativas, a pesar de que todos los miembros del Club de Damas andaban veraneando. En su ausencia se había aflojado la disciplina y a ella le tocó empuñar nuevamente las riendas de la compasión compulsiva; volvimos a visitar enfermos, viudas y orates, a repartir comida y supervisar los préstamos a las mujeres pobres. Esta idea, de la cual se burlaron hasta en los periódicos, porque nadie pensó que las beneficiarias –todas en el último estado de indigencia– devolverían el dinero, resultó tan buena, que el gobierno decidió copiarla. Las mujeres no sólo pagaban escrupulosamente los préstamos en cuotas mensuales, sino que se respaldaban unas a otras, así cuando alguna no podía pagar, las demás lo hacían por ella. Creo que a Paulina del Valle se le ocurrió que podía cobrarles intereses y convertir la caridad en negocio, pero la detuve en seco. «Todo tiene su límite, abuela, hasta la codicia», la increpé. Mi apasionada correspondencia con Diego Domínguez me mantenía pendiente del correo. Descubrí que por carta soy capaz de expresar lo que jamás me atrevería cara a cara; la palabra escrita es profundamente liberadora. Me sorprendí leyendo poesía amorosa en vez de las novelas que antes tanto me gustaban; si un poeta muerto al otro lado del mundo podía describir mis sentimientos con tal precisión, debía aceptar con humildad que mi amor no era excepcional, nada había inventado, todo el mundo se enamora igual. Imaginaba a mi novio a caballo galopando por sus tierras como un héroe legendario de espaldas poderosas, noble, firme y apuesto, un hombronazo en cuyas manos estaría segura; él me haría feliz, me daría protección, hijos, amor eterno. Visualizaba un futuro algodonoso y azucarado en el cual flotaríamos abrazados para siempre. ¿Cómo olía el cuerpo del hombre que amaba? A humus como los bosques de donde provenía, o a la dulce fragancia de las panaderías, o tal vez a agua de mar, como ese aroma huidizo que me asaltaba en sueños desde la infancia. De pronto la necesidad de oler a Diego se volvía tan imperiosa como un ataque de sed y le rogaba por carta que me enviara uno de los pañuelos que usaba al cuello o una de sus camisas sin lavar. Las respuestas de mi novio a esas apasionadas cartas eran tranquilas crónicas sobre la vida en el campo –las vacas, el trigo, la uva, el cielo estival sin lluvia– y sobrios comentarios sobre su familia. Por supuesto, nunca mandó uno de sus pañuelos o camisas. En las últimas líneas me recordaba cuánto me quería y cuán felices seríamos en la fresca casa de adobe y tejas que su padre estaba construyendo para nosotros en la propiedad, tal como antes había hecho una para su hermano Eduardo, cuando desposó a Susana, y tal como haría para su hermana Adela cuando ella se casara. Por generaciones los Domínguez habían vivido siempre juntos; el amor a Cristo, la unión entre hermanos, el respeto a los padres y el trabajo duro, decía, eran el fundamento de su familia.

Por mucho que escribiera y suspirara leyendo versos, me sobraba tiempo, de modo que volví al estudio de don Juan Ribero, me daba vueltas por la ciudad tomando fotos y por las noches trabajaba en el cuarto de revelado que instalé en la casa. Estaba experimentando con impresión en platino, una técnica novedosa que produce imágenes muy bellas. El procedimiento es sencillo, aunque más costoso, pero mi abuela corría con el gasto. Se pinta el papel a brochazos con una solución de platino y el resultado son imágenes en sutiles graduaciones de tono, luminosas, claras, con gran profundidad, que permanecen inalterables. Han pasado diez años y ésas son las más extraordinarias fotografías de mi colección. Al verlas, muchos recuerdos surgen ante mí con la misma impecable nitidez de esas impresiones en platino. Puedo ver a mi abuela Paulina, a Severo, Nívea, amigos y parientes, también puedo observarme en algunos autorretratos tal como era entonces, justo antes de los acontecimientos que habrían de cambiar mi vida.

Cuando amaneció el segundo martes de marzo la casa vestía de gala, tenía una moderna instalación de gas, teléfono y un ascensor para mi abuela, papeles murales traídos de Nueva York y flamantes tapices en los muebles, los parquets recién encerados, los bronces pulidos, los cristales lavados y la colección de cuadros impresionistas en los salones. Había un nuevo contingente de criados en uniforme al mando de un mayordomo argentino, que Paulina del Valle le levantó al Hotel Crillón pagándole el doble.

–Nos van a criticar, abuela. Nadie tiene mayordomo, esto es una cursilería –le advertí.

–No importa. No pienso lidiar con indias mapuches en chancletas que echan pelos en la sopa y me tiran los platos en la mesa –replicó, decidida a impresionar a la sociedad capitalina en general y a la familia de Diego Domínguez en particular.

De modo que los nuevos empleados se sumaron a las antiguas criadas que llevaban años en la casa y, por supuesto, no se podían despedir. Había tantas personas de servicio que se paseaban ociosas tropezando unas con otras y fueron tantos los chismes y raterías, que por fin intervino Frederick Williams para poner orden, ya que el argentino no atinaba por dónde comenzar. Eso produjo conmoción, jamás se había visto que el señor de la casa se rebajara al nivel doméstico, pero lo hizo a la perfección; de algo sirvió su larga experiencia en el oficio. No creo que Diego Domínguez y su familia, los primeros visitantes que tuvimos, apreciaran la elegancia del servicio, por el contrario, se cohibieron ante tanto esplendor. Pertenecían a una antigua dinastía de terratenientes del sur, pero a diferencia de la mayoría de los dueños de fundo en Chile, que pasan un par de meses en sus tierras y el resto del tiempo viven de sus rentas en Santiago o en Europa, ellos nacían, crecían y morían en el campo. Eran gente con sólida tradición familiar, profundamente católica y sencilla, sin ninguno de los refinamientos impuestos por mi abuela, que seguramente les parecieron algo decadentes y poco cristianos. Me llamó la atención que todos tenían ojos azules, menos Susana, la cuñada de Diego, una beldad morena de aire lánguido, como una pintura española. En la mesa se confundieron ante la hilera de cubiertos y las seis copas, ninguno probó el pato a la naranja y se asustaron un poco cuando llegó el postre ardiendo en llamas. Al ver el desfile de criados en uniforme, la madre de Diego, doña Elvira, preguntó por qué había tanto militar en la casa. Ante los cuadros impresionistas se quedaron pasmados, convencidos de que yo había pintado esos mamarrachos y que mi abuela, de puro chocha, los colgaba en la pared, pero apreciaron el breve concierto de arpa y piano que ofrecimos en el salón de música. La conversación moría a la segunda frase hasta que los toros sementales dieron pie para hablar de la reproducción del ganado, lo cual interesó sobremanera a Paulina del Valle, quien sin duda estaba pensando en establecer la industria de quesos con ellos, en vista del número de vacas que poseían. Si yo tenía algunas dudas sobre mi vida futura en el campo junto a la tribu de mi novio, esa visita las disipó. Me enamoré de esos campesinos de vieja cepa, bondadosos y sin pretensiones, del padre sanguíneo y reidor, de la madre tan inocente, del hermano mayor amable y viril, de la misteriosa cuñada y de la hermana menor alegre como canario, que habían hecho un viaje de varios días para conocerme. Me aceptaron con naturalidad y estoy segura de que se fueron algo desconcertados por nuestro estilo de vida, pero sin criticarnos, porque parecían incapaces de un mal pensamiento. En vista de que Diego me había escogido, me consideraban parte de su familia, eso les bastaba. Su sencillez me permitió relajarme, cosa que rara vez me ocurre con extraños, y al poco rato me encontré conversando con cada uno de ellos, contándoles del viaje a Europa y de mi afición por la fotografía. «Muéstreme sus fotos, Aurora», me pidió doña Elvira y cuando lo hice no pudo disimular su desencanto. Creo que esperaba algo más reconfortante que piquetes de obreros en huelgas, conventillos, niños harapientos jugando en las acequias violentas revueltas populares, burdeles, sufridos emigrantes sentados sobre sus bultos en la cala de un buque. «Pero hijita, ¿por qué no toma fotos bonitas?, ¿para qué se mete en esos andurriales? Hay tantos paisajes lindos en Chile...», murmuró la santa señora. Iba a explicarle que no me interesan las cosas bonitas, sino esos rostros curtidos por el esfuerzo y el sufrimiento, pero comprendí que no era el momento adecuado. Ya habría tiempo más adelante para darme a conocer ante mi futura suegra y el resto de su familia.

–¿Para qué les mostraste esas fotografías? Los Domínguez son chapados a la antigua, no debiste asustarlos con tus ideas modernas, Aurora –me recriminó Paulina del Valle cuando se fueron.

–De todos modos ya estaban asustados con el lujo de esta casa y los cuadros impresionistas, ¿no cree, abuela? Además Diego y su familia deben saber qué clase de mujer soy –repliqué.

–Todavía no eres una mujer, sino una niña. Cambiarás, tendrás hijos, deberás amoldarte al ambiente de tu marido.

–Siempre seré la misma persona y no quiero renunciar a la fotografía. Esto no es lo mismo que las acuarelas de la hermana de Diego y el bordado de su cuñada, esto es parte fundamental de mi vida.

–Bueno, cásate primero y después haces lo que te dé la gana –concluyó mi abuela.

No esperamos hasta setiembre, como estaba planeado, sino que debimos casarnos a mediados de abril, porque doña Elvira Domínguez tuvo un leve ataque al corazón y una semana más tarde, cuando se repuso lo suficiente como dar unos pasos sola, manifestó su deseo de verme convertida en la esposa de su hijo Diego antes de partir al otro mundo. El resto de la familia estuvo de acuerdo, porque si la señora se despachaba había que postergar el casamiento durante al menos un año para guardar el luto reglamentario. Mi abuela se resignó a apurar las cosas y olvidar la ceremonia principesca que planeaba y yo suspiré aliviada, porque la idea de exponerme a los ojos de medio Santiago entrando en la catedral del brazo de Frederick Williams o de Severo del Valle bajo una montaña de organdí blanco, como pretendía mi abuela, me tenía muy inquieta.

¿Qué puedo decir del primer encuentro de amor con Diego Domínguez? Poco, porque la memoria imprime en blanco y negro; los grises se pierden por el camino. Tal vez no fue tan miserable como recuerdo, pero los matices se me han olvidado, sólo guardo una sensación general de frustración y rabia. Después de la boda privada en la casa de Ejército Libertador, fuimos a un hotel a pasar esa noche, antes de partir por dos semanas de luna de miel a Buenos Aires, porque la precaria salud de doña Elvira no permitía alejarse mucho. Cuando me despedí de mi abuela sentí que una parte de mi vida terminaba definitivamente. Al abrazarla confirmé cuánto la quería y cuánto se había disminuido, le colgaba la ropa y yo la pasaba en altura por media cabeza, tuve el presentimiento de que no le quedaba mucho tiempo, se veía pequeña y vulnerable, una viejita con la voz tembleque y las rodillas de lana. Poco restaba de la matriarca formidable que durante más de setenta años hizo de su capa un sayo y manejó los destinos de su familia como le dio la gana. A su lado Frederick Williams parecía su hijo, porque los años no lo rozaban, como si fuera inmune al estropicio de los mortales. Hasta el día anterior el buen tío Frederick me rogó a espaldas de mi abuela que no me casara si no estaba segura, y cada vez repliqué que nunca había estado más segura de algo. No tenía dudas de mi amor por Diego Domínguez. A medida que se acercaba el momento de la boda crecía mi impaciencia. Me miraba en el espejo desnuda o apenas cubierta con las delicadas camisas de dormir de encaje que mi abuela había comprado en Francia y me preguntaba ansiosa si acaso él me encontraría bonita. Un lunar en el cuello o los pezones oscuros me parecían defectos terribles. ¿Me desearía como yo a él? Lo averigüé esa primera noche en el hotel. Estábamos cansados, habíamos comido mucho, él había bebido más de la cuenta y yo también tenía tres copas de champaña en el cuerpo. Al entrar al hotel aparentamos indiferencia, pero el reguero de arroz que fuimos dejando por el suelo delató nuestra condición de recién casados. Fue tal mi vergüenza de estar sola con Diego y suponer que afuera alguien nos imaginaba haciendo el amor, que me encerré en el baño con náuseas, hasta que mucho rato después mi flamante marido golpeó la puerta suavemente para averiguar si aún estaba viva. Me llevó de la mano a la habitación, me ayudó a quitarme el complicado sombrero, me soltó las horquillas del moño, me libró de la chaquetilla de gamuza, desabotonó los mil botoncitos de perla de la blusa, me zafó de la pesada falda y los pollerines, hasta que quedé vestida sólo con la delgada camisa de batista que llevaba bajo el corsé. A medida que él me despojaba de la ropa, yo me sentía disolver como agua, me esfumaba, me iba reduciendo a puro esqueleto y aire. Diego me besó en los labios, pero no como yo había imaginado muchas veces en los meses anteriores, sino con fuerza y urgencia; luego el beso se tornó más dominante mientras sus manos tironeaban de mi camisa, que yo trataba de sujetar porque la perspectiva de que me viera desnuda me horrorizaba. Las caricias apresuradas y la revelación de su cuerpo contra el mío me puso a la defensiva, tan tensa que temblaba como si tuviera frío. Me preguntó fastidiado qué me pasaba y me ordenó que tratara de relajarme, pero al ver que ese método empeoraba las cosas, cambió el tono, añadió que no tuviera miedo y prometió ser cuidadoso. Sopló la lámpara y de algún modo se las arregló para conducirme a la cama, el resto sucedió deprisa. No hice nada por ayudarlo. Me quedé inmóvil como gallina hipnotizada, tratando inútilmente de recordar los consejos de Nívea. En algún momento me traspasó su espada, alcancé a retener un grito y sentí sabor de sangre en la boca. El recuerdo más nítido de esa noche fue el desencanto. ¿Era ésa la pasión por la cual tanta tinta gastaban los poetas? Diego me consoló diciendo que siempre era así la primera vez, con el tiempo aprenderíamos a conocernos y todo iría mejor, luego me dio un beso casto en la frente, me volvió la espalda sin una palabra más y se durmió como un bebé, mientras yo vigilaba en la oscuridad con un paño entre las piernas y un dolor quemante en el vientre y en el alma. Era demasiado ignorante para adivinar la causa de mi frustración, ni siquiera conocía la palabra orgasmo, pero había explorado mi cuerpo y sabía que en alguna parte se esconde ese placer sísmico capaz de trastornar la vida. Diego lo había sentido dentro de mí, eso era evidente, pero yo sólo había experimentado congoja. Me sentí víctima de una tremenda injusticia biológica: para el hombre el sexo era fácil –podía obtenerlo incluso a la fuerza– mientras que para nosotras era sin deleite y con graves consecuencias. ¿Habría que añadir a la maldición divina de parir con dolor, la de amar sin goce?

Cuando Diego despertó a la mañana siguiente yo ya me había vestido hacía mucho rato y había decidido volver a mi casa y refugiarme en los brazos seguros de mi abuela, pero el aire fresco y la caminata por las calles del centro, casi vacías a esa hora del domingo, me tranquilizaron. Me ardía la vagina, donde aún sentía la presencia de Diego, pero paso a paso se me fue disipando la rabia y me dispuse a enfrentar el futuro como una mujer y no como una mocosa malcriada. Estaba consciente de cuán mimada había sido durante los diecinueve años de mi existencia, pero esa etapa había concluido; la noche anterior me había iniciado en la condición de casada y debía actuar y pensar con madurez, concluí, tragándome las lágrimas. La responsabilidad de ser feliz era exclusivamente mía. Mi marido no me traería la dicha eterna como un regalo envuelto en papel de seda, yo debería labrarla día a día con inteligencia y esfuerzo. Por suerte amaba a ese hombre y creía que, tal como él me había asegurado, con el tiempo y la práctica las cosas irían mucho mejor entre nosotros. Pobre Diego, pensé, debe estar tan desilusionado como yo. Regresé al hotel a tiempo para cerrar las maletas y partir en viaje de luna de miel.

El fundo *Caleufú*, incrustado en la zona más hermosa de Chile, un paraíso salvaje de selva fría, volcanes, lagos y ríos, había pertenecido a los Domínguez desde los tiempos de la Colonia, cuando se repartieron las tierras entre los hidalgos distinguidos en la Conquista. La familia había aumentado su riqueza comprando más terrenos de los indios por el precio de unas botellas de aguardiente, hasta tener uno de los latifundios más prósperos de la región. La propiedad nunca había sido dividida; por tradición la heredaba completa el hijo mayor, quien tenía la obligación de dar trabajo o ayudar a sus hermanos, mantener y dar dote a sus hermanas y cuidar a los inquilinos. Mi suegro, don Sebastián Domínguez, era uno de esos seres que han cumplido con lo que se espera de ellos, envejecía con la conciencia en paz y agradecido por las recompensas que le había dado la vida, sobre todo el cariño de su mujer, doña Elvira. En su juventud había sido un rajadiablos, él mismo lo decía riéndose, y la prueba eran varios campesinos de su fundo con los ojos azules, pero la mano suave y firme de doña Elvira lo había ido domando sin que él mismo se diera cuenta. Asumía su papel de patriarca con bondad; los inquilinos acudían con sus problemas a él antes que nadie, porque sus dos hijos, Eduardo y Diego, eran más estrictos y doña Elvira no abría la boca fuera de las paredes de la casa. La paciencia que don Sebastián manifestaba con los inquilinos, a quienes trataba como niños un poco retardados, se transformaba en severidad al enfrentarse con sus hijos varones. «Somos muy privilegiados, por lo mismo tenemos más responsabilidades. Para nosotros no hay disculpas ni pretextos, nuestro deber es cumplir con Dios y ayudar a nuestra gente, de eso nos pedirán cuentas en el cielo», decía. Debe haber tenido cerca de cincuenta años, pero se veía menor porque llevaba una vida muy sana, pasaba el día a caballo recorriendo sus tierras, era el primero en levantarse y el último en ir a la cama, estaba presente en la trilla, la doma, los rodeos, él mismo ayudaba a marcar y castrar al ganado. Empezaba el día con una taza de café retinto con seis cucharadas de azúcar y un chorro de brandy; con eso tenía fuerzas para las faenas del campo hasta las dos de la tarde, cuando almorzaba cuatro platos y tres postres regados con abundante vino en compañía de la familia. No éramos muchos en esa inmensa casona; el dolor más grande de mis suegros era haber tenido sólo tres hijos. La voluntad de Dios así lo había querido, decían. A la hora de la cena nos reuníamos todos los que durante el día habíamos andado dispersos en variadas ocupaciones, nadie podía faltar. Eduardo y Susana vivían con sus hijos en otra casa, construida para ellos a doscientos metros de la casa grande, pero allí sólo se preparaba el desayuno, el resto de las comidas se hacían en la mesa de mis suegros. Debido a que nuestro matrimonio debió adelantarse, la casa destinada a Diego y a mí no estaba lista y vivíamos en un ala de la de mis suegros. Don Sebastián se sentaba a la cabecera en un sillón más alto y ornado; en la otra punta se colocaba doña Elvira y a ambos lados nos distribuíamos los hijos con sus mujeres, dos tías viudas, algunos primos o parientes allegados, una abuela tan anciana que debían alimentarla con un biberón y los invitados, que nunca faltaban. En la mesa se ponían varios puestos de más para los huéspedes que solían caer sin aviso y a veces se quedaban por semanas. Siempre eran bienvenidos, porque en el aislamiento del campo las visitas eran la mayor diversión. Más al sur vivían algunas familias chilenas enclavadas en territorio de indios, también colonos alemanes, sin los cuales la región habría permanecido casi salvaje. Se necesitaban varios días para recorrer a caballo las propiedades de los Domínguez, que llegaban hasta el límite con Argentina. Por las noches se rezaba y el calendario del año se regía por las fechas religiosas, que se observaban con rigor y alegría. Mis suegros se dieron cuenta de que yo había sido criada con muy poca instrucción católica, pero en ese sentido no tuvimos problemas, porque fui muy respetuosa con sus creencias y ellos no trataron de imponérmelas. Doña Elvira me explicó que la fe es un regalo divino: «Dios llama tu nombre, te escoge», dijo. Eso me libraba de culpa a sus ojos, Dios no había llamado mi nombre aún, pero si me había colocado en esa familia tan cristiana era porque pronto lo haría. Mi entusiasmo por ayudarla en sus tareas caritativas entre los inquilinos compensaba mi escaso fervor religioso; creía que se trataba de espíritu compasivo, signo de mi buena índole, no sabía que era mi entrenamiento en el Club de Damas de mi abuela y prosaico interés por conocer a los trabajadores del campo y fotografiarlos. Fuera de don Sebastián, Eduardo y Diego, que se habían educado internos en un buen colegio y realizado el viaje obligado a Europa, nadie más sospechaba por esos lados el tamaño del mundo. No se aceptaban novelas en ese hogar, creo que a don Sebastián le faltaba ánimo para censurarlas y para evitar que alguien leyera una de la lista negra de la iglesia, prefería cortar por lo sano y eliminarlas todas. Los periódicos llegaban con tanto atraso, que no traían noticias, sino historia. Doña Elvira leía sus libros de oraciones y Adela, la hermana menor de Diego poseía unos cuantos volúmenes de poesía, unas biografías de personajes históricos y crónicas de viajes, que releía una y otra vez. Más tarde descubrí que conseguía novelas de misterio, les arrancaba las tapas y las reemplazaba por las de los libros autorizados por su padre. Cuando llegaron mis baúles y cajones de Santiago y aparecieron cientos de libros, doña Elvira me pidió con su dulzura habitual que no los exhibiera delante del resto de la familia. Cada semana mi abuela o Nívea me enviaban material de lectura, que yo guardaba en mi habitación. Mis suegros nada decían, confiados, supongo, en que ese mal hábito se me pasaría cuando tuviera niños y no me sobraran tantas horas ociosas, como era el caso de mi cuñada Susana, quien tenía tres criaturas preciosas y muy mal criadas. No se opusieron, sin embargo, a la fotografía, tal vez adivinaron que sería muy difícil doblarme la mano en ese punto, y aunque nunca demostraron curiosidad por ver mi trabajo, me asignaron un cuarto al fondo de la casa donde pude instalar mi laboratorio.

Crecí en la ciudad, en el ambiente confortable y cosmopolita de la casa de mi abuela, mucho más libre que cualquier chilena de entonces y de hoy, porque aunque ya estamos terminando el primer decenio del siglo veinte, las cosas no se han modernizado mucho para las muchachas de estos lados. El cambio de estilo cuando aterricé en el seno de los Domínguez fue brutal, a pesar de que ellos hicieron lo posible para que me sintiera cómoda. Se portaron muy bien conmigo, fue fácil aprender a quererlos; su cariño compensó el carácter reservado y a menudo huraño de Diego, quien en público me trataba como una hermana y en privado apenas me hablaba. Las primeras semanas tratando de adaptarme fueron muy interesantes. Don Sebastián me regaló una hermosa yegua negra con una estrella blanca en la frente y Diego me mandó con un capataz a recorrer el fundo y conocer a los trabajadores y a los vecinos, ubicados a tantos kilómetros de distancia, que cada visita tomaba tres o cuatro días. Luego me dejó libre. Mi marido salía con su hermano y su padre a las labores del campo y a cazar, a veces acampaban afuera por varios días. Yo no soportaba el aburrimiento de la casa, con su inacabable faena de mimar a los niños de Susana, hacer dulces y conservas, limpiar y ventilar, coser y tejer; cuando concluía mi trabajo en la escuela o el dispensario del fundo me ponía unos pantalones de Diego y partía al galope. Mi suegra me había advertido que no montara a horcajadas, como un hombre, porque tendría «problemas femeninos», eufemismo que nunca pude dilucidar del todo, pero nadie podría montar de lado en esa naturaleza de cerros y peñascos sin partirse la cabeza en una caída. El paisaje me dejaba sin aliento, sorprendiéndome en cada vuelta del camino, me maravillaba. Cabalgaba cerro arriba y valle abajo hasta los tupidos bosques, un paraíso de alerce, laurel, canelo, mañío, arrayán y milenarias araucarias, maderas finas que los Domínguez explotaban en su aserradero. Me embriagaba la fragancia de la selva mojada, ese aroma sensual de tierra roja, savia y raíces; la paz de la espesura vigilada por aquellos callados gigantes verdes; el murmullo misterioso de la floresta: canto de aguas invisibles, danza del aire enredado en las ramas, rumor de raíces y de insectos, trinar de las suaves torcazas y gritos de los tiuques escandalosos. Los senderos terminaban en el aserradero y más allá debía abrirme paso en la espesura, confiando en el instinto de mi yegua, cuyas patas se hundían en un fango color petróleo, espeso y fragante como sangre vegetal. La luz se filtraba por la inmensa cúpula de los árboles en claros rayos tangenciales, pero había zonas glaciales donde se agazapaban los pumas, espiándome con sus ojos en llamas. Llevaba una escopeta amarrada a la silla de montar, pero en una emergencia no habría tenido tiempo de sacarla y, en todo caso, jamás la había disparado. Fotografié los bosques antiguos, los lagos de arenas negras, los ríos tempestuosos de piedras cantarinas y los impetuosos volcanes que coronaban el horizonte como dragones dormidos en torres de ceniza. También tomé fotos de los inquilinos del fundo, que luegc les llevaba de regalo y ellos las recibían turbados, sin saber qué hacer con esas imágenes de ellos mismos que no habían solicitado. Me fascinaban sus rostros curtidos por la intemperie y la pobreza, pero a ellos no les gustaba verse así, tal cual eran, con sus andrajos y penas a cuestas, querían retratos coloreados a mano en los cuales posaban con el único traje que tenían, el de su boda, bien lavados y peinados, con sus hijos sin mocos.

Los domingos se suspendía el trabajo y había misa –cuando contábamos con un sacerdote– o «misiones», que las mujeres de la familia realizaban visitando a los inquilinos en sus casas para catequizarlos. Así combatían a punta de regalitos y de tenacidad las creencias indígenas que se enredaban con los santos cristianos. Yo no participaba en las prédicas religiosas, pero aprovechaba para darme a conocer a los campesinos. Muchos eran indios puros que todavía utilizaban palabras en sus lenguas y mantenían vivas sus tradiciones, otros eran mestizos, todos humildes y tímidos en tiempos normales, pero pendencieros y ruidosos cuando bebían. El alcohol era un bálsamo amargo que por unas horas aliviaba la terrestre pesadumbre de todos los días, mientras iba royéndoles las entrañas como una rata enemiga. Las borracheras y las peleas con arma blanca se multaban, igual que otras faltas, como cortar un árbol sin permiso o dejar sueltos a los animales privados fuera de la media cuadra asignada a cada uno para el cultivo de su familia. El robo o la insolencia contra los superiores se penaba a palos, pero a don Sebastián le repugnaba al castigo corporal; también había eliminado el derecho de «pernada», vieja tradición proveniente de la época colonial, que pemitía a los patrones desflorar a las hijas de los campesinos antes de que éstas se desposaran con otros. Él mismo lo había practicado en su juventud, pero después que llegó doña Elvira al fundo esas libertades se acabaron. Tampoco aprobaba las visitas a los prostíbulos de los pueblos aledaños e insistía en que sus propios hijos se casaran jóvenes para evitar tentaciones. Eduardo y Susana lo habían hecho seis años antes, cuando ambos tenían veinte, y a Diego, entonces de diecisiete, le habían asignado una muchacha emparentada con la familia, pero murió ahogada en el lago antes de concretar el noviazgo. Eduardo, el hermano mayor, era más jovial que Diego, tenía talento para contar chistes y cantar, conocía todas las leyendas e historias de la región, le gustaba conversar y sabía oír. Estaba muy enamorado de Susana, se le iluminaban los ojos cuando la veía y jamás se impacientaba con sus caprichosos estados de ánimo. Mi cuñada sufría de dolores de cabeza que solían ponerla de pésimo humor, se encerraba con llave en su habitación, no comía y había orden de no molestarla por ningún motivo, pero cuando se le pasaban sus males emergía totalmente recuperada, sonriente y cariñosa; parecía otra mujer. Me di cuenta que dormía sola y que ni su marido ni sus hijos entraban a su cuarto sin invitación, la puerta se mantenía siempre cerrada. La familia estaba habituada a sus jaquecas y depresiones, pero su deseo de privacidad les parecía casi una ofensa, tanto como les extrañó que yo no permitiera a nadie entrar sin mi permiso al pequeño cuarto oscuro donde revelaba mis fotografías, a pesar de que les expliqué el daño que un rayo de luz podía hacer a mis negativos. En *Caleufú* no había puertas ni gabinetes con llave, salvo las bodegas y la caja fuerte de la oficina. Se cometían raterías, por supuesto, pero no traían mayores consecuencias porque en general don Sebastián hacía la vista gorda. «Esta gente es muy ignorante, no roba por vicio ni por necesidad, sino por mala costumbre», decía, aunque en verdad los inquilinos tenían más necesidades de las que el patrón admitía. Los campesinos eran libres, pero en la práctica habían vivido por generaciones en esa tierra y no se les ocurría que pudiera ser de otro modo, no tenían dónde ir. Pocos llegaban a viejos. Muchos niños morían en la infancia de infecciones intestinales, mordeduras de ratas y pulmonía, las mujeres de parto y consunción, los hombres por accidentes, heridas infectadas e intoxicación por alcohol. El hospital más cercano pertenecía a los alemanes, donde había un médico bávaro de gran renombre, pero sólo se hacía el viaje en una grave emergencia, los males menores se trataban con secretos de naturaleza, oración y el socorro de las *meicas*, curanderas indígenas, que conocían el poder de las plantas regionales mejor que nadie.

A finales de mayo se dejó caer el invierno sin atenuantes, con su cortina de lluvia lavando el paisaje como una paciente lavandera y su oscuridad temprana, que nos obligaba a recogernos a las cuatro de la tarde y convertía las noches en una eternidad. Ya no podía salir en mis largas cabalgatas o a fotografiar a la gente del fundo. Estábamos aislados, los caminos eran un lodazal, nadie nos visitaba. Me entretenía experimentando en el cuarto oscuro con diversas técnicas de revelado y tomando fotos de la familia. Fui descubriendo que todo lo que existe está relacionado, es parte de un apretado diseño; lo que parece una maraña de casualidades a simple vista, ante la minuciosa observación de la cámara se va revelando con sus simetrías perfectas. Nada es casual, nada es banal. Así como en el aparente caos vegetal del bosque hay una estricta relación de causa y efecto, por cada árbol hay centenares de pájaros, por cada pájaro hay millares de insectos, por cada insecto hay millones de partículas orgánicas; de igual modo los campesinos en sus labores o la familia al resguardo del invierno en la casa son partes imprescindibles de un fresco inmenso. Lo esencial es a menudo invisible; el ojo no lo capta, sólo el corazón, pero la cámara a veces logra atisbos de esa sustancia. Eso intentaba obtener en su arte el maestro Ribero y eso procuró enseñarme: superar lo meramente documental y llegar a la médula, al alma misma de la realidad. Esas sutiles conexiones que surgían sobre el papel fotográfico me conmovían profundamente y me animaban a seguir experimentando. En la reclusión del invierno aumentó mi curiosidad; en la medida en que el entorno se volvía más sofocante y estrecho hibernando entre esas gruesas paredes de adobe, mi mente se tornaba más inquieta. Empecé a explorar obsesivamente el contenido de la casa y los secretos de sus habitantes. Examiné con ojos nuevos el ambiente familiar, como si lo viera por primera vez, sin dar nada por supuesto. Me dejaba guiar por la intuición, deponiendo ideas preconcebidas, «sólo vemos lo que queremos ver», decía don Juan Ribero y agregaba que mi trabajo debía ser mostrar lo que nadie ha visto antes. Al principio los Domínguez posaban con sonrisas forzadas, pero pronto se habituaron a mi sigilosa presencia y acabaron por ignorar la cámara, entonces pude captarlos al descuido, tales como eran. La lluvia se llevó las flores y las hojas, la casa con sus pesados muebles y sus grandes espacios vacíos se cerró al exterior y quedamos atrapados en un extraño cautiverio doméstico. Andábamos por los cuartos alumbrados por velas, sorteando las heladas corrientes de aire; crujían la maderas como gemidos de viuda y se oían los pasitos furtivos de los ratones en sus diligentes quehaceres; olía a fango, a tejas mojadas, a ropa enmohecida. Los criados encendían braseros y chimeneas, las empleadas nos traían botellas de agua caliente, mantas y tazones de humeante chocolate, pero no había manera de engañar el largo invierno. Fue entonces cuando sucumbí a la soledad.

Diego era un fantasma. Trato de recordar ahora algún momento compartido, pero sólo puedo verlo como un mimo sobre un escenario, sin voz y separado de mí por un foso ancho. Tengo en mi mente –y en mi colección de fotografías de aquel invierno– muchas imágenes de él en las actividades del campo y dentro de la casa, siempre ocupado con otros, nunca conmigo, distante y ajeno. Fue imposible intimar con él, había un silencioso abismo entre ambos y mis intentos de intercambiar ideas o averiguar sobre sus sentimientos se estrellaban contra su obstinada vocación de ausente. Sostenía que ya todo estaba dicho entre nosotros, si nos habíamos casado era porque nos queríamos, qué necesidad había de ahondar en lo evidente. Al principio me ofendía su mutismo, pero luego comprendí que así se comportaba con todos menos con sus sobrinos; podía ser alegre y tierno con los niños, tal vez deseaba tener hijos tanto como yo, pero cada mes nos llevábamos un chasco. Tampoco de eso hablábamos, era otro de los muchos temas relacionados con el cuerpo o el amor que no tocábamos por pudor. En algunas oportunidades intenté decirle cómo me gustaría ser acariciada, pero se ponía de inmediato a la defensiva, a sus ojos una mujer decente no debía sentir ese tipo de urgencias y mucho menos manifestarlo. Pronto su reticencia, mi vergüenza y el orgullo de ambos erigieron una muralla china entre los dos. Habría dado cualquier cosa por hablar con alguien de lo que ocurría tras nuestra puerta cerrada, pero mi suegra era etérea como un ángel, con Susana no tenía verdadera amistad, Adela apenas había cumplido dieciséis años y Nívea estaba demasiado lejos, no me atrevía a poner esas inquietudes por escrito. Diego y yo continuamos haciendo el amor –por llamarlo de algún modo– de tarde en tarde, siempre como la primera vez, la convivencia no nos acercó, pero eso sólo a mí me dolía, él se sentía muy cómodo tal como estábamos. No discutíamos y nos tratábamos con una forzada cortesía, aunque yo hubiera preferido mil veces una guerra declarada antes que nuestros silencios taimados. Mi marido rehuía las ocasiones de estar a solas conmigo; por las noches demoraba las partidas de naipes hasta que yo, vencida de cansancio, me iba a dormir; por las mañanas saltaba de la cama con el canto del gallo y hasta los domingos, cuando el resto de la familia se levantaba tarde, él encontraba pretextos para salir temprano. Yo, en cambio, vivía pendiente de sus estados de ánimo, me adelantaba a servirlo en mil detalles, hice lo posible por atraerlo y por hacerle la vida agradable; el corazón me galopaba el pecho cuando oía sus pasos o su voz. No me cansaba de mirarlo, me parecía hermoso como los héroes de los cuentos; en la cama palpaba sus espaldas anchas y fuertes procurando no despertarlo, su cabello abundante y ondulado, los músculos de las piernas y el cuello. Me gustaba su olor a sudor, a tierra y a caballo cuando volvía del campo, a jabón inglés después del baño. Hundía la cara en su ropa para aspirar su fragancia de hombre, ya que no me atrevía a hacerlo en su cuerpo. Ahora, con la perspectiva del tiempo y de la libertad que he adquirido en los últimos años, comprendo cuánto me humillé por amor. Dejé de lado todo, desde mi personalidad hasta mi trabajo, por soñar en un paraíso doméstico que no era para mí.

Durante el prolongado y ocioso invierno, la familia debió utilizar variados recursos de imaginación para combatir el tedio. Todos tenían buen oído para la música, tocaban una variedad de instrumentos y así las tardes se iban en conciertos improvisados. Susana solía deleitarnos envuelta en una túnica de terciopelo andrajosa, con un turbante de turca en la cabeza y los ojos renegridos con carbón, cantando con una voz ronca de gitana. Doña Elvira y Adela organizaron clases de costura para las mujeres y procuraron mantener activa la escuelita, pero sólo los hijos de los inquilinos que vivían más cerca lograban desafiar el clima y llegar a clases; a diario se rezaban rosarios invernales que atraían a grandes y chicos, porque después servían chocolate y torta. A Susana se le ocurrió la idea de preparar una obra de teatro para celebrar el final del siglo, eso nos tuvo ocupados por semanas escribiendo el libreto y aprendiendo nuestros papeles, armando un escenario en uno de los graneros, cosiendo disfraces y ensayando. El tema, por supuesto, era una predecible alegoría sobre los vicios e infortunios del pasado, derrotados por la incandescente cimitarra de la ciencia, la tecnología y el progreso del siglo veinte. Además del teatro, hicimos concursos de tiro al blanco y de palabras del diccionario, campeonatos de toda clase, desde ajedrez hasta fabricación de títeres y construcción de aldeas con palitos de fósforos, pero siempre sobraban horas. Convertí a Adela en mi ayudante en el laboratorio fotográfico y a escondidas intercambiábamos libros, yo le prestaba los que me enviaban de Santiago y ella sus novelas de misterio, que yo devoraba con pasión. Me convertí en experto detective, por lo general adivinaba la identidad del homicida antes de la página ochenta. El repertorio era limitado y por mucho que hiciéramos durar la lectura, los libros se terminaron pronto, entonces jugábamos con Adela a cambiar las historias o a inventar crímenes complicadísimos, que la otra debía resolver. «¿Qué andan cuchicheando ustedes dos?», nos preguntaba mi suegra a menudo. «Nada, mamá, andamos planeando asesinatos», replicaba Adela con su inocente sonrisa de conejo. Doña Elvira se reía, incapaz de suponer cuán cierta era la respuesta de su hija.

Eduardo, en su calidad de primogénito, debía heredar la propiedad a la muerte de don Sebastián, pero había hecho una sociedad con su hermano para administrarla juntos. Me gustaba mi cuñado, era suave y juguetón, solía hacerme bromas o traerme pequeños regalos, ágatas translúcidas del lecho del río, un modesto collar de la reservación mapuche, flores silvestres, una revista de moda que encargaba al pueblo, así procuraba compensar la indiferencia de su hermano conmigo, evidente para toda la familia. Solía tomarme la mano y preguntarme inquieto si estaba bien, si necesitaba algo, si echaba de menos a mi abuela, si me aburría en *Caleufú*. Susana, en cambio, sumida en su languidez de odalisca, bastante parecida a la pereza, me ignoraba la mayor parte del tiempo y tenía una manera impertinente de darme la espalda, dejándome con la palabra en la boca. Opulenta, con la tez dorada y grandes ojos sombríos, era una beldad, pero no creo que tuviera consciencia de su belleza. No había ante quién lucirse, sólo la familia, por lo mismo ponía poco cuidado en su arreglo personal, a veces ni siquiera se peinaba y pasaba el día envuelta en una bata de levantarse y con zapatillas de piel de oveja, somnolienta y triste. Otras veces, en cambio, aparecía resplandeciente como una princesa mora, con su largo pelo oscuro sujeto en un moño con peinetas de concha de tortuga y una gargantilla de oro que marcaba el contorno perfecto de su cuello. Cuando estaba de buen humor, le gustaba posar para mí; una vez sugirió en la mesa que la fotografiara desnuda. Fue una provocación que cayó como bomba en esa familia tan conservadora, doña Elvira casi sufre otro ataque al corazón y Diego, escandalizado, se puso de pie tan abruptamente que tumbó la silla. Si Eduardo no hace un chiste, se habría armado un drama. Adela, la menos agraciada de los hermanos Domínguez, con su cara de conejo y sus ojos azules perdidos en un mar de pecas, era sin duda la más simpática. Su alegría resultaba tan segura como la luz de cada mañana; podíamos contar con ella para levantar los ánimos aun en las más profundas horas del invierno, cuando el viento ululaba entre las tejas y ya estábamos hartos de jugar a naipes a la luz de una vela. Su padre, don Sebastián, la adoraba, nada podía negarle y solía pedirle medio en broma, medio en serio, que se quedara solterona para cuidarlo en la vejez.

El invierno vino y se fue dejando entre los inquilinos dos niños y un viejo muertos de pulmonía; también murió la abuela que vivía en la casa y que según calculaban había vivido más de un siglo, porque ya había hecho la primera comunión cuando Chile declaró su independencia de España, en 1810. Todos fueron enterrados con pocas ceremonias en el cementerio de *Caleufú,* convertido en un barrizal por los aguaceros torrenciales. No dejó de llover hasta setiembre, cuando empezó a brotar la primavera por todos lados y pudimos por fin salir al patio a asolear la ropa y los colchones enmohecidos. Doña Elvira había pasado esos meses envuelta en chales, de la cama al sillón, cada vez más débil. Una vez al mes, muy discretamente, me preguntaba si «no había novedad» y como no la había, aumentaba sus oraciones para que Diego y yo le diéramos más nietos. A pesar de las noches larguísimas de ese invierno, la intimidad con mi marido no mejoró. Nos encontrábamos en la oscuridad en silencio, casi como enemigos, y siempre quedaba yo con el mismo sentimiento de frustración y de angustia irreprimible de la primera vez. Me parecía que sólo nos abrazábamos cuando yo tomaba la iniciativa, pero puedo estar errada, tal vez no era siempre así. Con la llegada de la primavera volví a salir sola de excursión a los bosques y volcanes; galopando por esas inmensidades se apaciguaba un poco el hambre de amor, la fatiga y las posaderas machucadas por la montura superaban los deseos reprimidos. Volvía por las tardes húmeda de bosque y sudor de caballo, me hacía preparar un baño caliente y me remojaba por horas en agua perfumada con hojas de naranjo. «Cuidado, hijita, cabalgatas y baños son malos para el vientre, producen esterilidad», me advertía mi atribulada suegra. Doña Elvira era una mujer simple, pura bondad y espíritu de servicio, con un alma traslúcida reflejada en el agua mansa de sus ojos azules, la madre que hubiera deseado tener. Pasaba horas a su lado, ella tejiendo para sus nietos y contándome una y otra vez las mismas pequeña historias de su vida y de *Caleufú,* y yo oyéndola con la congoja de saber que ella no iba a durar mucho en este mundo. Para entonces ya sospechaba que un hijo no acortaría la distancia entre Diego y yo, pero lo deseaba nada más que para ofrecérselo a doña Elvira como un regalo. Al imaginar mi vida en el fundo sin ella sentía una insalvable congoja.

Terminaba el siglo y los chilenos pugnaban por incorporarse al progreso industrial de Europa y Norteamérica, pero los Domínguez, como muchas otras familias conservadoras, veían con espanto el alejamiento de las costumbres tradicionales y la tendencia a imitar lo extranjero. «Son puros chirimbolos del diablo», decía don Sebastián cuando leía sobre los adelantos tecnológicos en sus periódicos atrasados. Su hijo Eduardo era el único interesado en el futuro, Diego vivía ensimismado, Susana pasaba con jaqueca y Adela no acababa de salir del cascarón. Por muy lejos que estuviéramos, los ecos del progreso nos alcanzaban y no podíamos ignorar los cambios en la sociedad. En Santiago había empezado un frenesí de deportes, juegos y paseos al aire libre, más propio de excéntricos ingleses que de cómodos descendientes de los hidalgos de Castilla y León. Una ventisca de arte y cultura proveniente de Francia refrescaba el ambiente y un pesado rechinar de maquinaria alemana interrumpía la larga siesta colonial de Chile. Estaba surgiendo una clase media arribista y educada que pretendía vivir como los ricos. La crisis social que estaba remeciendo los fundamentos del país con huelgas, desmanes, desempleo y cargas de la policía montada con sables desenvainados, era un rumor lejano que no alteraba el ritmo de nuestra existencia en *Caleufú*, pero aunque en el fundo seguíamos viviendo como los tatarabuelos que durmieron en esas mismas camas cien años antes, el siglo veinte también a nosotros se nos venía encima.

Mi abuela Paulina había declinado mucho, me contaron Frederick Williams y Nívea del Valle por carta; estaba sucumbiendo a los muchos achaques de la vejez y a la premonición de la muerte. Comprendieron cuánto había envejecido cuando Severo del Valle le llevó las primeras botellas del vino producido con las parras que maduraban tarde y que, supieron, se llamaban *carmenere,* un vino tinto suave y voluptuoso, con muy poco tanino, tan bueno como los mejores de Francia, que bautizaron *Viña Paulina.* Por fin tenían en las manos un producto único que les daría fama y dinero. Mi abuela lo probó delicadamente. «Es una lástima que no podré gozarlo, se lo beberán otros», dijo y luego no volvió a mencionarlo más. No hubo la explosión de alegría y los comentarios arrogantes que habitualmente acompañaban sus triunfos empresariales; después de una vida desenfadada, se estaba volviendo humilde. El signo más claro de su debilidad era la presencia diaria del conocido sacerdote de sotana chorreada que rondaba a los agonizantes para arrebatarles su fortuna. No sé si por iniciativa propia o por sugerencia de ese viejo agorero de fatalidades, mi abuela desterró al fondo de un sótano la célebre cama mitológica, donde pasó la mitad de su vida, y en su lugar puso un camastro de soldado con un colchón de crin de caballo. Eso me pareció un síntoma muy alarmante y apenas se secó el barro de los caminos, anuncié a mi marido que debía ir a Santiago a ver a mi abuela. Esperaba alguna oposición, pero fue todo lo contrario, en menos de veinticuatro horas Diego organizó mi traslado en carreta hasta el puerto, donde tomaría el barco a Valparaíso y de allí seguiría en tren a Santiago. Adela ardía de ganas de acompañarme y fue tanto lo que se sentó en la falda de su padre, le mordisqueó las orejas, le tironeó las patillas y le rogó, que finalmente don Sebastián no pudo negarle ese nuevo capricho, a pesar de que doña Elvira, Eduardo y Diego no estaban de acuerdo. No tuvieron que aclarar sus razones, adiviné que no consideraban apropiado el ambiente que habían percibido en casa de mi abuela y pensaban que yo carecía de madurez para cuidar a la niña como era debido. Partimos pues a Santiago, acompañadas por una pareja de alemanes amigos que iban en el mismo vapor. Llevábamos un escapulario del Sagrado Corazón de Jesús colgando al pecho para protegernos de todo mal, amén, el dinero cosido en una bolsita bajo el corsé, instrucciones precisas de no hablar con desconocidos y más equipaje del necesario para dar la vuelta al mundo.

Adela y yo pasamos un par de meses en Santiago que hubieran sido estupendos si mi abuela no hubiera estado enferma. Nos recibió con fingido entusiasmo, llena de planes para hacer paseos, ir al teatro y en tren a Viña del Mar a tomar el aire de la costa, pero a última hora nos enviaba con Frederick Williams y ella se quedaba atrás. Así fue cuando emprendimos viaje en coche a visitar a Severo y Nívea del Valle en las viñas, que para entonces estaban produciendo las primeras botellas de vino de exportación. Mi abuela consideró que *Viña Paulina* era un nombre demasiado criollo y quiso cambiarlo por algo en francés, para venderlo en los Estados Unidos, donde según ella nadie entendía de vinos, pero Severo se opuso a semejante trampa. Encontré a Nívea con el moño salpicado de canas y algo más pesada, pero igualmente ágil, insolente y traviesa, rodeada de sus hijos menores. «Creo que por fin me está viniendo el cambio, ahora podremos hacer el amor sin miedo de tener otro niño», me sopló al oído, sin imaginar jamás que varios años más tarde vendría al mundo Clara, clarividente, la más extraña de las criaturas nacidas en este numeroso y estrafalario clan Del Valle. La pequeña Rosa, cuya belleza tantos comentarios provocaba, tenía cinco años. Lamento que la fotografía no pueda captar su colorido, parece una criatura del mar con sus ojos amarillos y su pelo verde, como bronce viejo. Ya entonces era un ser angélico, algo atrasada para su edad, que pasaba flotando como una aparición. «¿De dónde salió? Debe ser hija del Espíritu Santo», bromeaba su madre. Esa niña hermosa había venido a consolar a Nívea de la pérdida de dos de sus pequeños, que murieron de difteria y la larga enfermedad que estaba minando los pulmones de un tercero. Traté de hablar con Nívea sobre eso –dicen que no hay sufrimiento más horrible que la pérdida de un hijo– pero ella cambiaba el tema. Lo más que llegó a decirme fue que por siglos y siglos las mujeres han sufrido el dolor de dar a luz y el de enterrar a sus hijos, ella no es una excepción. «Sería muy arrogante de mi parte suponer que Dios me bendice enviándome muchos niños y que todos vivirán más que yo», dijo.

Paulina del Valle no era ni la sombra de quien fuera, había perdido interés en la comida y los negocios, apenas podía caminar porque las rodillas le fallaban, pero estaba más lúcida que nunca. Sobre su mesita de noche se alineaban los frascos de medicamentos y había tres monjas turnándose para cuidarla. Mi abuela adivinaba que no tendríamos muchas oportunidades más de estar juntas y por primera vez en nuestra relación se dispuso a contestar mis preguntas. Hojeamos los álbumes de fotografías, que ella fue explicándome una a una; me contó los orígenes de la cama encargada a Florencia y su rivalidad con Amanda Lowell, que vista desde la perspectiva de su edad resultaba más bien cómica, y me habló de mi padre y del papel de Severo del Valle en mi infancia, pero eludió decididamente el tema de mis abuelos maternos y Chinatown, me dijo que mi madre había sido una modelo americana muy bella, nada más. Algunas tardes nos sentábamos en la galería de cristal a conversar con Severo y Nívea del Valle. Mientras él hablaba sobre los años en San Francisco y sus experiencias posteriores en la guerra, ella me recordó detalles de lo sucedido durante la Revolución, cuando yo tenía sólo once años. Mi abuela no se quejaba, pero el tío Frederick me advirtió que sufría agudos dolores de estómago y le costaba un esfuerzo enorme vestirse cada mañana. Fiel a su creencia de que uno tiene la edad que demuestra, seguía pintándose los pocos pelos que aún asomaban en su cabeza, pero ya no se pavoneaba con joyas de emperatriz, como hacía antes, «le quedan muy pocas», me susurró misteriosamente su marido. La casa se veía tan descuidada como su dueña, los cuadros que faltaban habían dejado espacios claros en el papel mural, había menos muebles y alfombras, las plantas tropicales de la galería eran una maraña mustia y empolvada y los pájaros callaban en sus jaulas. Lo adelantado por el tío Frederick en sus cartas sobre la litera de soldado en que dormía mi abuela resultó exacto. Ella siempre ocupó la habitación más grande de la casa y su famosa cama mitológica se erguía al centro como un trono papal; desde allí dirigía su imperio. Pasaba las mañanas entre las sábanas, rodeada de las figuras acuáticas policromadas que un artífice florentino había tallado cuarenta años antes, estudiando sus libros de contabilidad, dictando cartas, inventando negocios. Bajo las sábanas desaparecía la gordura y lograba crear una ilusión de fragilidad y belleza. Le había tomado innumerables fotografías en ese lecho de oro y se me ocurrió la idea de fotografiarla ahora con su modesta camisa de viyela y su chal de abuelita en un camastro de penitente, pero se negó rotundamente. Noté que de su habitación habían desaparecido los hermosos muebles franceses de seda capitoné, el gran escritorio de palo de rosa con incrustaciones de nácar traído de la India, las alfombras y los cuadros, por todo adorno había un gran Cristo crucificado. «Está regalando los muebles y las joyas a la iglesia», me explicó Frederick Williams, en vista de lo cual decidimos cambiar las monjas por enfermeras y ver el modo de impedir, aunque fuese a la fuerza, las visitas del cura apocalíptico, porque además de llevarse cosas, contribuía a sembrar espanto. Iván Radovic, único médico en quien Paulina del Valle confiaba, estuvo plenamente de acuerdo con tales medidas. Fue bueno volver a ver a ese antiguo amigo –la verdadera amistad resiste el tiempo, la distancia y el silencio, como dijo él– y confesarle, entre risas, que en mi memoria siempre aparecía disfrazado de Gengis Khan. «Son los pómulos eslavos» me explicó de buen talante. Todavía tenía un leve aire de jefe tártaro, pero el contacto con los enfermos en el hospital de pobres donde trabajaba lo había suavizado, además en Chile no se veía tan exótico como en Inglaterra; podría haber sido un *toqui* araucano más alto y limpio. Era un hombre silencioso, que escuchaba con intensa atención incluso el parloteo incesante de Adela, quien de inmediato se enamoró de él y, acostumbrada como estaba a seducir a su padre, usó el mismo método para engatusar a Iván Radovic. Por desgracia para ella, el doctor la percibía como una chiquilla inocente y graciosa, pero chiquilla de todos modos. La incultura abismante de Adela y la petulancia con que aseguraba las tonterías más garrafales no lo molestaban, creo que lo divertían, aunque sus ingenuos arrebatos de coquetería lograban hacerlo enrojecer. El doctor provocaba confianza, me resultaba fácil hablarle de temas que rara vez mencionaba ante otras personas por temor a aburrirlas, como la fotografía. A él le interesaba porque se estaba empleando en la medicina desde hacía varios años en Europa y en los Estados Unidos; me pidió que le enseñara a usar la cámara para llevar un registro de sus operaciones y de los síntomas externos de sus pacientes para ilustrar sus conferencias y clases. Con ese pretexto fuimos a visitar a don Juan Ribero, pero encontramos el estudio cerrado con un letrero para la venta. El peluquero del lado nos aclaró que el maestro ya no trabajaba porque tenía cataratas en ambos ojos, pero nos dio su dirección y fuimos a visitarlo. Vivía en un edificio de la calle Monjitas que había conocido tiempos mejores, grande, anticuado y cruzado de fantasmas. Una empleada nos guió a través de varios cuartos comunicados entre sí, tapizados del suelo al techo con fotografías de Ribero, hasta un salón con muebles antiguos de caoba y sillones desvencijados de felpa. No había lámparas encendidas y necesitamos unos segundos para acomodar los ojos a la media luz y vislumbrar al maestro sentado con un gato sobre las rodillas junto a la ventana por donde entraban los últimos reflejos de la tarde. Se puso de pie y avanzó con gran seguridad a saludarnos, nada en su paso delataba la ceguera.

—¡Señorita Del Valle! Perdón, ahora es señora Domínguez, ¿verdad? —exclamó tendiéndome ambas manos.

—Aurora, maestro, la misma Aurora de siempre —repliqué abrazándolo. Luego le presenté al doctor Radovic y le conté su deseo de aprender fotografía para fines médicos.

—Ya no puedo enseñar nada, amigo mío. El cielo me ha castigado donde más me duele, la vista. Imagínese, un fotógrafo ciego, ¡qué ironía!

—¿No ve nada, maestro? —pregunté alarmada.

—Con los ojos no veo nada, pero sigo mirando el mundo. Dígame, Aurora, ¿ha cambiado usted? ¿Cómo se ve ahora? La imagen más clara que tengo de usted es una chiquilla de trece años plantada ante la puerta de mi estudio con la terquedad de una mula.

—Sigo siendo la misma, don Juan, tímida, tonta y testaruda.

—No, no, dígame por ejemplo cómo está peinada y de qué color viste.

—La señora lleva un vestido blanco, liviano, con encaje por el escote, no sé de qué tela porque no entiendo de esas cosas, y un cinturón amarillo, como el lazo del sombrero. Le aseguro que se ve muy bonita —dijo Radovic.

—No me haga pasar vergüenza, doctor, se lo suplico —interrumpí.

—Y ahora la señora tiene las mejillas coloradas... —agregó y los dos se rieron al unísono.

El maestro tocó una campanilla y entró la empleada con la bandeja del café. Pasamos una hora muy entretenida hablando de las nuevas técnicas y cámaras que se usaban en otros países y cuánto se había adelantado en fotografía científica, don Juan Ribero estaba al día en todo.

–Aurora tiene la intensidad, la concentración y la paciencia que todo artista requiere. Supongo que lo mismo necesita un buen médico, ¿verdad? Pídale que le muestre su trabajo, doctor, es modesta y no lo hará si usted no insiste –sugirió el maestro a Iván Radovic al despedirnos.

Unos días más tarde hubo ocasión de hacerlo. Mi abuela había amanecido con terribles dolores de estómago y sus calmantes habituales no lograban ayudarla, así es que llamamos a Radovic, quien acudió deprisa y le administró un fuerte compuesto de láudano. La dejamos descansando en su cama, salimos del cuarto y afuera él me explicó que se trataba de otro tumor, pero ya estaba demasiado anciana para intentar operarla de nuevo, no resistiría la anestesia; sólo podía tratar de controlar el dolor y asistirla para que muriera en paz. Quise saber cuánto tiempo le quedaba, pero no resultaba fácil determinarlo, porque a pesar de su edad mi abuela era muy fuerte y el tumor crecía muy lento. «Prepárese, Aurora, porque el desenlace puede ser dentro de pocos meses», dijo. No pude evitar las lágrimas, Paulina del Valle representaba mi única raíz, sin ella yo quedaba a la deriva y el hecho de tener a Diego por marido no aliviaba mi sensación de naufragio, sino que la aumentaba. Radovic me pasó su pañuelo y se quedó mudo, sin mirarme, confundido por mi llanto. Le hice prometer que me avisaría con tiempo para venir del campo a acompañar a mi abuela en sus últimos momentos. El láudano hizo efecto y ella se tranquilizó rápido; cuando estuvo dormida acompañé a Iván Radovic a la salida. En la puerta me preguntó si podía quedarse un rato, disponía de una hora libre y hacía mucho calor en la calle. Adela dormía la siesta, Frederick Williams había ido a nadar al club y la inmensa casa de la calle Ejército Libertador parecía un barco inmóvil. Le ofrecí un vaso de horchata y nos instalamos en la galería de los helechos y las jaulas de pájaros.

–Silbe, doctor Radovic –le sugerí.

–¿Que silbe? ¿Para qué?

–Según los indios, silbando se llama al viento. Necesitamos un soplo de brisa para aliviar el calor.

–Mientras yo silbo ¿por qué no me trae sus fotografías? Me gustaría mucho verlas –pidió.

Traje varias cajas y me senté a su lado a tratar de explicarle mi trabajo. Le mostré primero algunas fotografías tomadas en Europa, cuando todavía me interesaba más la estética que el contenido, luego las impresiones en platino de Santiago y de los indios e inquilinos del fundo, finalmente las de los Domínguez. Las observó con el mismo cuidado con que examinaba a mi abuela, preguntando una que otra cosa de vez en cuando. Se detuvo en las de la familia de Diego.

–¿Quién es esta mujer tan bella? –quiso saber.

–Susana, la esposa de Eduardo, mi cuñado.

–Y supongo que éste es Eduardo, ¿verdad? –dijo señalando a Diego.

–No, ése es Diego. ¿Por qué supone que es el marido de Susana?

–No sé, me pareció...

Esa noche coloqué las fotografías en el suelo y estuve horas mirándolas. Me fui a la cama muy tarde, acongojada.

Tuve que despedirme de mi abuela porque llegó la hora de regresar a *Caleufú*. En el asoleado diciembre santiaguino Paulina del Valle se sintió mejor –el invierno también había sido muy largo y solitario para ella– y me prometió visitarme con Frederick Williams después del Año Nuevo, en vez de veranear en la playa, como hacían quienes podían escapar de la canícula de Santiago. Tan bien estaba que nos acompañó en tren a Valparaíso, donde Adela y yo tomamos el barco al sur. Volvimos al campo antes de la Navidad, porque no podíamos estar ausentes en la fiesta más importante del año para los Domínguez. Con meses de anticipación doña Elvira supervisaba los regalos para los campesinos, fabricados en la casa o comprados en la ciudad: ropa y juguetes para los niños, telas para vestidos y lana de tejer para las mujeres, herramientas para los hombres. En esa fecha se repartían animales, sacos de harina, papas, *chancaca* o azúcar negra, frijoles y maíz, *charqui* o carne seca, yerba mate, sal y moldes de dulce de membrillo, preparado en enormes pailas de cobre en hogueras al aire libre. Los inquilinos del fundo llegaron de los cuatro puntos cardinales, algunos anduvieron por días con sus mujeres y sus hijos para la fiesta. Se mataron reses y cabras, se cocinaron papas y mazorcas frescas y se prepararon ollas de frijoles. A mí me tocó decorar con flores y ramas de pino los largos mesones colocados en el patio y preparar las jarras de vino aguado con azúcar, que no alcanzaba a emborrachar a los adultos y que los niños bebían mezclado con harina tostada. Vino un sacerdote y se quedó por dos o tres días bautizando críos, confesando pecadores, desposando convivientes y recriminando adúlteros. En la medianoche del 24 de diciembre asistimos a la misa del gallo frente a un altar improvisado al aire libre, porque no cabía tanta gente en la pequeña capilla del fundo, y al amanecer, después de un suculento desayuno de café con leche, pan amasado, nata, mermelada y frutas estivales, pasearon al Niño Dios en alegre procesión, para que cada uno pudiera besar sus pies de loza. Don Sebastián designaba a la familia más destacada por su conducta moral para entregarle el Niño. Durante un año, hasta la próxima Navidad, la urna de cristal con la pequeña estatua ocuparía un lugar de honor en la choza de esos campesinos, trayéndoles bendiciones. Mientras estuviera allí, nada malo podía ocurrir. Don Sebastián se las arreglaba para dar a cada familia una oportunidad de amparar a Jesús bajo su techo. Ese año teníamos además la obra alegórica sobre la llegada del siglo veinte, en la que participábamos todos los miembros de la familia, menos doña Elvira, demasiado débil, y Diego, quien prefirió hacerse cargo de los aspectos técnicos, como las lámparas y los telones pintados. Don Sebastián, de muy buen humor, aceptó el triste papel del año viejo que se iba refunfuñando y uno de los niños de Susana –aún en pañales– representaba al año nuevo.

A la voz de comida gratuita, acudieron algunos indios pehuenches. Eran muy pobres –habían perdido sus tierras y los planes de progreso del gobierno los ignoraban– pero por orgullo no llegaban con las manos vacías; traían unas cuantas manzanas bajo las mantas, que nos ofrecieron cubiertas de sudor y mugre, un conejo muerto hediondo a carroña y unas calabazas con *muchi*, un licor preparado con un fruto pequeño color violáceo que mastican y escupen en cazo mezclado con saliva, luego lo dejan fermentar. El viejo cacique venía adelante con sus tres mujeres y sus perros, seguido por una veintena de miembros de su tribu, los hombres no soltaban sus lanzas y a pesar de cuatro siglos de abusos y derrotas no habían perdido su aspecto fiero. Las mujeres nada tenían de tímidas, eran tan independientes y poderosas como los varones, había una igualdad entre los sexos que Nívea del Valle hubiera aplaudido. Saludaban en su lengua ceremoniosamente llamando «hermano» a don Sebastián y sus hijos, quienes les dieron la bienvenida y los invitaron a participar en la comilona, pero los vigilaban de cerca, porque al primer descuido robaban. Mi suegro sostenía que carecen de sentido de la propiedad porque están habituados a vivir en comunidad y compartir, pero Diego alegaba que los indios, tan rápidos para tomar lo ajeno, no permiten que nadie toque lo suyo. Temiendo que se embriagaran y se tornaran violentos, don Sebastián ofreció al cacique un barril de aguardiente como incentivo para cuando se fueran, porque no podían abrirlo en su propiedad. Se sentaron en un gran círculo a comer, tomar, fumar todos de la misma pipa y dar largos discursos que nadie escuchaba, sin mezclarse con los inquilinos de *Caleufú,* aunque los niños correteaban todos juntos. Esa fiesta me dio ocasión de fotografiar a los indios a mi regalado gusto y hacer amistad con algunas de las mujeres con la idea de que me permitieran visitarlas en su campamento al otro lado del lago, donde se habían instalado a pasar el verano. Cuando se agotaban los pastos o se aburrían del paisaje, arrancaban del suelo los palos que sostenían sus techos, enrollaban las telas de las tiendas y partían en busca de nuevos parajes. Si yo podía pasar un tiempo con ellos, tal vez se habituarían a mi presencia y a la cámara. Deseaba fotografiarlos en sus tareas cotidianas, idea que horrorizó a mis suegros, porque circulaban toda clase de espeluznantes historias sobre las costumbres de esas tribus en las cuales la paciente labor de los misioneros había dejado apenas un barniz.

Mi abuela Paulina no vino a visitarme ese verano, como había prometido. El viaje en tren o en barco era tolerable, pero el par de días en carreta tirada por bueyes desde el puerto hasta el *Caleufú* le dio miedo. Sus cartas semanales representaban mi principal contacto con el mundo exterior; a medida que pasaban las semanas mi nostalgia iba creciendo. Me cambió el ánimo, me puse huraña, andaba más callada de lo habitual, arrastrando mi frustración como una pesada cola de novia. La soledad me acercó a mi suegra, esa mujer suave y discreta, totalmente dependiente de su marido, sin ideas propias, incapaz de lidiar con los esfuerzos mínimos de la existencia, pero que compensaba su falta de luces con una inmensa bondad. Mis silenciosas pataletas se deshacían en migajas en su presencia, doña Elvira tenía la virtud de centrarme y de aplacar la ansiedad que a veces me estrangulaba.

Esos meses del verano estuvimos ocupados de cosechas, animales recién nacidos y fabricación de conservas; el sol se ponía a las nueve de la noche y los días se hacían eternos. Para entonces la casa que mi suegro nos había construido a Diego y a mí estaba lista, sólida, fresca, hermosa, rodeada de corredores techados por los cuatro costados, olorosa a barro fresco, madera recién cortada y albahaca, que los inquilinos plantaron a lo largo de los muros para alejar a la mala suerte y la brujería. Mis suegros nos dieron algunos muebles que habían estado en la familia por generaciones, el resto lo compró Diego en el pueblo sin preguntar mi opinión. En vez de la cama ancha donde habíamos dormido hasta entonces, compró dos catres de bronce y los colocó separados por una mesita. Después de almuerzo la familia se recluía en sus habitaciones hasta las cinco de la tarde en reposo obligado, porque se suponía que el calor paralizaba la digestión. Diego se tendía en una hamaca bajo el parrón a fumar durante un rato y después se iba al río a nadar; le gustaba ir solo y las pocas veces que quise acompañarlo se molestó, de manera que no insistí. En vista de que no compartíamos esas horas de la siesta en la intimidad de nuestra pieza, yo las destinaba a leer o a trabajar en mi pequeño laboratorio fotográfico, porque no logré habituarme a dormir en la mitad del día. Diego nada me pedía, nada me preguntaba, demostraba apenas un interés de buena crianza por mis actividades o sentimientos, nunca se impacientaba con mis cambiantes estados de ánimo, con mis pesadillas, que habían vuelto con mayor frecuencia e intensidad, o con mis taimados silencios. Pasaban días sin que intercambiáramos una palabra, pero él parecía no notarlo. Yo me encerraba en el mutismo como en una armadura, contando las horas a ver hasta cuándo podíamos estirar la situación, pero al final siempre cedía porque el silencio me pesaba mucho más a mí que a él. Antes, cuando compartíamos la misma cama, me acercaba a él fingiéndome dormida, me pegaba a su espalda y enlazaba mis piernas con las suyas, así franqueaba a veces el abismo que iba abriéndose inexorable entre nosotros. En esos raros abrazos yo no buscaba placer, puesto que no sabía que fuera posible, sólo consuelo y compañía. Por algunas horas vivía la ilusión de haberlo reconquistado, pero luego llegaba el amanecer y todo volvía a ser como siempre. Al trasladarnos a la casa nueva incluso aquella precaria intimidad desapareció, porque la distancia entre las dos camas resultaba más ancha y hostil que las aguas torrentosas del río. A veces, sin embargo, cuando despertaba gritando acosada por los niños en piyamas negros de mis sueños, él se levantaba, venía y me abrazaba firmemente hasta calmarme; ésos eran tal vez los únicos encuentros espontáneos entre nosotros. Le preocupaban esas pesadillas, creía que podían degenerar en demencia, por eso consiguió un frasco de opio y a veces me daba unas gotas disueltas en licor de naranja, para ayudarme a dormir con sueños felices. Salvo las actividades compartidas con el resto de la familia, Diego y yo pasábamos muy poco tiempo juntos. A menudo él partía de excursión cruzando la cordillera hacia la Patagonia argentina, o se iba al pueblo a comprar provisiones, a veces se perdía por dos o tres días sin explicación y yo me sumía en la angustia imaginando un accidente, pero Eduardo me tranquilizaba con el argumento de que su hermano siempre había sido igual, un solitario criado en la magnitud de esa naturaleza agreste, habituado al silencio, desde pequeño necesitó grandes espacios, tenía alma de vagabundo y si no hubiera nacido en la apretada red de esa familia, tal vez habría sido marinero. Llevábamos un año casados y yo me sentía en falta, no sólo había sido incapaz de darle un hijo, sino que tampoco había logrado interesarlo en mí, mucho menos enamorarlo: algo fundamental faltaba en mi feminidad. Suponía que él me escogió porque estaba en edad de casarse, la presión de sus padres lo obligó a buscar una novia; yo fui la primera, tal vez la única, que se le puso por delante. Diego no me amaba. Lo supe desde el comienzo, pero con la arrogancia del primer amor y de los diecinueve años, no me pareció un obstáculo insalvable, creía poder seducirlo a punta de tenacidad, virtud y coquetería, como en los cuentos románticos. En la angustia de averiguar qué fallaba en mí, destiné horas y horas a hacerme autorretratos, algunos frente a un gran espejo que trasladé a mi taller, otros colocándome ante la cámara. Hice cientos de fotografías, en unas estoy vestida, en otras desnuda, me examiné desde todos los ángulos y lo único que descubrí fue una tristeza crepuscular.

Desde su sillón de enferma doña Elvira observaba la vida de la familia sin perder detalle y se dio cuenta de las prolongadas ausencias de Diego y mi desolación, sumó dos y dos y llegó a algunas conclusiones. Su delicadeza y la costumbre tan chilena de no hablar de sentimientos le impedían enfrentar el problema directamente, pero en las muchas horas que pasamos juntas y solas se fue produciendo un acercamiento íntimo entre las dos, llegamos a ser como madre e hija. Así, discretamente y de a poco, me contó las dificultades de ella con su marido en los comienzos. Se había casado muy joven y no tuvo su primer hijo hasta cinco años más tarde, después de varias pérdidas que le dejaron el alma y el cuerpo maltrechos. En aquella época Sebastián Domínguez carecía de madurez y sentido de responsabilidad para la vida matrimonial; era impetuoso, parrandero y fornicador, ella no usó esta palabra, por supuesto, no creo que la conociera. Doña Elvira se sentía aislada, muy lejos de su familia, sola y asustada, convencida de que su matrimonio había sido un terrible error del cual la única salida era la muerte. «Pero Dios escuchó mis súplicas, tuvimos a Eduardo y de la noche a la mañana Sebastián cambió por completo; no hay mejor padre ni marido que él, llevamos más de treinta años juntos y cada día doy gracias al cielo por la felicidad que compartimos. Hay que rezar, hijita, eso ayuda mucho», me aconsejó. Recé, pero seguramente sin la intensidad y perseverancia debidas, porque nada cambió.

Las sospechas comenzaron meses antes, pero las descarté asqueada de mí misma; no podía aceptarlas sin poner en evidencia algo malvado en mi propia naturaleza. Me repetía que tales conjeturas no podían ser sino ideas del diablo que echaban raíz y brotaban como tumores mortales en mi cerebro, ideas que debía combatir sin piedad, pero el comején del rencor pudo más que mis buenos propósitos. Primero fueron las fotografías de la familia que mostré a Iván Radovic. Lo que no fue evidente a simple vista –por el hábito de ver sólo lo que queremos ver, como decía mi maestro Juan Ribero– salió reflejado en blanco y negro sobre el papel. El lenguaje inequívoco del cuerpo, de los gestos, de las miradas, fue apareciendo allí. A partir de esas primeras suspicacias recurrí más y más a la cámara; con el pretexto de hacer un álbum para doña Elvira tomaba a cada rato instantáneas de la familia, que luego revelaba en la privacidad de mi taller y estudiaba con perversa atención. Así llegué a tener una colección miserable de minúsculas pruebas, algunas tan sutiles que sólo yo, envenenada por el despecho, podía percibir. Con la cámara ante la cara, como una máscara que me hacía invisible, podía enfocar la escena y al mismo tiempo mantener una glacial distancia. Hacia finales de abril, cuando bajó el calor, se coronaron de nubes las cumbres de los volcanes y la naturaleza empezó a recogerse para el otoño, las señales reveladas en las fotografías me parecieron suficientes y empecé la odiosa tarea de vigilar a Diego como cualquier mujer celosa. Cuando tomé consciencia finalmente de aquella garra que me apretaba la garganta y pude darle el nombre que tiene en el diccionario, sentí que me hundía en un pantano. Celos. Quien no los ha sentido no puede saber cuánto duelen ni imaginar las locuras que se cometen en su nombre. En mis treinta años de vida los he sufrido solamente aquella vez, pero fue tan brutal la quemadura que las cicatrices no se han borrado y espero que no se borren nunca, como un recordatorio para evitarlos en el futuro. Diego no era mío –nadie puede pertenecer jamás a otro– y el hecho de ser su esposa no me daba derecho sobre él o sus sentimientos, el amor es un contrato libre que se inicia en un chispazo y puede concluir del mismo modo. Mil peligros lo amenazan y si la pareja lo defiende puede salvarse, crecer como un árbol y dar sombra y frutos, pero eso sólo ocurre si ambos participan. Diego nunca lo hizo, nuestra relación estaba condenada desde el comienzo. Hoy lo entiendo, pero entonces estaba ciega, al principio de pura rabia y después de desconsuelo.

Al espiarlo reloj en mano, fui dándome cuenta de que las ausencias de mi marido no coincidían con sus explicaciones. Cuando aparentemente había salido a cazar con Eduardo, llegaba de vuelta muchas horas antes o después que su hermano; cuando los demás hombres de la familia andaban en el aserradero o en el rodeo marcando ganado, él surgía de pronto en el patio y más tarde, si yo ponía el tema en la mesa, resultaba que no había estado con ellos en todo el día; cuando iba a comprar al pueblo solía regresar sin nada, porque supuestamente no había encontrado lo que buscaba, aunque fuera algo tan banal como un hacha o un serrucho. En las muchas horas que la familia pasaba reunida evitaba a toda costa las conversaciones, era siempre él quien organizaba las partidas de naipes o le pedía a Susana que cantara. Si ella caía con una de sus jaquecas, él se aburría muy pronto y se iba a caballo con la escopeta al hombro. No podía seguirlo en sus excursiones sin que él lo notara y sin levantar sospechas en la familia, pero me mantuve alerta para vigilarlo cuando estaba cerca. Así noté que a veces se levantaba en la mitad de la noche y no iba a la cocina a comer algo, como yo pensaba, sino que se vestía, salía al patio y desaparecía por una o dos horas, luego regresaba calladamente a la cama. Seguirlo en la oscuridad resultaba más fácil que durante el día, cuando una docena de ojos nos miraban, todo era cuestión de mantenerme despierta evitando el vino durante la cena y las gotas nocturnas de opio. Una noche a mediados de mayo noté cuando él se deslizaba del lecho y en la tenue luz de la lamparita de aceite que siempre manteníamos encendida ante la Cruz, vi que se ponía los pantalones y las botas, cogía su camisa y su chaqueta y partía. Esperé unos instantes, luego me levanté deprisa y lo seguí con el corazón a punto de reventarme en el pecho. No podía verlo bien en la casa en sombras, pero cuando salió al patio su silueta se recortó claramente en la luz de la luna, que por momentos aparecía entera en el firmamento. El cielo estaba parcialmente cubierto y a ratos las nubes tapaban la luna, envolviéndonos en la oscuridad. Oí ladrar a los perros y pensé que si se acercaban delatarían mi presencia, pero no llegaron, entonces comprendí que Diego los había amarrado más temprano. Mi marido dio la vuelta completa a la casa y se dirigió rápidamente hacia uno de los establos, donde estaban los caballos de montar de la familia, que no se usaban para el trabajo del campo, quitó la tranca del portón y entró. Me quedé esperando, protegida por la negrura de un olmo que había a pocos metros de las caballerizas, descalza y cubierta sólo por una delgada camisa de dormir, sin atreverme a dar un paso más, convencida de que Diego reaparecería a caballo y no podría seguirlo. Transcurrió un tiempo que me pareció muy largo sin que nada ocurriera. De pronto vislumbré una luz por la ranura del portón abierto, tal vez una vela o una pequeña lámpara. Me rechinaban los dientes y temblaba convulsivamente de frío y de miedo. Estaba a punto de darme por vencida y volver a la cama, cuando vi otra figura que se acercaba a la cuadra por el lado oriente –era obvio que no provenía de la casa grande– y entraba también al establo, juntando la puerta a su espalda. Dejé pasar casi un cuarto de hora antes de decidirme, luego me forcé a dar unos pasos, estaba entumecida y apenas podía moverme. Me acerqué al establo aterrada, sin saber cómo reaccionaría Diego si me descubría espiándolo, pero incapaz de retroceder. Empujé suavemente el portón, que cedió sin resistencia, porque la tranca estaba por fuera, no se podía cerrar por dentro, y pude escurrirme como un ladrón por la delgada apertura. Adentro estaba oscuro, pero al fondo titilaba una mínima luz y hacia ella avancé en puntillas, sin respirar siquiera, precauciones inútiles, puesto que la paja amortiguaba mis pasos y varios de los animales estaban despiertos, podía oírlos moviéndose y resoplando en sus pesebres.

En la tenue luz de un farol colgado de una viga y mecido por la brisa que se colaba entre las maderas, los vi. Habían puesto unas mantas sobre un atado de paja, como un nido, donde ella estaba tendida de espaldas, vestida con un pesado abrigo desabrochado bajo el cual iba desnuda. Tenía los brazos y las piernas abiertas, la cabeza ladeada hacia un hombro, el cabello negro tapándole la cara y su piel brillando como madera rubia en la delicada claridad anaranjada del farol. Diego, cubierto apenas por la camisa, estaba arrodillado ante ella y le lamía el sexo. Había tan absoluto abandono en la actitud de Susana y tal contenida pasión en los gestos de Diego, que comprendí en un instante cuán ajena era yo a todo aquello. En verdad yo no existía, tampoco Eduardo o los tres niños, nadie más, sólo ellos dos amándose inevitablemente. Jamás mi marido me había acariciado de esa manera. Era fácil comprender que ellos habían estado así mil veces antes, que se amaban desde hacía años; entendí al fin que Diego se había casado conmigo porque necesitaba una pantalla para cubrir sus amores con Susana. En un instante las piezas de ese penoso rompecabezas ocuparon su lugar, pude explicarme su indiferencia conmigo, sus ausencias que coincidían con las jaquecas de Susana, su relación tensa con su hermano Eduardo, la forma solapada en que se comportaba con el resto de la familia y cómo se las arreglaba para estar siempre cerca de ella, tocándola, el pie contra el suyo, la mano en su codo o su hombro y a veces, como por casualidad, en el hueco de su espalda o su cuello, signos inconfundibles que las fotografías me habían revelado. Recordé cuánto quería Diego a los niños y especulé que tal vez no eran sus sobrinos, sino sus hijos, los tres de ojos azules, la marca de los Domínguez. Permanecí inmóvil, helándome de a poco, mientras ellos hacían el amor voluptuosamente, saboreando cada roce, cada gemido, sin prisa, como si tuvieran el resto de la vida por delante. No parecían una pareja de amantes en precipitado encuentro clandestino sino un par de recién casados en la segunda semana de su luna de miel, cuando todavía la pasión está intacta, pero ya existe la confianza y el conocimiento mutuo de la carne. Yo, sin embargo, nunca había experimentado una intimidad así con mi marido, tampoco habría sido capaz de forjarla ni en mis más audaces fantasías. La lengua de Diego recorría el interior de los muslos de Susana, desde los tobillos hacia arriba, deteniéndose entre sus piernas y bajando de nuevo, mientras las manos trepaban por su cintura y amasaban sus senos redondos y opulentos, jugueteando con los pezones erguidos y lustrosos como uvas. El cuerpo de Susana, blando y suave, se estremecía y ondulaba, era un pez en el río, la cabeza giraba de lado a lado en la desesperación del placer, el cabello siempre en la cara, los labios abiertos en un largo quejido, las manos buscando a Diego para dirigirlo por la hermosa topografía de su cuerpo, hasta que su lengua la hizo estallar en gozo. Susana arqueó la espalda hacia atrás por el deleite que la atravesaba como un relámpago y lanzó un grito ronco que él sofocó aplastando su boca contra la suya. Después Diego la sostuvo en sus brazos, meciéndola, acariciándola como a un gato, susurrándole un rosario de palabras secretas al oído, con una delicadeza y una ternura que nunca creí posibles en él. En algún momento ella se sentó en la paja, se quitó el abrigo y empezó a besarlo, primero la frente, luego los párpados, las sienes, la boca largamente, su lengua explorando traviesa las orejas de Diego, saltando sobre su manzana de Adán, rozando el cuello, sus dientes picoteando los pezones viriles, sus dedos enredados en los vellos del pecho. Entonces le tocó a él abandonarse por completo a las caricias, se tendió de boca sobre la manta y ella se le acaballó encima de la espalda, mordiéndole la nuca y el cuello, paseando por sus hombros con breves besos juguetones, bajando hasta las nalgas, explorando, oliéndolo, saboreándolo y dejando un rastro de saliva en su camino. Diego se dio vuelta y la boca de ella envolvió su miembro erguido y pulsante en una interminable faena de placer, de dar y tomar en la más recóndita intimidad, hasta que él ya no pudo resistirlo y se avalanzó sobre ella, penetrándola, y rodaron como enemigos en un enredo de brazos y piernas y besos y jadeos y suspiros y expresiones de amor que yo nunca había oído. Después dormitaron en caliente abrazo cubiertos con las mantas y el abrigo de Susana, como un par de niños inocentes. Retrocedí silenciosa y emprendí el regreso a la casa, mientras el frío glacial de la noche se apoderaba inexorable de mi alma.

Un precipicio se abrió ante mí, sentí el vértigo arrastrándome hacia el fondo, la tentación de saltar y perderme en la profundidad del sufrimiento y el terror. La traición de Diego y el miedo al futuro me dejaron flotando sin asidero, perdida y desconsolada; la furia que me sacudió al principio no me duró mucho, enseguida me derrotó un sentimiento de muerte, de duelo absoluto. Había entregado mi vida a Diego, me había confiado a su protección de marido, creí al pie de la letra las palabras rituales del matrimonio: estábamos unidos hasta la muerte. No había escapatoria. La escena del establo me puso ante una realidad que percibía desde hacía un buen tiempo, pero me negaba a enfrentarla. El primer impulso fue correr hacia la casa grande, plantarme al medio del patio y aullar como demente, despertar a la familia, a los inquilinos, a los perros, poniéndolos por testigos del adulterio y el incesto. Mi timidez, sin embargo, pudo más que la desesperación, me arrastré callada y a tientas hasta la habitación que compartía con Diego y me senté sobre la cama tiritando, mientras me corrían las lágrimas por las mejillas, me empapaban el pecho y la camisa. En los minutos o las horas siguientes tuve tiempo de pensar en lo sucedido y aceptar mi impotencia. No se trataba de una aventura de la carne; lo que unía a Diego y Susana era un amor probado, dispuesto a correr todos los riesgos y arrastrar en su paso cuanto obstáculo se pusiera por delante, como un inexorable río de lava ardiente. Ni Eduardo ni yo contábamos para nada, éramos desechables, apenas unos insectos en la inmensidad de la aventura pasional de esos dos. Debía decírselo a mi cuñado antes que a nadie, decidí, pero al imaginar el hachazo que tal confesión produciría en la vida de ese buen hombre, comprendí que no tendría valor para hacerlo. Eduardo lo descubriría por sí mismo algún día o, con suerte, no lo sabría nunca. Tal vez lo sospechaba, como yo, pero no deseaba confirmarlo para mantener el frágil equilibrio de sus ilusiones; había de por medio tres niños, su amor por Susana y la cohesión monolítica del clan familiar.

Diego regresó en algún momento de la noche, poco antes de la madrugada. A la luz de la lamparita de aceite me vio sentada en la cama, congestionada de llanto, incapaz de pronunciar palabra y creyó que había despertado con otra de mis pesadillas. Se sentó a mi lado y trató de atraerme a su pecho, como hacía en esas ocasiones, pero me recogí en un gesto instintivo y debo haber tenido una terrible expresión de rencor, porque retrocedió de inmediato. Quedamos mirándonos, él sorprendido y yo aborreciéndolo, hasta que la verdad se instaló entre las dos camas inapelable y contundente como un dragón.

–¿Qué vamos a hacer ahora? –fue lo único que pude balbucear.

No intentó negarlo ni justificarse, me desafió con una mirada de acero, dispuesto a defender su amor de cualquier modo, aunque tuviera que matarme. Entonces el dique de orgullo, educación y buenos modales que me había contenido durante meses de frustración se hizo trizas y los reproches silenciosos se convirtieron en una avalancha de recriminaciones de nunca acabar, que él recibió impasible y silencioso, pero atento a cada palabra. Lo acusé de todo lo que se me pasó por la mente y por último le supliqué que recapacitara, le dije que estaba dispuesta a perdonar y olvidar, que nos fuéramos lejos, donde nadie nos conociera, que podíamos comenzar de nuevo. Cuando se me acabaron las palabras y las lágrimas, ya era de día claro. Diego salvó la distancia que separaba nuestras camas, se sentó a mi lado, me tomó las manos y con calma y seriedad me explicó que amaba a Susana desde hacía muchos años y que ese amor era lo más importante en su vida, más que el honor, el resto de la familia y la salvación de su propia alma; podría prometer que se separaría de ella para tranquilizarme, dijo, pero sería una promesa falsa. Agregó que había intentado hacerlo cuando se fue a Europa, alejándose de ella durante seis meses, pero no había resultado. Llegó incluso a casarse conmigo a ver si así podía romper el terrible lazo con su cuñada, pero el matrimonio, lejos de ayudarlo en la decisión de alejarse de ella, le había facilitado las cosas, porque atenuaba las sospechas de Eduardo y del resto de la familia. Sin embargo, estaba contento de que finalmente yo hubiera descubierto la verdad, porque le apenaba engañarme; nada podía echarme en cara, me aseguró, yo era muy buena esposa y él lamentaba mucho no poder darme el amor que merecía. Se sentía como un miserable cada vez que se escabullía de mi lado para estar con Susana, sería un alivio no tener que mentirme más. Ahora la situación era clara.

–¿Y Eduardo no cuenta acaso? –pregunté.

–Lo que sucede entre él y Susana es cosa de ellos. La relación entre nosotros es lo que debemos decidir ahora.

–Ya lo has decidido tú, Diego. No tengo nada que hacer aquí, volveré a mi casa –le dije.

–Ésta es tu casa ahora, estamos casados, Aurora. Lo que ha unido Dios no puede deshacerse.

–Eres tú quien ha violado varios preceptos divinos –aclaré.

–Podríamos vivir como hermanos. Nada te faltará a mi lado, siempre te respetaré, tendrás protección y libertad para dedicarte a tus fotografías o a lo que quieras. Lo único que te pido es que no armes un escándalo.

–Ya no puedes pedirme nada, Diego.

–No te lo pido para mí. Tengo el cuero duro y puedo dar la cara como un hombre. Te lo pido por mi madre. Ella no lo resistiría...

De manera que me quedé por doña Elvira. No sé cómo pude vestirme, echarme agua en la cara, peinarme, tomar café y salir de la casa para mis quehaceres diarios. No sé cómo enfrenté a Susana a la hora del almuerzo ni qué explicación di a mis suegros por mis ojos hinchados. Ese día fue el peor, me sentía apaleada y aturdida, a punto de quebrarme en llanto a la primera pregunta. En la noche tenía fiebre y me dolían los huesos, pero al día siguiente estaba más tranquila, ensillé mi caballo y me lancé hacia los cerros. Pronto empezó a llover y seguí al trote hasta que la pobre yegua ya no pudo más, entonces desmonté y me abrí camino a pie por la maleza y el barro, bajo los árboles, resbalando y cayendo y volviéndome a levantar, gritando a todo pulmón, mientras el agua me empapaba. El poncho ensopado pesaba tanto, que lo dejé tirado y seguí tiritando de frío y quemándome por dentro. Volví al ponerse el sol, sin voz y afiebrada, bebí una tisana caliente y me metí a la cama. De lo demás poco me acuerdo, porque en las semanas siguientes estuve muy ocupada batiéndome con la muerte y no tuve tiempo ni ánimo para pensar en la tragedia de mi matrimonio. La noche que pasé descalza y medio desnuda en el establo y el galope bajo la lluvia produjeron una pulmonía que por poco me despacha. Me llevaron en carreta al hospital de los alemanes, donde estuve en manos de una enfermera teutona de trenzas rubias, quien a punta de tenacidad me salvó la vida. Esa noble valkiria era capaz de alzarme como un bebé en sus potentes brazos de leñador y capaz también de darme caldo de gallina a cucharaditas con paciencia de nodriza.

A comienzos de julio, cuando el invierno se había instalado definitivamente y el paisaje era pura agua –ríos torrentosos, inundaciones, barrizales, lluvia y más lluvia–, Diego y un par de inquilinos fueron a buscarme al hospital y me llevaron de vuelta a *Caleufú* arropada en mantas y pieles, como un paquete. Habían instalado un toldo de lona encerada en la carreta, una cama y hasta un brasero encendido para combatir la humedad. Sudando en mi envoltorio de cobijas hice el lento trayecto a casa, mientras Diego cabalgaba al lado. Varias veces las ruedas se atascaban; no bastaba la fuerza de los bueyes para tirar de la carreta, los hombres debían colocar tablones sobre el barro y empujar. Diego y yo no cruzamos ni una sola palabra en ese largo día de camino. En *Caleufú* doña Elvira salió a recibirme llorando de alegría, nerviosa, apurando a las empleadas para que no descuidaran los braseros, las botellas de agua caliente, las sopas con sangre de ternera para devolverme los colores y las ganas de vivir. Había rezado tanto por mí, dijo, que Dios se había apiadado. Con el pretexto de sentirme aún muy vulnerable le pedí que me permitiera dormir en la casa grande y ella me instaló en una habitación junto a la suya. Por primera vez en mi vida tuve los cuidados de una madre. Mi abuela Paulina del Valle, quien tanto me quería y tanto había hecho por mí, no era proclive a manifestaciones de cariño, aunque en el fondo era muy sentimental. Decía que la ternura, esa mezcla almibarada de afecto y compasión que suele representarse en los calendarios con madres extasiadas ante la cuna de sus bebés, era perdonable cuando se brindaba a animales indefensos, como gatos recién nacidos, por ejemplo, pero una soberana tontería entre seres humanos. En nuestra relación hubo siempre un tono irónico y desfachatado; poco nos tocábamos, salvo cuando dormíamos juntas en mi infancia, y en general nos tratábamos con una cierta brusquedad que nos quedaba muy cómoda a las dos. Yo recurría a una ternura burlona cuando quería doblarle la mano y siempre lo conseguía, porque mi portentosa abuela se ablandaba con gran facilidad, más por escapar de las demostraciones de afecto que por debilidad de carácter. Doña Elvira, por otra parte, era un ser simple a quien un sarcasmo como los que solíamos emplear mi abuela y yo hubiera ofendido. Era naturalmente afectuosa, me tomaba la mano y la retenía entre las suyas, me besaba, me abrazaba, le gustaba cepillarme el pelo, me administraba personalmente los tónicos de tuétano y bacalao, me aplicaba cataplasmas de alcanfor para la tos y me hacía sudar la fiebre refregándome con aceite de eucalipto y envolviéndome en mantas calientes. Se preocupaba de que comiera bien y descansara, por las noches me daba las gotas de opio y se quedaba rezando a mi lado hasta que me dormía. Cada mañana me preguntaba si había tenido pesadillas y me pedía que se las describiera en detalle, «porque hablando de esas cosas se les pierde el miedo», como decía. Su salud no era buena, pero sacaba fuerzas no sé de dónde para atenderme y acompañarme, mientras yo fingía más fragilidad de la que realmente sentía para prolongar el idilio con mi suegra. «Mejórate pronto, hijita, tu marido te necesita a su lado», solía decirme preocupada, aunque Diego le repetía la conveniencia de que yo pasara el resto del invierno en la casa grande. Esas semanas bajo su techo recuperándome de la pulmonía fueron una extraña experiencia. Mi suegra me brindó los cuidados y el cariño que nunca obtendría de Diego. Ese amor suave e incondicional actuó como un bálsamo y fue lentamente curándome de las ganas de morir y del rencor que sentía contra mi marido. Pude comprender los sentimientos de Diego y Susana y la fatalidad inexorable de lo que había sucedido; su pasión debía ser una fuerza telúrica, un terremoto que los arrastró sin remedio. Imaginé cómo lucharon contra aquella atracción antes de sucumbir a ella, cuántos tabúes debieron vencer para estar juntos, cuán terrible debía ser el tormento de cada día fingiendo ante el mundo una relación de hermanos mientras ardían de deseo por dentro. Dejé de preguntarme cómo era posible que no pudieran sobreponerse a la lujuria y su egoísmo les impidiera ver el naufragio que podían provocar entre los seres más cercanos, porque adiviné cuán desgarrados debían estar. Yo había amado a Diego desesperadamente, podía entender lo que sentía Susana por él, ¿habría actuado yo también como ella en las mismas circunstancias? Suponía que no, pero era imposible asegurarlo. Aunque la impresión de fracaso seguía intacta, pude desprenderme del odio, tomar distancia y ponerme en la piel de los demás protagonistas de ese infortunio; tuve más compasión por Eduardo que pena por mí misma, tenía tres hijos y estaba enamorado de su mujer, para él el drama de esa infidelidad incestuosa sería peor que para mí. También por mi cuñado yo debía mantener silencio, pero el secreto ya no me pesaba como una piedra de molino a la espalda, porque el horror por Diego se atenuó, lavado por las manos de doña Elvira. Mi agradecimiento a esa mujer se sumó al respeto y afecto que le había tomado desde el principio, me apegué a ella como un perro faldero; necesitaba su presencia, su voz, sus labios en mi frente. Me sentía obligada a protegerla del cataclismo que se gestaba en el seno de su familia; estaba dispuesta a quedarme en *Caleufú* disimulando mi humillación de esposa rechazada, porque si me iba y ella descubría la verdad, moriría de dolor y vergüenza. Su existencia giraba en torno a esa familia, a las necesidades de cada una de las personas que vivían entre las paredes de su casa, ése era todo su universo. Mi acuerdo con Diego fue que yo cumpliría mi parte mientras doña Elvira viviera y después quedaba libre, me dejaría ir y no volvería a ponerse en contacto conmigo. Debería soportar la condición –infamante para muchos– de «mujer separada» y no podría volver a casarme, pero al menos ya no tendría que vivir junto a un hombre que no me amaba.

A mediados de setiembre, cuando ya no tenía más pretextos para permanecer en casa de mis suegros y había llegado el momento de volver a vivir con Diego, llegó el telegrama de Iván Radovic. En un par de líneas el médico me comunicó que debía volver a Santiago porque se aproximaba el fin de mi abuela. Esperaba esa noticia desde hacía meses, pero cuando recibí el telegrama la sorpresa y la pena fueron como un mazazo, quedé aturdida. Mi abuela era inmortal. No podía visualizarla como la pequeña anciana calva y frágil que realmente era, sino como la amazona con dos pelucas, golosa y astuta que había sido años antes. Doña Elvira me recogió en sus brazos y me dijo que no me sintiera sola, ahora tenía otra familia, yo pertenecía a *Caleufú* y ella trataría de cuidarme y protegerme como antes lo había hecho Paulina del Valle. Me ayudó a empacar mis dos maletas, volvió a colgarme el escapulario del Sagrado Corazón de Jesús al cuello y me agobió con mil recomendaciones; para ella Santiago era un antro de perdición y el viaje una aventura peligrosísima. Era la época de echar a andar de nuevo el aserradero, después de la parálisis del invierno, lo cual fue una buena excusa para que Diego no me acompañara a Santiago, a pesar de que su madre insistió en que debía hacerlo. Eduardo me fue a dejar al barco. En la puerta de la casa grande de *Caleufú,* haciendo adiós con la mano, estaban todos: Diego, mis suegros, Adela, Susana, los niños y varios inquilinos. No sabía que no volvería a verlos.

Antes de partir registré mi laboratorio, donde no había puesto los pies desde la noche aciaga en el establo, y descubrí que alguien había sustraído las fotografías de Diego y Susana, pero como seguramente ignoraba el proceso de revelado, no buscó los negativos. De nada me servían esas pruebas mezquinas; las destruí. Puse los negativos de los indios, de la gente de *Caleufú* y del resto de la familia en mis maletas, porque no sabía cuánto tiempo estaría ausente y no deseaba que se estropearan. Con Eduardo hicimos el viaje a caballo, el equipaje amarrado a una mula, deteniéndonos en los rancheríos para comer y descansar. Mi cuñado, ese hombronazo con aspecto de oso, tenía el mismo carácter suave de su madre, la misma ingenuidad casi infantil. Por el camino tuvimos tiempo de conversar a solas, como no lo habíamos hecho nunca antes. Me confesó que desde niño escribía poesía, «¿cómo no hacerlo cuando uno vive en medio de tanta belleza?», añadió, señalando el paisaje de bosque y agua que nos rodeaba. Me contó que nada ambicionaba, no sentía curiosidad por otros horizontes, como Diego, le bastaba *Caleufú*. Cuando viajó a Europa en su juventud se sintió perdido y profundamente infeliz, no podía vivir lejos de esa tierra que amaba. Dios había sido muy generoso con él, dijo, lo había puesto en medio del paraíso terrenal. Nos despedimos en el puerto con un apretado abrazo, «que Dios te proteja siempre, Eduardo», le dije al oído. Se quedó algo desconcertado por esa despedida solemne.

Frederick Williams me esperaba en la estación y me llevó en el coche a la casa de Ejército Libertador. Le extrañó verme tan demacrada y mi explicación de que había estado muy enferma no lo dejó satisfecho, me observaba por el rabillo del ojo preguntando con insistencia por Diego, si era feliz, cómo era la familia de mis suegros y si me adaptaba en el campo. De ser la más espléndida en ese barrio de palacetes, la mansión de mi abuela se había vuelto tan decrépita como su dueña. Colgaban varios postigos de los goznes y los muros parecían descoloridos, el jardín estaba tan abandonado, que la primavera no lo había rozado y seguía sumido en un invierno triste. Por dentro la desolación era peor, los hermosos salones de antaño estaban casi vacíos, muebles, alfombras y cuadros habían desaparecido; ninguna quedaba de los famosas pinturas impresionistas, que tanto escándalo causaron unos años antes. El tío Frederick me explicó que mi abuela, preparándose para la muerte, había donado casi todo a la iglesia. «Pero creo que su dinero está intacto, Aurora, porque todavía lleva la suma de cada centavo y tiene los libros de contabilidad bajo la cama», agregó con un guiño travieso. Ella, que sólo entraba a un templo para ser vista, que detestaba a ese enjambre de curas pedigüeños y monjas obsequiosas que revoloteaba en permanencia alrededor del resto de la familia, había dispuesto en su testamento una cantidad considerable para la iglesia católica. Siempre astuta para los negocios, se dispuso a comprar en la muerte aquello que de poco le servía en la vida. Williams conocía a mi abuela mejor que nadie y creo que la quería casi tanto como yo, contra todas las predicciones de los envidiosos, no le robó su fortuna para abandonarla en la vejez, sino que defendió los intereses de la familia por años, fue un marido digno de ella, estaba dispuesto a acompañarla hasta su último aliento y haría mucho más por mí, como quedó demostrado en los años venideros. Paulina tenía ya muy poca lucidez, las drogas para calmar los dolores la mantenían en un limbo sin recuerdos ni deseos. En esos meses se había reducido a un pellejo, porque no podía tragar y la alimentaban con leche a través de un tubo de goma que le habían introducido por la nariz. Le quedaban apenas unos mechones blancos en la cabeza y sus grandes ojos oscuros se habían achicado, eran dos puntitos en un mapa de arrugas. Me incliné a besarla, pero no me reconoció y me dio vuelta la cara; en cambio su mano buscaba a tientas en el aire la de su marido y cuando él se la tomó, una expresión de paz alisó su rostro.

–No sufre, Aurora, le estamos dando mucha morfina –me aclaró el tío Frederick.

–¿Le avisó a sus hijos?

–Sí, les mandé un telegrama hace dos meses, pero no han contestado y no creo que lleguen a tiempo, a Paulina no le queda mucho –dijo conmovido.

Así fue, Paulina del Valle murió calladamente al día siguiente. A su lado estábamos su marido, el doctor Radovic, Severo, Nívea y yo; sus hijos aparecerían mucho después con los abogados a pelear por la herencia que nadie les disputaba. El médico había quitado el tubo de la alimentación a mi abuela y Williams le había puesto guantes, porque tenía las manos heladas. Los labios se le habían vuelto azules y estaba muy pálida, fue respirando en forma cada vez más imperceptible, sin angustia, y de pronto simplemente dejó de hacerlo. Radovic le tomó el pulso, pasó un minuto, tal vez dos, entonces anunció que se había ido. Había una dulce quietud en la habitación, algo misterioso ocurría, tal vez el espíritu de mi abuela se había desprendido y daba vueltas como un pájaro confundido por encima de su cuerpo, despidiéndose. Su partida me produjo una inmensa desolación, un sentimiento antiguo que ya conocía, pero no pude nombrar ni explicar hasta un par de años más tarde, cuando el misterio de mi pasado finalmente se aclaró y comprendí que la muerte de mi abuelo Tao Chi'en, muchos años antes, me había sumido en una angustia semejante. La herida permanecía latente y ahora se abría con el mismo quemante dolor. La sensación de orfandad que me dejó mi abuela era idéntica a la que me embargó a los cinco años, cuando desapareció Tao Chi'en de mi vida. Supongo que los antiguos dolores de mi infancia –pérdida tras pérdida– enterrados por años en los estratos más profundos de la memoria, levantaron su amenazante cabeza de Medusa para devorarme: mi madre muerta al dar a luz, mi padre ignorante de mi existencia, mi abuela materna que me abandonó sin explicaciones en manos de Paulina del Valle y, sobre todo, la súbita falta del ser que más amaba, mi abuelo Tao Chi'en.

Han pasado nueve años desde ese día de setiembre en que partió Paulina del Valle; atrás han quedado esa y otras desgracias, ahora puedo recordar a mi grandiosa abuela con el corazón tranquilo. No desapareció en la inmensa negrura de una muerte definitiva, como me pareció al principio, una parte suya se quedó por estos lados y anda siempre rondándome junto a Tao Chi'en, dos espíritus muy diferentes que me acompañan y me ayudan, el primero para las cosas prácticas de la existencia y el segundo para resolver los asuntos sentimentales; pero cuando mi abuela dejó de respirar en el camastro de soldado donde pasó sus últimos tiempos, yo no sospechaba que volvería y la pena me volteó. Si fuera capaz de exteriorizar mis sentimientos, tal vez sufriría menos, pero se me quedan atorados adentro, como un inmenso bloque de hielo y pueden pasar años antes que el hielo empiece a derretirse. No lloré cuando ella se fue. El silencio en la habitación parecía un error de protocolo, porque una mujer que había vivido como Paulina del Valle debía morir cantando con orquesta, como en la ópera, en cambio su despedida fue callada, la única cosa discreta que hizo en toda su existencia. Los hombres salieron del cuarto y Nívea y yo, delicadamente, la vestimos para su último viaje con el hábito de las carmelitas que tenía colgado en su armario desde hacía un año, pero no resistimos la tentación de colocarle debajo su mejor ropa interior francesa de seda color malva. Al levantar su cuerpo me di cuenta cuán liviana se había vuelto, sólo quedaba un esqueleto quebradizo y unos pellejos sueltos. En silencio le agradecí todo lo que hizo por mí, le dije las palabras de cariño que jamás me hubiera atrevido a articular si pudiera oírme, besé sus hermosas manos, sus párpados de tortuga, su frente noble y le pedí perdón por las pataletas de mi infancia, por haber llegado tan tarde a despedirme de ella, por la lagartija seca que escupí en un falso ataque de tos y otras bromas pesadas que debió soportar, mientras Nívea aprovechaba el buen pretexto que le brindaba Paulina del Valle para llorar sin ruido por sus niños muertos. Después que vestimos a mi abuela, la rociamos con su colonia de gardenias y abrimos las cortinas y las ventanas para que entrara la primavera, como le habría gustado. Nada de lloronas, ni de trapos negros, ni de cubrir los espejos, Paulina del Valle había vivido como una desfachatada emperatriz y merecía ser celebrada con la luz de setiembre. Así lo entendió también Williams, quien fue personalmente al mercado y llenó el coche de flores frescas para decorar la casa.

Cuando llegaron los parientes y amigos –de luto y pañuelo en mano– se escandalizaron, pues nunca habían visto un velatorio a rayo de sol, con flores de boda y sin lágrimas. Se fueron farfullando insidias y años después todavía hay quienes me señalan con el dedo, convencidos de que me alegré cuando murió Paulina del Valle porque pretendía echar el guante a la herencia. Nada heredé, sin embargo, porque de eso se encargaron rápidamente sus hijos con los abogados, pero tampoco necesitaba hacerlo, puesto que mi padre me dejó lo suficiente para vivir con decencia y el resto puedo financiarlo trabajando. A pesar de los infinitos consejos y lecciones de mi abuela, no logré desarrollar su olfato para los buenos negocios; nunca seré rica y me alegro de ello. Frederick Williams tampoco habría de pelear con los abogados, porque la plata le interesaba mucho menos de lo que las malas lenguas venían murmurando durante años. Además, su mujer le dio mucho en vida y él, hombre precavido, lo puso a salvo. Los hijos de Paulina no pudieron probar que el matrimonio de su madre con el antiguo mayordomo fuera ilegal y debieron resignarse a dejar al tío Frederick en paz, tampoco pudieron apropiarse de las viñas, porque estaban a nombre de Severo del Valle, en vista de lo cual echaron a los abogados tras los curas, a ver si recuperaban los bienes que éstos consiguieron asustando a la enferma con las pailas del infierno, pero hasta ahora nadie ha ganado un juicio contra la iglesia católica, que tiene a Dios de su parte, como todo el mundo sabe. En cualquier caso había dinero de sobra y los hijos, varios parientes y hasta los abogados pudieron vivir de ello hasta hoy.

La única alegría de esas deprimentes semanas fue la reaparición en nuestras vidas de la señorita Matilde Pineda. Leyó en el diario que Paulina del Valle había fallecido y se armó de valor para presentarse en la casa de donde había salido expulsada en tiempos de la Revolución. Llegó con un ramito de flores de regalo, acompañada por el librero Pedro Tey. Ella había madurado en esos años y al principio no la reconocí, en cambio él seguía siendo el mismo hombrecillo calvo con gruesas cejas satánicas y pupilas ardientes.

Después del cementerio, de las misas cantadas, de las novenas que se mandaron rezar y de distribuir las limosnas y caridades indicadas por mi difunta abuela, se asentó la polvareda del aparatoso funeral y con Frederick Williams nos encontramos solos en la casa vacía. Nos sentamos juntos en la galería de los cristales a lamentar la ausencia de mi abuela discretamente, porque no somos buenos para el llanto, y a recordarla en sus muchas grandezas y en sus pocas miserias.

–¿Qué piensa hacer ahora, tío Frederick? –quise saber.

–Eso depende de usted, Aurora.

–¿De mí?

–No he podido menos que notar algo extraño en usted, niña –dijo, con esa manera sutil de preguntar, tan suya.

–He estado muy enferma y la partida de mi abuela me tiene muy triste, tío Frederick. Es todo, no hay nada extraño, se lo aseguro.

–Lamento que me subestime, Aurora. Yo tendría que ser muy tonto o quererla muy poco para no haberme dado cuenta de su estado de ánimo. Dígame qué le sucede, a ver si puedo ayudarla.

–Nadie puede ayudarme, tío.

–Póngame a prueba, a ver... –me pidió.

Y entonces comprendí que no tenía a nadie más en este mundo en quien confiar y que Frederick Williams había demostrado ser un excelente consejero y la única persona en la familia con sentido común. Bien podía contarle mi tragedia. Me escuchó hasta el final con gran atención, sin interrumpirme ni una sola vez.

–La vida es larga, Aurora. Ahora lo ve todo negro, pero el tiempo cura y borra casi todo. Esta etapa es como andar por un túnel a ciegas, le parece que no hay salida, pero le prometo que la hay. Siga andando, niña.

–¿Qué será de mí, tío Frederick?

–Tendrá otros amores, tal vez tendrá hijos o será la mejor fotógrafa de este país –me dijo.

–¡Me siento tan confundida y tan sola!

–No está sola, Aurora, yo estoy con usted ahora y seguiré estándolo mientras me necesite.

Me persuadió de que no debía regresar donde mi marido, que podía encontrar una docena de pretextos para demorar mi vuelta durante años, aunque estaba seguro de que Diego no exigiría mi retorno a *Celeufú*, pues le convenía mantenerme lo más lejos posible. Y en cuanto a la bondadosa doña Elvira, no quedaría más remedio que consolarla con una nutrida correspondencia, se trataba de ganar tiempo, mi suegra no estaba bien del corazón y no viviría mucho más, según el diagnóstico de los médicos. El tío Frederick me aseguró que no tenía prisa alguna por dejar Chile, yo era su única familia, me quería como una hija o una nieta.

–¿No tiene a nadie en Inglaterra? –le pregunté.

–A nadie.

–Usted sabe que circulan chismes sobre sus orígenes, dicen que usted es un noble arruinado y mi abuela nunca lo desmintió.

–¡Nada más lejos de la verdad, Aurora! –exclamó riéndose.

–¿Así es que no tiene un escudo de armas por allí escondido? –me reí también.

–Mire, niña –replicó.

Se quitó la chaqueta, se abrió la camisa, se levantó la camiseta y me mostró la espalda. Estaba cruzada de horrendas cicatrices.

–Flagelación. Cien latigazos por robar tabaco en una colonia penitenciaria de Australia. Cumplí cinco años de condena antes de escapar en una balsa. Me recogió en alta mar un barco pirata chino y me pusieron a trabajar como esclavo, pero apenas nos acercamos a tierra escapé de nuevo. Así, de salto en salto, llegué por fin a California. Lo único que tengo de noble británico es el acento, que lo aprendí de un lord verdadero, mi primer patrón en California. También me enseñó el oficio de mayordomo. Paulina del Valle me contrató en 1870 y desde entonces estuve a su lado.

–¿Conocía mi abuela esta historia, tío? –pregunté cuando me repuse un poco de la sorpresa y logré sacar la voz.

–Por supuesto. A Paulina le divertía mucho que la gente confundiera a un convicto con un aristócrata.

–¿Por qué lo condenaron?

–Por robar un caballo cuando tenía quince años. Me habrían ahorcado, pero tuve suerte, me conmutaron la pena y acabé en Australia. No se preocupe, Aurora, no he vuelto a robar ni un centavo en mi vida, los azotes me curaron de ese vicio, pero no me curaron del gusto por el tabaco –se rió.

De modo que nos quedamos juntos. Los hijos de Paulina del Valle vendieron la mansión de Ejército Libertador, que hoy está convertida en una escuela de niñas, y sacaron a remate lo poco que la casa aún contenía. Salvé la cama mitológica sustrayéndola antes que llegaran los herederos, escondiéndola desarmada en un depósito del hospital público de Iván Radovic, donde permaneció hasta que los abogados se cansaron de escarbar por los rincones buscando los últimos vestigios de las antiguas posesiones de mi abuela. Compramos con Frederick Williams una quinta campestre en las afueras de la ciudad, camino a la cordillera; contamos con doce hectáreas de terreno bordeado de álamos temblorosos, invadido de jazmines fragantes, lavado por un modesto estero, donde todo crece sin permiso. Allí

Williams cría perros y caballos de raza, juega croquet y otras aburridas actividades propias de los ingleses; allí tengo mis cuarteles de invierno. La casa es un vejestorio, pero tiene cierto encanto, espacio para mi taller fotográfico y para la célebre cama florentina, que se alza con sus criaturas marítimas policromadas al centro de mi habitación. En ella duermo amparada por el espíritu vigilante de mi abuela Paulina, que suele aparecer a tiempo para espantar a escobazos a los niños en piyamas negros de mis pesadillas. Santiago crecerá seguramente hacia el lado de la Estación Central y a nosotros nos dejarán en paz en esta bucólica campiña de álamos y cerros.

Gracias al tío Lucky, quien me sopló su aliento afortunado cuando nací, y a la generosa protección de mi abuela y mi padre, puedo decir que tengo una buena vida. Dispongo de medios y libertad para hacer lo que deseo, puedo dedicarme de lleno a recorrer la abrupta geografía de Chile con mi cámara al cuello, tal como he hecho en los últimos ocho o nueve años. La gente habla a mis espaldas, es inevitable; varios parientes y conocidos me han hecho la cruz y si me ven en la calle fingen no conocerme, no pueden tolerar que una mujer abandone a su marido. Esos desaires no me quitan el sueño: no tengo que agradar a todo el mundo, sólo a quienes en verdad me importan, que no son muchos. Los tristes resultados de mi relación con Diego Domínguez debieron amedrentarme para siempre de los amores precipitados y fervientes, pero no fue así. Es cierto que anduve algunos meses herida en el ala, arrastrándome día a día con una sensación de absoluta derrota, de haber jugado mi única carta y haberlo perdido todo. Es cierto también que estoy condenada a ser una mujer casada y sin marido, lo cual me impide «rehacer» mi vida, como dicen mis tías, pero esta extraña condición me da una gran soltura. Un año después de separarme de Diego volví a enamorarme, lo cual significa que tengo la piel dura y cicatrizo pronto. El segundo amor no fue una suave amistad que con el tiempo se convirtió en un romance probado, fue simplemente un impulso de pasión que nos tomó a ambos por sorpresa y de pura casualidad resultó bien... bueno, hasta ahora, quién sabe cómo será en el futuro. Fue un día de invierno, uno de esos días de lluvia verde y pertinaz, de relámpagos desgranados y pesadumbre en el ánimo. Los hijos de Paulina del Valle y sus leguleyos habían vuelto a majadear con sus interminables documentos, cada uno con tres copias y once sellos, que yo firmaba sin leer. Frederick Williams y yo habíamos salido de la casa de Ejército Libertador y estábamos todavía en un hotel, porque aún no concluían las reparaciones en la quinta donde hoy vivimos. El tío Frederick se topó en la calle con el doctor Iván Radovic, a quien no veíamos desde hacía un buen tiempo, y quedaron de ir conmigo a ver a una compañía de zarzuela española, que andaba en gira por Sudamérica, pero el día señalado el tío Frederick cayó a la cama resfriado y yo me encontré aguardando sola en el hall del hotel, con las manos heladas y los pies adoloridos porque me apretaban los botines. Había una catarata en los cristales de las ventanas y el viento sacudía como plumeros los árboles de la calle, la noche no invitaba a salir y por un momento envidié el catarro del tío Frederick, que le permitía quedarse en cama con un buen libro y una taza de chocolate caliente, sin embargo la entrada de Iván Radovic me hizo olvidar el temporal. El doctor venía con el abrigo empapado y cuando me sonrió comprendí que era mucho más guapo de lo que yo recordaba. Nos miramos a los ojos y creo que nos vimos por primera vez, al menos yo lo observé en serio y me gustó lo que vi. Hubo un silencio largo, una pausa que en otras circunstancias hubiera sido muy pesada, pero entonces pareció una forma de diálogo. Me ayudó a ponerme la capa y nos encaminamos a la puerta lentamente, vacilantes, siempre prendidos de los ojos. Ninguno de los dos quería desafiar la tormenta que desgarraba el cielo, pero tampoco queríamos separarnos. Surgió un portero con un gran paraguas y se ofreció para acompañarnos al coche, que esperaba en la puerta, entonces salimos sin decir palabra, dudando. No tuve ningún fogonazo de clarividencia sentimental, ningún extraordinario presentimiento de que éramos almas gemelas, no visualicé el comienzo de un amor de novela, nada de eso, simplemente tomé nota de los saltos de mi corazón, del aire que me faltaba, del calor y el cosquilleo en la piel, de las ganas tremendas de tocar a ese hombre. Me temo que por mi parte nada hubo de espiritual en ese encuentro, sólo lujuria, aunque entonces yo era demasiado inexperta y mi vocabulario era muy reducido para poner a esa agitación el nombre que tiene en el diccionario. El nombre es lo de menos, lo interesante es que ese trastorno visceral pudo más que mi timidez y al abrigo del coche, donde no había fácil escapatoria, le tomé la cara entre las manos y sin pensarlo dos veces lo besé en la boca, tal como muchos años antes vi besarse a Nívea y Severo del Valle, con decisión y glotonería. Fue una acción simple e inapelable. No puedo entrar en detalles sobre lo que vino a continuación porque es sencillo imaginarlo y porque si Iván lo lee en estas páginas tendríamos una pelea colosal. Hay que decirlo, nuestras batallas son tan memorables como apasionadas nuestras reconciliaciones; éste no es un amor tranquilo y dulzón, pero se puede decir en su favor que es un amor persistente; los obstáculos no parecen amedrentarlo, sino fortalecerlo. El matrimonio es un asunto de sentido común, que a ambos nos falta. El hecho de no estar casados nos facilita el buen amor, así cada uno puede dedicarse a lo suyo, disponemos de nuestro propio espacio y cuando estamos a punto de reventar siempre queda la salida de separarnos por unos días y volvernos a juntar cuando nos vence la nostalgia de los besos. Con Iván Radovic he aprendido a sacar la voz y las garras. Si lo sorprendiera en una traición –ni Dios lo quiera– como me ocurrió con Diego Domínguez, no me consumiría en llanto, como entonces, sino que lo mataría sin el menor remordimiento.

No, no voy a hablar sobre la intimidad que comparto con mi amante, pero hay un episodio que no puedo callar, porque tiene que ver con la memoria y ésa es, después de todo, la razón por la cual escribo estas páginas. Mis pesadillas son un viaje a ciegas hacia las umbrosas cavernas donde duermen mis recuerdos más antiguos, bloqueados en los estratos profundos de la consciencia. La fotografía y la escritura son una tentativa de asir los momentos antes que se desvanezcan, fijar los recuerdos para dar sentido a mi vida. Hacía varios meses que Iván y yo estábamos juntos, ya nos habíamos acomodado en la rutina de vernos discretamente, gracias al buen tío Frederick, quien ampara nuestros amores desde el principio. Iván debía dar una conferencia médica en una ciudad nortina y yo lo acompañé con el pretexto de fotografiar las salitreras, donde las condiciones de trabajo son muy precarias. Los empresarios ingleses se negaban a dialogar con los obreros y reinaba un clima de creciente violencia, que habría de estallar unos años más tarde. Cuando eso ocurrió, en 1907, yo estaba allí por casualidad y mis fotografías son el único documento irrebatible de que la matanza de Iquique ocurrió, porque la censura del gobierno borró de la faz de la historia los dos mil muertos que yo vi en la plaza. Pero ésa es otra historia y no tiene lugar en estas páginas. La primera vez que fui a esa ciudad con Iván no sospechaba la tragedia que me tocaría presenciar después, para ambos fue una corta luna de miel. Nos registramos separadamente en el hotel y esa noche, después de que cada uno cumplió su jornada, él vino a mi habitación, donde yo lo esperaba con una estupenda botella de *Viña Paulina*. Hasta entonces nuestra relación había sido una aventura de la carne, una exploración de los sentidos, que para mí fue fundamental, porque gracias a ella logré superar la humillación de haber sido rechazada por Diego y comprender que yo no era una mujer fallida, como temía. En cada encuentro con Iván Radovic había ido adquiriendo más confianza, venciendo mi timidez y mis pudores, pero no me había dado cuenta de que esa gloriosa intimidad había dado paso a un amor grande. Esa noche nos abrazamos lánguidos por el buen vino y las fatigas del día, lentamente, como dos abuelos sabios que han hecho el amor novecientas veces y ya no pueden sorprenderse ni defraudarse. ¿Qué hubo de especial para mí? Nada, supongo, salvo el acopio de experiencias felices con Iván, que esa noche alcanzaron el número crítico necesario para desbaratar mis defensas. Sucedió que al volver del orgasmo envuelta por los brazos firmes de mi amante sentí un sollozo sacudiéndome entera y luego otro y otro más, hasta que me arrastró una marea incontenible de llanto acumulado. Lloré y lloré, entregada, abandonada, segura en esos brazos como no recordaba haberlo estado nunca antes. Un dique se rompió dentro de mí y ese antiguo dolor se desbordó como nieve derretida. Iván no me hizo preguntas ni intentó consolarme, me sujetó firmemente contra su pecho, me dejó llorar hasta que se me acabaron las lágrimas y cuando quise darle una explicación me cerró la boca con un beso largo. Por lo demás en ese momento yo no tenía explicación alguna, habría tenido que inventarla, pero ahora sé –porque ha ocurrido en varias ocasiones más– que al sentirme absolutamente a salvo, abrigada y protegida, empezó a volver mi memoria de los primeros cinco años de mi vida, los años que mi abuela Paulina y todos los demás cubrieron con un manto de misterio. Primero, en un relámpago de claridad, vi la imagen de mi abuelo Tao Chi'en murmurando mi nombre en chino, Lai-Ming. Fue un instante brevísimo, pero luminoso como la luna. Luego reviví despierta la pesadilla recurrente que me ha atormentado desde siempre y entonces comprendí que existe una relación directa entre mi abuelo adorado y esos demonios en piyamas negros. La mano que me suelta en el sueño es la mano de Tao Chi'en. Quien cae lentamente es Tao Chi'en. La mancha que se extiende inexorable sobre los adoquines de la calle es la sangre de Tao Chi'en.

Llevaba poco más de dos años viviendo oficialmente con Frederick Williams, pero cada vez más rendida en mi relación con Iván Radovic, sin el cual ya no podía concebir mi destino, cuando mi abuela materna, Eliza Sommers, reapareció en mi vida. Volvió intacta, con su mismo aroma de azúcar y vainilla, invulnerable al desgaste de las penurias o del olvido. La reconocí a la primera mirada, aunque habían pasado diecisiete años desde que me fue a dejar a la casa de Paulina del Valle y en todo ese tiempo yo no había visto una fotografía suya y su nombre se había pronunciado muy raras veces en mi presencia. Su imagen permaneció enredada en los engranajes de mi nostalgia y había cambiado tan poco, que cuando se materializó en el umbral de nuestra puerta con su maleta en la mano me pareció que nos habíamos despedido el día anterior y todo lo sucedido en esos años era ilusión. La única novedad fue que resultó más baja de lo que recordaba, pero eso puede ser efecto de mi propia estatura, la última vez que estuvimos juntas yo era una mocosa de cinco años y la miraba hacia arriba. Seguía siendo tiesa como un almirante, con el mismo rostro juvenil y el mismo peinado severo, aunque el cabello estaba salpicado de mechas blancas. Llevaba incluso el mismo collar de perlas que siempre le vi puesto y que, ahora lo sé, no se quita ni para dormir. La trajo Severo del Valle, quien había estado en contacto con ella todos esos años, pero no me lo había dicho porque ella no se lo permitió. Eliza Sommers dio su palabra a Paulina del Valle de que nunca intentaría ponerse en contacto con su nieta y cumplió al pie de la letra hasta que la muerte de la otra la libró de su promesa. Cuando Severo le escribió para contárselo, empacó sus baúles y cerró su casa, tal como había hecho muchas veces antes, y se embarcó para Chile. Al quedar viuda en 1885 en San Francisco, emprendió la peregrinación a China con el cuerpo embalsamado de su marido para enterrarlo en Hong Kong. Tao Chi'en había pasado la mayor parte de su vida en California y era uno de los pocos inmigrantes chinos que consiguió la ciudadanía americana, pero siempre manifestó su deseo de que sus huesos terminaran bajo tierra en China, así su alma no se perdería en la inmensidad del universo sin encontrar la puerta al cielo. Esa precaución no fue suficiente, porque estoy segura de que el fantasma de mi inefable abuelo Tao Chi'en anda todavía por estos mundos, de otro modo no me explico cómo es que lo siento rondándome. No es sólo imaginación, mi abuela Eliza me ha confirmado algunas pruebas, como el olor a mar que a veces me envuelve y la voz que susurra una palabra mágica: mi nombre en chino.

–Hola, Lai-Ming –fue el saludo de esa extraordinaria abuela al verme.

–*Oi poa!* –exclamé.

No había dicho esa palabra –abuela materna, en cantonés– desde la época remota en que vivía con ella en los altos de una clínica de acupuntura en el barrio chino de San Francisco, pero no se me había olvidado. Ella me puso una mano en el hombro y me escrutinó de pies a cabeza, luego aprobó con la cabeza y finalmente me abrazó.

–Me alegro que no seas tan bonita como tu madre –dijo.

–Eso mismo decía mi padre.

–Eres alta, como Tao. Y Severo me dice que también eres lista como él.

En nuestra familia se sirve té cuando la situación es algo embarazosa y como yo me siento cohibida casi todo el tiempo, me lo paso sirviendo té. Ese brebaje tiene la virtud de ayudarme a controlar los nervios. Me moría de ganas de coger a mi abuela por la cintura y bailar vals con ella, de contarle a borbotones toda mi vida y de hacerle los reproches que por años había mascullado en mi interior, pero nada de eso fue posible. Eliza Sommers no es el tipo de persona que invita a familiaridades, su dignidad resulta intimidante y habrían de pasar semanas antes de que ella y yo pudiéramos hablar relajadamente. Por suerte el té y la presencia de Severo del Valle y de Frederick Williams, quien volvió de uno de sus paseos por la quinta ataviado como explorador del África, aliviaron la tensión. Apenas el tío Frederick se quitó el cucalón y las gafas ahumadas y vio a Eliza Sommers, algo cambió en su actitud: sacó pecho, elevó la voz y se le inflaron las plumas. Su admiración aumentó al doble cuando vio los baúles y maletas con los sellos de los viajes y se enteró de que esa pequeña señora era una de los pocos extranjeros que había llegado hasta el Tíbet.

No sé si el único motivo de mi *oi poa* para venir a Chile fue conocerme, sospecho que le interesaba más seguir viaje al polo antártico, donde ninguna mujer había puesto aún los pies, pero cualquiera que fuese la razón, su visita fue fundamental para mí. Sin ella mi vida seguiría sembrada de zonas nebulosas; sin ella no podría escribir esta memoria. Fue esa abuela materna quien me dio las piezas que faltaban para armar el rompecabezas de mi existencia, me habló de mi madre, de las circunstancias de mi nacimiento y me dio la clave final de mis pesadillas. Fue ella también quien me acompañaría más tarde a San Francisco para conocer a mi tío Lucky, un próspero comerciante chino, gordo y patuleco, absolutamente encantador, y desenterrar los documentos necesarios para atar los cabos sueltos de mi historia. La relación de Eliza Sommers con Severo del Valle es tan profunda como los secretos que compartieron durante muchos años; ella lo considera mi verdadero padre, porque fue el hombre que amó a su hija y se casó con ella. La única función de Matías Rodríguez de Santa Cruz fue suministrar algunos genes en forma accidental.

–Tu progenitor poco importa, Lai Ming, eso puede hacerlo cualquiera. Severo es quien te dio su apellido y se responsabilizó por ti –me aseguró.

–En ese caso Paulina del Valle fue mi madre y mi padre, llevo su nombre y ella se responsabilizó por mí. Los demás pasaron como cometas por mi infancia dejando apenas una estela de polvo sideral –la rebatí.

–Antes de ella, tu padre y tu madre fuimos Tao y yo, nosotros te criamos, Lai-Ming –me aclaró y con razón, porque esos abuelos maternos tuvieron tan poderosa influencia en mí, que durante treinta años los he llevado adentro como una suave presencia y estoy segura de que los seguiré llevando por el resto de mi vida.

Eliza Sommers vive en otra dimensión junto a Tao Chi'en, cuya muerte fue un inconveniente grave, pero no un obstáculo para seguir amándolo como siempre. Mi abuela Eliza es uno de esos seres destinados a un solo amor grandioso, creo que ningún otro cabe en su corazón de viuda. Después de enterrar a su marido en China junto a la tumba de Lin, su primera esposa, y de cumplir los ritos fúnebres budistas tal como él hubiera deseado, se encontró libre. Podría haber vuelto a San Francisco a vivir con su hijo Lucky y la joven esposa que éste había encargado por catálogo a Shangai, pero la idea de convertirse en suegra temida y venerada equivalía a abandonarse a la vejez. No se sentía sola ni atemorizada ante el futuro, puesto que el espíritu protector de Tao Chi'en anda siempre con ella; en verdad están más juntos que antes, ya no se separan ni un solo instante. Se acostumbró a conversar con su marido en voz baja, para no parecer una enajenada ante los ojos de los demás, y por las noches duerme en el lado izquierdo de la cama, para cederle el espacio de la derecha, como tenían costumbre. El ánimo aventurero que la había impulsado a huir de Chile a los dieciséis años escondida en la barriga de un velero para ir a California, despertó en ella de nuevo al quedar viuda. Recordó un momento de epifanía a los dieciocho años, en plena fiebre del oro, cuando el relincho de su caballo y el primer rayo de luz del amanecer la despertaron en la inmensidad de un paisaje agreste y solitario. Esa madrugada descubrió la exaltación de la libertad. Había pasado la noche sola bajo los árboles, rodeada de mil peligros: bandidos despiadados, indios salvajes, víboras, osos y otras fieras, sin embargo por primera vez en su vida no tenía miedo. Se había criado en un corsé, restringida en cuerpo, alma e imaginación, asustada hasta de sus propios pensamientos, pero esa aventura la había soltado. Tuvo que desarrollar una fuerza que tal vez siempre tuvo, pero hasta entonces ignoraba porque no había necesitado usarla. Dejó la protección de su hogar cuando aún era una niña, siguiendo el rastro de un amante esquivo, se embarcó encinta de polizón en un barco, donde perdió al bebé y por poco pierde también la vida, llegó a California, se vistió de hombre y se dispuso a recorrerla de punta a rabo, sin más armas ni herramientas que el impulso desesperado del amor. Fue capaz de sobrevivir sola en una tierra de machos donde imperaban la codicia y la violencia, en el proceso adquirió coraje y le tomó el gusto a la independencia. Aquella euforia intensa de la aventura no se le olvidó más. También por amor, vivió durante treinta años como la discreta esposa de Tao Chi'en, madre y pastelera, cumpliendo con su deber, sin más horizonte que su hogar en Chinatown, pero el germen plantado en esos años de nómada permaneció intacto en su espíritu, listo para brotar en el momento propicio. Al desaparecer Tao Chi'en, único norte de su vida, el momento de navegar a la deriva había llegado. «En el fondo siempre he sido una trotamundos, lo que quiero es viajar sin rumbo fijo», escribió en una carta a su hijo Lucky. Decidió, sin embargo, que antes debía cumplir la promesa que hiciera a su padre, el capitán John Sommers, de no abandonar a su tía Rose en la vejez. De Hong Kong partió a Inglaterra dispuesta a acompañar a la anciana dama en sus últimos años; era lo mínimo que podía hacer por esa mujer que fue como su madre. Rose Sommers tenía más de setenta años y empezaba a flaquearle la salud, pero seguía escribiendo sus novelas de amor, todas más o menos iguales, convertida en la más famosa escritora romántica de la lengua inglesa. Había curiosos que viajaban de lejos para vislumbrar su menuda figura paseando al perro en el parque y decían que la reina Victoria se consolaba en la viudez leyendo sus almibaradas historias de amores triunfantes. La llegada de Eliza, a quien quería como una hija, fue un enorme consuelo para Rose Sommers, entre otras cosas porque le fallaba el pulso y cada vez le costaba más agarrar la pluma. A partir de entonces comenzó a dictarle sus novelas y más adelante, cuando también le falló la lucidez, Eliza fingía tomar notas pero en realidad las escribía ella, sin que el editor o las lectoras lo sospecharan nunca, sólo fue cuestión de repetir la fórmula. A la muerte de Rose Sommers, Eliza se quedó en la misma casita del barrio bohemio –muy valorada porque la zona se había puesto de moda– y heredó el capital acumulado por su madre adoptiva con los libritos de amor. Lo primero que hizo fue visitar a su hijo Lucky en San Francisco y conocer a sus nietos, que le parecieron bastante feos y aburridos, luego partió hacia sitios más exóticos, cumpliendo finalmente su destino de vagabunda. Era una de esas viajeras que se empeñan en trasladarse a los lugares de donde otra gente huye. Nada la satisfacía tanto como ver en su equipaje sellos y calcomanías de los países más recónditos del planeta; nada le daba tanto orgullo como coger una peste peregrina o ser mordida por algún bicho forastero. Dio vueltas durante años con sus baúles de exploradora, pero siempre volvía a la casita en Londres, donde la esperaba la correspondencia de Severo del Valle con noticias mías. Cuando supo que Paulina del Valle ya no estaba en este mundo, decidió volver a Chile, donde había nacido, pero en el cual no había pensado durante más de medio siglo, para reencontrarse con su nieta.

Tal vez durante la larga travesía en el vapor mi abuela Eliza recordó sus primeros dieciséis años en Chile, este esbelto y airoso país; su infancia al cuidado de una india bondadosa y de la bella Miss Rose; su apacible y segura existencia hasta que apareciera el amante que la dejó encinta, la abandonó por perseguir el oro de California y nunca más dio señales de vida. Como mi abuela Eliza cree en el karma, debe haber concluido que ese largo periplo fue necesario para encontrarse con Tao Chi'en, a quien debe amar en cada una de sus reencarnaciones. «Qué idea tan poco cristiana», comentó Frederick Williams cuando traté de explicarle por qué Eliza Sommers no necesitaba a nadie.

Mi abuela Eliza me trajo de regalo un destartalado baúl, que me entregó con un guiño travieso en sus oscuras pupilas. Contenía amarillentos manuscritos firmados por *Una Dama Anónima.* Eran las novelas pornográficas escritas por Rose Sommers en su juventud, otro secreto de familia muy bien guardado. Las he leído cuidadosamente con ánimo puramente didáctico, para beneficio directo de Iván Radovic. Esa divertida literatura –¿cómo se le ocurrían tales audacias a una solterona victoriana?– y las confidencias de Nívea del Valle, me han ayudado a combatir la timidez, que al principio era un obstáculo casi insalvable entre Iván y yo. Es cierto que el día de la tormenta, cuando debíamos ir a la zarzuela y no fuimos, me adelanté a besarlo en el coche antes que el pobre hombre alcanzara a defenderse, pero hasta ahí no más llegó mi atrevimiento, luego perdimos un tiempo precioso debatiéndonos entre mi tremenda inseguridad y sus escrúpulos, porque no quería «arruinar mi reputación», como decía. No fue fácil convencerlo de que mi reputación estaba bastante aporreada antes que él apareciera en el horizonte y seguiría estándolo, porque no pensaba volver jamás donde mi marido ni renunciar a mi trabajo o mi independencia, que tan mal mirados son por estos lados. Después de la humillante experiencia con Diego, me parecía imposible inspirar deseo o amor; a mi absoluta ignorancia en materia sexual se sumaba un sentimiento de inferioridad, me creía fea, inadecuada, poco femenina; tenía vergüenza de mi cuerpo y de la pasión que Iván despertaba en mí. Rose Sommers, la lejana tía bisabuela a quien no conocí, me hizo un fantástico regalo al darme esa libertad juguetona tan necesaria para hacer el amor. Iván suele tomar las cosas demasiado en serio, su temperamento eslavo tiende a lo trágico; a veces se hunde en la desesperación porque no podremos vivir juntos hasta que mi marido se muera y para entonces seguramente ya estaremos muy ancianos. Cuando esos nubarrones le oscurecen el ánimo, echo mano de los manuscritos de *Una Dama Anónima,* donde descubro siempre novedosos recursos para darle placer o al menos para hacerlo reír. En la tarea de entretenerlo en la intimidad, he ido perdiendo el pudor y adquiriendo una seguridad que nunca tuve. No me siento seductora, no ha llegado a tanto el efecto positivo de los manuscritos, pero al menos ya no temo tomar la iniciativa para sacar trote a Iván, quien de otro modo podría acomodarse en la misma rutina para siempre. Sería un desperdicio hacer el amor como un viejo matrimonio si ni siquiera estamos casados. La ventaja de ser amantes es que debemos cuidar mucho nuestra relación, porque todo se confabula para separarnos. La decisión de estar juntos debe ser renovada una y otra vez, eso nos mantiene ágiles.

Ésta es la historia que me contó mi abuela Eliza Sommers.

Tao Chi'en no se perdonó la muerte de su hija Lynn. Fue inútil que su mujer y Lucky le repitieran que no había poder humano capaz de impedir el cumplimiento del destino, que como *zhong-yi* había hecho lo posible y que la ciencia médica conocida era todavía impotente para prevenir o detener una de esas fatales hemorragias que despachaban a tantas mujeres durante el parto. Para Tao Chi'en fue como si hubiera andado en círculos para encontrarse de nuevo donde había estado más de treinta años antes, en Hong Kong, cuando su primera esposa, Lin, dio a luz a una niña. También ella había empezado a desangrarse y en su desesperación por salvarla, ofreció al cielo cualquier cosa a cambio de la vida de Lin. El bebé había muerto a los pocos minutos y él pensó que ése había sido el precio por salvar a su mujer. Nunca imaginó que mucho más tarde, al otro lado del mundo, debería pagar de nuevo con su hija Lynn.

–No hable así, padre, por favor –le rebatía Lucky–. No se trata del trueque de una vida por otra, ésas son supersticiones indignas de un hombre de su inteligencia y cultura. La muerte de mi hermana nada tiene que ver con la de su primera esposa o con usted. Estas desgracias suceden a cada rato.

–¿De qué sirven tantos años de estudio y experiencia si no pude salvarla? –se lamentaba Tao Chi'en.

–Millones de mujeres mueren al dar a luz, usted hizo lo que pudo por Lynn...

Eliza Sommers estaba tan agobiada como su marido por el dolor de haber perdido a su única hija, pero además cargaba con la responsabilidad de cuidar a la pequeña huérfana. Mientras ella se dormía de pie de cansancio, Tao Chi'en no dormía una pestañada; pasaba la noche meditando, dando vueltas por la casa como un sonámbulo y llorando a escondidas. No habían hecho el amor desde hacía días y, tal como estaban los ánimos en ese hogar, no se vislumbraba que pudieran hacerlo en un futuro cercano. A la semana Eliza optó por la única solución que se le ocurrió: colocó la nieta en los brazos de Tao Chi'en y le anunció que ella no se hallaba capaz de criarla, que había pasado veintitantos años de su vida cuidando a sus hijos Lucky y Lynn como a una esclava y no le alcanzaban las fuerzas para empezar de nuevo con la pequeña Lai-Ming. Tao Chi'en se encontró a cargo de una recién nacida sin madre, a quien debía alimentar cada media hora con leche aguada mediante un gotario, porque apenas lograba tragar, y debía mecer sin descanso porque lloraba de cólicos día y noche. La criatura ni siquiera salió agradable a la vista, era minúscula y arrugada, con la piel amarilla de ictericia, las facciones aplastadas por el parto difícil y sin un solo pelo en la cabeza; pero a las veinticuatro horas de cuidarla Tao Chi'en podía mirarla sin asustarse. A los veinticuatro días de llevarla en una bolsa colgada al hombro, alimentarla con el gotario y dormir con ella, empezó a parecerle graciosa. Y a los veinticuatro meses de criarla como una madre estaba completamente enamorado de su nieta y convencido de que llegaría a ser más bella aún que Lynn, a pesar de que no existía ni el menor fundamento para suponerlo. La chiquilla ya no era el molusco que había sido al nacer, pero estaba lejos de parecerse a su madre. Las rutinas de Tao Chi'en, que antes se reducían a su consultorio médico y a las pocas horas de intimidad con su mujer, cambiaron por completo. Su horario giraba en torno a Lai-Ming, esa niña exigente que vivía pegada a él, a quien había que contar cuentos, hacer dormir con canciones, obligar a comer, llevar de paseo, comprarle los vestidos más lindos de las tiendas americanas y las de Chinatown, presentar a todo el mundo en la calle, porque nunca se había visto una chica tan lista, como creía el abuelo, obnubilado por el afecto. Estaba seguro de que su nieta era un genio y para probarlo le hablaba en chino y en inglés, lo cual se sumó a la jerigonza de español que empleaba la abuela, creando una monumental confusión. Lai Ming, respondía a los estímulos de Tao Chi'en como cualquier niño de dos años pero a él le parecía que sus escasos aciertos eran prueba irrefutable de una inteligencia superior. Redujo sus horas de consulta a unas cuantas por la tarde, así podía pasar la mañana con su nieta enseñándole nuevos trucos, como a un macaco amaestrado. De mala gana permitía que Eliza la llevara al salón de té por la tarde, mientras él trabajaba, porque se le había puesto en la cabeza que podía comenzar a entrenarla en medicina desde la infancia.

–En mi familia hay seis generaciones de *zhong-yi,* Lai-Ming será la séptima, en vista de que tú no tienes la menor aptitud –comunicó Tao Chi'en a su hijo Lucky.

–Pensé que sólo los hombres pueden ser médicos –comentó Lucky.

–Eso era antes. Lai-Ming será la primera mujer *zhong-yi* de la historia –replicó Tao Chi'en.

Pero Eliza Sommers no permitió que llenara la cabeza a su nieta con teorías médicas a tan temprana edad; ya habría tiempo para eso más adelante, por el momento era necesario sacar a la criatura de Chinatown algunas horas al día para americanizarla. En ese punto al menos, los abuelos estaban de acuerdo, Lai-Ming debía pertenecer al mundo de los blancos, donde sin duda tendría más oportunidades que entre chinos. Tenían a su favor que la chiquilla carecía de rasgos asiáticos, había salido tan española de aspecto como la familia de su padre. La posibilidad de que Severo del Valle regresara un día con el propósito de reclamar a esa supuesta hija y llevársela a Chile resultaba intolerable, de modo que no la mencionaban; supusieron simplemente que el joven chileno respetaría lo pactado pues había dado pruebas sobradas de nobleza. No tocaron el dinero que destinó a la niña, lo depositaron en una cuenta para su futura educación. Cada tres o cuatro meses Eliza escribía una breve nota a Severo del Valle contándole de «su protegida», como la llamaba, para dejar bien claro que no le reconocía derecho de paternidad. Durante el primer año no hubo respuesta, porque él andaba perdido en su duelo y en la guerra, pero después se las arregló para contestar de vez en cuando. A Paulina del Valle no volvieron a verla, porque no regresó al salón de té y nunca cumplió su amenaza de arrebatarles a la nieta y arruinarles la existencia.

Así transcurrieron cinco años de armonía en la casa de los Chi'en, hasta que inevitablemente se desencadenaron los acontecimientos que habrían de destrozar a la familia. Todo comenzó con la visita de dos mujeres, que se anunciaron como misioneras presbiterianas y pidieron hablar a solas con Tao Chi'en. El *zhong-yi* las recibió en el consultorio, porque pensó que venían por razones de salud, no había otra explicación para que dos mujeres blancas se presentaran de improviso en su casa. Parecían hermanas, eran jóvenes, altas, rosadas, de ojos claros como el agua de la bahía y ambas tenían la misma actitud de radiante seguridad que suele acompañar al celo religioso. Se presentaron por sus nombres de pila, Donaldina y Martha, y procedieron a explicar que la misión presbiteriana en Chinatown se había conducido hasta ese momento con gran cautela y discreción para no ofender a la comunidad budista, pero ahora contaba con nuevos miembros decididos a implantar las normas mínimas de decencia cristiana en ese sector que, como dijeron, «no era territorio chino, sino americano y no se podía permitir que allí se violaran la ley y la moral». Habían oído hablar de las *sing-song girls,* pero en torno al tráfico de niñas esclavas para fines sexuales existía una conspiración de silencio. Las misioneras sabían que las autoridades americanas recibían soborno y hacían la vista gorda. Alguien les había indicado que

Tao Chi'en sería el único con agallas suficientes para contarles la verdad y ayudarlas, por eso estaban allí. El *zhong-yi* había esperado durante décadas ese momento. En su lenta labor de rescate de esas miserables adolescentes había contado solamente con la ayuda silenciosa de algunos amigos cuáqueros, quienes se encargaban de sacar a las pequñas prostitutas de California e iniciarlas en una nueva vida lejos de los *tongs* y los alcahuetes. A él le tocaba comprar las que pudiera financiar en los remates clandestinos y recibir a las que estaban demasiado enfermas para servir en los burdeles; trataba de sanarles el cuerpo y consolarles el alma, pero no siempre lo conseguía, muchas se le morían entre las manos. En su casa había dos habitaciones para amparar a las *sing-song girls*, casi siempre ocupadas, pero Tao Chi'en sentía que en la medida en que crecía la población china en California el problema de las esclavas era cada vez peor y él solo podía hacer muy poco por aliviarlo. Esas dos misioneras habían sido enviadas por el cielo; primero que nada contaban con el respaldo de la poderosa iglesia presbiteriana y segundo eran blancas; ellas podrían movilizar la prensa, la opinión pública y las autoridades americanas para terminar con ese tráfico despiadado. De modo que les contó en detalle cómo compraban o raptaban en China a esas criaturas, cómo la cultura china despreciaba a las niñas y era frecuente en ese país encontrar recién nacidas ahogadas en pozos o tiradas en la calle, mordidas de ratas o perros. Las familias no las querían, por eso resultaba tan fácil adquirirlas por unos centavos y traerlas a América, donde podían explotarlas por miles de dólares. Las transportaban como animales en grandes cajones en la cala de los barcos y las que sobrevivían a la deshidratación y el cólera entraban a los Estados Unidos con falsos contratos matrimoniales. Todas eran novias a los ojos de los funcionarios de inmigración y la corta edad, el lamentable estado físico y la expresión de terror que traían, aparentemente no levantaba sospechas. Nada importaban esas muchachitas. Lo que sucediera con ellas era «cosas de los *celestiales*» que no incumbía a los blancos. Tao Chi'en explicó a Donaldina y Martha que la expectativa de vida de las *sing-song girls*, una vez iniciadas en el oficio, era de tres o cuatro años: recibían hasta treinta hombres al día, morían de enfermedades venéreas, aborto, pulmonía, hambre y malos tratos; una prostituta china de veinte años era una curiosidad. Nadie llevaba un registro de sus vidas, pero como entraban al país con un documento legal, había que llevar un registro de sus muertes, en el caso improbable que alguien preguntara por ellas. Muchas se volvían locas. Eran baratas, se podían reemplazar en un abrir y cerrar de ojos, nadie invertía en su salud o en hacerlas durar. Tao Chi'en indicó a las misioneras el número aproximado de niñas esclavas en Chinatown, cuándo se llevaban a cabo los remates y dónde se ubicaban los burdeles, desde los más míseros, en los cuales las muchachitas recibían el trato de animales enjaulados, hasta los más lujosos regentados por la célebre Ah Toy, quien se había convertido en la mayor importadora de carne fresca de país. Compraba criaturas de once años en China y en el viaje a América se las entregaba a los marineros, de modo que al llegar ya sabían decir «pague primero» y distinguir el oro verdadero del bronce, para que no las estafaran con metal de tontos. Las chicas de Ah Toy eran seleccionadas entre las más bellas y tenían mejor suerte que las otras, cuyo destino era ser rematadas como ganado y servir a los hombres más miserables en las formas que exigieran, incluso las más crueles y humillantes. Muchas se convertían en criaturas salvajes, con la actitud de animales feroces, a quienes debían atar con cadenas a la cama y mantener aturdidas con narcóticos. Tao Chi'en dio a las misioneras los nombres de los tres o cuatro comerciantes chinos de fortuna y prestigio, entre ellos su propio hijo Lucky, quienes podrían ayudarlas en la tarea, los únicos que estaban de acuerdo con él en eliminar ese tipo de tráfico. Donaldina y Martha, con manos temblorosas y ojos aguados, tomaron nota de cuanto Tao Chi'en dijo, luego le dieron las gracias y al despedirse le preguntaron si podrían contar con él cuando llegara el momento de actuar.

–Haré lo que pueda –contestó el *zhong-yi*.

–Nosotros también, señor Chi'en. La misión presbiteriana no descansará hasta poner fin a esta perversión y salvar a esas pobres niñas, aunque tengamos que abrir a hachazos las puertas de esos antros de perversión –le aseguraron.

Al enterarse de lo que había hecho su padre, Lucky Chi'en quedó abatido por malos presagios. Conocía el ambiente de Chinatown mucho mejor que Tao y se daba cuenta que éste había cometido una imprudencia irreparable. Gracias a su habilidad y simpatía, Lucky contaba con amigos en todos los niveles de la comunidad china; llevaba años realizando negocios lucrativos y ganando con mesura, pero con constancia, en las mesas de *fan-tan*. A pesar de su juventud se había convertido en una figura querida y respetada por todos, incluso por los *tongs*, que nunca lo habían molestado. Durante años había ayudado a su padre a rescatar a las *sing-song girls* con el tácito acuerdo de no meterse en líos mayores; entendía claramente la necesidad de discreción absoluta para sobrevivir en Chinatown, donde la regla de oro consistía en no mezclarse con los blancos –los temidos y odiados *fan-güey*– y resolver todo, en especial los crímenes, entre compatriotas. Tarde o temprano se sabría que su padre informaba a las misioneras y éstas a las autoridades americanas. No había fórmula más segura para atraer la desgracia y toda su buena suerte no alcanzaría para protegerlos. Así se lo dijo a Tao Chi'en y así ocurrió en octubre de 1885, el mes en que cumplí cinco años.

La suerte de mi abuelo se decidió el martes memorable en que las dos jóvenes misioneras acompañadas por tres fornidos policías irlandeses y el viejo periodista Jacob Freemont, especializado en crímenes, llegaron a Chinatown a plena luz de día. La actividad en la calle se detuvo y una muchedumbre se juntó para seguir a la comitiva de *fan-güey*, inusitada en ese barrio, que se dirigía con paso resuelto a una casa pobretona en cuya angosta puerta enrejada asomaban los rostros pintados con polvos de arroz y carmín de dos *sing-song girls*, ofreciéndose a los clientes con sus maullidos y sus pechos de perritas al descubierto. Al ver acercarse a los blancos las chiquillas desaparecieron en el interior con gritos de susto y en su lugar apareció una vieja furiosa que respondió a los policías con un sartal de injurias en su lengua. A una indicación de Donaldina surgió un hacha en manos de uno de los irlandeses y procedieron a echar la puerta abajo, ante el estupor de la multitud. Los blancos irrumpieron a través de la angosta puerta, se escucharon alaridos, carreras y órdenes en inglés y antes de quince minutos reaparecieron los atacantes arreando a media docena de niñas aterrorizadas, a la vieja que venía pataleando arrastrada por uno de los policías, y a tres hombres que caminaban cabizbajos a punta de pistola. En la calle se armó un barullo y algunos curiosos pretendieron avanzar amenazantes, pero se detuvieron en seco cuando sonaron varios tiros al aire. Los *fan-güey* subieron a las niñas y a los otros detenidos en un coche cerrado de la policía y los caballos se llevaron la carga. El resto del día la gente de Chinatown pasó comentando lo que había ocurrido. Nunca antes la policía había intervenido en el barrio por motivos que no incumbieran directamente a los blancos. Entre las autoridades americanas existía gran tolerancia por «las costumbres de los amarillos», como las calificaban; nadie se molestaba en averiguar sobre los fumaderos de opio, los garitos de juego y mucho menos las niñas esclavas, que consideraban otra de las grotescas perversiones de los *celestiales*, como comer perros cocinados con salsa de soya. El único que no demostró sorpresa, sino complacencia, fue Tao Chi'en. El ilustre *zhong-yi* estuvo a punto de ser agredido por un par de matones de uno de los *tongs* en el restaurante donde siempre almorzaba con su nieta, cuando manifestó en voz suficientemente alta como para ser escuchado por encima del bochinche del local, su satisfacción de que por fin las autoridades de la ciudad tomaban cartas en el asunto de las *sing-song girls*. Aunque la mayoría de los comensales de las otras mesas consideraban que en una población casi enteramente masculina las chicas esclavas eran un indispensabe artículo de consumo, se adelantaron a defender a Tao Chi'en, porque era la figura más respetada de la comunidad. Si no es por la oportuna intervención del dueño del restaurante, se habría armado una trifulca. Tao Chi'en se retiró indignado, llevándose a su nieta de una mano y en la otra su almuerzo envuelto en un trozo de papel.

Tal vez el episodio del burdel no habría tenido mayores consecuencias si dos días más tarde no se hubiera repetido en forma similar en otra calle: las mismas misioneras presbiterianas, el mismo periodista Jacob Freemont y los mismos tres policías irlandeses, pero esta vez traían cuatro oficiales más de respaldo y dos grandes perros bravos tironeando de sus cadenas. La maniobra duró ocho minutos y Donaldina y Martha se llevaron a diecisiete niñas, dos alcahuetas, un par de matones y varios clientes que salieron sujetándose los pantalones. La voz de lo que se habían propuesto la misión presbiteriana y el gobierno de los *fan-güey* se regó como pólvora en Chinatown y alcanzó también a las inmundas celdas donde sobrevivían las esclavas. Por primera vez en sus pobres vidas hubo un soplo de esperanza. Fueron inútiles las amenazas de molerlas a palos si se rebelaban o las historias pavorosas que les contaron de cómo los demonios blancos se las llevaban para chuparles la sangre, desde ese momento las chicas buscaron la forma de llegar a oídos de las misioneras y en cuestión de semanas las incursiones de la policía aumentaron, acompañadas por artículos en los periódicos. Esta vez la pluma insidiosa de Jacob Freemont se puso por fin a buen servicio, sacudiendo las conciencias de los ciudadanos con su elocuente campaña sobre el horrible destino de las pequeñas esclavas en pleno corazón de San Francisco. El viejo periodista habría de morir poco después sin alcanzar a medir el impacto de sus artículos, en cambio Donaldina y Martha verían el fruto de su celo. Dieciocho años más tarde las conocí en un viaje a San Francisco, todavía tienen la piel rosada y el mismo fervor mesiánico en la mirada, todavía recorren Chinatown a diario, siempre vigilantes, pero ya no las llaman malditas *fan-güey* y nadie las escupe cuando pasan. Ahora les dicen *lo-mo*, madre amorosa, y se inclinan para saludarlas. Han rescatado a miles de criaturas y eliminado el tráfico descarado de niñas, aunque no han logrado acabar con otras formas de prostitución. Mi abuelo Tao Chi'en estaría muy satisfecho.

El segundo miércoles de noviembre Tao Chi'en fue, como todos los días, a buscar a su nieta Lai-Ming al salón de té de su esposa en la Plaza de la Unión. La niña se quedaba con su abuela Eliza por las tardes hasta que el *zhong-yi* terminaba con el último paciente de su consulta y la iba a recoger. Eran sólo siete cuadras la distancia hasta la casa, pero Tao Chi'en tenía la costumbre de recorrer las dos calles principales de Chinatown a esa hora, cuando se encendían los faroles de papel en las tiendas, la gente terminaba su trabajo y salía en busca de los ingredientes para la cena. Paseaba de la mano con su nieta por los mercados, donde se apilaban las frutas exóticas traídas del otro lado del mar, los patos lacados colgando de sus ganchos, los hongos, insectos, mariscos, órganos de animales y plantas que sólo podían encontrarse allí. Como nadie tenía tiempo de cocinar en su hogar, Tao Chi'en escogía con cuidado los platos que llevaría para la cena, casi siempre los mismos porque Lai-Ming era muy mañosa para comer. Su abuelo la tentaba dándole a probar bocados de los deliciosos guisos cantoneses que vendían en los puestos de la calle, pero por lo general transaban siempre en las mismas variedades de *chau-mein* y en las costillas de puerco. Ese día Tao Chi'en usaba por primera vez un traje nuevo, hecho por el mejor sastre chino de la ciudad, que cosía sólo para los hombres más distinguidos. Se había vestido a la americana por muchos años, pero desde que obtuviera la ciudadanía procuraba hacerlo con esmerada elegancia, como signo de respeto hacia su patria adoptiva. Se veía muy guapo en su perfecto traje oscuro, camisa laminada con corbata de plastrón, abrigo de paño inglés, sombrero de copa y guantes de cabritilla color marfil. El aspecto de la pequeña Lai-Ming contrastaba con el atuendo occidental de su abuelo, llevaba abrigadores pantalones y chaqueta de seda acolchada en brillantes tonos de amarillo y azul, tan gruesos que la niña se movía en bloque, como un oso, el pelo cogido en una apretada trenza y un gorro negro bordado a la moda de Hong Kong. Ambos llamaban la atención en la abigarrada muchedumbre, casi toda masculina, vestida con los típicos pantalones y túnicas negros, tan comunes que la población china parecía uniformada. La gente se detenía para saludar al *zhong-yi*, pues si no eran sus pacientes al menos lo conocían de vista y de nombre, y los mercaderes le hacían algún cariño a la nieta para congraciarse con el abuelo: un escarabajo fosforescente en su jaulita de madera, un abanico de papel, una golosina. Al anocher en Chinatown siempre había una atmósfera festiva, ruido de conversaciones gritadas, regateo y pregones; olía a fritanga, aliños, pescado y basura, porque los desperdicios se acumulaban al centro de la calle. El abuelo y su nieta pasearon por los locales donde habitualmente hacían sus compras, charlaron con los hombres que jugaban *mah-yong* sentados en las aceras, fueron al sucucho del yerbatero a recoger unas medicinas que el *zhong-yi* había encargado a Shangai, se detuvieron brevemente en un garito de juego para ver las mesas de *fan-tan* desde la puerta, porque Tao Chi'en sentía fascinación por las apuestas, pero las evitaba como la peste. También bebieron una taza de té verde en la tienda del tío Lucky, donde pudieron admirar el último cargamento de antigüedades y muebles tallados que acababa de llegar, y enseguida dieron media vuelta para rehacer el camino a paso tranquilo rumbo a su casa. De pronto se acercó corriendo un muchacho presa de gran agitación para rogarle al *zhong-yi* que acudiera volando, porque había ocurrido un accidente: un hombre había sido pateado en el pecho por un caballo y estaba escupiendo sangre. Tao Chi'en lo siguió a toda prisa sin soltar la mano de su nieta por una callecita lateral y luego otra y otra más, metiéndose por pasadizos estrechos en la demente topografía del barrio, hasta que se encontraron solos en un callejón sin salida apenas alumbrado por los faroles de papel de algunas ventanas, brillando como luciérnagas fantásticas. El muchacho había desaparecido. Tao Chi'en alcanzó a darse cuenta de que había caído en una trampa y trató de retroceder, pero ya era tarde. De las sombras surgieron varios hombres armados de palos y lo rodearon. El *zhong-yi* había estudiado artes marciales en su juventud y siempre llevaba un cuchillo al cinto debajo de la chaqueta, pero no podía defenderse sin soltar la mano de la niña. Tuvo unos instantes para preguntar qué querían, qué pasaba, y escuchar el nombre de Ah Toy mientras los hombres en piyamas negros, con las caras cubiertas por pañuelos, danzaban a su alrededor, luego recibió el primer golpe en la espalda. Lai-Ming se sintió tironeada hacia atrás y trató de aferrarse a su abuelo, pero la mano querida la soltó. Vio los garrotes subir y bajar sobre el cuerpo de su abuelo, vio saltar un chorro de sangre de su cabeza, lo vio caer al suelo de boca, vio cómo seguían pegándole hasta que no era más que un bulto ensangrentado sobre los adoquines de la calle.

«Cuando trajeron a Tao en una improvisada angarilla y vi lo que habían hecho con él, algo se rompió en mil pedazos dentro de mí, como un vaso de cristal, y se derramó para siempre mi capacidad de amar. Me sequé por dentro. Nunca más he vuelto a ser la misma persona. Siento cariño por ti, Lai-Ming, también por Lucky y sus hijos, lo tuve por Miss Rose, pero amor sólo puedo sentir por Tao. Sin él nada me importa demasiado; cada día que vivo es un día menos en la larga espera para reunirme con él de nuevo», me confesó mi abuela Eliza Sommers. Agregó que tuvo lástima por mí, porque a los cinco años me tocó presenciar el martirio del ser que más quería, pero supuso que el tiempo borraría el trauma. Creyó que mi vida junto a Paulina del Valle, lejos de Chinatown, sería suficiente para hacerme olvidar a Tao Chi'en. No imaginó que la escena del callejón se quedaría para siempre en mis pesadillas, tampoco que el olor, la voz y el tenue roce de las manos de mi abuelo me perseguirían despierta.

Tao Chi'en llegó vivo a los brazos de su mujer, dieciocho horas más tarde recuperó el conocimiento y a los pocos días pudo hablar. Eliza Sommers había llamado a dos médicos americanos que en varias ocasiones habían recurrido a los conocimientos del *zhong-yi*. Lo examinaron tristemente: le habían partido la columna vertebral y en el caso improbable de que viviera, tendría medio cuerpo paralizado. La ciencia nada podía hacer por él, dijeron. Se limitaron a limpiar sus heridas, acomodar un poco los huesos rotos, coserle la cabeza y dejarle dosis masivas de narcóticos. Entretanto la nieta, olvidada de todos, se encogió en un rincón junto a la cama de su abuelo, llamándolo sin voz *–oi goa!, oi goa...!–* sin entender por qué no le contestaba, por qué no le permitían acercarse, por qué no podía dormir acunada en sus brazos como siempre. Eliza Sommers administró las drogas al enfermo con la misma paciencia con que intentó hacerlo tragar sopa con un embudo. No se dejó arrastrar por la desesperación, tranquila y sin llanto veló junto a su marido durante días, hasta que él pudo hablarle a través de los labios hinchados y los dientes destrozados. El *zhong-yi* supo sin lugar a dudas que en esas condiciones no podía ni deseaba vivir, así se lo manifestó a su mujer, pidiéndole que no le diera de comer o beber. El amor profundo y la intimidad absoluta que habían compartido por más de treinta años les permitía adivinarse mutuamente el pensamiento; no hubo necesidad de muchas palabras. Si Eliza tuvo la tentación de rogar a su marido que viviera inutilizado en una cama, sólo para no abandonarla en este mundo, se tragó las palabras, porque lo amaba demasiado para pedirle semejante sacrificio. Por su parte, Tao Chi'en no debió explicar nada, porque sabía que su mujer haría lo indispensable para ayudarlo a morir con dignidad, tal como lo haría él por ella, si las cosas se hubieran dado de otro modo. Pensó que tampoco valía la pena insistir en que llevara su cuerpo a China, porque ya no le parecía realmente importante y no deseaba agregar una carga más sobre los hombros de Eliza, pero ella había decidido hacerlo de todos modos. Ninguno de los dos tenía ánimo para discutir lo que resultaba obvio. Eliza simplemente le dijo que no era capaz de dejarlo morir de hambre y sed, porque eso podía demorar muchos días, tal vez semanas, y ella no permitiría que sufriera tan larga agonía. Tao Chi'en le indicó cómo hacerlo. Le dijo que fuera a su consultorio, buscara en cierto gabinete y trajera un frasco azul. Ella lo había ayudado en la clínica durante los primeros años de su relación y todavía lo hacía cuando fallaba el asistente, sabía leer los signos en chino de los recipientes y colocar una inyección. Lucky entró a la habitación para recibir la bendición de su padre y salió enseguida, sacudido por los sollozos. «Ni Lai-Ming ni tú deben preocuparse, Eliza, porque no las voy a desamparar, siempre estaré cerca para protegerlas, nada malo podrá suceder a ninguna de las dos», murmuró Tao Chi'en. Ella levantó a su nieta en brazos y la acercó al abuelo para que pudieran despedirse. La niña vio ese rostro tumefacto y se recogió asustada, pero entonces descubrió las pupilas negras que la miraban con el mismo amor seguro de siempre y lo reconoció. Se aferró a los hombros de su abuelo y mientras lo besaba y lo llamaba desesperada, lo iba mojando de lágrimas calientes, hasta que la separaron de un tirón, se la llevaron afuera y aterrizó en el pecho de su tío Lucky. Eliza Sommers volvió a la habitación donde tan feliz había sido con su marido y cerró suavemente la puerta a su espalda.

–¿Qué pasó entonces, *oi-poa?* –le pregunté.

–Hice lo que debía hacer, Lai-Ming. Enseguida me acosté junto a Tao y lo besé largamente. Su último aliento se quedó conmigo...

EPÍLOGO

Si no fuera por mi abuela Eliza, quien vino de lejos a iluminar los rincones sombríos de mi pasado, y por estas miles de fotografías que se acumulan en mi casa, ¿cómo podría contar esta historia? Tendría que forjarla con la imaginación, sin otro material que los hilos evasivos de muchas vidas ajenas y algunos recuerdos ilusorios. La memoria es ficción. Seleccionamos lo más brillante y lo más oscuro, ignorando lo que nos avergüenza, y así bordamos el ancho tapiz de nuestra vida. Mediante la fotografía y la palabra escrita intento desesperadamente vencer la condición fugaz de mi existencia, atrapar los momentos antes de que se desvanezcan, despejar la confusión de mi pasado. Cada instante desaparece en un soplo y al punto se convierte en pasado, la realidad es efímera y migratoria, pura añoranza. Con estas fotografías y estas páginas mantengo vivos los recuerdos; ellas son mi asidero a una verdad fugitiva, pero verdad de todos modos, ellas prueban que estos eventos sucedieron y estos personajes pasaron por mi destino. Gracias a ellas puedo resucitar a mi madre, muerta cuando yo nací, a mis aguerridas abuelas y mi sabio abuelo chino, a mi pobre padre y a otros eslabones de la larga cadena de mi familia, todos de sangre mezclada y ardiente. Escribo para dilucidar los secretos antiguos de mi infancia, definir mi identidad, crear mi propia leyenda. Al final lo único que tenemos a plenitud es la memoria que hemos tejido. Cada uno escoge el tono para contar su propia historia; quisiera optar por la claridad durable de una impresión en platino, pero nada en mi destino posee esa luminosa cualidad. Vivo entre difusos matices, velados misterios, incertidumbres; el tono para contar mi vida se ajusta más al de un retrato en sepia...

Nacida en el Perú, ISABEL ALLENDE fue criada en Chile. Es la autora de las novelas *Retrato en sepia, Hija de la fortuna, El plan infinito, Eva Luna, De amor y de sombra,* y *La casa de los espíritus*; la colección de *Cuentos de Eva Luna,* la memoria de *Paula,* y *Afrodita: Recetas y otros afrodisíacos.* En la actualidad reside en California.

Libros por Isabel Allende:

Retrato en Sepia: *Una Novela*
ISBN 0-06-093635-5 (libro de bolsillo)
Una magnífica novela histórica situada a finales del siglo XIX en Chile, y una portentosa saga familiar en la que reencontramos algunos personajes de *Hija de la Fortuna* y de *La Casa de los Espíritus.*

Hija de la Fortuna: *Novela*
ISBN 0-06-093276-7 (libro de bolsillo)
Un retrato palpitante de una época marcada por la violencia y la codicia, en la cual los protagonistas rescatan el amor, la amistad, la compasión, y el valor.

Eva Luna
ISBN 0-06-095128-1 (libro de bolsillo)
Las aventuras picarescas de una Sherezade latinoamericana, relatando su nacimiento ilegítimo, su orfandad, su adolescencia sin rumbo, sus actividades contra el gobierno, y su romance con un problemático director de películas documentales.

Cuentos de Eva Luna
ISBN 0-06-095131-1 (libro de bolsillo)
En esta estupenda colección de cuentos, Allende continúa la magia de su novela *Eva Luna.*

El Plan Infinito
ISBN 0-06-095127-3 (libro de bolsillo)
Es la hipnotizante y conmovedora saga de un hombre que, durante los largos años de su juventud y madurez, busca amor y aceptación.

La Casa de los Espiritus
ISBN 0-06-095130-3 (libro de bolsillo)
La épica historia de la numerosa y turbulenta familia Trueba de Chile, con su patriarca angustiado y sus mujeres clarividentes, trazando sus vidas desde los fines del siglo pasado, hasta los días violentos del golpe que derrocó al gobierno de Salvador Allende en 1973.

De Amor y de Sombra
ISBN 0-06-095129-X (libro de bolsillo)
Desarrollada en un país latinamericano sin nombre que vive bajo el dominio de una dictadura militar; Allende cuenta la historia de una mujer y un hombre que están destinados, bajo las circunstancias más espeluzantes, a compartir un amor excepcional.

Paula
ISBN 0-06-092720-8 (libro de bolsillo)
Una historia en la que aparecen extraordinarios ancestros, maravillosos y amargos recuerdos de infancia, increíbles anécdotas de juventud, y en donde los secretos más íntimos se oyen en murmullos.

Afrodita: *Cuentos, Recetas y Otros Afrodisiacos*
ISBN 0-06-093008-X (libro de bolsillo)
"Me arrepiento de los platos deliciosos rechazados por vanidad, tanto como lamento las ocasiones de hacer el amor que he dejado pasar por ocuparme de tareas pendientes o por virtud puritana," ya que "la sexualidad es un componente de la buena salud, inspira la creación y es parte del camino del alma. . . . Por desgracia, me demoré treinta años en descubrirlo." —Isabel Allende